À PROPOS DE L'AUTRICE

Française adoptée par les Anglais, **Charlie Morel** écrit des romances riches en émotions, mettant en scène des héroïnes modernes et indépendantes. Dans la vraie vie, elle pratique couramment le cynisme avec ses collègues et apprend l'art du flegme britannique.

My Love for You

CHARLIE MOREL

My Love for You

Harper
Collins
POCHE

HARPERCOLLINS FRANCE

83-85, boulevard Vincent-Auriol, 75646 PARIS CEDEX 13
Tél. : 01 42 16 63 63

www.harpercollins.fr

ISBN 979-1-0339-0613-1

Prologue

Je monte lentement les marches qui conduisent à l'étage. Épuisée après les quelques jours intenses que je viens de vivre, prudente et empreinte de solennité. Contre ma poitrine, le nourrisson est assoupi. Il n'a aucune idée de ce qui se passe. Comment le pourrait-il ? Tout ce dont il a conscience, probablement, c'est d'avoir brusquement quitté le petit nid chaud et douillet dans lequel il baignait ces derniers mois pour être projeté dans un environnement bruyant, lumineux, immense. J'essaye de ne pas prêter trop attention à ces pensées amères : j'ai la gorge serrée, les hormones sens dessus dessous, et le tourbillon d'émotions qui m'agite encore le cœur fait de moi la femme la plus inquiète de tout l'univers. Je dois chasser les larmes qui me brûlent les yeux. Pour cela je cligne des paupières : j'ai les mains occupées, l'une toujours crispée sur la rampe pour garder l'équilibre, l'autre tendrement posée sur le dos du bébé. Celui que je ramène chez nous pour la première fois. *Mon bébé*.

Le parquet grince sous mes pieds lorsque j'arrive sur le palier. Je passe devant ma chambre, continue vers l'ancienne chambre d'amis. Je repense à toutes ces heures que j'ai passées avec James à la transformer pour accueillir le bébé. James était avec moi quand je l'ai senti bouger pour la première fois. Ses grands yeux, d'un gris-bleu sans chaleur, s'étaient écarquillés avant de devenir scintillants. Il m'avait offert un sourire ému, qui avait fait chavirer mon cœur. Rien qu'en repensant à son visage baigné d'émerveillement, je sens un nœud râpeux se former dans ma gorge alors je tends machinalement la main pour allumer la lumière. Pendant une longue minute je contemple la jolie pièce. Les murs blancs avec les bandes bleu océan pour marquer les coins. Le lit à barreaux en bois clair. Le mobile plein de bateaux, de petits poissons et d'étoiles de mer fluorescentes. La table à langer et tout le bric-à-brac qui va avec.

Je traverse la pièce et me laisse tomber dans le grand fauteuil à bascule, près d'une bibliothèque d'angle déjà pleine de livres pour enfants. Je risque un coup d'œil vers mon fils, et murmure à mi-voix son nom pour la toute première fois :

— Bienvenue à la maison, Bailey James Callaghan.

Aussitôt, le tintement d'une cloche me signale un message entrant. Avant même de pêcher mon portable dans ma poche, je sais qui en est l'expéditeur. J'ai obtenu de James qu'il ne me raccompagne pas chez moi à la sortie de la maternité, à la seule condition que je le laisse passer s'assurer que l'on ne manque de rien, Bailey et moi. Le message est bref :

Je suis en route.

Ma réponse est tout aussi succincte :

OK.

Je ferme les yeux et me balance légèrement d'avant en arrière pour que le fauteuil se mette en mouvement. Finalement, je défais le porte-bébé et dépose délicatement mon fils dans son lit. Il pousse simplement un soupir lorsqu'il quitte la chaleur de mes bras, mais il reste endormi. Je le contemple avidement pendant ce qui me paraît durer des heures. Mon cœur se serre. Mon fils est minuscule, et ma responsabilité immense. Un contraste que je n'aime pas. Depuis sa naissance, tout ce que j'avais pensé avoir étudié sous tous les angles, avec la minutie dont je fais preuve pour détecter la moindre faille juridique dans les contrats de mes clients, tout ça m'a rattrapée. Tout ce que je croyais contrôler est en train de m'échapper.

Des petits coups discrets à la porte me tirent de ma rêverie. Je porte mon index et mon majeur à mes lèvres pour ensuite effleurer le front de Bailey et transférer le baiser. J'allume le babyphone, puis descends ouvrir à James. Un sourire radieux fend son visage.

— Salut, Kate, glisse-t-il.

Mon prénom dans sa bouche, sa voix grave ramènent à la surface de ma mémoire ces autres mots qu'il m'a dits. « Je ne peux pas faire ça avec toi, Kate. Je veux rester dans la vie de ton fils, mais je ne peux pas être son père. Quant à nous deux… » Il n'avait pas fini sa phrase, mais je connais la suite. Maintenant que j'ai Bailey, nos chances de finir ensemble sont réduites à néant. Dans un univers parallèle, dans lequel je n'aurais pas désiré plus que tout avoir un bébé en restant célibataire, James et moi aurions pu être ensemble.

— Tu ne me fais pas entrer ?

— Si.

Je m'écarte pour le laisser passer. Nous nous faisons face dans le hall. Son regard effleure mon visage, descend le long de mon corps. Une puissante vague de désir me tord le ventre, et me fait monter les larmes aux yeux. J'ai envie de cet homme, mais je ne peux pas l'avoir. Plus maintenant. Je ne regrette pas Bailey, mais à cette seconde, je ne peux pas m'empêcher de penser qu'il est le seul obstacle entre James et moi.

— Tu as bonne mine, note-t-il.

La remarque m'arrache un gloussement pas très gracieux, mais qui a le mérite d'être sincère. Je réplique :

— Ne dis pas de conneries, Evans ! J'ai l'impression qu'on m'a roulé dessus avec un bulldozer.

Ça le fait sourire. Ce que je ne lui dis pas, c'est que ma fatigue est telle que si j'allais me coucher maintenant, je dormirais probablement d'une traite pendant douze heures. Mais je résiste, car il y a Bailey à présent. Et personne pour prendre le relais si je suis crevée.

— Laisse-moi te préparer un thé, offre James en posant sa large main dans le creux de mon dos pour me conduire dans la cuisine.

Je m'installe sur un tabouret du bar. James s'affaire pour préparer mon thé, et un café pour lui. Il fait comme chez lui, quelque chose qui ne m'étonne même plus. Toutefois, comme à chaque fois, je me force à ne pas m'y habituer.

— Ton fils dort ?

Comme moi jusqu'à tout à l'heure, il a du mal à l'appeler par son prénom. Comme s'il peinait à concevoir que Bailey est bien réel. Comme si, en le désignant par des « ton fils » ou « le bébé », il le faisait rester dans cette zone quasi onirique qu'il vient tout juste de quitter. Il ignore que je lui ai aussi donné son prénom. En hommage à tout ce qu'il a fait pour nous, à tout ce qu'il représente à mes yeux. Je me demande s'il aurait autant de réticence à appeler Bailey par son prénom s'il le savait.

— Oui. Je l'ai mis dans son lit en arrivant.

Je jette un coup d'œil à l'horloge. Immédiatement, je sens mes épaules s'affaisser.

— Qu'est-ce qu'il y a ? s'enquiert-il, devinant mon abattement.

— Rien. C'est juste que Bailey va sûrement se réveiller d'ici un quart d'heure pour téter.

— N'y pense pas tout de suite, Kate, conseille-t-il en s'asseyant face à moi. De plus, s'il tient de toi, ce sera un ange. En revanche, ajoute-t-il sur le ton de la plaisanterie, il y a 50 % de risque qu'il soit une vraie plaie. Qu'est-ce qu'il est déjà, son père ? Engagé dans la Marine, c'est ça ? Ces types ne tiennent pas en place.

D'un petit hochement de tête, je confirme la profession du père de mon bébé. Un homme dont je ne sais rien en réalité, en dehors de ses attributs physiques, de sa profession, de son profil génétique et des quelques éléments qu'il a bien voulu livrer de lui dans sa fiche. James adore me taquiner à ce sujet. Aujourd'hui, je suis trop épuisée pour faire l'effort d'être bon public alors je lui adresse seulement un petit sourire en retour.

— Kate, murmure-t-il en penchant la tête sur le côté pour essayer de capter mon regard. Tu n'as pas à t'en faire.

Il tend la main et la pose sur la mienne. Ce contact me fait lever les yeux vers lui. Du pouce, il trace des formes sur ma peau, réveillant au passage des parts de moi qui devraient être au repos depuis mon accouchement.

— Je sais que personne ne te l'a jamais dit, mais ce que tu as fait est très courageux.

Je m'étonne et lève un sourcil :

— Avoir un bébé ?

— *Choisir* d'avoir un bébé seule, corrige-t-il. Je t'admire énormément.

Ce n'est pas ton admiration que je veux. Mais j'ai son amitié, c'est déjà beaucoup. Une fois de plus, je mets mon trouble sur le compte de mes hormones et de ce que les médecins nomment le baby-blues. C'est exactement moi : me cacher derrière de grands concepts et des théories scientifiques pour tenir à distance mes sentiments les plus intenses. Ceux que je n'aime pas reconnaître et accepter. Je baisse les yeux avant de répondre :

— Merci.

Je repousse le souvenir de ma mère. Il me hante systématiquement dans les moments comme ça. Si l'idée d'avoir un bébé me trotte dans la tête depuis toujours, sa mort a précipité les choses. James écrase mes doigts entre les siens. Je tressaille et relève le menton.

— Parle-moi.

— J'ai pensé que je pouvais y arriver, avoué-je dans un souffle. Élever Bailey seule…

— « *Pouvais* » ? relève James. Tu ne t'en crois plus capable ?

Je murmure avec sincérité :

— Je l'ignore. Je sais que Bailey n'a que sept jours.

— Bailey n'a que sept jours, répète-t-il. Laisse-toi du temps, Kate.

Je me surprends à aimer la façon dont sonne le prénom de mon fils dans sa bouche. Avec son accent américain et sa voix rocailleuse. J'étudie le visage de James. Ses yeux qui ne manquent jamais de me captiver. Son nez droit, fin, au bout pointu. Une barbe naissante ombre ses joues, son menton, le pourtour de sa bouche aux lèvres pleines. Jusqu'à ce que nous commencions à nous fréquenter, j'avais pour habitude de le voir au bureau, rasé au millimètre près. J'apprécie ses multiples facettes.

Voyant que je n'ajoute rien, il se lève pour verser nos boissons chaudes, prêtes depuis plusieurs minutes, puis se rassoit en disposant les deux grandes tasses devant nous. La tension entre nous est palpable, dans sa façon de s'empêcher de prendre ma main dans les siennes pour jouer avec mes doigts comme il aime le faire ; ou de vouloir repousser les courtes mèches rousses qui tombent sur mes yeux. Elle est dans mon envie d'aller me nicher dans ses bras pour recharger mes batteries. James soutient mon regard sans rien dire. Dans ses yeux, je peux lire toutes ses interrogations. Sur moi. Sur mon choix. Sur nous deux. Et dans ses yeux, je trouve aussi un grand calme. La certitude que l'on trouvera nos marques à nouveau.

Les petits gémissements qui nous parviennent à travers le babyphone percent la bulle de quiétude qui nous enveloppait.

— Pile à l'heure, plaisante James. Tu veux que j'aille le chercher ?

— Merci, ça ira.

Les gémissements se transforment en pleurs, et le temps que j'arrive à l'étage, ce sont des cris. Je me penche sur Bailey dans sa jolie grenouillère bleu pétrole. La touffe de cheveux blonds soyeux qu'il a sur la tête n'est pas de moi. J'ai hérité de la crinière rousse de mes ancêtres irlandais. *Le marine vs. Kate : 1 – 0*. J'espère qu'il aura mes yeux. Pour le moment, ils sont bleus comme ceux de tous les bébés. J'aimerais qu'ils deviennent vert émeraude. Je soulève Bailey dans mes bras. Il cale immédiatement sa tête dans le creux de mon cou. Je dépose un baiser sur son petit visage, et il se calme progressivement.

— Je t'aime, bébé. Viens : on a de la visite.

— Hey, lance James joyeusement lorsque je le rejoins. Salut, petit gars.

— Tu veux le porter ?

Il hésite, puis fait non de la tête.

— Je vais aller dans le salon pour l'allaiter.

— C'est parti ! dit-il en emportant sa tasse et en m'emboîtant le pas.

Tout en prenant mon temps pour m'installer confortablement, je lui demande :

— Ça ne te dérange pas ?

— J'ai déjà vu tes seins, me rappelle-t-il avec son tact habituel. Et un paquet d'autres.

Je lui lance un regard entendu. Il sourit, puis corrige sa réponse :

— Ça ne me dérange pas.

Il me regarde même faire avec un grand intérêt jusqu'à ce que je fourre le bout de mon sein gauche dans la bouche d'un Bailey impatient. Il ne tarde pas à se mettre à téter avidement à coups de petites gorgées bruyantes pour un si petit bébé.

— Tu sais quoi, Kate ? Je trouve qu'il a tes airs.

Malgré moi, j'éclate de rire. Bailey lâche mon sein et proteste. Je l'installe à nouveau en maîtrisant mon fou rire.

— Quoi ?

— C'est mon fils, et je l'aime, mais pour le moment, il ne ressemble à rien. Regarde-le : il est encore tout fripé.

— Je prends note, me taquine James. Et crois-moi, Callaghan, je lui répéterai en temps voulu. Mais sérieusement, c'est ton côté irlandais qui ressort, insiste-t-il.

Je lui souris en portant un index à ma bouche. James comprend et me rend mon sourire.

— Ne t'en fais pas : je suis heureux de parler pour nous deux.

— Je crains le pire, dis-je dans un soupir irrépressible.

— Tu sais que c'est ta grande gueule qui t'a sauvée quand je t'ai fait passer ton entretien d'embauche ? Au final, je ne regrette pas de t'avoir embauchée.

Regrette-t-il le reste ? Je n'arrive pas à garder la question pour moi :

— Est-ce que tu regrettes le reste ?

— Nous deux ?

— Oui.

— Pas une seule seconde.

— Mais ?

Les yeux de James se posent sur Bailey, et je l'ai, ma réponse. Je la connaissais avant, de toute façon. Je reporte mon attention sur mon fils. De ma main libre, je caresse sa joue rebondie, son front. Un long silence s'installe entre James et moi. Il en profite pour terminer son café.

— J'aimerais pouvoir te dire que ça changera, Kate, m'assure-t-il. Mais tu mérites mieux que mes mensonges. Et puis ce serait injuste. Je ne peux pas te garder pour moi en sachant que ça t'empêchera de rencontrer quelqu'un qui t'acceptera entièrement. Quelqu'un qui aimera aussi ton fils comme le sien.

Je réponds à mi-voix :

— Je sais. J'aurais juste aimé que ce soit toi ce quelqu'un…

— Je sais. Moi aussi.

Sa confidence me tord le cœur. Ses regrets me donnent envie de pleurer. En dehors du fait que j'ai Bailey et que James ne veut pas entendre parler d'enfants, nous sommes faits l'un pour l'autre.

Il me laisse finir d'allaiter mon fils en silence. Lorsque je redescends après avoir couché le bébé, il est prêt à partir. C'est évident, mais je demande :

— Tu t'en vas ?

— Je te laisse te reposer. Il paraît qu'il faut dormir quand bébé dort.

— Tu es bien informé, dis-je en souriant.

— Je ne suis pas si con que j'en ai l'air, réplique-t-il amèrement.

— Arrête d'être si dur envers toi-même, James.

Délicatement, il pose une main dans mon cou et me regarde droit dans les yeux. Il est si proche que son odeur boisée m'enveloppe comme un cocon. Je cille pour m'empêcher de fermer les paupières. Du pouce, il caresse la ligne de ma mâchoire. Mes jambes sont prêtes à se dérober sous moi.

— Fais attention à toi, Caitlin. Et prends bien soin de ton petit gars.

— Je n'y manquerai pas, promis.

Cette fois, il tient mon visage à deux mains et se penche doucement pour me donner un baiser sur le front. Sa barbe pique ma peau. Je ferme les yeux pour retenir ce moment. Il se recule.

— Je t'appelle bientôt.

— Bonne nuit, James.

— Bonne nuit, Callaghan.

1. Ouverture

Les doux rayons du soleil d'octobre caressent mon visage. Un petit vent balaye les quelques mèches de cheveux qui ne sont pas retenues dans ma tresse. Les enfants crient, rient, chantent à tue-tête. Ils font la course jusqu'au toboggan, se poursuivent, se concurrencent pour savoir qui ira le plus haut sur la balançoire. Certains jouent calmement avec des camions. Il y a peu de parents dans le parc. La plupart des adultes présents sont des femmes : jeunes filles au pair, nounous ou baby-sitters.

Bailey est confortablement blotti dans le creux de mon bras. Même s'il n'a qu'un mois, il suit du regard avec intérêt les allées et venues des enfants, et ne semble pas dérangé par la cacophonie ambiante. Une petite fille fonce près de nous, laissant flotter dans son sillage sa longue chevelure dorée. Elle ressemble à une fée. Quelques sons glissent de la bouche de mon fils, il bat des bras.

— Bonjour, me salue un homme. Je peux m'asseoir ?

Je lève les yeux vers lui, et mets ma main libre en visière pour ne pas être éblouie par le soleil. L'homme doit avoir à peu près mon âge, peut-être un peu plus. Je lui réponds avec un sourire :

— Bonjour. Je vous en prie : c'est libre.

J'écarte seulement la poussette de Bailey pour qu'elle ne le gêne pas. L'homme prend place à ma gauche. Comme moi, il enlève son bébé de sa poussette et l'assoit sur ses genoux. Son garçon est clairement plus âgé que Bailey.

Dans les neuf ou dix mois. Il est immédiatement intéressé par mon fils.

— Tu as vu, Bailey ? Tu as un copain. Tu dis bonjour ? dis-je en lui faisant agiter la main. Bonjour, copain.

— Axel, précise le père.

— Salut, Axel. Moi, c'est Bailey.

Le papa rit. Je regarde ses yeux enjoués, couleur chocolat chaud, comme ceux de son fils. Il a quelque chose de charismatique. C'est le genre d'hommes vers qui je suis systématiquement attirée. Machinalement, mes yeux tombent sur ses mains. Étonnamment, il ne porte pas d'alliance. J'explique, pour répondre à son rire :

— Bon, mon prénom c'est Kate. Bailey, c'est ce petit bonhomme.

— Enchanté. Je m'appelle Paul. C'est votre premier ?

Les muscles de mon visage se figent, et je lutte pour ne pas perdre mon sourire. Même si je n'ai pas l'intention d'entrer dans les détails avec un inconnu, je sens mon rythme cardiaque s'accélérer.

— Oui. On a fièrement fêté son premier mois il y a peu.

En présence de James. Paul rit à nouveau.

— Toutes les occasions sont bonnes pour faire la fête, n'est-ce pas ?

J'acquiesce poliment, sans préciser que je ne sais pas si j'aurai la chance d'avoir un autre bébé un jour, que je profite donc au maximum de chaque instant qu'il m'est donné de vivre avec Bailey. Je veux qu'il soit heureux. Je veux être une bonne mère.

— À la première grossesse de ma compagne, nous avons eu des jumeaux, me confie Paul. Nous étions tous les deux bien trop lessivés pour fêter quoi que ce soit, y compris quand les garçons ont commencé à faire leurs nuits. Tous nos amis disaient qu'un enfant qui fait ses nuits est la meilleure chose qui puisse arriver à des parents.

Je ris de bon cœur, et change Bailey de position.

— Quel âge ont vos jumeaux ?

— Presque six ans. Axel a onze mois… Et aujourd'hui,

ajoute-t-il en s'adressant plus à son fils qu'à moi, il est grognon car maman est en déplacement et les grands frères sont à l'école. On est venus au parc pour voir d'autres enfants et arrêter de râler, hein, Axel ?

Pour une raison qui ne m'est pas tout à fait inconnue, ses confidences m'attristent. Je ne suis pas du genre à m'apitoyer sur mon sort, ou même à regretter mes choix, mais j'ai conscience qu'il me sera difficile de me remettre en couple maintenant que j'ai Bailey. Un homme célibataire ne regarde pas une femme avec un enfant, il part du principe qu'elle n'a pas procréé seule, qu'elle est en couple. Sauf que *j'ai* procréé seule… Enfin, d'une certaine façon.

L'arrivée de James m'évite de chercher à entretenir la conversation. Je ne suis pas la seule à le remarquer. Plusieurs des jeunes femmes présentes tournent la tête dans sa direction ou le suivent du regard. Je dois reconnaître qu'avec son costume gris clair ouvert sur une chemise blanche au col déboutonné et ses lunettes Ray-Ban Aviator, il est particulièrement séduisant. À son sourire idiot et arrogant, je sais que les regards gourmands qu'il s'attire ne lui échappent pas plus qu'à moi. C'est le même sourire qui me donnait envie de lui distribuer des claques en continu quand on s'est connus.

— Regarde qui arrive, Bailey.

— C'est le père ? me demande Paul.

— Non, juste un ami.

Toute à l'impatience et à la joie de voir James, je me lève. Bailey aussi le reconnaît, maintenant qu'il s'est approché, car il se met à gigoter. Il passe tellement de temps avec nous depuis sa naissance que son visage lui est familier. James m'adresse un immense sourire en retirant ses lunettes, et c'est moi qui suis éblouie. C'est l'effet qu'il me fait depuis le tout premier jour.

— Voici la maman la plus sexy de la terre, dit-il en guise de salutation. Et le bébé le plus chanceux.

Oui… Il lit en moi comme dans un livre, ce qui lui donne toujours l'avantage. Aujourd'hui, je suis tellement contente de le voir et de retrouver son humour d'adolescent en manque que je laisse un petit rire m'échapper.

— Bonjour, James.

— Tu es superbe, Callaghan. Tu dors mieux ?

— Beaucoup.

Il nous étreint brièvement, Bailey et moi, puis m'embrasse sur la joue. Les quelques secondes que dure notre accolade sont loin d'être suffisantes, mais je ne dis rien. Chaque soir, je m'endors les larmes aux yeux parce qu'il n'y a personne pour me tenir dans ses bras et me dire que tout ira bien, que j'ai été formidable avec le bébé. Pour déposer un baiser affectueux et passionné sur ma bouche. Parfois, en puisant dans mes souvenirs, j'imagine que James est encore à mes côtés.

— James, je te présente Paul et Axel, dis-je en me tournant vers eux. On faisait connaissance.

— Enchanté. Je suis un ami de Kate.

— C'est ce qu'elle me disait. Eh bien, je n'ai plus qu'à vous souhaiter une très belle journée. Le temps devrait rester comme ça, ce week-end : profitez-en bien.

— Merci.

James me regarde avec insistance et je lis dans ses yeux une question trop claire. Horrifiée, je secoue négativement la tête et fronce les sourcils. Pour dissimuler mon embarras et mes joues écarlates, je mets Bailey dans sa poussette. Allongé sur le dos, mon fils fixe mon visage. Je souris, il en fait autant. Mon cœur se tord de tendresse. Je dépose un baiser sur le bout de son nez et me redresse.

— Au revoir, Paul.

— À bientôt, Kate. On passe beaucoup de temps dans ce parc, en fin de matinée ou l'après-midi.

— C'est noté. Au revoir, Axel.

— Tu dis au revoir ?

Son garçon articule des « ba-ba » que j'interprète comme un « bye-bye ». Je souris.

— Bye-bye, Axel. Je suis sûre que Bailey sera ravi de jouer avec toi dans quelques mois.

— Prête ? me questionne James.

Je hoche la tête. Il s'empare de la poussette, et avance. Légèrement surprise, je ne dis rien. Je le connais assez pour savoir qu'une fois prêt à franchir une nouvelle étape, il le fait sans hésiter. J'ai toujours su qu'accepter Bailey lui prendrait du temps, aussi le voir faire tant d'efforts pour y parvenir m'émeut. Depuis peu, par exemple, il le prend dans ses bras pour le câliner.

Une fois que nous sommes suffisamment loin de Paul et Axel pour ne pas être entendus, il me demande :

— C'est quoi, le problème que tu lui as trouvé à celui-là, Kate ?

— Oh ! je ne sais pas… Il est en couple et a des jumeaux de six ans.

— Sérieusement ?

— Oui, sérieusement, James ! Pourquoi j'inventerais des excuses ?

— Avec toi, on ne sait jamais, Callaghan, réplique-t-il. Il y a toujours quelque chose qui cloche chez tout le monde.

— Oh ! tu es encore furieux parce que j'ai dit non à Caleb ? Tu te fous de moi, Evans ? Ce gars couche avec tout ce qui bouge. Tu crois que c'est le genre d'hommes que je veux dans la vie de mon fils ?

— Tu ne lui as même pas laissé une chance de te montrer qu'il a changé.

— Les gens changent rarement.

Il s'arrête. Me toise. Il est intimidant lorsqu'il fait ça. Il utilise cette méthode pour ne pas montrer qu'il est blessé, mais je vois clair en lui. Et un court instant, je suis gênée par ce que j'ai soutenu : je sais qu'il a un sacré passif en matière de coups d'un soir, pourtant, je veux de lui dans notre vie.

— C'est ce que tu penses vraiment ? Que les gens sont incapables de changer ?

Je le corrige prudemment.

— *Certains.* Ça dépend pour quoi, j'imagine.

Ma réponse ne le satisfait pas, mais il se tait, et c'est

en silence que nous atteignons le petit restaurant italien dans lequel nous avons pour habitude de déjeuner chaque vendredi. Je jette un coup d'œil à mon fils : il s'est endormi.

James a réservé, et la jeune femme qui nous accueille nous conduit jusqu'à un salon d'intérieur juste assez grand pour contenir une seule table ronde. Généralement, il faut s'y prendre des semaines à l'avance pour l'obtenir en raison de l'intimité qu'elle confère. J'attends d'être assise, le menu entre les mains pour, parler :

— Comment tu as fait pour avoir cette table ?

— Tu me déçois, Callaghan : depuis le temps, tu devrais savoir que je ferais n'importe quoi pour te voir sourire et te rendre heureuse.

Pour la deuxième fois aujourd'hui, je baisse les yeux en piquant un fard comme une adolescente à son premier rencard. J'ai pourtant l'habitude du petit jeu de James. Pour autant, cela ne signifie pas que je suis immunisée.

— Merci. Ça me touche beaucoup.

— Tout se passe bien avec ton petit lutin ?

— Ce n'est pas évident tous les jours, mais je m'en sors plutôt bien. Et toi ? Tu survis au bureau ? Allez ! ajouté-je en riant lorsqu'il roule des yeux. Je sais que tu meurs d'envie de te plaindre.

— Tu sais que je te trouvais incroyablement chiante avec toutes tes conneries ?

— Tu veux dire mon professionnalisme et ma détermination ?

— Ouais… C'est ça, me taquine-t-il. Eh bien, la nouvelle en aurait bien besoin.

J'éclate de rire en le couvant affectueusement du regard.

— Qu'est-ce qu'elle a fait ?

— Oh ! tu sais… On a juste failli perdre un client important et quelques millions avec.

— Pearsons's Industry ?

James me lance un regard surpris et agacé, qui assombrit ses traits. Il explique sa frustration :

— Tu vois ? Ce flair que tu as, ce sixième sens pour les affaires… Elle n'en a aucun.

— Pourquoi tu l'as engagée alors ?

— Le *comité* l'a engagée, corrige-t-il. Maintenant j'ai les mains liées à cause de la période d'essai. À moins qu'elle fasse une connerie monumentale ou que tu décides de revenir plus tôt, je vais l'avoir sur le dos encore un moment.

— File-la à Thomas, et emprunte son associé.

— Pour que cet imbécile de Thomas Myers te récupère à ton retour ? Non, merci… Quoi ? lance James d'un ton sec lorsque je penche la tête sur le côté avec un sourire ému.

— Tu as beau prétendre que je suis une chieuse et que tu aurais dû me virer depuis bien longtemps, tu tiens à moi.

— Bien sûr que je tiens à toi, Callaghan ! répond-il avec aplomb. La seule raison pour laquelle je voulais te virer c'est qu'aucune femme ne m'a jamais autant déstabilisé. Ça me faisait sacrément chier de te voir te pavaner au bureau avec ton sang-froid et ton assurance, de te désirer si vivement et de ne rien pouvoir y faire.

— Je peux te poser une question ?

— Balance.

— Tu crois qu'un jour quelqu'un m'acceptera avec mon fils ?

— J'en suis persuadé, m'assure-t-il sans hésiter. Tu es une femme extraordinaire, Kate.

Il hésite, puis glisse sa main dans la mienne en massant le dos avec le pouce. Ses yeux fouillent les miens pendant de longues secondes.

— Je suis désolé, dit-il.

— Pourquoi ? dis-je étonnée, m'attendant à tout sauf à des excuses.

— D'être cet homme pour toi : celui qui t'a blessée si profondément que tu as du mal à t'imaginer refaire confiance à quelqu'un un jour.

Incapable de soutenir son regard plus longtemps, je détourne les yeux et fais mon possible pour ne pas laisser les images envahir mon esprit. James et moi… Nous sommes des âmes sœurs sur presque tous les plans, à tel point qu'il est le seul que je vois, et que je peine à concevoir qu'un jour je trouverai quelqu'un d'aussi formidable que lui qui en plus accepterait Bailey.

— Tu n'as pas à t'excuser, je t'assure. Tu as toujours été honnête avec moi.

Je suis celle qui lui a caché mon intention d'avoir un bébé alors que l'on se rapprochait clairement, puis qui lui a dissimulé ma grossesse jusqu'à ce qu'il soit trop tard.

— Il y a quelque chose que tu dois savoir, Kate.

Je l'interroge du regard et l'écoute s'expliquer.

— J'ai toujours soupçonné que tu me cachais quelque chose d'important. J'ai fait semblant de ne pas le comprendre parce que…

Face à son silence gêné je prolonge sa phrase :

— C'était plus facile. Tu ne voulais pas t'attacher.

— On peut dire ça.

Son regard se fait suppliant. Ses doigts s'emmêlent aux miens, se resserrent.

— Je suis désolé, répète-t-il.

— Debout, Evans !

Mon ton est sérieux et je lâche sa main comme si elle m'avait brûlée. Je me lève sous son regard interrogateur, démuni. Il tarde à m'imiter, puis obéit. Je fais le tour de la table et, avant même qu'il puisse réagir, je noue mes bras autour de sa taille. Sur le coup, il se raidit, puis se détend et m'enlace en retour. Il pose le menton sur le sommet de mon crâne en soupirant. Son souffle fait voler mes mèches courtes. La bouche contre son torse, je le rassure :

— Ne t'excuse plus avec moi. Nous savions tous les deux ce que nous faisions. De plus, l'autre jour, tu as dit que tu ne regrettais rien, alors ne commence pas maintenant. Nous sommes amis, James, c'est déjà beaucoup. En tout cas pour moi.

Je me détache juste assez de lui pour pouvoir le regarder dans les yeux.

— Tu es mon *seul* ami, Evans : j'ai besoin de toi.

Bailey a besoin de toi. Si tu es si désolé que ça, sois là pour nous deux.

— Kate…

— Je t'arrête tout de suite, James. Je ne te demande pas d'être son père. Ça serait injuste. J'aimerais juste que tu fasses partie de la vie de mon fils. À toi de voir comment.

— OK.

— OK.

Et je souris, tandis qu'il se penche et dépose un petit baiser sur mes lèvres. Quelque chose qu'il fera encore sans doute longtemps, et que je n'ai même pas envie de lui interdire. Nous nous réinstallons chacun à notre place pour nous concentrer sur le menu que nous connaissons en réalité par cœur. J'opte pour les pâtes à la carbonara sur lesquelles j'ajouterai des tonnes de parmesan.

Quand James passe la commande auprès de la serveuse, je n'ai pas besoin de lui dire ce que j'aimerais manger : il le sait déjà. Comme je sais que lui prendra les lasagnes avant qu'il l'annonce. Une fois que nous sommes seuls, nos regards s'aimantent l'un l'autre. Je souris, comblée et heureuse d'être ici avec lui.

— Tu manques au bureau, Kate. Ce n'est pas pareil sans toi, m'avoue-t-il.

— Je serai vite de retour pour te casser les pieds, dis-je en plaisantant.

— Tu sais comment tu vas t'y prendre avec Bailey ?

— J'hésite encore entre la crèche, une nounou et une jeune fille au pair. Je pense passer au bureau quand j'aurai pris une décision pour en discuter officiellement avec toi et le comité, mais je reviendrai sans doute à temps partiel d'abord : j'ai envie de profiter de Bailey et de le voir grandir. J'ai un faible pour les enfants de moins de trois ans.

— Et tu en fais quoi après ? me taquine-t-il avec un large sourire.

— Je les fais adopter.

Il éclate de rire.

— Tu me surprendras toujours, Callaghan. Tout le

mal que tu te donnes pour te débarrasser de Bailey d'ici trois ans !

Je rétorque en riant :

— Chut. Il risque de t'entendre.

— Ma chère Kate, sache que mon rôle auprès de ton fils consistera en cela : lui répéter toutes les petites méchancetés que tu auras dites quand il n'était pas en mesure de comprendre. Si mes souvenirs sont bons, tu as dit qu'il était moche.

— Tout fripé, dis-je, hilare, pour le corriger.

— Qu'il ne ressemblait à rien, ajoute-t-il. Maintenant, tu cherches à te débarrasser de lui alors qu'il a à peine un mois.

— Tu exagères !

À ma grande surprise, il approche la poussette pour prendre Bailey dans ses bras. Dérangé dans sa sieste, mon fils s'agite et commence à protester par de petits pleurs.

— Je vais te tuer, James Evans : il dormait.

— On doit parler entre hommes, répond-il.

Et sur ce, il se lève, Bailey calé dans le creux du bras. Consternée, je le suis des yeux jusqu'à ce qu'il disparaisse dans la salle principale du restaurant, puis à l'extérieur. Piquée au vif, je saisis mon portable.

Ramène mon bébé tout de suite, Evans !

Détends-toi, maman.

Je me surprends à me détendre, et ce n'est pas parce qu'il me l'a demandé. Je confierais ma vie à James Evans et, visiblement, celle de mon fils aussi. Entre-temps, la serveuse revient. Elle s'étonne de me voir seule à la table.

— Le bébé faisait des siennes ?

— Non, mais mon ami a pensé que ce serait une bonne idée de le réveiller.

Je vois sur son visage les questions qu'elle brûle de poser. Ce n'est pas le père ? Vous n'êtes pas ensemble ?

Est-il célibataire ? Mais elle s'abstient, et je lui en suis reconnaissante. Je n'ai aucun problème à faire savoir aux autres que non, James et moi ne sommes pas en couple, et qu'il n'est pas non plus le père de mon fils. Ceci dit je préfère ne pas avoir à le faire, voilà tout. J'ai bien sûr conscience que ma situation est loin d'être ordinaire, et qu'elle suscite beaucoup d'interrogations, mais je n'aime pas avoir à m'expliquer.

Le sourire contrit, la jeune femme dépose nos bouteilles d'eau pétillante et la corbeille de pain avant de repartir. Je grignote un croûton pour m'occuper. James revient avec Bailey en même temps que la serveuse avec nos plats. Impossible de ne pas noter la sérénité et la fascination avec lesquelles mon fils contemple James. J'ai lu que les nourrissons sont particulièrement attirés par les visages, et qu'ils ont une nette préférence pour ceux qu'ils connaissent. En plus de cela, Bailey doit très certainement reconnaître la voix de James, qu'il a entendue tout le long de ma grossesse, que je sois au bureau ou pas. James s'est même plusieurs fois adressé directement à lui en approchant sa bouche de mon ventre lorsque nous n'étions pas d'accord et qu'il voulait gagner contre moi. Au final, il me faisait mourir de rire, alors nous remettions notre discussion à plus tard.

— Qu'est-ce que tu faisais ?

Au son de ma voix, Bailey tourne le visage et me cherche des yeux. Je lui souris lorsqu'il me trouve.

— Coucou, bébé. Qu'est-ce que tu faisais ? redis-je à l'attention de James.

Il me regarde avec sérieux, et me répond sans faire l'idiot :

— Tu as dit que c'était à moi de définir les termes de ma présence dans la vie de ton fils, commence-t-il. J'adorerais être l'oncle chiant, qui le mettra mal à l'aise devant ses amis et sa petite copine lorsqu'il sera en âge d'en avoir, mais je te dois plus. Je serai toujours là pour Bailey, aussi longtemps que tu le voudras et que tu auras besoin de moi. Si un jour tu rencontres quelqu'un – et c'est ce que je te souhaite du fond du cœur, Kate – ce sera à toi de décider de ce que tu veux que je fasse. Si tu veux que je reste ou que… Que je quitte votre vie. Quoi que tu décides, je promets que je respecterai ton choix même s'il ne me plaît pas.

— James…

— Je suis sérieux.

— James, dis-je comme s'il ne m'avait jamais interrompue. Je ne te cache pas que j'aimerais en effet rencontrer quelqu'un à plus ou moins long terme. Je…

— Tu es comme ça, je le sais, Kate, poursuit-il à ma place lorsque je lui lance un regard désemparé. Tu as ta carrière, tu en es fière, mais tu rêves d'une vraie vie de famille. C'est la seule chose qui te rendrait véritablement heureuse.

J'acquiesce et continue d'une petite voix :

— Mais je veux que tu saches que mon partenaire potentiel devra accepter tout ou rien : moi, Bailey *et toi*. Ma définition d'une vie heureuse t'inclut toi aussi, James Evans, d'accord ? Tu as été là quand je n'avais personne. Ce que nous avons traversé ensemble nous a considérablement rapprochés. Je ne te tournerai jamais le dos.

Et parce qu'il est trop ému par ce que je lui dis, il détourne brièvement les yeux, puis relève le visage en me demandant :

— Est-ce que Bailey va hurler à la mort si je le remets dans sa poussette maintenant ?

— Probablement. S'il pleure, passe-le-moi.

— Non. Mange d'abord tes pâtes pendant qu'elles sont chaudes. Je m'occupe de lui.

J'obtempère. Pendant que je mange, il raconte de petites anecdotes à mon fils, qui l'écoute avec une grande attention. Lorsque j'ai fini, il me passe Bailey pour manger ses lasagnes, froides à présent. Il ne semble pas s'en soucier. Nous prenons tous les deux un tiramisu pour le dessert, puis nous sortons nous promener.

— À quelle heure dois-tu retourner au bureau ?

— Beaucoup trop tôt à mon goût. Dans environ vingt minutes, répond-il.

— Tu as des dossiers intéressants ?

— Franchement, non. Je me coltine la révision des contrats. Point positif : je dois aller au tribunal en milieu d'après-midi.

— Tu veux dîner à la maison ce week-end ?

— J'adorerais, mais Ryan, Alden et moi partons quelques jours dans la maison de campagne de mes parents.

J'approuve d'un hochement de tête.

— Ça va te faire du bien.

— Ouais…

James et moi nous arrêtons lorsque nous arrivons en bas de l'immeuble dans lequel nous travaillons.

— Tu montes présenter Bailey ?

— Une autre fois peut-être : je suis crevée.

— OK.

— James ?

— Oui ?

— Profite de ton week-end, d'accord ?

Mon ami plisse les yeux d'un air mauvais, la bouche entrouverte, puis demande :

— Qu'est-ce que je dois comprendre ?

— Je sais que tu n'as pas touché une femme depuis que l'on a couché ensemble. Si l'occasion se présente, ne te retiens pas à cause de moi.

Une seconde, son visage affiche le trouble qui le saisit à ma remarque. Il se drape dans sa fierté immédiatement après.

— Je n'ai pas besoin de ta bénédiction pour m'envoyer en l'air, Callaghan ! réplique-t-il sèchement.

Je reprends, sur un ton d'excuse :

— James…

— Je passe vous voir avant de partir. Rentre bien.

— James, j'insiste.

Mais tout ce qu'il fait, c'est déposer un baiser bref et sans aucune émotion sur mon front, saluer Bailey et faire volte-face pour présenter sa carte à l'agent de sécurité placé à l'entrée de l'immeuble. Toute triste, je le regarde traverser le hall puis se faire engloutir par l'un des ascenseurs. Ensuite je retourne à la voiture, ralentie par le poids de ma maladresse et de ma culpabilité.

2. Entretien

12 décembre 2014

Une pluie fine et glacée arrose Portland depuis des jours, une de celles qui vous glacent jusqu'aux os si vous avez la malchance d'être dehors. Il y a de la brume partout, il fait sombre et froid. Un temps à rester couché. J'ai hâte que la journée se termine pour pouvoir apprécier une soirée tranquille avec une bonne bière devant la télé. Avant ça, j'ai encore un entretien à faire passer. Le cabinet d'avocats d'affaires pour lequel je travaille, qui est accessoirement l'empire bâti par ma mère, recrute un nouvel associé censé travailler en étroite collaboration avec moi. Comme je suis du genre à être exigeant jusqu'à la maniaquerie, le département des ressources humaines a préféré me laisser conduire les entretiens moi-même. J'ai déjà reçu sept des huit candidats à qui on a gracieusement proposé un entretien. Tous étaient des gamins arrogants que je renverrais volontiers à la fac à cause des conneries qu'ils ont débitées. J'ai besoin de quelqu'un d'efficace, pas de quelqu'un qui me fera rouler des yeux à longueur de journée.

D'ailleurs, la dernière candidate de la journée, la seule femme du lot, promet d'être un sacré numéro en matière de roulage d'yeux. Sa lettre de motivation est impeccablement écrite, convaincante même, mais son parcours est pour le moins… atypique. Elle s'est lancée dans le droit tardivement, après des errements en tant que commerciale, puis bibliothécaire dans un trou perdu du Wyoming que j'ai dû chercher sur une carte pour m'assurer qu'elle ne l'avait pas inventé. Outre son expérience limitée en tant que juriste, elle n'a même pas son diplôme d'avocat. J'ignore pourquoi les RH ont décidé de me faire perdre mon temps avec elle. Sans doute est-ce leur manière un peu tordue de se venger de moi après que je leur ai fait réécrire la fiche de poste une bonne vingtaine de fois. De toute façon, je compte boucler l'entretien en moins d'un quart d'heure.

Je suis encore planté devant les grandes baies vitrées de la salle de réunion, les mains dans les poches de mon pantalon avec Portland à mes pieds lorsque ma secrétaire fait entrer Caitlin Callaghan. Je pivote, et m'immobilise, sidéré en la découvrant.

La jeune femme qui se tient face à moi n'a rien de la vagabonde un peu louche que j'ai imaginée en lisant son CV. Elle porte des escarpins aux talons vertigineux avec une robe couleur crème, qui moule son corps tout en courbes élégantes, et s'arrête juste un peu au-dessus des genoux. Autant de signes indéniables d'audace et d'assurance par le temps qu'il fait. Sa chevelure rousse flamboyante tombe en cascades sur ses épaules. Je suis englouti dans deux grands yeux vert émeraude, que souligne son maquillage. L'aura qu'elle dégage est quasi féerique, en tout cas envoûtante. Et lorsque ses lèvres peintes en rouge framboise s'étirent en un sourire chaleureux et sincère, je bande. Mes narines frémissent d'agacement. Je déteste être à la merci d'une femme de cette façon, en particulier dans le cadre professionnel. Ça renforce ma détermination à écourter au maximum notre entrevue.

— Caitlin Callaghan, se présente-t-elle avec un accent irlandais prononcé. Je suis ravie de faire enfin votre connaissance, monsieur Evans.

— Je vous en prie, installez-vous, dis-je d'un ton contrit en désignant de la main le siège qui fait face au mien.

La grande table en verre ne m'a jamais paru si petite. J'ai l'impression que je peux tendre la main et toucher cette femme. Sans se départir de son sourire, elle s'assied et sort de son sac à main un petit calepin et un stylo à bille de marque. Je me laisse tomber sur ma chaise en réprimant un soupir. Avec mon érection, il me faut quelques secondes qui me paraissent des heures avant de trouver une position confortable. Pour me donner un peu de temps supplémentaire, je rassemble mes documents et fais semblant d'étudier le CV que je connais déjà presque par cœur.

— Bien. Mademoiselle Callaghan…

— Kate, me corrige-t-elle.

Je lève les yeux vers elle, dérouté par son attitude accessible et sympathique. Dans le monde froid et impersonnel dans lequel j'ai grandi, il n'y a pas de place pour les sourires radieux comme le sien, ni pour son calme lors d'un entretien de ce niveau. *Qu'est-ce qu'elle fout là, bon sang ?* Mais je répète, au ralenti, pour savourer au passage son prénom sur ma langue :

— Kate. Je ne vous cache pas que je suis curieux de savoir ce qui vous amène ici. Vous avez travaillé dans l'hôtellerie, puis dans le commerce, et enfin vous avez été bibliothécaire…

— C'est votre question ? réplique-t-elle. Qu'est-ce que je peux bien faire ici ?

Frustré, je ferme les yeux l'espace d'une seconde. Je viens de lui donner l'avantage : c'est elle qui mène la discussion.

— Oui.

— Je suis arrivée aux États-Unis à dix-neuf ans, m'explique-t-elle sans se laisser démonter. J'ai suivi mon petit ami de l'époque, que j'ai rencontré à Dublin dans l'hôtel où je travaillais en tant que réceptionniste, et où il séjournait. Je suis tombée sous son charme : à la fin de l'été, je suis partie avec lui contre l'avis de ma mère. Par fierté, je ne suis pas rentrée chez moi lorsque nous avons rompu quatre mois plus tard. Je me suis débrouillée comme j'ai pu pour survivre, d'où mon passé dans le commerce et à la bibliothèque de Cody.

— Pourquoi le droit des affaires ? Vous n'étiez pas heureuse à Cody, à ranger trois livres et deux revues ?

Son sourire ne disparaît pas. Malgré mon hostilité, elle répond avec le même naturel que depuis le début :

— J'ai fait ce que j'avais à faire pour payer mes factures et avoir de quoi manger, monsieur Evans.

— Et vous étiez tellement bien payée que vous avez même pu financer vos études à l'Université de Chicago, classée cinquième parmi les meilleures facs de droit du pays…

Mon ton est ironique. Face à mon attaque, ses traits se figent juste assez pour que je m'en rende compte, mais elle reste calme et ouverte. Je l'admire. À sa place, j'aurais déjà perdu patience et foutu le camp. Mes yeux descendent sur ses mains, posées devant elle. Je suis persuadé que si je touche ses doigts, ils seront glacés. Malgré moi, je remarque qu'elle ne porte aucun bijou, pas même une montre. Elle n'a qu'un collier de perles autour du cou, et les boucles d'oreilles assorties.

— Ce point me regarde, monsieur Evans. Ce qui vous concerne, c'est mon diplôme, peu importe la façon dont je l'ai obtenu.

— Vous voulez vraiment ce boulot, n'est-ce pas ? dis-je au moment où je parviens à cette conclusion.

Ma question est stupide ! Non seulement elle a répondu à l'annonce, mais en plus elle s'est présentée à l'entretien et continue à répondre poliment à mes interrogations déplacées.

— Oui, reconnaît Caitlin en soutenant mon regard.

Face à son honnêteté je fais un effort pour me montrer plus professionnel. Je lui pose la même série de questions qu'aux autres candidats, et j'écoute ses réponses avec intérêt. Elle connaît bien notre entreprise, ses clients les plus importants, notre politique commerciale. Lorsque je donne des précisions sur le poste, les dossiers en cours et les principaux associés avec lesquels je travaille, la jeune femme prend des notes avec un grand soin. Elle pourrait faire l'affaire, mais elle manque d'expérience. De plus, je ne suis toujours pas convaincu par son parcours et ses motivations. Elle semble le deviner, car, au moment où je m'apprête à conclure l'entretien, elle reprend la parole :

— Monsieur Evans, je sais que tout dans mon parcours vous crie que je n'appartiens pas à votre univers, et c'est vrai, je ne le cache pas. J'ai aussi beaucoup à apprendre, mais je peux vous assurer qu'en attendant d'arriver à votre niveau je fournirai un travail irréprochable. Je connais votre réputation, la réputation de votre entreprise. Je suis là pour apprendre aux côtés des meilleurs dans la profession. Vous pouvez être certain qu'en retour vous aurez le meilleur de moi.

Amusé, je répète une expression qu'elle a employée :

— Arriver à mon niveau ? Qu'est-ce qui vous fait croire que vous parviendrez à m'égaler un jour ?

— Je le sais, c'est tout. Tout ce dont j'ai besoin, c'est un peu de temps et une chance de faire mes preuves.

— Le temps de vous former est justement ce que je n'ai pas, mademoiselle Callaghan. Au cas où vous auriez mal lu l'annonce, nous voulons quelqu'un d'expérimenté, et d'immédiatement prêt à travailler. Si vous estimez que vous avez encore des choses à apprendre, les stages sont faits pour ça.

Ses grands yeux s'assombrissent, un frisson lui parcourt l'échine. Une beauté brute émane de son visage, m'hypnotise un peu plus.

— Vous m'avez mal comprise, monsieur Evans. Vous voulez quelqu'un d'opérationnel ? Je le suis. Je peux faire le travail que vous demandez aussi bien que la moyenne des autres juristes à ce niveau, peut-être mieux. Mais je ne veux pas me contenter de *bien* travailler : je veux exceller. Et pour cela, je souhaite apprendre avec les meilleurs. L'entreprise pour laquelle j'ai travaillé ces neuf derniers mois ne vous dit vraiment rien, n'est-ce pas ? ajoute-t-elle.

— Ça devrait ?

J'ai répondu avec arrogance. Pourtant, dans le doute,

je baisse les yeux sur son CV, et remarque un détail qui m'avait échappé. Elle a travaillé chez Simons & Co, une boîte pionnière dans les nanotechnologies. Un client que j'ai perdu il y a moins de deux mois à cause de failles juridiques repérées par leur juriste, des failles qui auraient pu leur faire perdre plusieurs brevets, et un procès pour la paternité d'une découverte majeure. C'est ce qui a valu le renvoi de mon précédent associé.

Lorsque je soutiens à nouveau le regard de Caitlin Callaghan, ses yeux brillent de satisfaction. C'était elle, la juriste. Un élément qui me fait entièrement revoir mon jugement à son sujet.

— C'était vous, dis-je choqué.

— À votre décharge, les points qui vous ont échappé étaient tellement techniques que n'importe qui les aurait ignorés. J'ai eu la chance de baigner dans ce jargon scientifique pendant des mois, voilà pourquoi j'ai vu ce que vous avez manqué.

— Je ne suis pas n'importe qui, permettez-moi de vous le rappeler, dis-je sèchement.

— Je le sais, répond-elle d'une voix maîtrisée, sans insolence. C'est pour cela que je suis là aujourd'hui. Cette anecdote ne signifie rien pour vous ?

— Si : que vous êtes probablement une chieuse hors pair, qui retiendra le moindre de mes faux pas contre moi.

— Pourquoi pas… Je pensais plutôt à quelque chose comme « polyvalente et méticuleuse », mais allons-y pour « chieuse hors pair ».

Je ne sais pas à quoi cette femme joue – je suis incapable d'interpréter l'éclat dans ses yeux d'émeraude ou même le rose sur ses pommettes – mais je sais qu'il faut que je mette fin à cette mascarade. Je me lève comme si j'étais monté sur ressort. Elle est surprise, mais elle ne dit rien. Elle attend que je m'explique. Aussi je récite, comme à tous les autres :

— Merci d'avoir pris le temps de cet entretien. Nous

reviendrons vers vous dans les meilleurs délais pour vous faire connaître l'issue de la sélection.

— Merci à vous, monsieur Evans, répond-elle en se levant après avoir rangé ses affaires dans son sac.

Elle me tend une carte professionnelle et ajoute :

— Je suis joignable à ce numéro et/ou par e-mail s'il y a des points que vous aimeriez clarifier.

Me gardant bien de prendre la carte je dis d'un ton ferme :

— Ça ne sera pas nécessaire.

Si ma froideur l'affecte, elle ne le montre pas. Elle m'offre un nouveau sourire qui vient du cœur, un de ceux qui contaminent les yeux. J'ai l'impression que, quoi que je dise à cette femme, elle ne se mettra jamais en colère, elle ne se laissera pas atteindre. J'ignore si c'est parce qu'elle est complètement indifférente, à ce stade, ou si au contraire elle a confiance en ses atouts au point que mon attitude ne la blesse pas. À moins qu'elle ait vu tellement pire, que mon comportement n'est rien en comparaison. Je tends la main. Caitlin la serre sans hésiter, et y met la même chaleur que dans son sourire. Contrairement à ce que je pensais, ses doigts sont tièdes, sa peau douce. Quelque chose qui m'ébranle bien plus que je ne l'aurais imaginé.

— Au revoir, monsieur Evans.

— Au revoir, mademoiselle Callaghan.

Je lui tiens la porte, mais ne la raccompagne pas jusqu'à l'ascenseur. J'en suis incapable. Ce je-ne-sais-quoi qu'elle dégage me tétanise, autant éviter de rester exposé plus qu'il ne le faut.

Seul dans la salle de réunion, je passe les mains dans mes cheveux. Je suis à la fois épuisé et submergé par l'intensité de ce que je ressens. Si j'essaye de faire le point au sujet de Caitlin, je dois reconnaître qu'elle a agréablement flatté mon ego, et que j'ai été séduit par son assurance sans fioritures. Mais pour le reste je ne me fais pas confiance.

Furieux, je déboule dans le bureau de ma mère sans être invité. Elle lève les yeux de son écran avec une expression de surprise. J'évite avec soin le placard à alcool, pour me laisser tomber dans le sofa rouge pétant.

— En quoi puis-je t'aider, James ? ironise-t-elle.

Ses yeux gris acier sont aussi froids que le métal et me transpercent lorsqu'ils se posent sur moi. J'ai les mêmes qu'elle, mais j'aime prétendre qu'ils sont un peu plus expressifs et chaleureux.

— Commence par m'expliquer pourquoi j'ai passé ma journée à rencontrer des incompétents.

— Tu exagères, James…

— Tu veux que l'on parle de la réceptionniste/commerciale/bibliothécaire irlandaise ? lancé-je, plein de mauvaise foi.

— Pour info, chacun des candidats que tu as reçus a passé un test de compétence. Les RH n'ont sélectionné que ceux qui ont obtenu un score supérieur à 95 %. Ta « réceptionniste/commerciale/bibliothécaire irlandaise » a eu le score le plus élevé : 98 %.

Je marmonne d'agacement en roulant des yeux. Ce résultat confirme que Caitlin est la candidate la plus apte pour le poste. Ça ne me plaît pas. Elle est bien trop sexy pour que je collabore sereinement avec elle. L'affaire est close.

— Peu m'importe. Je veux un deuxième round.

— James Grayson Evans ! Je t'ai élevé mieux que ça, s'impatiente ma mère.

Un petit rire m'échappe. Katherine Evans ne m'a pas élevé : elle m'a mis au monde, puis est retournée au bureau dix jours après. J'ai conscience d'être rancunier, mais le peu de bien qu'il y a en moi, je le dois à Marta Welander, notre gouvernante, la femme qui m'a élevé.

— Tu vas devoir faire avec les huit candidats que nous t'avons proposés, poursuit-elle. Nous n'avons ni le temps ni l'argent pour un second processus de recrutement. De plus, à quelques nuances près, tu obtiendrais le même type de profils.

Oui, mais peut-être que dans le lot il n'y aura pas cette Irlandaise charmante, qui est aussi la candidate la plus crédible. Comment suis-je censé me concentrer si je bande du matin au soir en sa présence ? À nouveau, je grogne pour montrer mon mécontentement en me levant.

— James, me retient ma mère au moment où je m'apprête à quitter son bureau. Tu peux bien choisir qui tu veux. Mais lundi à 9 h 30 tapantes, je veux que tu me présentes ton nouvel associé.

J'ai envie de lui dire d'aller se faire voir, mais je m'abstiens. Je préfère récupérer mes affaires dans la salle de réunion, prévenir Paula, mon assistante, que je pars, et descendre directement au bar qui se trouve à deux rues du bureau. Cette fois encore, je résiste à l'envie de me bourrer la gueule. Si je veux donner une réponse à l'un des clowns que j'ai vus aujourd'hui, il faut que je reste sobre.

Quand je demande une limonade, le barman lève un sourcil surpris. Il me connaît, mais ne fait pas de commentaires. Je ressors mes huit dossiers pour les étudier. Trois des candidats que j'ai reçus sont issus d'anciennes et riches familles de la ville. Les quatre candidats suivants sont aussi passés par Yale et Harvard, ont fait leurs armes à New York et à Washington. Tous ont un parcours classique, prévisible. Rien ne les distingue. La seule chose qui pourrait m'aider à trancher est leur personnalité, mais j'ai l'impression d'avoir rencontré sept clones.

Puis il y a Caitlin Callaghan. Immigrée irlandaise, sans attaches dans le pays. Au lieu de passer l'été dans les Hampton à se soûler et à baiser à droite et à gauche, elle a sans doute enchaîné des petits boulots dont la moitié n'est pas détaillée sur son CV. En termes de diplômes, elle a fait un sans-faute. Et elle s'est montrée déterminée, passionnée, consciencieuse.

Pour être moi-même issu d'une vieille et riche famille, je sais qu'elle n'a reçu aucune aide pour se hisser à ce niveau : tout le mérite lui en revient. Lui donner ce poste serait comme couronner tous ses efforts. Si je ne lui laisse pas sa chance, il est probable qu'aucun autre cabinet ne le fera. Les autres petits cons que j'ai rencontrés pourront quant à eux compter sur leurs parents et leur réseau de contacts bien placés pour décrocher un boulot.

J'avale une gorgée de limonade puis me masse les paupières du pouce et de l'index. Je pense à Marta. À tout l'amour, à la bonté et à la bienveillance qu'elle m'a donnés. D'une certaine façon, Caitlin me fait penser à elle. Marta est une immigrée suédoise, venue elle aussi par amour pour un homme qui l'a ensuite trompée et laissée sans rien. Je suis surpris de constater que ces deux femmes ont vécu des histoires si comparables. Marta a consacré sa vie à mon éducation et à celle de mes frères aînés, Ryan et Alden. C'était tout ce que lui permettaient ses compétences limitées. Caitlin, elle, aspire à plus, à mieux. Il serait injuste de ma part de la punir parce qu'elle n'entre pas dans le moule.

— Une Guinness, commande une cliente qui s'installe à côté de moi.

Je ne suis pas du genre à croire aux coïncidences mais, en l'occurrence, le karma se fout bien de ma gueule. Je reconnais la voix, l'accent. Le choix est typique. Si j'étais elle, moi aussi je voudrais un peu de réconfort en provenance de mon pays. Je la salue sans bouger :

— Mademoiselle Callaghan.

— Ce n'est pas vrai, ça ! rétorque-t-elle. Vous êtes partout.

Je ris, prends une nouvelle gorgée de limonade et me tourne vers elle. Elle doit habiter dans le coin, car elle s'est changée, depuis notre rencontre : elle porte un jean et un chemisier blanc cassé très simple. Son visage est entièrement démaquillé. Ses cheveux sont tirés en arrière en une queue-de-cheval qui lui donne un côté farouche, bizarrement accentué par toutes les taches de rousseur sur son visage.

— J'allais vous appeler, dis-je.

— Pourquoi ? Pour m'humilier un peu plus ? demande-t-elle, plongeant les yeux dans les miens avec aplomb.

— Je ne vous ai pas…

— Si, me coupe-t-elle. J'ai travaillé pour des ordures, mais jamais dans ma vie je n'ai été humiliée comme je l'ai été dans vos bureaux.

Je ne fais pas le malin, et réponds, le ton sincère :

— Je voulais vous proposer le poste. Si vous en voulez toujours…

Elle est prise de court. Ses yeux deviennent brillants. Elle les détourne pour que je ne voie pas les larmes qui y apparaissent. Sa bière est servie. Elle en descend une bonne partie en quelques longues gorgées.

— Est-ce que je vais le regretter ? finit par demander Caitlin. Je préfère terminer ma vie comme bibliothécaire qu'être ridiculisée et rabaissée en permanence.

— Si vous êtes aussi bonne que vous l'avez dit, on devrait bien s'entendre, dis-je en soutenant cette fois son regard.

Elle hésite, et je ne peux pas lui en vouloir. Je me suis comporté comme un connard arrogant, je le sais. En silence, je finis mon verre pendant qu'elle sirote le sien. Comme elle ne semble toujours pas décidée, je me lève, et paye nos deux consommations.

— Si vous voulez me donner une chance de vous montrer que je ne suis pas aussi con que j'en ai l'air, soyez là à 9 heures lundi. Passé 9 h 15, j'appellerai le suivant sur la liste.

Je pars, et pour la première fois de ma vie, je ne suis sûr de rien. J'ignore si Caitlin Callaghan se présentera au bureau lundi matin. J'ai le sentiment que cette femme causera ma perte, et ça ne me plaît pas. J'ai déjà connu ça. Souvent, j'ai la stupidité et la naïveté de croire que je m'en suis remis, mais c'est faux. C'est d'ailleurs la raison pour laquelle, ce soir-là, je change de bar, enchaîne plusieurs verres de bourbon, le temps de repérer une brune qui me laisse docilement la baiser par-derrière dans les toilettes du bar. Tout le long, j'ai l'image d'une rousse aux grands yeux verts imprimée sur la rétine.

3. Regrets

En arrivant dans mon bureau, je jette ma veste sur le petit sofa en cuir et remonte les manches de ma chemise jusqu'aux coudes avec des gestes si secs que je manque en faire céder les boutons. Je suis tenté de me servir un alcool fort. Mais vouloir anesthésier ma frustration ne vaut pas les sanctions que j'encours si je me présente ivre ou presque au tribunal. J'opte pour un café noir corsé.

J'ai toujours su que Caitlin Callaghan causerait ma perte. Et j'enrage à l'idée qu'elle sache que j'ai été incapable de toucher une autre femme qu'elle. Notre dernière fois remonte à son septième mois de grossesse. C'est en approchant de son accouchement qu'elle a absolument tenu à ce que l'on clarifie notre relation. Kate ne m'a pas tout de suite dit qu'elle attendait un bébé. Il a fallu que je sois sur le point de la déshabiller pour lui faire l'amour pour qu'elle me parle de son insémination. Plusieurs mois sont passés depuis, et Bailey est né. Mais je ressens encore parfois, toujours aussi vive, la colère qui m'a envahi quand j'ai découvert qu'elle m'avait caché quelque chose d'aussi important, à un moment où les sentiments qui nous liaient étaient plus forts que jamais.

Autant dire qu'une telle chose relance les questions que je me pose sur notre couple. D'une certaine façon, la décision de Kate montre que je ne compte pas, qu'elle ne s'est jamais imaginée avec moi sur le long terme. Et peut-être parce que je n'ai jamais été sûr de rien, j'ai quand même couché avec elle pendant plusieurs mois dans une vaine tentative d'apaiser au moins un peu le désir intense qui nous consume tous les deux depuis que l'on a commencé à bosser ensemble.

Je m'installe à mon bureau. La frustration ne diminue pas, et pour me calmer je sors mon petit bloc de papier blanc et un crayon. Je vais finir le dessin sur lequel je travaille depuis ce matin : « la fée irlandaise et son petit lutin ». Les deux personnes pour qui je sacrifierais tout sans hésiter, si ça pouvait garantir qu'ils seront en sécurité, en bonne santé, à l'abri du besoin, aimés et chéris. Souvent, je me surprends à vouloir entrer dans la petite bulle de bonheur que Kate a créée autour d'elle et de Bailey. Mais je sais que je gâcherais tout. Elle non plus ne cache pas son envie de m'inclure, elle m'en donne d'ailleurs souvent l'occasion, mais elle respecte aussi les limites que je nous fixe. À force d'être abandonnée, Kate a appris à ne compter sur personne pour être heureuse. Je suis son seul ami, sa seule famille. Elle préfère m'avoir dans sa vie de cette façon plutôt que me perdre. C'est quelque chose qu'elle m'a souvent dit. C'est aussi pour ça qu'elle se contente du peu que j'ai à lui offrir. Je culpabilise, évidemment.

Son courage au quotidien est une leçon d'humilité. Sur l'oreiller, elle m'a parlé des moments les plus difficiles de sa vie. Kate a été pauvre, sans-papiers et sans-abri pendant presque une année entière. Pendant un temps, elle a sérieusement envisagé de se prostituer pour survivre. Un de ses ex l'a dépouillée de toutes ses économies, et des rares objets de valeur qu'elle possédait. Ce qu'elle me donne, ce sont des choses dont un jour elle a manqué. Même si je suis un sale gosse de riche gâté depuis le berceau, elle ne veut pas que je connaisse les mêmes difficultés qu'elle. Kate me rappelle souvent que la gentillesse paye. Je lui souhaite d'avoir raison car elle mérite le meilleur.

J'ajoute quelques détails à mon dessin et le contemple avec satisfaction. Bien sûr, aucun de mes travaux – même les plus soignés et les plus réussis – ne rendra jamais justice à Kate et Bailey, mais je trouve celui-ci vraiment bien. Il rejoindra la collection des croquis que j'ai d'elle et de son fils.

Maintenant que ma frustration est vaguement évacuée, je me concentre sur le dossier que je défends tout à l'heure. La remplaçante de Kate m'a préparé tous les éléments dont j'ai besoin, et je m'efforce de ne pas trop m'attarder sur tout ce qui montre qu'elle n'est pas à la hauteur de mon ancienne associée. Décidément, Kate me manque. En tant que collègue, et en tant qu'amie. Aujourd'hui, j'aurais plus que jamais besoin de son optimisme et de son sourire à deux mille watts.

Je pense ne gâcher la surprise de personne en disant que Kate s'est présentée au bureau à 8 h 50 le lundi suivant notre entretien. En une semaine, elle a mémorisé toutes les manies qui font de moi un chieur hors pair. Au bout de deux semaines, ses petites annotations et ses commentaires ont pris une tournure plus personnelle et ont laissé transparaître son humeur et son humour. Après plusieurs mois de collaboration, elle a commencé à me préparer des notes récapitulatives rappelant notre ligne d'attaque ou de défense, et nos arguments, et à me renvoyer avec précision aux détails légaux sur lesquels j'aurais éventuellement pu être coincé en audience. J'ai appris à lui faire confiance, et à ne plus m'appuyer que sur ses recherches, quand il m'est arrivé de passer au tribunal sans avoir le temps de me préparer.

Tu me manques, Callaghan. Quand est-ce que tu reviens ?

Va te faire voir, Evans.

Même si je le voulais, je n'y arriverais pas…

Je suis sûre que Ryan et Alden vont t'arranger ça ce week-end.

Hé ! Tout à l'heure tu m'as encouragé à baiser la première venue.

Depuis quand fais-tu ce que je dis ?

Oublie, James. Bébé B. vient de s'endormir et j'aimerais bien me reposer aussi.

OK.

Je relis son dernier message plusieurs fois. J'essaye de capturer tout l'amour qu'il contient même s'il ne m'est pas destiné. « Bébé B. » Impossible de ne pas tomber sous le charme de Bailey. Il tient d'elle, même si elle ne le voit pas. Ou peut-être que c'est moi qui vois ce que j'ai envie de voir, et qui refuse obstinément d'admettre qu'un inconnu, que Kate a découvert dans un catalogue de donneurs de sperme, a conçu un magnifique bébé avec elle.

On frappe. Ce doit être ma collaboratrice : nous devons vérifier quelques points au dossier sur lequel nous travaillons. D'un coup je laisse de côté mon portable, mon amertume et ma jalousie.

— Entrez !

— Bonjour, James.

J'écarquille les yeux en découvrant ma mère. Sans même cacher mon animosité je l'accueille froidement.

— Qu'est-ce que tu veux ?

— En voici une façon de saluer ta mère ! Nous ne nous sommes pas vus depuis deux semaines.

— Oh ! arrête cette comédie, Katherine ! Tu ne te montrais pas aussi sentimentale lorsque j'avais cinq ans et que tu t'absentais pour des périodes plus longues que deux petites semaines.

— Je t'ai vu avec Callaghan et son bébé tout à l'heure, lâche alors ma mère qui sait que je ne tolérerai pas très longtemps ses conneries.

— Et ?

Je m'impatiente, haussant un sourcil. En réalité, je sais pourquoi ma mère est là. Tout le monde croit que je suis le père de Bailey, et ce même si Kate et moi avons soutenu le contraire depuis que sa grossesse a commencé à se voir. Je mentirais en disant que je ne m'attendais pas à ce que Katherine revienne à la charge dès qu'elle en aurait l'occasion. Maman était avec moi le jour où l'hôpital m'a appelé pour me faire venir en urgence. J'étais bien trop terrorisé pour me souvenir de grand-chose, mais je n'ai pas de mal à imaginer que je ressemblais à un père inquiet. Impossible d'effacer cela de la mémoire de ma mère. Je l'interroge :

— Tu veux voir une photo ?

Je ne dois rien à Katherine, mais lui montrer une photo de Bailey achèvera de la convaincre, et elle nous foutra la paix à Kate et à moi. Avec ses cheveux blonds comme les blés, Bailey ne peut pas être de moi : j'ai les cheveux noirs comme l'ébène, et il n'y a aucun blond dans la famille. Bon, je n'y connais rien en génétique, mais… c'est justement pour cela que je suis avocat et pas médecin ou généticien.

J'attrape donc mon portable, sélectionne soigneusement une photo où Bailey est avec Kate, me lève et fais le tour du bureau pour la montrer à ma mère sans lui donner l'appareil.

— Il est adorable, commente-t-elle avec un sourire. Est-ce qu'elle compte nous présenter le père ?

— Kate n'a pas à te présenter qui que ce soit.

— Je pose la question, c'est tout, se défend Katherine, qui tente d'être désinvolte face à mon ton péremptoire.

Sans que je l'y invite, elle s'enfonce dans le petit sofa et gigote jusqu'à trouver une position confortable, puis poursuit :

— C'est à se demander si ce bébé a bien un père.

J'ironise en roulant des yeux :

— Tu as raison, Kate est la Vierge Marie.

— Il n'y a pas de mal à reconnaître qu'elle n'est plus en couple avec le père, se corrige-t-elle.

— Maman ! dis-je, excédé. C'est sa vie privée. Pourquoi ça t'intéresse tant ?

Elle me lance un sourire entendu.

— J'ai plusieurs théories : soit elle couche à droite et

à gauche et ignore lequel de ses partenaires est le père ; soit elle était en couple et s'est séparée de son compagnon. Dans ce cas, le père devrait refaire surface tôt ou tard. Ou alors… elle a été violée.

— Pars ! Sérieusement, fous le camp !

Avant de se reconvertir dans le droit des affaires, ma mère était avocate pénaliste. Elle est mieux placée que quiconque pour savoir que les blagues sur le viol et sur les enfants issus de viols ne font rire personne, et qu'elles sont même indécentes.

— James…

— Non, Katherine ! Kate est mon amie, je ne vais pas rester à t'écouter la calomnier sans rien faire. C'est une personne extraordinaire et courageuse, tu devrais avoir honte de tenir des propos pareils à son sujet. Maintenant pars, s'il te plaît. J'ai une audience dans quarante-cinq minutes : j'aimerais finir de me préparer.

Ma mère se lève et passe déposer un baiser sur ma joue. Il n'y a rien d'affectueux dans son geste. C'est juste sa façon de me provoquer. Elle a parfaitement réussi : j'étais parvenu à me calmer, mais à présent je bouillonne de rage. Je suis encore plus pressé que ma journée se termine pour aller voir Kate et lui demander pardon. Je suis meilleur que ce que j'ai montré tout à l'heure. Je veux qu'elle le sache. Je serai toujours là pour elle.

Il est relativement tard lorsque je prends enfin la direction de l'appartement de Kate. Mes seules consolations dans cette journée merdique sont que je n'ai pas perdu mon procès, et que je m'apprête à passer la soirée avec ma meilleure amie. Je me suis arrêté en chemin pour acheter des cookies et ses brownies préférés.

Arrivé en bas de chez elle, j'utilise le badge qu'elle m'a donné pour entrer dans l'immeuble. Devant sa porte, je donne trois coups secs. Kate ouvre à la volée. Bailey est calé contre elle dans le porte-bébé. Son pantalon de yoga et son débardeur sont tout tachés. Ses cheveux, qui étaient joliment tressés tout à l'heure, forment à présent un tas au sommet de son crâne.

— Qu'est-ce que tu veux ? demande-t-elle d'un ton net et tranchant sans pour autant hausser le ton.

Je hisse, en guise de drapeau blanc, le sachet de papier plein de gâteaux.

— Je me suis comporté comme un enfoiré. Je te demande pardon, Kate.

Elle prend les cookies, ou plutôt me les arrache des mains avant de me répondre sans me faire entrer :

— Ça devient une sale habitude, Evans ! Il y a Bailey maintenant : je ne peux pas continuer à subir tes sautes d'humeur sans rien dire.

— Je sais, dis-je à toute allure, douloureusement conscient qu'elle a raison. Je suis désolé, Kate. Je…

— Je t'ai laissé une chance. Avant la naissance de Bailey, je t'ai laissé une chance de négocier ce nouveau virage ensemble…

— À moins que l'un de nous deux parte à l'autre bout du pays, je n'arrive pas à envisager de ne plus te voir. Même si nous étions séparés par des milliers de kilomètres, tu resterais ma meilleure amie, Kate.

Ses yeux brillent. Je la vois flancher, mais elle essaye quand même de tenir bon.

— Et si on s'était trompés, James ?

— À propos de quoi ?

— Nous deux. Peut-être qu'on ne peut pas être amis.

Je reçois le coup droit au cœur. Je panique : si je perds Kate, ma vie ne sera plus jamais la même.

— Ne dis pas ça, je t'en supplie. Je me suis montré stupide et blessant tout à l'heure, je n'aurais pas dû. Je ne veux pas te perdre.

— J'avais raison, hein ? C'est pour ça que tu t'es vexé.

— Oui, dis-je dans un murmure, vaincu. Et pour le moment, je ne suis pas en mesure de faire en sorte que ça change.

— Tu veux bien surveiller Bailey ? me demande-t-elle.

J'ai besoin d'une douche : il m'a vomi dessus, et il ne veut pas dormir.

— Tout ce que tu voudras.

Elle me fait finalement entrer. Je la regarde se débattre pour défaire le porte-bébé et libérer son fils qu'elle me passe ensuite.

— Je lui ai donné son bain tout à l'heure. Il est changé et nourri. Si tu le mets dans son transat et que tu restes près de lui, il ne devrait pas faire d'histoires. Si Bailey s'impatiente, c'est qu'il a sommeil.

— Kate, dis-je d'un ton rassurant, Bailey et moi sommes potes. Tout ira bien.

— Je n'en aurai pas pour longtemps, m'assure-t-elle.

— Prends ton temps.

Elle hésite, puis se hisse sur la pointe des pieds pour m'embrasser sur la joue. Contrairement au baiser de ma mère tout à l'heure, celui de Kate est plein d'émotions. Amour, reconnaissance, tendresse. Il m'électrise et me donne envie de la suivre sous la douche lorsqu'elle monte l'escalier. Je regarde Bailey, qui m'observe lui aussi.

— Ne me regarde pas comme ça, petit gars, dis-je à mi-voix. Tu sais comme moi que ta mère est splendide.

Je m'assois sur le canapé en installant Bailey dans une position confortable. À l'étage, j'entends les pas de Kate. Elle fait tomber quelque chose, se cogne à un meuble, jure. Je ricane, puis glisse à Bailey :

— Si tu hérites de son caractère, ça promet d'être marrant. Mais souviens-toi : tout à l'heure tu as promis que tu serais le petit garçon le plus sage de tout l'Oregon. Je sais, je sais…, lui dis-je lorsqu'il agite les bras. J'ai dit que tu aurais droit à une bêtise par jour. Le reste du temps, tu dois lui faire savoir que tu l'aimes et que c'est la maman la plus chouette de tout l'univers. Moi ? Je promets de faire des efforts pour être moins idiot avec ta mère. Tu sais bien que j'aimerais être à la hauteur, vous mériter, tous les deux, mais…

Ceux qui auraient dû être des modèles pour moi m'ont

appris que l'amour est une arme mortelle. Mes parents l'ont utilisé l'un contre l'autre jusqu'à finir par se détruire mutuellement. Souvent, cette arme a été dirigée contre moi aussi. Mais je rassure le bébé.

— C'est différent pour toi, Bailey. Malgré tout ce qu'elle a vécu, ta mère ne s'en est pas trop mal tirée. Tu veux une preuve ? Elle a choisi d'apporter un peu d'amour et de lumière dans ce monde. C'est courageux.

Je continue à parler à Bailey en me promenant avec lui dans le grand salon de Kate. Son appartement est un loft construit dans un ancien entrepôt d'un quartier désormais prisé de Portland. Généralement, je n'aime pas beaucoup ce genre d'endroits à cause de l'apparence froide et impersonnelle qui s'en dégage, mais Kate a su aménager son loft pour en faire un petit nid d'amour pour elle et son fils. J'ai de toute façon le sentiment d'être tellement sous le charme de cette femme que tout ce qu'elle fait me plaît.

Comme elle l'avait pressenti, Bailey commence à s'impatienter. Je me poste devant les grandes fenêtres tout en le berçant, mais il continue à pleurer et à grogner.

— Eh ben alors, petit lutin… Tu n'es pas content d'être avec moi ? Qu'est-ce que c'est ? Tu as faim ou tu es fatigué ?

Je change Bailey de position pour qu'il puisse s'endormir confortablement s'il le souhaite, mais il semble plutôt avoir faim.

— Maman sera bientôt là, d'accord ?

Je me mets à lui masser le ventre. Il est si petit que j'utilise seulement trois doigts. Le temps que Kate revienne, c'est la crise.

— Désolé, dis-je en lui passant son fils. Soit il ne m'aime plus, soit il a faim.

Kate me sourit, amusée par mon analyse de la situation. Elle jette un coup d'œil à l'horloge.

— Il n'a pas *vraiment* faim. En tout cas pas à ce point : c'est l'heure de sa tétée-câlin, m'explique-t-elle. Bailey y tient beaucoup.

— Tu m'étonnes ! dis-je sur un ton ironique, jaloux

malgré moi. Tu veux que je te prépare une tisane en attendant ?

— J'adorerais.

Je reste néanmoins hypnotisé quelques longues minutes. Le temps qu'elle s'installe pour allaiter Bailey, ce dernier lui fait clairement comprendre son impatience. Je déglutis quand Kate place le bout de son sein dans la bouche de son fils. Elle a toujours eu une poitrine généreuse, et maintenant qu'elle allaite, ses seins sont fabuleux. Je repense à toutes ces fois où j'ai eu le privilège de poser la tête contre eux, de somnoler ou même de m'endormir le nez dans ses seins. En fin de compte, je vais m'asseoir à côté d'elle.

— Regarde-le, chuchoté-je amusé, les yeux sur Bailey qui tète goulûment. Fais gaffe à la gourmandise, mon bonhomme. Ça va directement dans le ventre et sur les hanches.

Kate essaye de retenir un rire, en vain. Ça me réchauffe de l'intérieur. Je sursaute lorsqu'elle tend la main pour palper mon ventre.

— Ça va : tu as encore de la marge, Evans, plaisante-t-elle.

Je pose ma main sur la sienne pour la garder contre moi, et j'emmêle nos doigts. Le frisson qui la parcourt ne m'échappe pas. L'espace de quelques secondes, je ferme les yeux pour mieux apprécier la douce chaleur de sa main contre la mienne. Son parfum qui me rappelle celui du miel nous enveloppe. Un grand calme m'envahit. Je pourrais presque m'enfoncer dans ce cocon et ne jamais refaire surface.

— Question ? finis-je par demander comme à chaque fois que je m'apprête à aborder un sujet sensible.

— Vas-y.

— Tu pensais vraiment ce que tu as dit tout à l'heure ? Lorsque tu m'as donné la permission de coucher avec d'autres femmes…

Elle pourrait me rembarrer comme je l'ai fait, mais elle choisit une réponse honnête :

— Non.

— C'est-à-dire ?

Mon rythme cardiaque s'accélère au moment où elle cherche à dégager sa main, alors je resserre machinalement ma prise.

— Donne-moi une seconde, James : Bailey s'est endormi.

À contrecœur, je lâche sa main. Tandis qu'elle monte coucher son fils je prépare l'infusion que je lui ai promise, et me sers un peu de bourbon.

— Il est parti pour la nuit ?

— Non, répond-elle en enroulant ses doigts autour de sa tasse pour en absorber la chaleur. Ces temps-ci, il se réveille sur les coups de 11 heures pour manger, et si j'ai de la chance, il me laisse dormir jusqu'à environ 6 heures.

— Tu tiens le coup ?

— Non, mais je fais comme si.

— Tu sais que si tu as besoin d'un break, tu peux me demander de venir à n'importe quelle heure du jour et de la nuit, n'est-ce pas ?

— Je sais, confirme-t-elle. James, à propos de ta question... J'aimerais être le genre de personnes qui pensent vraiment ce que j'ai dit, mais... Ce n'est pas le cas. Je crains le jour où tu tourneras la page sur ce que nous avons partagé. Et je m'en veux terriblement parce que je sais à quel point c'est injuste pour toi. Ça en dit long sur le genre d'amie que je suis, hein ? conclut-elle avec les sanglots dans la voix.

Brusquement, elle se met à pleurer à chaudes larmes.

— Je suis... désolée, sanglote-t-elle. Je suis sous... pression depuis qu'il y a Bai... Bailey. Je...

— Hey..., dis-je, sur le ton le plus rassurant possible, et en glissant une main dans sa nuque pour l'inviter dans mes bras. Tout va bien, Kate : je suis là.

Elle se cramponne à ma chemise en enfouissant sa figure contre mon torse. Il y a longtemps que je ne l'ai pas tenue aussi étroitement contre moi. Par réflexe, mes doigts glissent entre ses cheveux soyeux. Je dépose un baiser sur son front. Comme elle essaye de maîtriser ses larmes je lui chuchote :

— Ne te retiens pas. Tu as le droit de pleurer.

Et c'est ce qu'elle fait. Ses sanglots traduisent toute sa douleur, sa frustration, et son chagrin. Elle hoquette, et je la tiens dans mes bras pendant ce qui me paraît des heures. Je ne prononce aucune parole de réconfort, car je sais qu'aucun mot ne peut l'apaiser. Parce qu'elle a appris que pour survivre dans ce monde cruel il faut être fort, Kate ne s'autorise pas souvent ces moments qu'elle considère comme de la faiblesse.

Ce soir, elle ne pleure pas seulement parce qu'elle est épuisée depuis la naissance de son fils. Elle pleure pour tout ce qu'elle a perdu et qu'elle ne s'est jamais autorisé à pleurer. Elle pleure de solitude. Elle pleure de peur de ne pas être à la hauteur pour Bailey. Elle pleure pour toutes ces fois où elle n'avait plus la force de continuer, mais qu'elle l'a quand même fait parce qu'elle n'avait pas d'autre choix. Elle pleure pour tous les sacrifices qu'elle a faits, et ceux qu'elle fera encore.

Et elle pleure parce qu'elle sait que je l'aime à la folie, mais que je ne peux pas être avec elle.

4. Souvenirs

16 février 2015

On étouffe dans la salle de réunion. Je me demande qui est l'idiot qui a eu l'idée de pousser le chauffage à fond. J'essaye de me concentrer sur la présentation de mon patron, mais une goutte de sueur glisse dans mon cou en direction de ma poitrine. Machinalement, j'y porte la main dans l'espoir de l'arrêter avant qu'elle coule entre mes seins. Une sensation particulièrement désagréable en public.

— Callaghan ! aboie James. Ce dossier est urgent et il te concerne.

— Désolée.

Je marmonne et me redresse dans mon fauteuil. Ce n'est pas ce que j'aurais voulu répondre, mais je suis toujours sur un siège éjectable, alors je me fais discrète. Ma période d'essai est de trois mois, j'ai tenu les deux premiers. Un miracle, si on considère le type pour qui je travaille et ses exigences ridicules. Quant à la mère de James, elle me toise avec hostilité depuis le siège d'en face. Pour une raison que j'ignore, elle me déteste encore plus que lui. Qu'est-ce que je fous encore dans cette boîte ? me direz-vous. Excellente question, j'allais me la poser.

Pour être honnête, j'ai *besoin* de ce boulot. Pas seulement pour bâtir la carrière de mes rêves. Il y a encore plusieurs raisons pratiques, et la première est le paquet de fric que je me suis fait en deux mois. Je ne suis pas du genre matérialiste ou dépensière, mais c'est plutôt agréable de pouvoir payer mon loyer sans avoir à m'inquiéter de ce que je vais manger ou mettre sur mon dos. Plutôt confortable de ne plus devoir choisir entre de l'eau chaude ou la lumière. De plus, si je mets un peu d'argent de côté, je vais pouvoir déménager. Et si je déménage, cela veut aussi dire que le dossier que je cherche à constituer pour avoir un bébé sera plus crédible.

— Callaghan ! me reprend à nouveau James, furieux.

Cette fois, je ne me laisse pas intimider, et je demande :

— On peut faire une pause ? On étouffe ici.

Un murmure d'approbation s'élève dans la salle. Avant de soupirer de soulagement, j'attends le feu vert de James.

— OK. Vous avez dix minutes.

Je prends soin de ne pas bondir sur mes pieds sur-le-champ. De quoi observer James qui desserre sa cravate. Il est clair que s'il le pouvait il la balancerait, et sa chemise avec. Peut-être que ça m'aiderait à me concentrer sur lui ? Cet homme est bâti comme un mannequin, et il le sait. Il me voit d'ailleurs l'observer d'un œil gourmand.

— Qu'est-ce que tu fous encore là ? m'interroge-t-il sèchement. Je croyais que tu étouffais.

Je m'éclipse sans demander mon reste. Direction mon bureau pour récupérer un haut propre, puis les toilettes. J'ai toujours des vêtements de rechange dans mon sac : si je reste tard à travailler, je troque chemise moulante et talons hauts contre des tenues plus confortables. Une fois changée, mes cheveux noués en un chignon serré, je passe prendre un café corsé à la machine, et me glisse juste à temps dans la salle de réunion. Dommage… James aurait sans doute adoré avoir une occasion de plus de passer ses nerfs sur moi. Pour lui, c'est un sport à part entière aux Jeux olympiques. Il est évident que ce gars a des problèmes de gestion de la colère, mais bizarrement, ça fait partie de son charme.

J'ai moins de mal à me concentrer cette fois. Nous avons reçu une demande urgente de la part d'un client dans le secteur pharmaceutique. D'après lui, un concurrent serait sur le point de déposer un recours juridique contre eux pour pratiques anticoncurrentielles. Vérifier sur quels fondements s'appuient ces accusations prendrait des mois, voire une année entière. Rectifier le tir si les accusations se révélaient être fondées prendrait tout autant de temps et, dans le cas contraire, la préparation du dossier de défense s'étalerait sur quatre à six mois.

— Ils cherchent à gagner du temps, c'est évident, dis-je brusquement.

— Qu'est-ce qu'il y a encore, Callaghan ? s'impatiente James en roulant des yeux.

Je m'éclaircis la voix pour répéter plus fort :

— PharmaCoTech… Ils cherchent à gagner du temps. Soit ils sont sur le point de remporter un très gros marché, soit ils sont au coude à coude avec BioPharma pour une découverte majeure. Un procès pour pratiques anticoncurrentielles gèlera automatiquement tous leurs contrats en cours ou sur le point d'être signés. De même, ils ne seront pas en mesure de déposer un brevet s'il s'avère que leur découverte est l'objet de ces accusations.

Le silence qui suit mon explication est assourdissant. Si je n'étais pas aussi sûre de moi, j'aurais envie de disparaître. James me jauge du regard. Je peux presque voir ses méninges s'agiter pour étudier à toute vitesse ce que je viens de dire. Puis il capitule mentalement. Je le devine à ses yeux qui s'adoucissent et au soupir qu'il lâche. Il me tend un feutre et j'entre en action. Je suis connue pour mes illuminations soudaines qu'il faut exploiter sur-le-champ avant qu'elles ne disparaissent dans le grand vide abyssal de mon esprit. Voilà pourquoi je travaille toujours pour Evans & Associés. Pas parce que je me tiens à carreau devant mon patron lunatique, mais parce que j'ai ce genre d'intuitions, cette vision plus globale et stratégique. Plusieurs de mes collègues échangent des regards entendus et excédés. Quelque part, je sais qu'ils envient cette dynamique que j'ai avec James, cette confiance qu'il m'accorde. J'ai déjà entendu plusieurs rumeurs sur mon compte.

Je me lève tout en glissant mes lunettes sur mon nez, puis note sur le paper-board une série d'articles du Code industriel. Le tout de tête. James est courbé sur le clavier de son ordinateur, pour afficher à l'écran projeté le texte des articles auxquels je fais référence.

— Tu as besoin de celui-ci aussi ? s'enquiert-il d'un ton absent.

Je pivote pour lire les premières lignes. J'hésite en me récitant la suite les yeux fermés.

— Peut-être…

Je passe le quart d'heure suivant à établir des liens entre les articles et le dossier. Katherine m'écoute avec un intérêt prononcé, chose rare chez elle lorsque je suis impliquée. Je suis au courant qu'elle a questionné le choix de son fils dès le premier jour. Lui-même s'interroge sur sa décision en permanence et ne manque jamais de me le faire savoir en menaçant de me virer au moins une fois par jour les bons jours, toutes les deux heures les mauvais. Aujourd'hui, comme chaque fois que j'en ai l'occasion, je me saisis de cette chance que j'ai de lui rappeler pourquoi il m'a choisie.

— Je ne vois pas d'autre raison qui les pousserait à se lancer dans un procès aussi futile sans preuves tangibles. D'habitude, ils attendent que les faits soient avérés et que ça leur fasse perdre de l'argent. Je pense que PharmaCoTech tire ces informations confidentielles de quelqu'un.

— Espionnage industriel ? comprend James.

— C'est ce que je pense.

Il interroge sa mère du regard. Pas en sa qualité de P-DG de la boîte, mais bel et bien en tant que génitrice. Quelque chose que je ne comprends pas chez lui. James est du genre à être si assuré que cela frise l'arrogance. Mais il a toujours besoin de l'avis de sa mère ou de son approbation. Katherine attrape la perche qu'il lui tend et conclut la réunion de sa façon bien à elle :

— Vous avez jusqu'à demain 15 heures pour étayer votre théorie par des preuves concrètes. Au-delà de ce délai, on se préparera pour un procès pour pratiques anticoncurrentielles.

Sur ce, elle rassemble les feuillets posés devant elle, les glisse dans une chemise en carton, qu'elle met elle aussi dans une plus grosse pochette. Elle cale le tout sous son bras en se levant et quitte la pièce sans un mot.

Je sens mes épaules s'affaisser. Même s'il est trop tard car Katherine est déjà loin, je suis tentée de balancer les bras en l'air pour protester comme une étudiante qui cherche à négocier avec mauvaise foi un délai pour rendre un devoir qu'elle a commencé à la dernière minute. Mon réflexe à moi est de chercher du soutien du côté de James en lui lançant un regard impuissant, mais je sais que c'est peine perdue. Cette fois, ce n'est pas un des caprices de sa mère : nous sommes réellement pris par le temps. Si nous ne sommes pas en mesure de construire un dossier solide d'ici demain, c'est ma place qui est en jeu. Peu importe que le dossier confirme mes suspicions d'espionnage industriel ou non : il faut que nous ayons quelque chose à présenter.

La salle de réunion se vide petit à petit. Je reste stupidement plantée face au tableau noirci de mon écriture. Il faut que je recopie mon charabia.

— J'ai tout tapé à l'ordinateur pendant que tu parlais, glisse James avec une gentillesse inhabituelle.

Ce n'est pas la première fois qu'il semble lire dans mes pensées. Soit je suis pitoyablement transparente, soit il passe plus de temps qu'il ne voudrait l'admettre à m'étudier et à mémoriser mes expressions faciales.

— Va prendre l'air, ajoute-t-il. On reprend dans vingt minutes.

Je me tourne vers lui avant de répliquer :

— Tu as vu cette pluie ?

— Tout à l'heure, j'aurais dit que tu étais prête à te jeter par la fenêtre pour être sous la pluie.

Je lui balance un regard mauvais. Il ricane. Un autre

de ses trucs de lunatique : quand nous sommes seuls, il a plus de facilité à me considérer comme un être humain. Je regarde ma montre. Il est déjà plus de 17 h 15. On dirait que je vais encore passer une soirée interminable au bureau.

— Vas-y, insiste-t-il. J'appelle BioPharma pour qu'ils nous transmettent un maximum de documents avant 18 heures.

Je capitule et, armée d'un parapluie, je me rends au coin de la rue dans un petit café qui verse dans le commerce équitable. J'y commande un grand cappuccino que je déguste sur place. Sur mon portable, les notifications d'e-mails s'accumulent si bien que l'on dirait qu'il a subi un bug. Je tourne l'écran face contre table et désactive le son pour savourer ma pause en paix.

— Un lundi sur le pied de guerre, hein ?

Un homme de mon âge environ s'installe sur le tabouret haut en face du mien. Je le regarde d'un air las avec un petit sourire forcé. Il a de grands yeux noisette, une barbe épaisse façon hipster et le look, les tatouages et les lunettes qui vont avec. Ce sont mes lunettes en plastique couleur prune qui ont dû lui faire croire que je suis l'une des leurs. Je me redresse, et réponds dans un soupir :

— On peut dire ça.

Il suit mes mouvements des yeux d'un air appréciateur. Quelque chose qui n'est pas exactement désagréable vu son charme.

— Anglaise ? demande-t-il.

Il me lance un large sourire. À sa façon de s'en servir comme d'une arme de séduction massive, je comprends qu'on a dû lui dire que c'est un de ses atouts majeurs. Je suis de cet avis, même si je suis du genre à être séduite par les yeux en premier. Or les siens sont exceptionnellement lumineux et chaleureux. Je corrige :

— Irlandaise.

Mon regard se pose sur sa bouche, en partie dissimulée par une barbe du même châtain clair que ses cheveux. Malgré moi, j'imagine avec un grand réalisme quel effet cela ferait d'avoir sa tête entre les cuisses. La seule pensée des frottements contre la chair tendre me fait frissonner. Aux palpitations de mon cœur répondent d'autres, plus bas, entre mes cuisses. Mais je prends soudainement conscience que ma dernière partie de jambes en l'air date à présent. Et qu'elle coïncide à quelques jours près avec le début de mon contrat chez Evans & Associés.

— Au fait, moi, c'est Adam.

— Kate, dis-je.

Et, parce que je me sens capable de le séduire pour l'attirer quelque part loin des regards pour un coup rapide, je me lève en fourrant mon portable dans la poche de ma veste. En réponse à la question que posent ses yeux, j'explique :

— Je dois retourner travailler. Mais on pourrait se revoir ? proposé-je en hésitant.

— Ça me plairait beaucoup, me répond-il avec un sourire plus sincère que tout à l'heure.

Il sort son portable, je lui dicte mon numéro.

— Juste Kate, alors ?

— Callaghan, dis-je avec un peu de réticence.

— À bientôt alors, Kate Callaghan, déclare Adam avec assurance.

Je ne regrette pas de ne pas avoir opté pour un coup rapide. Ce n'est qu'à 21 h 40 environ, lorsque James s'arrête dans mon bureau pour constater que je suis toujours là, que ça me frappe. C'est avec lui que j'aimerais coucher. Ou lui que je laisserais volontiers me faire basculer sur la grande table en verre de la salle de réunion pour qu'il cartographie mon intimité du bout de la langue.

James s'est finalement débarrassé de la cravate qui avait l'air de l'étrangler cet après-midi. Le col de sa chemise est déboutonné, ses manches roulées jusqu'aux coudes. À force d'avoir passé et repassé impatiemment ses doigts dans ses cheveux, ils sont tout ébouriffés. Il dégage une beauté brute, presque sauvage qui met tous mes sens en alerte.

— Tu es encore là ?

— Ça ne se voit pas ?

Je soupire en enlevant mes lunettes pour masser mes paupières.

— Je te demande pardon ?

— Je pars bientôt, dis-je. J'ai juste un dernier truc à vérifier.

Il me dévisage avec un air indéchiffrable sur la figure, puis repart. Je reporte mon attention sur l'écran de mon ordinateur de bureau. Les lettres dansent devant mes yeux. Je jure pour m'empêcher de taper dans l'écran. Le ricanement de James trahit sa présence. J'aurais pourtant parié qu'il s'en était allé. Il est maintenant assis sur la chaise en face de moi, une bière dans chaque main. Il m'offre une bouteille. Elle est si fraîche que des gouttelettes coulent sur les côtés. Je la colle aussitôt contre ma joue brûlante, tout en notant pour moi-même qu'il y a vraiment un problème de chauffage dans les locaux.

— Beau travail aujourd'hui, Kate, me complimente James.

Au même moment, l'écran de mon iPhone personnel s'allume avec le message entrant que je n'attendais plus. Le numéro n'est pas enregistré. Je lis rapidement le court message : il est d'Adam. Il me propose un déjeuner jeudi au même endroit. Je relève les yeux vers James. Un muscle tressaute dans sa joue. Un petit pli se forme entre ses sourcils. Est-ce qu'il serait… jaloux de ne pas avoir mon attention pleine et entière ?

— Tu disais ? demandé-je avec affront en buvant une gorgée de ma bière.

Je le vois se mordiller l'intérieur de la joue, visiblement tenté de m'envoyer balader. Ses compliments sont rares, inexistants même.

— Que tu avais bien travaillé, répète mon patron à contrecœur. Tu réfléchis vite, tu es stratégique : j'aime ça chez toi.

Prise par surprise, je me laisse aller en arrière contre le dossier de mon fauteuil. J'entrouvre la bouche, prête à parler, mais je n'ai rien à dire.

La vérité est que James n'est pas lunatique. Il est tout autant attiré par moi que je le suis par lui. Ce n'est pas la première fois que mon intelligence agace, mais dans son cas, je lui tape sur les nerfs car c'est justement ce qui me rend séduisante à ses yeux. Pour une raison qui lui appartient, cela semble le contrarier. Moi, je suis flattée et déstabilisée. Qu'arriverait-il si nous finissions par céder ? Toute à ces pensées je murmure :

— Merci.

— Rentre te reposer, Kate : une longue journée nous attend demain.

Il se lève, et s'arrête dans l'encadrement de la porte. Je retiens mon souffle. Finalement, il se tourne et revient vers moi. C'est là que je remarque qu'il tient quelque chose. Il ouvre la main et retient une chaîne entre ses doigts avec au bout un pendentif en forme de trèfle à quatre feuilles.

— Je me suis fait aborder dans la rue par une vieille dame qui vendait de la camelote, et j'ai pensé à toi, explique-t-il.

— Parce que tu t'es dit que ça aurait pu être moi si tu n'avais pas eu la bonté de m'embaucher ?

J'ai répondu d'un air mauvais. Ce n'est qu'une façade. Une manière de me protéger car je sais où il veut en venir.

— Non, répond-il d'une voix étrange. Le trèfle… Ne me force pas à te faire un dessin, grommelle-t-il. Je peux ?

— Peux quoi ? dis-je en me sentant paniquer.

Il roule des yeux, contourne mon bureau en y déposant au passage sa bière, puis il se place dans mon dos. Je sens les doigts de James effleurer ma nuque lorsqu'il attache le collier à mon cou, et je suis sûre qu'il a pu m'entendre haleter. Je baisse les yeux sur le pendentif, émue.

— Elle m'a garanti qu'il est fait en argent, mais on ne sait jamais : il se peut qu'il rouille au bout d'une semaine ou que tu chopes le tétanos.

J'ai envie de répliquer que je ne le porterai de toute façon pas aussi longtemps, mais je suis sans voix et à court de sarcasme et de mauvaise foi.

— Bonne nuit, Callaghan.

Sans un regard, James s'en va pour de bon cette fois. Je reste immobile sur ma chaise avec le cœur gros et les larmes aux yeux. Il y a bien longtemps que quelqu'un s'est montré aussi attentionné envers moi.

Je referme les doigts sur le trèfle, et suis immédiatement transportée dans le passé. J'avais le même avant, il y a longtemps. Il m'avait été offert par ma mère juste avant que je quitte l'Irlande. Il lui avait coûté une somme qu'elle aurait probablement préféré garder pour payer ses courses. Le collier m'a été volé avec toutes mes économies par un homme que je croyais être l'amour de ma vie.

C'est ironique que James m'offre une réplique exacte du bijou sans rien savoir de sa valeur sentimentale à mes yeux. Intérieurement, je me demande si c'est un signe du destin… Une façon de me mettre en garde, de me faire savoir qu'il faut que je tienne mes distances avec James. Ou peut-être le contraire : un signe qu'il est temps que je me pardonne mes erreurs, que je tourne la page. Un signe que je peux lui faire confiance. Qu'il pourrait avoir une place dans ma vie si je le voulais…

5. Fausse alerte

Je viens de cliquer sur le bouton « Envoyer » quand j'entends Bailey gémir dans le babyphone. Mon dos se voûte, et je pousse un soupir. Je jette un coup d'œil à l'heure dans le coin inférieur droit de mon écran et marmonne :

— Bon sang, Bailey ! Un quart d'heure ? Tu te fiches de moi ?

Désemparée, je regarde la longue liste d'e-mails que je n'ai pas encore ouverts. Je voulais au moins répondre à ceux qui sont marqués « urgent » – soit les trois quarts des messages – et faire une courte sieste pendant celle de Bailey. On dirait que je me suis montrée trop ambitieuse. J'attends quelques minutes et, comme mon bébé se contente d'émettre ces gazouillis typiques d'un nourrisson de son âge, je décide de ne pas aller le chercher.

Je n'arrive pas à croire que Bailey a déjà deux mois et une semaine. Depuis mon accouchement, j'ai l'impression de vivre une journée interminable, et un peu monotone sur les bords. Bien sûr, je savais à quoi je m'engageais quand j'ai pris ma décision. J'étais même la femme la mieux préparée à accueillir un bébé : je me préparais depuis longtemps. Ma bibliothèque est toujours pleine des dizaines de livres sur la grossesse et la maternité que j'ai dévorés comme des romans. C'est mon côté juriste je crois.

Je fais défiler les e-mails qui saturent ma boîte pro ; pour chacun je ne jette un œil que sur l'objet. J'ai l'impression d'avoir affaire à des imbéciles ! Tous mes collègues savent que je suis en congé maternité, et même s'ils avaient effectivement loupé la note de service l'annonçant, j'ai paramétré une réponse automatique pour le leur faire savoir. Et pourtant, grâce à eux je me retrouve quand même à faire un tri : d'un côté les commandes du jour à remettre pour la fin de la semaine, de l'autre celles auxquelles il faudra répondre *hier*. Les plus fourbes d'entre eux ont même mis James en copie.

En guise d'acte de rébellion, je me déconnecte et éteins mon ordinateur. Bailey ne s'est toujours pas rendormi. Au moins, il ne pleure pas. Je fais pivoter ma chaise de bureau et observe le grand salon. Mon espace de travail est dans un coin de la pièce, en contrebas des grandes fenêtres. L'appartement est immense pour une femme seule et son bébé. Un signe de ma nature d'optimiste désespérée. Jusqu'à la veille de ma première insémination artificielle, j'ai eu l'espoir fou que je rencontrerais quelqu'un, que je n'aurais pas besoin de recourir à cette mesure extrême. Il y avait bien James, mais à ce moment nous n'avions pas fait beaucoup plus qu'échanger des baisers et quelques moments tendres. Et la réputation qui le précédait m'empêchait de le considérer comme un partenaire potentiellement sérieux. Aujourd'hui, je mesure mon erreur.

Bailey m'informe qu'il sait que je l'ignore volontairement d'un cri perçant, qui fait grésiller le babyphone. *Petit coquin*, me dis-je attendrie. À son âge, il me tient déjà dans le creux de sa paume. Je range soigneusement mes lunettes dans leur étui et me rends à l'étage.

— Ne crois pas que tu as remporté la bataille, petit bonhomme, lui lancé-je en guise d'avertissement, tout en le soulevant dans mes bras. Toi et moi, on va aller se coucher dans le lit de maman. Oui, oui… C'est tout ce que tu gagnes dans l'histoire.

Bailey grimace et gémit. Je connais ce petit numéro alors je ris.

— Oh non, pas de tétée pour le moment. Tu t'es fait exploser le ventre il y a trente minutes.

Ce qui me fait penser que c'est peut-être sa couche

sale qui l'a réveillé. Je remédie à la situation, non sans le trouver craquant quand il m'urine dessus, l'air innocent. Une fois l'affaire réglée, avec en prime des hurlements car il m'a fallu le déposer dans son lit pour me laver les mains, je frotte mon nez contre sa peau douce de bébé, je hume son odeur familière, puis l'embrasse.

— Je t'aime, Bailey.

Puis je m'allonge sur mon lit, et l'installe tout contre moi. J'ignore lequel de nous deux s'est endormi en premier.

Postée à la fenêtre, je guette l'arrivée de Ryan, le frère aîné de James. Lorsqu'il se gare en bas de chez moi, je trottine jusqu'à la porte et dévale l'escalier pour lui ouvrir avant qu'il sonne.

— Hey, dit-il surpris lorsque je lui ouvre, un peu échevelée. L'Interphone est en panne ?

Il me suit à l'intérieur puis me prend dans ses bras et dépose un baiser au sommet de mon crâne avec la même affection que si j'étais sa petite sœur. Je lui explique alors :

— Bailey dort. Il est un peu ronchon en ce moment : je ne tiens pas à ce qu'il se réveille. J'ai l'impression qu'il couve quelque chose, mais c'est bizarre. Normalement, les bébés nourris au sein sont censés avoir une immunité du tonnerre. Enfin c'est une autre histoire…

Je m'efface pour le faire entrer, puis propose :

— Installe-toi. Tu veux boire quelque chose ?

— Ce que tu prends, répond Ryan avec ce sourire en coin séduisant qui est la marque de fabrique des hommes de sa famille.

Son frère jumeau, Alden, a le même bien entendu ; James également. Aussi l'effet est identique : je rougis, et mon estomac fait un saut périlleux.

— Je ne suis pas sûre que tu apprécies les tisanes de grand-mère…

Ryan éclate de rire, et capitule :

— OK. Va pour un café.

Quelques minutes plus tard, nous sommes tous deux

installés sur le canapé, devant deux grandes tasses. Je soupire en glissant mes pieds sous mes cuisses.

— Ça va ? s'inquiète-t-il.

— À peu près. Bailey dort mal la nuit : rien ne le calme.

— C'est pour ça que tu as besoin de moi ? demande-t-il en mesurant ses mots.

— Non. J'aimerais commencer à repérer des baby-sitters, puis à l'habituer à d'autres que moi. Il y a des fois où j'ai besoin d'aller me défouler un peu, et je me retrouve coincée. De plus, ça ne pourra que faciliter notre séparation quand je retournerai travailler.

— Tu veux la liste des baby-sitters que j'ai personnellement approuvées ? plaisante Ryan en comprenant.

Ryan est le seul de la fratrie à vivre un mariage heureux. Il a deux enfants : Thomas a quatre ans, Savannah deux.

— Oui, dois-je reconnaître, l'air penaud. Je ne sais pas trop comment m'y prendre, et je suis *très* angoissée à l'idée de confier Bailey à une gamine.

— Première règle, et ça va de soi normalement, explique Ryan : ne prends que des filles majeures et qui étudient. Le top ? Des jeunes filles qui font des études d'infirmière, d'aide-soignante ou qui côtoient des enfants. Après, la fille qu'Anna et moi préférons fait des études de droit, et elle est tout à fait géniale.

— Deuxième règle ?

J'ai beau siroter ma tisane je veux en savoir plus.

— Sélectionnes-en plusieurs, rencontre-les en ville. Vois si elles sont ponctuelles, présente-leur Bailey et étudie la façon dont elles se comportent avec lui, comment elles te considèrent, etc. Un conseil ? Gère ça comme un entretien d'embauche, c'est exactement ça. Et surtout, vu que Bailey est encore un nourrisson, il faut absolument qu'elles connaissent les gestes de premiers secours à administrer à un bébé. Anna et moi avons payé sa formation à Tess parce que c'était tout ce qui lui manquait. Bref, tu élimines celles avec qui tu n'as pas un bon contact, ou qui ne quittent pas leur portable des yeux. Suis ton instinct, d'accord ?

— Ensuite ?

— Invite-les chez toi et passe-leur les commandes.

Cette simple idée me fait avaler de travers ma tisane. Je repose ma tasse en toussotant, sous le regard amusé de Ryan.

— Tu leur passes les commandes, mais tu restes dans le coin, complète-t-il avec un sourire. Après tu conviens d'un tarif, des horaires, et tu vois si elles peuvent être dispo à la dernière minute. C'est comme ça que j'ai constitué ma liste.

La voix encore rauque je m'inquiète.

— Tu me fileras quand même des noms ?

— Bien sûr ! Tu crois que je vais te laisser jeter Bailey aux loups ? James me tuerait.

Surprise, je penche la tête sur le côté, l'air interrogateur. J'ai envie de lui demander comment va son frère, mais je m'abstiens. Je ne l'ai pas beaucoup vu ces derniers temps. Au bureau le rythme est si soutenu qu'il travaille tous les soirs, parfois même le week-end. Et j'ai voulu profiter de mon temps avec lui sans arrière-pensée. Cependant Ryan précise :

— Il prend son rôle de parrain très à cœur…

Je baisse les yeux. Mon chagrin est comme un océan déchaîné : de violentes vagues viennent s'écraser avec fracas contre ma cage thoracique. Je suis ébranlée jusqu'à la moelle. J'ai l'impression que je vais me briser en mille morceaux sous les assauts puissants.

Parfois, je suis en pétard contre James. S'il m'aimait autant qu'il le dit, il ne prendrait pas Bailey comme une excuse pour ne pas s'engager sur le long terme avec moi. C'est quoi son problème avec mon fils, à la fin ? Je fais un effort pour ne pas me décomposer sous les yeux de son frère aîné, qui ne manquera pas de lui faire un rapport détaillé dès qu'ils se verront. Je finis tout de même par demander, sincère :

— Comment va-t-il ?

— Il croule sous le travail, et il refuse de déléguer. On dirait qu'il cherche à se tuer à la tâche.

Je serre les dents. C'est sa stratégie pour éviter d'avoir à affronter les problèmes. Mais je feins l'innocence pour poursuivre mes questions :

— Et votre week-end ?

Ryan termine son café et rit en déposant sa tasse vide sur la table basse.

— Bien essayé, Kate… Tu veux que j'aille chercher Bailey ?

Mon fils est de nouveau réveillé après une sieste pas spécialement plus longue que la précédente. Je n'ai pas l'énergie de monter l'escalier alors j'acquiesce, et me fais toute petite sur le canapé. Je ferme les yeux et m'emploie à calmer ma respiration : je dois être prête à m'occuper de mon bébé. Lorsque Ryan le place dans mes bras, je me sens vaguement mieux, mais je n'arrive pas à me défaire du sentiment que quelque chose ne va pas. Bailey a ses mauvais moments, comme tous les bébés, mais c'est plus que ça : les cris qu'il pousse indiquent sans ambiguïté qu'il souffre, et ça me déchire les entrailles.

Je me promène dans la pièce en le berçant pour essayer de l'apaiser. Me voyant inquiète, Ryan ramène nos tasses dans la cuisine.

— Comment je peux me rendre utile ?

Je secoue la tête tristement :

— Il n'y a rien à faire. Ça a commencé il y a environ trois jours, et ça semble empirer.

Les grimaces de douleur sur le petit visage de Bailey me tordent le ventre. Mon impuissance me donne envie de pleurer. Le portable de Ryan sonne. Il s'isole dans le couloir pour répondre.

— Tout va bien, bébé, dis-je en massant le ventre de Bailey. Maman est là.

— Kate, glisse Ryan en posant la main sur mon épaule. Je dois filer : Anna a eu un contretemps, et elle ne peut pas se libérer pour récupérer Tommy.

— OK.
— Ça ira ?
J'acquiesce même si je redoute le moment où je vais me retrouver seule avec mon bébé qui hurle.
— Je t'appelle plus tard, d'accord ?
Il m'embrasse sur le front, dépose un baiser sur celui de Bailey et s'en va.
Ce sont ma frustration et ma détresse croissantes qui me poussent à fourrer dans un sac nos affaires, à Bailey et moi, à attraper ma veste et mes clés, puis à sortir. Direction les urgences pédiatriques. Dans ma hâte, j'oublie mon portable, ce dont je ne me rends compte que lorsque je me retrouve dans une salle bondée de parents et d'enfants de tous âges, avec un Bailey qui pleure toujours.
L'attente est longue. Les autres mères lancent à Bailey des regards désolés. Certaines viennent lui parler et tentent de le bercer dans leurs bras, mais ça ne fait que redoubler ses cris. J'essaye de l'allaiter, sans succès. J'ai les bras tout endoloris, un mal de tête lancinant et l'estomac qui gronde.
Tout le monde paraît me juger silencieusement. À leur place, j'en ferais autant. Je suis incapable de calmer mon propre fils. Et je suis seule. *Si seule.* J'ai beau savoir que c'est impossible, il me semble que tout le monde connaît mon histoire. Je baisse les yeux vers Bailey, et un sentiment cuisant de honte m'envahit. James a tort : ce n'était pas courageux d'avoir un bébé seule, c'était stupide. Et égoïste. Et prétentieux de ma part d'avoir cru que je pourrais m'en sortir sans personne. En fait je crois que j'ai toujours cru qu'il changerait d'avis, qu'il se prendrait d'affection pour mon fils, et que ça le ferait rester avec moi. C'était mal connaître l'homme que je considère comme mon meilleur ami. De discrètes larmes glissent sur mes joues.
— Kate Callaghan ? demande une voix masculine dans mon dos.
Je fais volte-face, et retiens un sanglot de soulagement à la vue du médecin. D'une main, je manœuvre la poussette dans sa direction.

— Benjamin Cole, pédiatre. Je vais examiner votre fils, dit-il d'un ton las.

Je le suis dans son bureau en commençant mes explications :

— Bonsoir. Bailey n'arrête pas de pleurer. J'ai tout essayé, et comme ça dure depuis plusieurs jours maintenant, je me suis inquiétée.

— Je vous en prie, installez-vous. Votre fils a… deux mois, c'est ça ? demande-t-il en lisant le dossier que j'ai remis aux infirmières tout à l'heure.

— Oui.

— Et il pleure sans arrêt ?

— C'est ça, dis-je, soulagée qu'il me prenne au sérieux. Surtout en fin d'après-midi et en début de soirée. Du coup, cela décale son coucher et perturbe son sommeil.

— Je vois.

Il fait le tour de la table et procède aux examens de routine. Lorsqu'il a terminé nous nous installons de nouveau de part et d'autre de son bureau et il me dévisage en posant les avant-bras sur la table. Je sais de quoi j'ai l'air : mes cheveux sont rassemblés en un chignon informe, et je n'ai pas pris le temps d'échanger mon sweat de l'Université de Chicago et mon vieux jean délavé contre des vêtements décents.

— Vous dormez bien ? m'interroge-t-il en notant les cernes sous mes yeux.

— Comme je vous le disais, les crises de pleurs ont perturbé son sommeil la nuit.

— Vous vous relayez avec le père ?

— Je l'élève seule.

Il m'a coûté de devoir le dire. Pourtant le docteur continue :

— Vous êtes en bons termes ? Est-ce qu'il ne pourrait pas éventuellement vous donner un coup de main ?

— Je ne le connais pas. J'ai procédé à une insémination artificielle.

Un éclat s'allume dans ses yeux. Comme un phare qui clignoterait dans la nuit pour signaler le rivage.

— Vous avez de la famille, des amis qui pourraient passer la nuit avec vous ?

Je n'aime pas beaucoup la tournure que prend la conversation. Au lieu de s'occuper de Bailey, il me questionne sur moi ! N'ayant aucune envie d'entrer dans les détails, je secoue la tête pour dire non. Cette fois, Benjamin Cole laisse transparaître son agacement.

— Personne ne vous a prévenue que vous auriez besoin de soutien ?

Sa question, simple mais un brin agressive, me renvoie à ma culpabilité. Les larmes menacent de couler. Ma seule consolation est que Bailey commence à s'endormir d'épuisement.

— Si, mais j'ai jugé que je pourrais m'en sortir seule.

— C'était irresponsable de votre part, m'informe-t-il.

Ma réplique doit lui faire comprendre que cela ne le regarde pas :

— Il est trop tard pour revenir en arrière. Maintenant, vous voulez bien me dire ce que je peux faire concrètement pour aider mon fils, ou est-ce qu'il faut que je consulte quelqu'un d'autre ?

— Votre fils va bien, mademoiselle Callaghan. Il est en bonne santé, il n'y a rien d'anormal à l'examen. Les bébés de deux mois passent tous sans exception par une phase de pleurs intenses. Généralement, le pic se situe en fin de journée comme vous l'avez noté. Il n'y a rien à faire. Ils n'ont pas mal, ils n'ont pas faim. Les raisons sont mal connues, mais encore une fois, c'est tout à fait normal : ça fait partie de leur développement. En revanche, poursuit-il avec prudence, je m'inquiète de l'impact de *votre* état psychologique sur votre fils.

— Je vous demande pardon ? rétorqué-je sur la défensive.

— Est-ce que vous voyez du monde ?

— Quelques amis, oui.

— Mais ils ne sont pas suffisamment proches de vous pour passer la nuit…

— Pas exactement…

— Vous voyez d'autres parents ? Vous êtes dans des groupes d'échange ?

— Pas vraiment, dis-je piteusement.

— Un bébé est extrêmement sensible à la santé de sa mère. Si vous êtes fatiguée, préoccupée, déprimée, votre fils le sent. Ça l'affecte également, et ça peut l'angoisser.

Bailey s'est endormi. Je me lève pour l'installer dans sa poussette, tout en demandant :

— Qu'est-ce que vous suggérez ?

— Commencez par élargir votre cercle social : il y a beaucoup de groupes pour parents isolés. Vous trouverez toute la documentation à l'accueil.

— Et quand il pleure ?

Je me sens démunie, abattue. Le jeune médecin en face de moi se radoucit.

— Il faut attendre que ça lui passe. Je sais que c'est très frustrant, et parfois irritant, mais c'est tout ce qu'il y a à faire. Je vous ai vue dans la salle d'attente en passant, continuez à le bercer, à chanter et à le câliner. Quand ils sont aussi petits, ils ont besoin d'être rassurés avant tout. Si vous êtes fatiguée, il n'y a pas de mal à le déposer dans son lit ou dans un transat. Il continuera sans doute à pleurer jusqu'à ce que ça lui passe, exactement comme à l'instant.

— Et c'est tout ?

— C'est tout, confirme-t-il avec un sourire qui creuse de jolies fossettes.

Le sanglot de soulagement que j'ai retenu tout à l'heure finit par m'échapper. Mes épaules s'affaissent, j'enfouis ma figure dans mes paumes. Je laisse couler mes larmes : Bailey n'a rien de grave. Benjamin Cole attend sans rien dire pendant une petite éternité. Les pires scénarios s'étaient déjà mis en place dans ma tête. Le fait d'avoir eu à attendre aussi longtemps avant de voir un médecin n'a rien arrangé.

— Tenez, dit-il en m'offrant un mouchoir et un verre d'eau quand enfin j'émerge.

Je me mouche, puis avale l'eau fraîche en deux longues gorgées. Il me ressert.

— Je suis désolé d'avoir été si sévère avec vous, s'excuse-t-il en calant ses fesses contre le bord de son bureau. Je vois bien que vous faites de votre mieux.

Je suis à deux doigts de fondre de nouveau en larmes, et je gémis :

— J'aime mon fils…

— Je n'ai pas remis cela en cause une seule seconde.

Et puis voilà que, pour la première fois, je me confie :

— Ce que j'ai fait… Ce n'est pas facile. Mais je n'attends pas des gens qu'ils comprennent mon choix car au bout du compte, je ne regrette rien.

Il y avait quelque chose de farouche dans ma voix.

— Ça va aller en s'améliorant, me promet le docteur. Vous avez un médecin traitant pour votre fils ?

— Pas encore. C'est la première fois que j'ai besoin de consulter.

Son froncement de sourcils m'indique qu'il désapprouve clairement ma naïveté, mais ne dit rien. À la place, il griffonne sur une carte et me la tend :

— J'ai un cabinet en ville : beaucoup plus pratique que les urgences. Vous pouvez téléphoner à la dernière minute, je ferai mon maximum pour vous faire passer entre deux rendez-vous.

— Merci, dis-je en prenant la carte vierge.

Je me lève, vérifie que Bailey est bien couvert. Son visage est encore humide de larmes. J'ai envie de sécher ses joues, mais j'ai peur qu'il se réveille. Près de moi, je perçois le regard de Benjamin Cole, un regard… attendri ? Troublée, je le remercie maladroitement et m'en vais.

Ce n'est qu'une fois à l'abri dans ma voiture sur le parking de l'hôpital que je m'autorise à retourner la carte qu'il m'a donnée pour m'assurer que je n'ai pas rêvé quand je l'ai vu écrire dessus. J'allume le plafonnier, et mon cœur se met à battre la chamade à la vue de son écriture brouillonne :

Appelez-moi ?

6. Évaluée

29 juillet 2015

Kate est si nerveuse… Elle me fait penser à un feu d'artifice. C'est coloré, vif, et ça éclate dans tous les sens. Du grand art, en somme. Demain, elle passe l'examen du barreau. La regarder essayer de faire comme si de rien n'était c'est comme assister à une représentation théâtrale.

Je fais légèrement pivoter mon siège, mains croisées sur le ventre. Les grands panneaux en verre qui cloisonnent mon bureau me rendent service, et je n'ai pas honte d'admettre que j'admire tout particulièrement la vue. Là ? Elle est à la photocopieuse et cherche à récupérer une feuille dans un ouvrage sur la propriété intellectuelle tapissé de post-it. Elle tire sur le papier en essayant de ne pas faire basculer tous ceux qu'on a aussi enfournés dedans, au fil des années. Elle desserre légèrement les doigts qui tiennent l'ouvrage pour libérer la feuille. Raté. Le bouquin s'ouvre et toutes les feuilles se déversent comme l'eau d'une fontaine à débordement. C'est tellement drôle que je ricane comme un idiot.

J'aurais pu avoir la bonté de lui laisser sa journée de libre pour qu'elle se prépare sereinement, mais je n'ai pas une réputation d'enfoiré pour rien… Putain ! Je ferai moins le malin si elle échoue. Malgré l'apport considérable qu'elle représente pour Evans & Associés, il faut absolument qu'elle décroche son diplôme d'avocate. Les

RH l'attendent au tournant, et ma mère aussi. Moi ? Je suis toujours partagé entre l'envie de la virer pour ne plus jamais la revoir, et celle de menotter son poignet au mien histoire de ne pas la perdre de vue. Et franchement, quitte à avoir recours à des menottes avec Kate, autant les utiliser ailleurs qu'au bureau.

Je me gifle mentalement. Ce n'est pas la première fois qu'elle me fait ainsi fantasmer mais je me suis juré de ne pas faire de mon lieu de travail un terrain de chasse ; c'est bien l'une des seules règles à laquelle je tiens.

Je pousse un soupir, me lève et traverse la pièce. Je m'accroupis près de la photocopieuse pour ramasser les feuilles éparses. Le regard de Kate accroche le mien lorsque je me redresse pour les lui donner.

— Merci, dit-elle d'une petite voix.

Ses grands yeux verts sont fatigués et moins éclatants, mais ils font naître en moi mille envies. Repousser à deux mains les mèches folles autour de son visage. Avancer de quelques pas pour envahir son espace personnel. Pencher la tête dans son cou pour y frotter mon nez. Grignoter son lobe. Finir sur ses lèvres. Comme si elle devinait mes intentions, ses joues se teintent de rose.

— Tu peux rentrer.

Ma voix et le soulagement… Elle est à deux doigts de fondre en larmes. Et de se jeter dans mes bras.

— Sérieusement ? Tu ne vas pas me le faire payer plus tard ?

— Tout dépend du résultat : un diplôme ou pas.

Kate esquisse un demi-sourire hésitant. Vulnérable. C'est ce qui me déroute souvent chez elle. Derrière sa solide carapace de femme ambitieuse et assurée, il y a toujours cette fragilité presque palpable. « Quelle est ton histoire ? Que caches-tu ? » ai-je souvent envie de lui demander. À la place j'ordonne, à moitié sérieux :

— File avant que je change d'avis.

Ou que je me mette à t'embrasser stupidement. Kate semble sortir de la transe dans laquelle mes yeux l'ont plongée. Elle redresse son bouclier, retrouve son assurance, et rejette les épaules en arrière quand je lui dis :

— À vendredi.

Elle me fusille du regard. Je lui adresse un sourire narquois. L'examen du barreau a lieu le dernier mercredi du mois de juillet et s'étale sur deux jours. J'aurais pu lui laisser son vendredi. J'aurais pu, mais bon… Réputation d'enfoiré à tenir, et tout ça. Elle tourne les talons pour repartir dans son bureau. Soudain je la retiens.

— Kate ?

— Quoi encore ? Tu veux que je vienne aussi samedi et dimanche pour compenser mon absence ? siffle-t-elle en plissant les yeux.

— L'examen n'est pas bien différent de tout ce que tu as fait jusqu'à présent. On teste ta connaissance des articles de loi, mais aussi ta capacité à présenter des faits et à les analyser. Mieux tu montreras que tu as compris les faits, plus tu récolteras de points.

Prise de court, elle hoche simplement la tête. Je souris, et marche dans sa direction. Son regard s'affole. Une fois à sa hauteur, je lui prends le bouquin des mains en expliquant :

— Tu n'en as plus besoin. Rentre et détends-toi pour être en forme demain. À ce stade, réviser ou pas, ça ne fera aucune différence.

Kate s'apprête à parler, hésite, puis ne dit rien. Elle est belle. Pas seulement physiquement : sa nature douce et sereine donne aux traits de son visage une lumière presque surnaturelle.

Elle se mâchonne la lèvre. J'ai envie de tirer dessus avec le pouce pour qu'elle arrête et me laisse faire à la place. Je me donne une nouvelle gifle mentale. Foutue fée irlandaise ! Elle m'a ensorcelé !

7. Hésitations

Le train d'atterrissage vient à peine de toucher le tarmac que les passagers, impatients, se précipitent pour sortir de l'appareil. Je les observe en ruminant. Deux heures ! Mon avion s'est posé à Portland avec deux heures de retard. Je suis prêt à hurler sur tout le monde, mais je me contiens : ce n'est pas après eux que j'en ai. Katherine a décidé de m'envoyer à Seattle pendant toute une putain de semaine ! Depuis six mois environ elle travaille d'arrache-pied pour ouvrir une filiale d'Evans & Associés là-bas. Et c'est moi qu'elle délègue sur place. Je n'ai pas spécialement progressé, mais au moins j'ai signé un bail pour les locaux et fait établir des devis pour le mobilier. Je l'aurais entendue sinon. Ça oui, je l'aurais entendue…

Lorsque je me lève, il me faut attendre encore une flopée de minutes pour que se déverse le flot des passagers pressés. Puis, sans un regard pour les hôtesses, qu'en d'autres temps j'aurais lorgnées sans vergogne, je sors. Je veux voir Bailey. Et Kate. La prendre dans mes bras et lui dire qu'elle m'a manqué.

D'un pas rapide, je parcours les couloirs interminables de l'aéroport vers le hall des arrivées. Parmi les rares personnes qui attendent des proches, mon frère me repère le premier, et vient à ma rencontre. Je suis bien content de ne pas avoir à prendre un taxi. Nous échangeons une brève accolade.

— Salut, Alden. Merci de m'avoir attendu.

— Retardé par le mauvais temps ? demande-t-il.

Je lui emboîte le pas et lui explique en grommelant :

— Si seulement ! Un idiot de membre de l'équipage est tombé malade, et ils ont dû attendre son remplaçant.

— Ouais, en gros il s'est bourré la gueule pendant son escale.

— On est bien d'accord.

Nous avons atteint la voiture d'Alden, je m'y engouffre en murmurant :

— J'espère que tu n'as pas foutu le bordel chez moi…

Quelques jours avant mon départ pour Seattle, Alden s'est pointé chez moi, tard un soir, après une énième dispute avec Eleanor, sa compagne. Eux deux, ils pourraient être les héros d'une série B. Tout le temps en train de se prendre le bec, pour se réconcilier une semaine plus tard. Ellie a pris la sale habitude de le mettre à la porte dès que le ton monte entre eux.

— Si, mais de toute façon la femme de ménage est passée ce matin, me taquine-t-il. Comment s'est passée ta semaine ? Maman ne t'a pas noyé sous les demandes ridicules ?

— À ton avis ? J'ai trouvé des locaux pour la filiale : une agence de communication a mis la clé sous la porte. Leurs bureaux ont été entièrement rénovés il y a moins d'un an, tout est impeccable. J'ai négocié pour qu'ils nous laissent le mobilier, mais il était déjà vendu.

— Tu t'es bien débrouillé en une semaine…

— Comme si j'avais le choix, dis-je dans un soupir.

J'appuie le coude sur le rebord de la vitre et me masse les paupières du pouce et de l'index.

— Si j'étais revenu bredouille, Katherine m'aurait ordonné de retourner sur place jusqu'à accomplissement de ma mission.

— Il y a pire comme punition, me fait remarquer mon aîné.

— Je n'aime pas être absent trop longtemps.

J'hésite, puis ajoute :

— Au cas où Kate aurait besoin de moi…

— Tu es au courant ? demande Alden avec prudence.

— Oui.

Kate a dû faire un passage aux urgences à cause de Bailey. Je l'ai eue au téléphone le lendemain. Elle semblait dévastée, mais elle n'a pas voulu me dire pourquoi. Elle a juste répété que ce n'était pas grave, qu'il ne fallait pas que je me fasse du souci.

— Elle est tombée sur un imbécile, à l'hôpital, me révèle mon frère comme s'il avait entendu mes pensées. Il lui a fait la morale parce qu'elle n'a pas de « système de soutien » comme il a dit.

— Et nous ?

— Il l'a encouragée à sortir plus pour rencontrer d'autres parents.

Je fulmine, remonté à bloc. Je suis là… Depuis que sa grossesse a commencé à se voir et qu'il est devenu évident que Kate était célibataire, tout le monde l'a critiquée et lui en a fait baver, chacun lui a fait savoir ce qu'il pensait de son choix. Comme si elle avait besoin de leur avis sur sa vie privée ! Même les collègues au bureau s'en sont mêlés. Les gens peuvent être vraiment cons parfois ! Et mesquins. Et exaspérants.

Je ne me rends pas tout de suite compte que ma main gauche s'est transformée en poing qui s'écrase sur ma cuisse à chaque pulsation hargneuse de mon cœur.

— Tu devrais aller la voir ce week-end, me conseille Alden. Ellie a passé la nuit avec elle hier, ce soir c'est Anna qui est là-bas, mais je crois qu'elle a juste besoin de toi.

— Ne dis pas ça.

J'ai répondu sans grande conviction, sentant ma gorge se nouer.

— Désolé, mon gars, mais c'est la vérité et il va falloir que tu l'affrontes à un moment ou à un autre.

— Je ne peux pas…

— Ne dis pas de conneries !

— Tu sais pourquoi.

— James, c'est du passé. Ça fait quoi maintenant ? Huit, neuf ans ?

— Neuf ans.

Mais j'ai encore l'impression que c'était hier. Et, si je n'y prends pas garde, les souvenirs reviennent. Les moments heureux, les moins bons, puis la chute. Je ferme les yeux et c'est comme si je devais écarter physiquement les images pour les tenir à distance. Ma voix est devenue un murmure :

— Je crois qu'à un moment j'aurais pu. Me remettre avec quelqu'un, avoir une deuxième chance. Mais je me suis enfoncé trop loin dans la nuit, tu vois ? Si j'avais arrêté plus tôt de baiser comme une bête et de me soûler, peut-être que je n'aurais pas cette réputation de salaud sans cœur.

— Tu ne peux pas défaire ce qui est fait, James, me console sagement mon frère. Ceci dit, tu as trente-deux ans, tout n'est pas perdu. La preuve : depuis que tu as rencontré Kate, tu t'es beaucoup assagi.

Je lâche un petit rire sans joie. Kate… Je n'ai pas tout de suite renoncé à mes conneries après l'avoir rencontrée. Je l'ai rangée parmi les « inaccessibles », et j'ai essayé de me la sortir de la tête en baisant d'autres femmes. À un moment, je n'ai même plus eu envie de continuer ces aventures sans lendemain parce que je n'y trouvais plus de satisfaction, de sens. Je suis alors revenu aux fondamentaux : j'ai pris mon temps, appris à la connaître. À *vraiment* la connaître. Et comme un idiot, je suis tombé un peu plus profondément amoureux d'elle.

En arrivant chez moi, Alden part directement se coucher. Je prends une douche réparatrice, puis je m'assois sur mon lit pour observer rêveusement un selfie que nous avions pris, Kate et moi. Ce n'est pas l'objectif qu'elle regarde, c'est moi. Mon réveil indique 23 h 57. J'hésite, puis décide de lui envoyer un message.

Hey, tu dors ?

Je viens de reposer B. dans son lit. Tu es bien rentré ?

2 heures de retard…

Tu n'as pas tué le commandant de bord au moins ?

J'ai failli. Comment tu te sens ?

Lessivée. Anna passe la nuit avec moi.

Tu viens nous voir demain ?

Mon cœur se serre en constatant qu'Alden a raison. Je commence un message, puis l'efface à plusieurs reprises. Je sais qu'à l'autre bout mon hésitation se matérialise à l'écran de Kate sous la forme d'une bulle avec trois petits points qui clignotent.

Pas grave. Je passe lundi au bureau pour discuter de mon retour.

Tu seras là ?

Oui.

OK. Bonne nuit, James.

Bonne nuit, jolie fée.

Je passe la journée du lendemain barricadé dans mon bureau à écrire un compte rendu détaillé de ma petite aventure à Seattle. Si le rapport n'était pas aussi destiné aux membres du comité d'administration, je l'aurais bâclé ou me serais contenté de résumer à l'oral l'essentiel à ma mère. Katherine ne m'a pas révélé l'ensemble de son plan, alors je commence aussi à me poser certaines questions. Je me demande notamment qui elle compte envoyer sur place pour remplir les locaux spacieux, vraiment très spacieux, que j'ai dénichés.

Je tape les dernières recommandations, relis le document

en diagonale, l'envoie ensuite à Paula, ma secrétaire, avec quelques instructions pour sa diffusion.

Puis je me prépare, soudain soulagé à l'idée de m'être acquitté de ma corvée, et je sors pour me rendre chez Kate. Automatiquement, je mets en veille les pensées parasites qui pourraient me faire douter de ma décision. J'ai même pris des affaires pour la nuit, si nécessaire. Je sonne à sa porte, et me balance d'un pied sur l'autre en attendant qu'elle vienne m'ouvrir. Je m'apprête à sonner une deuxième fois quand elle apparaît. Pas de débardeur taché ou de pantalon de yoga terne cette fois, même ses cheveux sont joliment retenus en arrière par une tresse. Je suis heureux de la voir. Je souris.

— Salut, toi, dis-je.

Elle ne répond rien. Elle avance juste de quelques pas pour combler le petit espace qui nous sépare, et se blottit contre mon torse. Je lâche le sac de sport que j'ai à la main pour l'envelopper dans mes bras jusqu'à ce qu'il n'y ait plus un seul millimètre d'espace entre nous. Je pousse un soupir et évacue toute la tension que j'ai accumulée ces derniers jours, puis je penche la tête jusqu'à avoir la figure nichée dans son cou. Je prends une profonde inspiration pour sentir le parfum de mon amie à pleins poumons. Le grand éclat de rire qui suit normalement ce geste est une mélodie dont je ne me lasserai jamais.

— Tu es bête, Evans ! me réprimande Kate en gloussant et en se reculant pour me tapoter le torse.

Elle est vraiment belle. Souvent, j'ai l'impression qu'elle l'ignore. Je la suis dans son appart en refermant la porte derrière nous.

— Bailey dort ?

— Non, il est dans son transat.

— J'ai quelque chose pour lui.

Kate penche la tête sur le côté avec un regard curieux. Je lui lance un clin d'œil qui fait rosir ses joues, puis vais chercher son fils, qui me salue avec son babillage de bébé tout en me suivant de ses grands yeux.

— Paraît que tu as fait des misères à ta maman. Tu sais pourtant qu'il ne faut pas prendre tout ce que je dis au sérieux… Quand je t'ai accordé le droit de faire une bêtise par jour, ça ne voulait pas dire : « en profiter pour lui rendre la vie infernale pendant des heures ».

Bailey émet des sons avec la bouche en guise de réponse. Sa mère se pelotonne dans un coin du canapé et nous regarde amusée, les yeux pétillants.

— OK. Ça passe pour cette fois, petit lutin… Il te demande pardon, dis-je ensuite en posant les yeux sur elle.

Je fais mine de traduire les vocalises du bébé, ce qui la fait rire doucement, et je lui rends son fils le temps d'aller récupérer les petits cadeaux que je leur ai ramenés.

— Regarde ! dis-je avec enthousiasme en brandissant un lutin irlandais en peluche.

Je l'agite en souriant de toutes mes dents pour faire entendre le grelot qu'il a dans le ventre. Je dois ressembler à un psychopathe plus qu'à autre chose. Je vais m'asseoir à côté d'elle pour présenter la peluche à Bailey.

— Parfois, dit Kate en riant, je me demande quel âge tu as, là-dedans.

Elle glisse les doigts entre mes cheveux. Mon corps s'embrase sur-le-champ, et je sais que je la dévisage avec le même feu dans les yeux. Kate laisse retomber sa main, je m'éclaircis la voix :

— Je sais que Bailey n'a pas encore l'âge pour les peluches, mais j'ai pensé qu'il serait content de l'avoir quand tu le mettras à la crèche. Il paraît que, si tu dors avec, il prendra ton odeur.

— Merci beaucoup, James. Je suis sûre que Bailey va l'adorer. En tout cas, à moi il me plaît.

— Ça, c'est pour toi.

Je lui tends un petit paquet emballé dans un papier bleu nuit brillant. Kate me confie Bailey pour ouvrir son cadeau. Dans ses yeux, il y a un éclair d'excitation si innocent et enfantin que j'en ai le souffle coupé. Il vient me rappeler qu'elle n'a pas eu une vie facile, et qu'elle a rarement reçu ce genre de petites attentions. Je la fixe avidement pour ne pas perdre une miette de ses réactions.

Le papier cadeau enlevé, elle découvre une boîte en carton blanc, tout ce qu'il y a de plus banal. Elle me jette un coup d'œil interrogateur, puis, comme je reste muet, décolle le bout de Scotch transparent qui scelle la boîte. Ses yeux s'agrandissent lorsqu'elle en sort la boîte à musique que je lui ai dégotée.

— Je suis tombé dessus à Seattle complètement par hasard.

— Laisse-moi deviner : une vieille dame qui vend de la camelote ? plaisante-t-elle en levant un sourcil.

— Très drôle.

Le regard brillant de larmes, Kate étudie l'objet sous tous les angles. C'est un modèle en forme de piano à queue blanc avec une ballerine sur le dessus et une petite manivelle sur le côté. Kate l'active et les premières notes de la *Lettre à Élise* de Beethoven retentissent dans le salon en même temps que la petite danseuse se met à virevolter sur le couvercle du piano.

— Je l'adore, James, merci, dit-elle émue.

Et, lorsqu'elle se penche pour déposer un baiser sonore sur ma joue, j'ai soudain l'impression que cette expédition ridicule à Seattle a valu la peine, en fin de compte. Le regard de Kate accroche le mien l'espace d'une seconde, puis elle bondit sur ses pieds pour aller déposer la boîte à musique sur son bureau avec amour.

— Tu veux un café ? propose-t-elle pendant que je remets Bailey dans son transat.

— Non, merci. Je me suis enfilé au moins six tasses pour venir à bout de mon compte rendu.

— Tu aurais pu le terminer demain, note-t-elle.

— Je voulais absolument m'en débarrasser.

Elle se rassoit à côté de moi, et je l'étudie du regard. Ses traits sont tirés, ses yeux ourlés de cernes sombres. On dirait qu'elle a perdu du poids, et je ne parle pas de ses kilos de grossesse.

— Et toi alors ? Comment tu vas ?

— Un peu mieux. Anna m'a beaucoup aidée à relativiser ce qu'a dit le médecin.

— D'ailleurs, qu'est-ce qui lui a pris à cet enfoiré ? dis-je d'un ton agacé.

— Il n'avait pas totalement tort, admet Kate en baissant les yeux. Je suis un peu isolée, et parfois ça me pèse.

— Oui, mais je te connais assez bien pour savoir que tu ne t'en prends pas à Bailey quand c'est comme ça.

— Non, mais je crois qu'il sent quand je suis impuissante ou à deux doigts de craquer.

— Qu'est-ce que tu penses faire alors ?

— Je ne sais pas trop… Compter un peu plus sur vous tous ? Je n'ai jamais osé jusqu'à présent, mais tu crois que tes frères, Ellie et Anna seraient d'accord pour m'aider ?

Je lui réponds sur un ton assuré, tout en glissant une mèche égarée derrière son oreille :

— Sans l'ombre d'un doute. Tu ne veux pas aussi rencontrer d'autres gens ?

Kate hésite, puis secoue la tête, dubitative. Elle explique :

— Pas spécialement. D'abord, je reprends bientôt le boulot, et puis j'ai toujours du mal à… faire confiance à des inconnus.

— On est tous des inconnus aux yeux de quelqu'un, Kate.

— Oui, mais il s'agit de Bailey. Je veux le protéger. Tu sais que je n'ai jamais eu de chance dans mes relations, qu'elles soient amicales ou amoureuses.

C'est tristement vrai. Rien que notre relation à tous les deux est bizarre au possible. Je peux comprendre ses craintes et ses réticences à s'ouvrir à nouveau. En dehors de mes frères, de leurs compagnes et de Kate, je n'ai personne. J'ai perdu de vue mes amis de fac à une époque où j'ai concentré toute mon énergie et mon attention sur la mauvaise personne. Après elle, je me suis laissé absorber par mon boulot, pour oublier. J'étais bien trop meurtri pour avoir envie de me lancer dans de nouvelles relations. Ensuite, j'ai dépassé ce point de non-retour au-delà duquel continuer sur la même voie sans aucun but était plus facile que de faire changer les choses.

— Bailey ne vivra pas les mêmes expériences que moi, m'assure-t-elle farouchement. Il ira à la crèche, puis à l'école. Il sera avec d'autres enfants. Peut-être que c'est grâce à lui que je vais nouer des relations avec d'autres parents, mais pour le moment je ne veux pas forcer les choses. Le docteur a lui-même dit que les pleurs de Bailey sont normaux pour son âge, que ça finira par passer.

— Oui, mais il s'inquiétait pour toi aussi, ce qui est normal.

Kate hoche la tête tout en piquant un fard, et je comprends qu'il y a quelque chose qu'elle ne me dit pas.

— Balance, dis-je sur un ton péremptoire.

Elle joue nerveusement avec un fil qui dépasse de la couture de son T-shirt bleu pâle. Finalement, elle lève les yeux pour les plonger dans les miens. Avec des doigts hésitants, elle sort de la poche de son pantalon anthracite une carte de visite. Une vague inattendue de jalousie me tord le ventre, pourtant, elle n'a encore rien dit !

Kate me donne la carte, cette fois en évitant soigneusement mon regard. Je la prends. Benjamin Cole, chirurgien pédiatre. Il y a les coordonnées d'un cabinet dans le centre-ville de Portland, et les horaires d'ouverture du secrétariat. Les coins de la carte de visite sont tous cornés. Il y a même une tache de sauce tomate dessus.

— Retourne-la, m'indique Kate dans un souffle à peine audible.

Je fais ce qu'elle dit. Ma vision se brouille sous l'effet de la rage, mais j'essaye de rester impassible. Pendant de longues minutes, je fixe stupidement la question inscrite au dos, et la poignée de chiffres, qui forment à coup sûr son numéro de portable personnel. C'est Kate qui brise le silence la première.

— Ce mec est encore plus lunatique que toi, tente-t-elle de plaisanter. Il m'a complètement démontée, et après il m'a demandé de le rappeler.

— Tu aimerais le revoir ? demandé-je en forçant ma voix à être normale.

— Franchement ? Je n'en sais rien… J'aimerais bien qu'il soit le médecin traitant de Bailey.

— Oui, mais toi ? Il t'a plutôt clairement fait comprendre que ce n'est pas Bailey qui l'intéresse.

— Je crois, avoue-t-elle alors. Au moins pour savoir ce qu'il me veut.

— C'est assez évident, Kate !

J'ai parlé avec ironie. Je me lève pour faire les cent pas et échapper à son regard qui me supplie de faire un effort, d'agir comme son ami et pas comme le type qui est éperdument amoureux d'elle. Ce que j'ai toujours craint est en train d'arriver. Je souhaite le bonheur de Kate plus que le mien, et je sais que, pour elle, cela veut dire trouver un partenaire à qui elle puisse enfin faire confiance et avec qui elle bâtira quelque chose de solide. Et le pire dans tout ça, c'est que j'aimerais être cet homme, mais que je ne sais pas comment m'y prendre. Car il y a un risque pour que je sois celui qui finira blessé, et cette fois, je ne suis pas sûr que j'aurai la force de m'en remettre. Pas si c'est Kate qui me brise le cœur.

8. Confidences

17 septembre 2015

J'épie James depuis mon bureau, qui fait face au sien. Toutes ces surfaces vitrées sont vraiment très pratiques. Elles n'offrent aucune intimité, mais se transforment en complice idéal pour espionner quelqu'un. Pourquoi ai-je développé une obsession pour cet homme ? J'aimerais bien le savoir.

Maintenant il est à moitié avachi sur son fauteuil. Cet idiot m'a convoquée tout à l'heure pour un bilan. Il m'a totalement hypnotisée avec sa foutue chemise blanche : j'ai oublié la moitié de ce qu'il m'a dit, et je n'ose pas aller lui demander des précisions. Tout ça à cause d'une *chemise*. Elle laisse clairement deviner sa silhouette musclée, fruit de longues heures d'exercice physique, mais aussi ses tatouages ! James a de l'encre plein le torse, l'épaule et le bras droits. Il a l'air d'en avoir dans le dos aussi, mais je ne suis pas sûre. Je meurs d'envie de tirer d'un coup sec sur sa chemise pour dévoiler ce corps qui m'obsède et assouvir ma curiosité. Je roule des yeux lorsque je ressens un petit tiraillement dans le bas du ventre. Je suis en manque.

Je ne me suis pas envoyée en l'air depuis ma rupture avec Adam, au mois de juin. Même si je ne suis pas contre quelques coups d'un soir ponctuels, j'aime être en couple pour coucher. Y compris si être en couple veut dire avoir deux rendez-vous à mon actif avec l'homme en question.

Bien sûr, je ne suis pas en reste avec mon imagination débordante de scénarios qui incluent tous James, mais j'ai désespérément besoin d'être touchée par quelqu'un d'autre que moi, et d'être si bien baisée que j'en aurais le cerveau déconnecté pendant des jours.

Agacée contre moi-même, je me retiens de rejeter la tête en arrière en gémissant et en battant des pieds comme une gamine. Non, en fait, je suis juste jalouse. Jalouse de la femme avec qui il rit, là, en face de moi. J'ai déjà eu affaire à elle. Carmen Accola. Elle travaille pour un cabinet d'avocats avec qui nous collaborons régulièrement sur certains dossiers. D'habitude, c'est moi qui traite avec elle. J'en déduis que sa visite n'a rien de professionnel, ou qu'elle porte sur un dossier plus important que les autres.

James a les yeux rivés sur elle, le sourire amusé qu'il me réserve d'habitude flotte sur ses lèvres. Je dois reconnaître que cette Carmen est plutôt pas mal. Grande, élancée, brune – le faible de James. Elle a une voix rauque qui contraste avec son apparente délicatesse. Je ne fais pas le poids face à elle. Je pousse un long soupir en agitant ma souris pour sortir mon ordinateur du mode veille. Je suis en train de finaliser les recommandations à un client. Je replace mes lunettes sur mon nez, et reprends le fil de mes notes, gribouillées sur du papier toilette. La moitié me semble complètement farfelue. Pas étonnant ! Je les ai rédigées à 3 heures du matin. J'ai cette manie de me relever au milieu de la nuit quand j'ai soudainement une idée, pour la consigner sur ce qui me tombe sous la main, papier toilette inclus.

Lorsque j'ai terminé, Barbie est encore dans le bureau de James. J'ignore qui ils cherchent à berner car n'importe qui peut voir qu'ils ne travaillent pas. Ils papotent. Carmen est pleine d'entrain. Je crois que le mot adéquat pour la décrire serait « pétillante ». Ses gesticulations, associées à la façon dont elle est assise sur sa chaise, du bout des fesses, tout cela devrait la faire tomber d'une seconde à l'autre. Bon sang, que je suis mauvaise ! James me lance un coup d'œil à ce moment-là. Je m'empresse de détourner le regard pour me concentrer sur l'écran de mon ordinateur. Pivoine, je compte jusqu'à vingt, et risque un nouveau coup d'œil prudent dans sa direction. Merde ! Il me fixe toujours. Et il a l'air de… m'envoyer des signaux de détresse ? Parfait… Voilà que James cherche à m'utiliser pour se débarrasser d'un de ses pots-de-colle. Il redirige son attention sur la femme en face de lui, force un sourire. Je sens alors quelque chose en moi céder. Je remonte mes lunettes sur ma tête et me lève, lisse l'avant de ma robe d'une main, attrape mon bloc-notes de l'autre et marche vers sa secrétaire, Paula.

— Tiens, Kate, me dit-elle avec un grand sourire amical.

Paula est adorable ! C'est une femme de trente-six ans toujours souriante et de bonne humeur, redoutablement efficace et compétente. Avec Katherine, c'est la seule femme que James craint. Non que Paula le tyrannise, loin de là… C'est juste qu'elle sait lui faire comprendre qu'il ne va pas lui apprendre son métier, qu'elle se surpasse déjà et qu'il est donc inutile de lui casser les pieds avec des demandes extravagantes. Je lui réponds en lui rendant son sourire :

— Salut.

Mon plan est de prétexter que je dois vérifier deux ou trois points avec elle avant d'aller déranger James. J'hésite, lance un coup d'œil par-dessus mon épaule. Elle suit mon regard des yeux.

— Le pauvre, marmonne-t-elle compatissante. Cette femme est une vraie sangsue. Elle cherche à lui mettre le grappin dessus depuis plus d'un an. Tu aurais dû la voir au gala de Noël l'année dernière… C'était pathétique à regarder ! James n'est pas *du tout* intéressé.

Je cligne des yeux trois fois. Un gala de Noël ? Est-ce que c'est quelque chose qu'ils font tous les ans ?

— Je crois qu'il a besoin qu'on le sorte de là…, dis-je sur le ton de la confidence.

— James ? s'étonne Paula en riant. Il peut s'occuper de lui comme un grand.

Soudain elle semble comprendre quelque chose et ajoute :

— Oh non… Kate… Ne te fais pas ça, ma chérie.

— Quoi ? demandé-je en feignant l'innocence.

— Ne t'attache pas, me met-elle en garde. James est charmant, mais il ne fait pas dans le long terme. Encore moins avec des femmes du bureau.

— Pourquoi ?

Ma question, prononcée dans un souffle, me surprend moi-même. James a atteint la trentaine. À son âge et avec sa situation professionnelle, même les plus indomptables des hommes finissent par se ranger des voitures pour chercher la compagnie d'une seule femme. En quoi serait-il différent ?

— Je n'en suis pas sûre, regrette Paula dans un soupir. Tout ce que je sais, c'est qu'il s'est passé *quelque chose.* Il y a quelques années, il allait si mal que Katherine l'a forcé à arrêter de travailler. Il se présentait ivre aux réunions, il était tout le temps en retard, dispersé, colérique. Une fois, il a même cassé le nez d'un type sans raison apparente. Je ne l'ai pas vu pendant quatre mois. À son retour, il n'était plus le même homme.

Les mots de Paula me prennent à la gorge et me donnent envie de pleurer. Le comportement qu'elle me décrit m'est horriblement familier. Je suis moi-même passée par une phase où je noyais mon chagrin et ma solitude dans l'alcool. J'enchaînais les coups d'un soir car je n'avais plus aucune estime de moi, j'étais dévastée. Mais tout cela ne faisait que raviver la douleur que j'essayais d'endormir. Machinalement, je frotte le bas de mon ventre. Les regrets sont aussi vifs qu'au premier jour. La douleur me transperce, je serre les lèvres pour retenir la longue plainte qui se fraye un chemin vers la surface.

À la recherche d'un point d'ancrage, mon regard est aimanté vers James. Je sens alors une nouvelle connexion se créer entre nous. Un lien, qui vient d'un passé en commun. Ce lien est comme un fil au niveau de mon nombril qui me relie à lui. Et à cet instant, il tire dessus.

— Merci, Paula, dis-je, déjà ailleurs.

Sous le coup d'une impulsion quasi viscérale, je marche d'un pas déterminé vers le bureau de mon patron. Je donne quelques coups contre la porte en verre. Un immense soulagement baigne son visage, et je m'en retrouve toute chamboulée. Il me fait signe d'entrer.

— Désolée de vous interrompre, dis-je, loin d'être désolée. J'ai besoin de toi, James : c'est à propos du dossier DocWatter.

— Je suis à toi dans une minute, Kate.

Je rougis de son choix de mots. C'est de la comédie, je me force à m'en souvenir. Je lui adresse un petit sourire, lui me fait un signe de tête, et je repars. J'ai les jambes flageolantes, mais je tiens bon. Paula me lance un regard d'avertissement mêlé de compassion lorsque je repasse devant elle. Si je m'arrête, je vais m'effondrer. Je me surprends à détester cette emprise que James a sur moi. C'est comme lui donner du pouvoir. Or, si j'ai bien appris une chose au cours de ma vie tumultueuse, c'est que, lorsque vous accordez du pouvoir à quelqu'un, il peut aussi bien s'en servir pour vous faire grandir que pour vous anéantir.

L'air frais de la nuit picote mon visage. Je suis frigorifiée, mais je n'ai pas la force de bouger. J'enfonce un peu plus les mains dans les manches de ma veste polaire, les yeux sur Portland à mes pieds. La vue depuis la terrasse du bureau a toujours eu un certain pouvoir hypnotique sur moi. Elle me donne l'impression que je suis intouchable. Je surplombe la ville, les piétons qui se pressent sur les trottoirs, les voitures qui avancent au pas aux heures de pointe. Ici, on me fout la paix. Du moins, c'est ce que je croyais jusqu'à ce que la terrasse s'éclaire d'une vive lumière bleutée. Je roule des yeux et me renfrogne. Je n'ai pas besoin de me retourner pour savoir qui vient d'être trahi par le détecteur de mouvement.

— Hey, dit James en appuyant comme moi ses avant-bras sur la balustrade glacée.

Il est proche. Trop proche. Et moi, je n'ai toujours pas digéré l'épisode de tout à l'heure. J'ai envie de me tourner vers lui et de le rouer de coups. Mais je serais tout aussi capable de l'embrasser désespérément.

Je ferme les yeux en laissant échapper un petit soupir. Je suis éreintée, mais je n'ai pas envie de rentrer chez moi. Machinalement, je tripote le pendentif en forme de trèfle qu'il m'a offert. Je ne le porte pas au cou. J'ai enroulé la chaîne autour de mon poignet gauche, c'est beaucoup plus discret. Finalement je murmure :

— Ce que tu as fait tout à l'heure… C'était humiliant. Tu m'as donné le sentiment que j'étais un pion à ta disposition.

— Ce n'était pas mon intention.

James joue avec un briquet et une cigarette. Après les avoir fait tourner entre ses doigts de longues secondes, il place la cigarette entre ses lèvres charnues. Je le regarde faire avec fascination. Le bout rougeoie dans la nuit lorsqu'il l'allume, et des volutes de fumée s'envolent autour de nous. Il ne fume que quand il est sous pression. Une autre caractéristique que nous partageons.

— Je peux ?

Il hoche la tête, me tend sa cigarette. Nos doigts s'effleurent. Les siens n'ont pas encore eu le temps de geler. Ils sont tièdes contre ma peau froide, et me font frissonner. Je tire une bouffée en essayant de ne pas penser à mes lèvres qui se posent là où les siennes étaient.

— Je promets de ne pas recommencer, m'assure-t-il au bout d'un moment. C'est juste que… Accola était là, à me déballer sa vie, et j'aurais aimé que ce soit toi. Je sais que l'on n'est que des collègues, mais… tu ne parles jamais de toi : c'est frustrant.

Piquée au vif je réplique immédiatement :

— Parce que tu me racontes ta vie, toi !

— Non, mais je pourrais. J'en ai *envie*.

Sans lui demander la permission cette fois, je lui reprends la cigarette et me noie dans deux longues bouffées.

— À quoi tu joues ? Qu'est-ce que tu me veux ?

— Ce n'est pas un jeu, répond-il. Tu avais l'air triste aujourd'hui, et… je n'aime pas te voir dans cet état. J'ai l'habitude de tes sourires et de ta bonne humeur. Ce n'est quand même pas à cause de tes résultats à l'examen du barreau ?

— Non.

— Tu ne m'as pas dit tes résultats, me reproche James.

— 92 %, annoncé-je du bout des lèvres.

— Kate ! s'exclame-t-il.

Sa voix résonne dans la nuit. Il se redresse et pivote vers moi. J'ai l'impression qu'il va me soulever dans ses bras, et me faire tourbillonner sur place. Je ne suis pas sûre que je protesterais s'il le faisait : j'éclaterais probablement de rire comme une petite fille. Il faut dire que personne ne s'est jamais ouvertement montré fier de moi, et j'ai si peu l'habitude de ce genre de réaction que je lance sèchement, me tournant à mon tour :

— Quoi ?

— Un : félicitations. Deux : tu me bats de 2 %.

— Tu es quoi ? La référence ? dis-je en plissant les yeux.

— Bon sang, lâche James en se renfrognant. Tu es vraiment chiante.

Sa remarque me blesse. Mais j'ai envie de me confier, même si je ne sais pas comment m'y prendre. Je souffle, ferme les yeux, et m'éclaircis la voix. Elle tremble lorsque je parle :

— Tu te souviens quand tu m'as demandé comment j'ai payé mes études ?

— Kate, tu n'as pas à…

— Je venais d'avoir vingt ans quand j'ai découvert que j'étais enceinte. Je n'avais pas les moyens de m'occuper d'un bébé et je… j'ignorais qui était le père. Ma grossesse était avancée, j'ai paniqué, et le temps que j'évalue les options qui s'offraient à moi, je ne pouvais plus avorter. J'ai reçu beaucoup de soutien de la part d'une dame du Planning familial. Elle a activement cherché des solutions avec moi. Je n'avais pas envie de faire adopter mon bébé juste comme ça : je ne supportais pas l'idée qu'il soit pris au piège dans les engrenages des services sociaux, et ballotté de famille d'accueil en famille d'accueil.

Ma voix éraillée de chagrin s'éteint. Je sursaute lorsque James pose un bras réconfortant sur mon épaule. Sa chaleur transperce les couches de tissu qui nous protègent, s'insinue sous ma peau et jusque dans mes os. James a l'odeur du tabac qu'il vient de fumer, et un parfum boisé qui ramène d'autres souvenirs.

— J'entamais mon quatrième mois de grossesse quand une famille m'a contactée pour le bébé. Ils étaient hyper attentionnés et doux. Ils ne m'ont jamais jugée ni fait la morale. Quand je leur ai expliqué ma situation, ils ont d'emblée proposé de prendre soin de moi et du bébé. C'est comme ça que je me suis retrouvée à vivre avec ce couple, j'ai été choyée pour la première fois de ma vie. Ils ne me voyaient pas seulement comme celle qui allait leur permettre de réaliser leur rêve d'avoir un enfant, ils s'intéressaient vraiment à moi. C'est grâce à eux que j'ai pris conscience que je pouvais attendre plus de la vie, que je pouvais avoir des ambitions et les réaliser.

Me voyant trembloter, James me conduit avec douceur sur un banc près des portes à double battant. Je me laisse piloter. C'est agréable de rendre les armes et de laisser quelqu'un prendre le contrôle sans appréhension. Il garde un bras autour de mes épaules. Je frissonne à son contact et reprends :

— Le mari était procureur. Comme j'avais du temps à tuer, je me suis mise à lire tout ce qui me tombait sous la main et j'y ai pris goût. C'est de là que mon rêve d'être avocate s'est concrétisé et m'a paru réalisable. Ces gens étaient tellement bons qu'ils ont proposé de financer mes études. Je n'ai pas tout de suite accepté. J'avais l'impression qu'ils étaient en train de nous acheter, mon bébé et moi. Ça m'a mise en rogne : je détestais avoir ainsi l'impression de vivre d'aumônes. Après l'accouchement, j'ai foutu le camp dès que j'ai pu. J'ai repris ma vie d'errance, brutalement rattrapée par toute la violence et la misère que j'avais connues avant de rencontrer ce couple. J'ai enchaîné les petits boulots pour survivre, et je me suis aperçue qu'ils m'avaient donné une chance d'échapper à cette vie merdique, mais que j'avais été assez stupide pour la laisser passer. J'ai fini par revenir vers eux. Ils m'ont accueillie à bras ouverts, et ont fait le nécessaire pour m'aider. Ils ont financé mes études.

— Ton bébé…

— Une petite fille. Ils l'ont appelée Felicity parce qu'elle était leur petit bout de bonheur. Elle a eu six ans aujourd'hui, dis-je avec un sourire triste.

— Tu ne l'as jamais revue ?

— Non. Même quand je suis retournée les voir, j'ai tout fait pour l'éviter. J'avais peur de m'attacher, peur de regretter mon choix. Elle avait mes cheveux.

Je ferme les yeux.

— Tu regrettes ? demande-t-il à mi-voix en frictionnant délicieusement mon épaule.

— Oui et non. J'aurais aimé la garder, mais j'ai conscience que ces gens lui ont offert une vie que je n'aurais jamais pu lui donner. Et, d'une certaine manière, ils m'ont donné cette chance à moi aussi. Sans Felicity, je ne serais pas là aujourd'hui…

9. Le grand saut

Je viens de pénétrer dans l'immeuble qui abrite Evans & Associés. Bailey est calme, dans sa poussette, et j'attends avec lui l'ascenseur. Soudain les portes de la cabine s'ouvrent sur l'ébullition caractéristique des journées qui précèdent un procès important ou la signature avec un nouveau client au portefeuille conséquent. En l'occurrence, je sais grâce à James que cette agitation est due au fait que le projet de Katherine d'ouvrir une succursale d'Evans & Associés à Seattle est en train de prendre forme. Si j'avais un peu plus d'ancienneté, et surtout si je n'avais pas mon fils, j'aurais pu prétendre à une promotion soit à Portland, soit dans le nouveau cabinet. Au fond, ça m'est égal. Je suis heureuse à ma place, et j'ai envie de prendre mon temps.

Je traverse le couloir droit vers mon bureau et celui de James.

— Kate ! s'exclame Paula, qui est la première à me remarquer.

Elle vient à ma rencontre, m'étreint brièvement puis se penche impatiemment sur Bailey.

— Oh ! qu'est-ce qu'il est beau… Je peux ? demande-t-elle avant de le détacher.

Je hoche la tête avec un sourire encourageant. Paula soulève délicatement le bébé dans ses bras, le regard ému.

— Oh ! tu es magnifique, mon chat. Regarde-moi ces grands yeux… Et ce petit nez pointu… C'est de maman ça.

Mon fils dévisage Paula et commence à grimacer. Il est presque aussi asocial que moi. Il ne lui faut pas beaucoup plus pour gémir et se mettre à pleurer. Je le reprends vite avant qu'il n'ameute tous les collègues. Je ne tiens pas spécialement à le leur présenter.

— Tu peux attendre James dans son bureau, me dit Paula. Il sera là d'une minute à l'autre.

— Merci.

Je tiens Bailey sous un bras, et manœuvre la poussette de ma main libre. Au passage, je jette un œil dans mon bureau. Ma remplaçante est penchée en avant, extrêmement concentrée sur un document d'au moins cinq cents pages. Je souris en secouant la tête. C'est du James tout craché. Il adorait m'occuper avec ce genre de tâches fastidieuses à mes débuts.

Je me détourne pour pénétrer dans son bureau et m'asseoir dans son fauteuil. J'explique à Bailey :

— C'est ici que maman et James travaillent, mon grand. C'est là qu'on s'est connus. Oh ! tu sais… Il n'a jamais été tendre avec moi, mais c'est pour ça que je suis aussi douée. Il a… Il a fait de moi quelqu'un. Sans lui, je ne sais même pas si tu serais là…

Quelqu'un se racle la gorge dans mon dos. Je sens mes joues s'empourprer. James approche et s'installe face à nous sans venir nous donner notre habituel baiser de salutation. Ses yeux me survolent. Ils me racontent des choses, mais son corps en dit d'autres. Je n'aime pas cette distance forcée qu'il y a entre nous. J'aimerais pouvoir dire que c'est parce que nous sommes au bureau et que nous avons toujours tenté d'y faire preuve de retenue, mais il est bien plus probable que ce soit à cause du petit mot que je lui ai montré.

— Tu as pris une décision ? me demande-t-il.

James a passé la nuit à la maison samedi soir, et il est resté une partie de la journée de dimanche. Après que je lui ai raconté mon histoire avec Benjamin Cole, il est allé courir pour se calmer, puis nous avons parlé boulot. Sa douleur et sa jalousie m'ont tant pesé que me savoir incapable de les apaiser m'a tiré les larmes. Mais c'est à cause de lui qu'on en est là aujourd'hui. C'est lui qui a décidé que Bailey était trop pour lui.

Je balaye ces souvenirs et me radoucis pour lui annoncer :

— Tu gagnes. Je reprendrai à temps plein pour t'épauler, mais tu dois me promettre une chose.

— Tout ce que tu voudras.

— Tu ne dois pas faire d'histoires si je m'absente à la dernière minute ou si je dois partir précipitamment. Et tu ne me fais pas non plus rester au bureau jusqu'au milieu de la nuit.

— OK, mais seulement si tu promets une chose toi aussi.

J'hésite car j'ai conscience d'avancer en terrain miné. Sans attendre ma réponse, il énonce sa condition :

— Tu as le droit de jouer cette carte, mais ça doit strictement concerner Bailey. Pas d'absences soudaines pour aller voir le doc.

Cette intrusion dans ma vie privée m'agace. Un sourire tendre fend le visage de James. La même douceur envahit ses yeux, les rendant un peu moins hostiles. Il est beau. Je ressens un vif pincement au cœur. J'ai l'impression qu'il tire sur ce fil invisible qu'il y a entre nous pour me rapprocher de lui. Est-ce qu'il m'accueillera de sa douce étreinte ou se contentera-t-il de me garder hors de portée de tous les autres hommes, tout en continuant obstinément à nous priver l'un de l'autre ? Et moi ? Combien de temps vais-je tolérer cette situation ?

— Marché conclu, dis-je en tendant la main par-dessus son bureau.

James se penche et s'en saisit pour sceller notre accord. Sa paume chaude dans la mienne envoie un frisson le long de ma colonne vertébrale et des feux d'artifice dans mes veines.

— Marché conclu, répète-t-il.

À sa mine goguenarde, je devine que je viens de me faire avoir, même si je n'arrive pas clairement à comprendre pourquoi.

— Ça veut dire que tu as l'intention de le revoir ? s'enquiert-il avec une nonchalance feinte.

En guise de provocation, je déclare :

— Oui.

— Menteuse ! rétorque-t-il en s'esclaffant.

Furieuse qu'il parvienne à me percer à jour si facilement, je deviens écarlate et me lève d'un bond pour remettre Bailey dans sa poussette.

— Bouge-toi, Evans : ta mère a horreur des gens en retard.

Il s'étire comme un félin – un très, très beau félin – et vient me tenir la porte. Mon corps frôle le sien. Sa main se pose sur ma hanche, ses doigts s'enfoncent tendrement dans ma chair.

— Ce soir, pizzas et débriefing, m'annonce-t-il. Si tu comptes le rappeler, tu as déjà dépassé le délai de rigueur.

Je ferme les yeux en lui adressant un petit signe de tête, à la fois réjouie qu'il veuille bien m'aider à démêler ce sac de nœuds, mais aussi déçue de ne toujours pas représenter plus à ses yeux.

Prenant une profonde inspiration, j'avance d'un pas déterminé vers la salle de réunion, James sur les talons. Katherine nous attend déjà avec le président du comité.

— Kate, ma chère ! exagère-t-elle en me voyant. Comment vas-tu ?

— Très bien, merci, dis-je en étirant mes lèvres en un sourire amical.

— Oh ! et voici le petit prince. Bailey, c'est ça ?

— Oui.

Comme Paula tout à l'heure, Katherine se penche sur lui. Sans s'encombrer des formules de politesse, elle détache mon fils et le prend dans ses bras. La lionne féroce et protectrice en moi rugit. Extérieurement, j'affiche un sourire poli. Quant à James, il fulmine.

— Vous profitez bien de votre congé maternité ? me demande avec bienveillance le président, Jacob Boone.

Je réponds dans un sourire :

— Autant que possible. Bailey sait y faire avec moi : il est du genre très exigeant.

Katherine renverse la tête en arrière en riant. Un rire qui sonne atrocement faux.

— Comme tous les bébés à cet âge, n'est-ce pas, petit prince ?

Elle coule un regard vers son fils et ajoute :

— Tu étais pareil, bébé.

La tendresse est feinte. L'allusion calculée. Mais la rage de James bien réelle.

— Vous vouliez discuter avec nous de vos modalités de retour…, me relance Jacob, qui perçoit l'hostilité ambiante grandissante.

— En effet. J'avais l'intention de revenir à temps partiel pour profiter de mon fils, mais James et moi avons discuté de la charge de travail qui nous attend, et je pense qu'il vaut mieux que je reprenne directement à temps plein.

— Nous pouvons toujours garder votre remplaçante pour compenser votre absence et convenir de vos horaires avec elle.

— Vu le calendrier très chargé de fin d'année, intervient James, je sais que j'aurai besoin de Kate : elle connaît les dossiers en cours sur le bout des doigts, et nous fera gagner un temps précieux. De plus, je vais devoir me rendre à Seattle tous les mercredis. Elle est la seule à qui je fais confiance pour tenir la barre en mon absence.

— Nous nous sommes mis d'accord sur un point : pas d'heures supplémentaires tard le soir, et il se peut que je m'absente à la dernière minute si Bailey est malade par exemple.

Jacob questionne James du regard. Celui-ci opine de la tête.

— De toute façon, si cela se présentait, je resterai disponible par e-mail et téléphone pour traiter des urgences avec lui.

— Et j'imagine que ton compagnon pourrait prendre

le relais si nous avions besoin de toi au bureau, déclare Katherine d'un ton mielleux.

Je suis prise de court, cligne plusieurs fois des yeux à la recherche d'une réponse. Katherine a toujours été obsédée par le père de Bailey. Je n'ai pas spécialement envie de lui révéler la vérité, alors j'opte pour la réponse bateau que je fournis dès que l'on me questionne sur cet homme.

— J'élève Bailey seule.

— Oh…

— Maman, la met en garde James dans un grondement féroce.

J'ai soudain envie de prendre mon fils dans mes bras. De le protéger contre toute cette mesquinerie. Étrangement, il est calme avec elle.

— Quand est-ce que vous comptez reprendre ? me questionne Jacob.

— D'ici un petit mois comme nous en avions convenu… Si tu as besoin de moi avant, James, tu n'as qu'à me prévenir et je m'arrangerai.

— Parfait, conclut Jacob. Finalement, il n'y a pas besoin de faire un avenant à votre contrat.

— Non, je vous le confirme.

— Pour le moment, intervient Katherine. J'ignore si James t'en a également parlé, mais il se peut que ton rôle évolue avec l'ouverture des nouveaux bureaux à Seattle. Rien n'a encore été décidé, et on en rediscutera le moment venu.

— D'accord, dis-je hésitante, pressentant que quelque chose qui me dépasse est en train de se tramer.

J'arrive dans 10 minutes avec les pizzas.

OK. Utilise ta clé, je vais prendre une douche.

Je repose mon portable sur le bord du lavabo et pénètre dans la douche italienne. Je m'y détends avec délices, puis en sors avant de me vêtir confortablement et de descendre au rez-de-chaussée, à la rencontre de James.

Au costume qu'il porte toujours, je devine qu'il vient directement du bureau. Mais il a apporté un petit sac de sport, que je remarque dans l'entrée.

— Salut, dis-je pour signaler ma présence.

— Hey, répond-il en se tournant avec un sourire chaleureux.

— Tu passes la nuit ?

— Ouais… Je cherche à éviter Katherine. Quand elle aura téléphoné à Ryan et Alden, elle va se douter que je suis ici, mais elle nous fichera la paix. Je peux utiliser ta douche rapidement ?

— Pas de problème. Fais juste attention quand tu montes : Bailey dort.

Il me sourit et s'avance. Quand il arrive à ma hauteur, il m'enveloppe dans ses bras avec la même délicatesse que si j'étais un objet fragile, et appuie son menton dans mes cheveux. Je fonds dans cette étreinte qui vient droit du cœur, et la lui rends. Il s'écarte, plante effrontément un baiser sonore sur ma bouche, puis il s'éclipse à l'étage avant que je puisse protester. Au lieu de cela, je souris comme une adolescente après son premier baiser en secouant la tête.

Je profite qu'il soit sous la douche pour sortir deux assiettes, des verres et des serviettes en papier, et je le remercie intérieurement d'avoir eu la délicatesse de prendre des Coca pour nous deux.

— Alors, dit James en s'avachissant sur le canapé à côté de moi. Benjamin Cole. Comment il est ?

Il attaque frontalement pour ne pas me laisser la possibilité de me défiler. Je nous sers de la pizza, entame distraitement ma part par la croûte.

— Il est bâti à peu près comme toi. Peut-être un peu plus petit.

Il rit du nez. Je m'empourpre et le bourre de coups de ma main libre.

— Tu es dégueulasse, Evans !

— Et toi tu as l'esprit mal tourné, Callaghan. Tu t'es aventurée toute seule sur ce terrain. Hey ! lâche-t-il tout d'un coup. Tu as tapé son nom dans Google ?

— Non. Je n'espionne pas les gens.

J'ai prononcé ma réplique d'un air mauvais. Malgré cela James tend la main vers mon portable, ouvre le navigateur et tape le nom du médecin en ajoutant « Portland » à la suite.

— Quelle tête de con ! Kate, sérieusement ?

Je me penche sur son épaule pour voir la photo qu'il a dénichée. Puis je déclare, avec un détachement qui m'étonne :

— Tu n'as pas la bonne personne.

Il me dévisage, un sourcil levé et le regard suspicieux.

— Sans déconner, James : il est brun, pas chauve.

D'un geste impatient, je lui présente une paume dans laquelle il dépose mon portable. Je parcours rapidement les photos que propose le moteur de recherche, et conclus, un peu déçue :

— Il n'y est pas.

— C'est louche si tu veux mon avis. Il n'a même pas une page professionnelle sur LinkedIn ou un compte Twitter ?

— Rien.

James bondit sur ses pieds. Je le regarde marcher vers mon bureau tout en posant un regard appuyé sur ses fesses musclées, mises en valeur par le short de basket qu'il porte.

— Arrête de mater mon cul, Callaghan. J'ai l'impression d'avoir deux rayons laser pointés dessus, marmonne-t-il.

Il revient avec un bloc-notes et un stylo à bille noir. Sur une page vierge, il tire un trait vertical pour séparer la feuille en deux. Il inscrit « pour » en haut de la colonne de gauche et « contre » à droite. Juste en dessous, James ajoute « ermite ». J'éclate de rire.

— C'est un critère ça ?

— À l'ère d'Internet et des réseaux sociaux, oui.

— Dans ce cas, dans la colonne « pour », tu peux mettre qu'il est chirurgien pédiatre.

Je reste pensive le temps de finir ma part de pizza.

Incapable de trouver à Benjamin Cole ni une qualité ni un défaut, je secoue la tête, défaite :

— C'est ridicule, James. Je ne le connais même pas.

Il s'empresse d'écrire « putain d'inconnu flippant » dans la colonne « contre ».

— N'exagère pas.

— Désolé, jolie fée, mais il t'a draguée aux urgences pédiatriques alors que tu étais morte d'inquiétude pour ton fils.

— En réalité, on ne sait même pas ce qu'il veut…, lui fais-je remarquer.

— Il t'a laissé son numéro personnel, Kate, me rappelle James en roulant des yeux. Au dos de sa carte *pro.*

Je capitule. Et ferme les yeux, pour réfléchir plus sérieusement.

— OK. Physiquement, il est bien foutu. Même avec ses horaires, il trouve clairement le temps de prendre soin de lui. Il portait un pantalon et un T-shirt stériles de l'hôpital, donc côté vestimentaire, je ne peux rien dire de ses goûts, mais il ne puait pas. Et puis, il avait l'air patient, sympa. Il s'est même excusé pour ses remarques sur ma vie privée. Il a les yeux bleus.

Je risque un coup d'œil vers James pour voir sa réaction. Il plonge ses yeux dans les miens avec aplomb. OK. Aucun homme ne sera jamais en mesure de rivaliser avec l'effet que *lui* me fait. Il soupire et me demande :

— Tu veux mon avis ?

— S'il te plaît.

— Tu devrais lui téléphoner, dit-il même si ça lui coûte de l'admettre.

J'ouvre la bouche pour protester, mais il poursuit :

— Kate, tu l'as dit toi-même : on n'a aucun avis sur lui. Si tu prends ne serait-ce qu'un café avec lui, ça te permettra de te faire une idée…

— C'est un enfoiré qui m'a laissé son numéro alors que j'étais morte d'inquiétude pour mon fils, dis-je en le paraphrasant.

— Non, c'est faux, dit-il d'une voix maîtrisée. C'est un type qui a d'emblée compris qu'il avait affaire à une femme extraordinaire, forte et généreuse, et qui s'en serait éternellement voulu de l'avoir laissée filer sans rien tenter.

Je baisse les yeux, et me mords la lèvre pour retenir mes larmes. Ses mots me font l'effet d'un liquide chaud qui se diffuse lentement. Ce ne sont pas ceux d'un ami. Il y a tellement plus dans sa façon de parler de moi : les adjectifs qu'il a choisis, la tendresse dans sa voix, sa sincérité. Les larmes finissent par déborder de mes yeux pour rouler sur mes joues.

— Kate ! Pourquoi tu pleures ? me demande-t-il avec inquiétude.

Il pose ses mains dans mon cou et cherche à me faire lever les yeux vers lui, mais je résiste. J'ai la voix brisée, et dis dans un souffle :

— Parce que. Parce que tu dis que je suis tout ça comme si tu y croyais vraiment…

— J'y crois ! affirme-t-il farouchement.

— Ouais, mais bizarrement, ce n'est pas assez pour toi et ça ne le sera jamais. Et ne me répète pas que tu ne veux pas d'enfants parce que c'est l'explication la plus lamentable qu'on m'ait jamais servie !

James m'attire à lui. Je résiste, mais il tient bon. Lorsque je comprends que je ne fais pas le poids face à lui, je m'abandonne contre son torse en serrant son T-shirt entre mes poings. James me berce en caressant mes cheveux. Il dépose un baiser sur mon front.

— Je ne suis pas capable de t'offrir cette vie que tu veux, Kate, murmure-t-il. Je vais finir par te blesser. Je l'ai déjà fait. Je ne supporterais pas l'idée de te perdre : je tiens trop à toi.

— Prouve-le.

Je le mets au défi, mais ma voix manque de conviction.

— Tu veux une preuve ? répète-t-il incrédule. Je suis en train de faire passer ton bonheur avant le mien en te forçant à accepter le rendez-vous non assumé d'un doc cinglé.

Malgré moi, un petit rire m'échappe. Je renifle et en profite pour aspirer une grande bouffée de son parfum, qui a le don de m'apaiser sur-le-champ.

— C'est comme ça qu'on tourne la page, m'assure James.

— Et si je n'avais pas envie de tourner la page ?

— Il le faut, Kate : pour Bailey. Et pour toi aussi. Même si ça paraît forcé, tu te dois d'essayer, d'accord ? Si ça ne fonctionne pas, c'est autre chose.

— Et toi ?

James s'écarte pour caresser ma joue des doigts avec un sourire et des yeux tristes.

— Ne t'en fais pas pour moi. Si toi et le lutin farceur qui pionce là-haut vous êtes heureux, c'est tout ce qui compte.

Je me laisse un peu de temps dans les bras de James avant d'emporter mon portable et d'aller vers mon bureau. Je sens ses yeux dans mon dos (sur mes fesses) quand je récupère la carte que j'ai baladée partout avec moi ces derniers jours dans l'espoir qu'elle me parle et me dise quoi faire. Je m'installe face à la fenêtre, tournant résolument le dos à James.

Un éclair zèbre le ciel lorsque je porte le combiné à mon oreille. J'ai l'estomac noué et le cœur qui bat la chamade en rythme avec les tonalités. Je m'apprête à raccrocher, et c'est ce moment que choisit Benjamin Cole pour décrocher.

— Allô ?

Je m'éclaircis la voix et parle d'un ton hésitant, regrettant immédiatement ma familiarité :

— Benjamin ? C'est Kate. Kate Callaghan.

10. Insomnie

5 octobre 2015

Imaginez ceci. Une falaise au bord de la mer, et le vent froid, les vagues violentes en contrebas, les éclairs menaçants au loin. Et le silence de la nature qui semble attendre quelque chose. Imaginez cette association paradoxale du calme et de la tempête. Maintenant imaginez cette femme. Elle est belle à en mourir, mais elle ne le sait pas. Elle est généreuse, mais elle se tourmente depuis des années parce qu'elle a fait un choix qu'elle trouve égoïste. Elle est forte, mais si vulnérable. Ses yeux couleur d'émeraude sont comme un rappel éternel du pays qu'elle a quitté à l'aube de l'âge adulte. Un départ par amour, plein d'espoir et d'énergie. Innocent. Pour quelques mois de bonheur, elle a récolté plusieurs années de misère. Mais même les cruautés auxquelles elle a dû faire face si jeune n'ont pas changé sa nature douce et patiente. Elle a beau être triste et seule, elle est toujours souriante et enjouée.

Regarder Kate me fait le même effet que contempler une scène de chaos serein. Elle me fait penser à l'océan. Elle est pleine de contrastes et de paradoxes, et c'est ce qui la rend si fascinante. Chaque fois que je pose les yeux sur elle, je me sens apaisé. C'est comme si le temps était suspendu, comme si plus rien ne comptait. Ni le passé ni le futur, pas même le présent. Juste elle. *Kate*.

Ses confidences de l'autre nuit ne veulent plus me sortir

de la tête. Chaque fois que j'y pense, la douleur dans sa voix me tord l'estomac. C'est comme si son chagrin était un monstre prêt à tout engloutir. La première fois que j'ai posé les yeux sur elle, mon attirance a été purement physique, je dois l'admettre. Le soir même, et bien que cette brune au bar m'ait donné deux orgasmes à peu près corrects, j'avais fantasmé sur ses lèvres couleur framboise enserrant mon gland. Je rêve encore de tenir entre mes paumes ses hanches à la courbe sensuelle, ou ses seins lourds. Mais il y a plus à présent : je recherche sa compagnie. Je veux absorber le calme qui émane d'elle, baigner dans la lumière qu'elle dégage. Pourrait-elle réchauffer mon cœur froid comme la pierre ?

Pour une raison qui m'échappe, Kate est la seule qui réussisse à calmer la douleur encore vive à l'intérieur de moi. Je la trouve toujours désirable, mais je ne veux pas une nuit avec elle. Je veux plus.

Las de contempler le plafond d'un œil vide, je repousse les draps dans un soupir et me lève. Encore une nuit où je n'aurai pas beaucoup dormi. Je vais à la cuisine et me prépare une de ces infusions aux plantes que Marta m'a conseillées pour mes insomnies. Tandis que l'eau chauffe, j'étire les bras au-dessus de ma tête en bâillant. Puis, ma tasse fumante à la main, j'erre sans but dans l'appartement. Ce n'est que lorsque je me trouve face à la porte en bois foncé, fermée depuis des années, que je me dis que le hasard est une chimère. Ma main libre s'anime d'elle-même. Elle se tend vers la poignée ronde en laiton – froide contre ma paume – fait un quart de tour vers la droite. Le déclic du verrou résonne dans le couloir, la porte s'entrouvre en grinçant. Je la pousse du plat de la main.

L'odeur de renfermé me saute aux narines. La poussière qui flotte dans l'air le rend étrangement épais, et me fait toussoter à la première inspiration. Même dans la pénombre, je distingue clairement le bordel que j'ai laissé ici. Je tends la main pour actionner l'interrupteur. Après l'obscurité de ma chambre et de la cuisine, la vive lumière m'éblouit et me fait plisser les yeux. Une fois que je suis accoutumé à la clarté de la petite pièce, j'avance jusqu'au centre et l'observe.

Sur le rebord de la fenêtre trône un grand bocal rempli de pinceaux : on y trouve toutes les tailles, tous les poils, des pointes plates, rondes, en éventail, en amande. J'ai une gamme infinie de couleurs. Sur mon chevalet, il y a un croquis entamé, jamais terminé, qui représente un horizon fait de sapins. Au sol, des bombes de peinture sont rangées par couleur dans un ordre quasi maniaque. Mon bureau en bois clair est jonché de feuilles blanches, d'esquisses, de fusains, de bâtons de pastel et de crayons.

J'observe ce chaos tout en sirotant mon infusion. Même adoucie avec du miel, elle est presque imbuvable. Je n'ai plus réalisé un seul dessin – pas même un croquis grossier – depuis des années. L'inspiration s'est éteinte avec le reste. Il n'y avait plus rien à exprimer, plus rien à communiquer. La pièce est restée condamnée de longs mois car je ne voulais pas tout détruire sous le coup de la rage qui m'animait. Lorsque ma colère est un peu retombée, j'ai voulu expier le chagrin qui me rongeait de l'intérieur à travers mes créations, mais rien n'est sorti.

Finalement, je m'assois par terre et continue à boire ma tisane. C'est pour me donner bonne conscience car je ne pense plus réussir à m'endormir. Je pense à Kate et à sa façon d'apaiser le tumulte en moi d'un simple regard. Je n'ose même pas imaginer l'effet que cela ferait de m'allonger à ses côtés, les yeux dans les siens. Elle est mon obsession.

Car soudain je suis sur pied et je fourrage parmi mon matériel à la recherche du support idéal. À même le sol, je déroule une grande feuille de papier blanc épais de la taille d'un poster. Je prends les bâtons de pastel aux couleurs vives sur mon bureau où j'abandonne ma tasse presque vide.

Les frottements de ma peau contre le papier ne tardent pas à accompagner parfaitement le son de la pluie qui s'abat avec force contre les vitres. Mon cerveau se déconnecte, mon cœur prend le relais et guide mes gestes, qui n'ont rien perdu de leur précision. Le temps qui passe perd soudainement de sa pertinence. Seuls importent les lignes que je trace, les traits que je tire, les courbes que je dessine, et, par-dessus tout, le visage qui apparaît sur le sol de mon petit atelier. Quasiment couché par terre, en rythme avec l'averse, je tapote la feuille pour saupoudrer son nez et ses pommettes de taches de rousseur. Je mets un éclat flamboyant, farouche dans son regard, lui dresse fièrement le menton, transforme ses mèches en flammes ardentes. La forme de sa bouche est volontairement voluptueuse, mais sa moue est surtout provocante.

Le souffle court, je me redresse, recule et contemple mon œuvre. Kate me regarde avec cet air féroce que je lui ai donné. Elle me défie. C'est comme ça qu'elle veut que le monde la voie.

11. Sérieusement, James ?

Je rentre chez moi à reculons. J'ai besoin d'être seul, et ce soir, j'aurai tout sauf de la solitude. Ellie et Anna ont décidé de faire une soirée entre filles, alors Ryan a lui aussi décrété que l'on passerait du temps « entre mecs ». J'adore mes frères, mais je ne suis franchement pas d'humeur. Ma semaine a été bien remplie : mon voyage à Seattle mercredi, ajouté à mes nuits agitées, ont achevé de m'épuiser. Je devine à quoi Ryan et Alden jouent, et je ne sais plus dans quelle langue leur dire que je vais bien. Qu'ils ne me retrouveront pas dans un coma éthylique, noyé dans mon propre vomi. Je suis juste épuisé.

Mon appartement est rangé et sent le propre. Ça m'aide un peu à me détendre. Il faudrait que je pense à laisser un plus gros chèque à la femme de ménage, cette Marianne me dorlote vraiment. Je défais ma cravate, déboutonne ma chemise pour la faire glisser sur mes épaules, et m'assois sur mon lit en soupirant. Je marmonne pour moi-même :

— Putain, Evans... Tu te fais vieux.

Je reconnais en effet les signes : mon manque d'appétit, cette fatigue qui me terrasse et m'empêche de réfléchir correctement, mes nuits courtes. Peut-être que Ryan et Alden n'ont pas tout à fait tort de s'inquiéter en fin de compte. Tout ça juste parce que Kate a téléphoné à cet idiot de Benjamin. Je vais sûrement développer une pneumonie si elle sort avec lui. Parce que oui, d'expérience, je sais que tout ce qui est refoulé trouve une façon de s'exprimer physiquement. J'ai déjà fait des sinusites pour moins que ça.

Mes yeux tombent sur le prénom tatoué à l'intérieur de mon poignet gauche. *Maya.* Son visage vient me narguer en pensée. Je le repousse, me lève pour me déshabiller, puis me dirige vers la salle de bains. L'eau froide, à la limite du supportable, martèle ma peau et me revigore. Je me savonne énergiquement. Kate se glisse à son tour dans mon esprit. Elle adorait jouer avec mes cheveux bourrés de shampooing pour me faire des coiffures ridicules. Je peux presque entendre ses éclats de rire rebondir contre les parois de la douche. Je ferme les yeux, et l'efface lentement jusqu'à ce qu'il n'y ait plus que le noir derrière mes paupières closes, et le bruissement de l'eau qui coule.

Mon portable sonne dans la pièce d'à côté. Je m'empresse de me sécher pour aller répondre. En voyant le nom de Ryan affiché sur l'écran, j'aboie :

— Quoi encore ?

— James Grayson Evans, je jure que si tu essayes de te défiler, je te traînerai chez moi par la peau du cul.

— Oh ! ça va, Ryan ! Je rentre à peine du bureau. J'arrive dans vingt minutes.

Je raccroche et me retiens de balancer l'appareil contre le mur. Je prends une profonde inspiration pour me maîtriser, et je fais ce que j'ai appris en thérapie : j'enchaîne les petites actions pour me reprendre. Enfiler un sous-vêtement. Passer des chaussettes. Mettre un jean, puis un pull. Tenter vainement de discipliner mes cheveux avec les doigts. Inspirer. Expirer. Recommencer dix fois. Récupérer mes chaussures. Les mettre. Nouer mes lacets. Je finis par glisser mon portable dans la poche de mon jean et attrape mes clés de voiture.

L'appartement de Ryan n'est qu'à dix minutes de chez moi. Je me gare dans l'allée, derrière la voiture d'Alden. Sur le perron du joli cottage, je peux entendre les cris et le rire de Tommy, mon neveu. Un petit sourire finit par se dessiner sur mes lèvres au moment où je sonne. Soudain, je ne suis plus en colère à cause des manières intrusives de mes frères. Je leur suis reconnaissant de savoir exactement quand tendre la main pour m'empêcher de couler. Même si cette soirée ne suffit probablement pas à me maintenir à flot, elle me permettra de reprendre mon souffle et de rassembler mes forces.

— James ! m'accueille Anna avec un ton et un sourire joyeux. Entre : on t'attendait.

— Salut, Anna, dis-je en me penchant pour la serrer dans mes bras. Tu es superbe dans cette robe fleurie.

— Et toi tu as une mine épouvantable, me taquine-t-elle avec un sourire.

Je suis ma belle-sœur dans le salon où Tommy et Savannah, en pyjamas assortis, se courent après autour du canapé et de la table basse. Ellie est perchée sur l'accoudoir et les regarde, amusée.

— Les enfants, crie Anna en frappant dans ses mains. Oncle James est là. Dites bonsoir, et au lit.

Tommy bifurque vers moi et me fonce dessus comme un boulet de canon. Il noue ses petits bras autour de mes cuisses.

— Oncle James !

Je réponds en me penchant pour glisser les mains sous ses aisselles et le soulever.

— Salut, mon bonhomme. Tu vas bien ?

— Je sais faire du vélo sans les roulettes, m'annonce-t-il les yeux immenses d'excitation et les joues rouges de fierté.

J'ai un sifflement admiratif.

— C'est vrai ? Il va falloir que je t'emmène faire un tour pour que tu me montres ça.

Mon neveu trépigne dans mes bras, passe les siens autour de mon cou et me serre de toutes ses forces. Je l'embrasse sur la joue et le repose par terre pour prendre sa sœur, qui s'est dandinée jusqu'à moi. Comme souvent lorsque je vois Savannah, je dois faire d'intenses efforts pour ne pas me mettre à trembler.

— Bonsoir, princesse, dis-je en la soulevant à son tour.

Savannah est plus timide que Tommy. Elle me regarde en silence de ses grands yeux chocolat, les mêmes que ceux d'Anna. Je souris, lui donne un baiser sur le front et la rends à sa mère.

— Bonsoir, Ellie, dis-je une fois que les enfants nous ont souhaité bonne nuit et ont docilement emboîté le pas d'Anna vers leurs chambres.

— Salut, James. Quoi de neuf ?

— Pas grand-chose, dis-je en me laissant tomber sur le canapé. À part que ma mère a décidé de me tuer à la tâche.

— Ah, cette chère Katherine, répond-elle en riant. Je vous admire tous les trois : vous avez survécu jusqu'à l'âge adulte.

— Ça, c'est parce que Marta a fait de nous des gens bien…

— Elle te manque, hein ?

J'acquiesce, pris d'une soudaine nostalgie, puis explique :

— Je la considérais comme ma mère, plus que Katherine.

La sonnerie retentit à la porte comme pour m'aider à changer de sujet. Je me lève pour ouvrir, et reste figé en découvrant Kate. *Sans Bailey.* Superbe dans une petite robe grenat.

— Hey, dit-elle en souriant, son visage s'illuminant presque aussitôt. Tu vas bien ?

Je m'efface pour la laisser entrer.

— Salut, Kate. Je ne savais pas que tu sortais avec Anna et Ellie.

— Elle avait intérêt ! intervient Anna, qui apparaît en bas de l'escalier. Cette soirée est en partie pour elle.

Kate pique un fard en détournant les yeux. J'ignore pourquoi elle est toujours embarrassée quand nous ne sommes pas seuls. Peut-être parce que je la dévore du regard ? Ses paupières sont ombrées, ce qui met en valeur ses iris verts. Ses cheveux sont détachés et encadrent joliment son visage.

— Où est ton fils ?

— Ah…, dit-elle en posant la main sur son cœur, ses yeux paniqués enfin dans les miens. Ne m'en parle pas !

Je l'ai laissé avec une *baby-sitter*, insiste-t-elle comme si elle parlait d'une maladie tropicale encore inconnue.

— Pour la première fois ?

Tout étonné, j'écarquille les yeux.

— Non. On a fait des essais toute la semaine sur de courtes périodes. Ça s'est plutôt bien passé. Ce soir, il faut qu'elle lui donne un biberon, alors j'appréhende un peu…

Je mets ma main dans le bas de son dos pour la guider dans le salon. J'ignore ce que peuvent bien foutre mes frères.

— Tout ira bien, lui promet Anna en riant. C'est sûr que la tétine en caoutchouc ne fait pas le poids face au sein de maman, mais quand il verra que le goût est le même, il ne fera pas d'histoires.

Perturbé par cette surenchère de détails, je hausse un sourcil en questionnant Kate du regard. Elle m'adresse un sourire rassurant, mais un peu hésitant. J'ai envie de l'envelopper dans mes bras. De humer son parfum. De jouer avec ses mèches soyeuses.

— Bon, lâche Ellie en se mettant debout. On devrait y aller.

— Où sont Ryan et Alden ? demandé-je.

— Sortis faire une course : ils devraient être là d'une minute à l'autre.

Pour des gens qui étaient pressés de me voir rappliquer, ils ne manquent pas d'air ! Je les maudis intérieurement, tout en essayant de rester impassible. Ellie et Anna échangent un regard amusé. Je savais que j'aurais dû aller me coucher en ignorant les injonctions de mes frères.

— Bonne soirée, James, chantonnent mes belles-sœurs.

— Je t'appelle ? hésite Kate.

Je hoche la tête, et la retiens par le poignet lorsqu'elle tente de me dépasser pour suivre ses amies. Puis je murmure :

— Promets-moi que, quoi qu'il arrive avec ce Benjamin, ça ne changera rien entre nous…

Kate penche la tête sur le côté avec une tristesse insoutenable dans les yeux. Je sens ma gorge se serrer.

— Tu as ma promesse, James, répond-elle à mi-voix.

Mais nous savons bien que c'est faux, que ça changera tout justement. Elle n'ajoute rien, pose sa paume sur ma joue. Je m'appuie dessus en fermant brièvement les yeux. Elle se hisse sur la pointe des pieds et m'embrasse sur la pommette. Un soupir silencieux s'échappe par ma bouche. Mon regard cherche le sien avec impatience.

— Amuse-toi bien, dis-je.

Lorsque la porte claque derrière elles, je retourne m'asseoir dans le salon. Je ne tarde pas à m'allonger sur le flanc sur le canapé en envoyant valser mes chaussures. J'apprécie le calme environnant, laisse mon esprit se vider progressivement après avoir à nouveau maudit mes frères. Je sens mes paupières s'alourdir, mes muscles se détendre. Et je m'endors.

Une douce chaleur caresse mon visage. J'ouvre un œil et grogne, agacé contre moi-même : il doit être au moins 8 heures du matin. Je me tourne sur le dos. Je suis toujours sur le canapé de Ryan, où je viens apparemment de passer la nuit. J'écarte la petite couverture polaire dont ils ont eu la bienveillance de me couvrir, puis je suis l'odeur alléchante du café jusqu'à la cuisine où Anna et Ryan discutent à mi-voix. Un sourire moqueur fend le visage de mon frère dès qu'il m'aperçoit sur le seuil, hirsute et le regard vague.

— On a bien cru qu'il faudrait te donner un baiser pour te réveiller, ironise-t-il.

J'entends ma voix rauque grogner :

— Tu aurais pu me réveiller quand vous êtes rentrés.

— Tu as vu ta gueule ? Tu avais besoin de dormir, réplique-t-il avec un sérieux qui contraste avec sa taquinerie d'il y a une minute.

— Je peux utiliser ta salle de bains ? Et tu peux me prêter un T-shirt propre, s'il te plaît ?

Je fais de mon mieux pour garder mon calme. Il acquiesce sous le regard pétillant de sa femme. Je n'ai même pas envie de demander comment s'est passée leur soirée : ça ne m'intéresse pas.

Après une toilette rapide je retourne dans la cuisine, où Ryan est seul.

— Anna est sortie avec les enfants, m'explique-t-il.

Mon regard se pose sur la grande horloge. Putain ! Il est presque 11 heures. Je soupire en m'asseyant face à lui. Mon frère pousse une grande tasse de café vers moi et de la brioche. Ça tombe bien, je meurs de faim.

— On a croisé les filles, qui partaient, raconte Ryan d'un ton amusé. On n'a pas parlé plus de deux ou trois minutes avec elles, mais quand on est rentrés, tu dormais comme un bébé.

— Je suis crevé en ce moment.

— Tu sais que tu peux passer la nuit à la maison quand tu veux si tu as besoin de repos.

— J'aimerais mieux ne pas en arriver là, dis-je en évitant le regard scrutateur de mon aîné.

— Tu veux en parler ? propose-t-il prudemment.

— Il n'y a rien à dire, Ryan, j'en ai peur.

— James… Il est temps que tu arrêtes de te tourmenter à propos du passé. Ce n'est pas de ta faute : tu n'aurais rien pu faire de plus.

— J'ai l'impression que si je tourne la page, ce sera l'oublier, la trahir, dis-je dans un souffle.

— Ça n'a rien à voir, m'assure Ryan compatissant. Et vivre dans le passé ne la ramènera pas non plus. La seule chose que ça fait, c'est te priver de ton présent, de ton bonheur.

Je baisse les yeux sur ma tasse de café. Le breuvage est aussi sombre que mon âme. C'est un trou noir dans lequel je suis tombé il y a bien longtemps. Et il n'y a pas d'échappatoire. Je demande finalement :

— Tu te souviens de ce médecin que Kate a vu pour Bailey ?

— Oui.

— Eh bien, il lui a laissé son numéro… Elle va le revoir.

Pour une raison qui m'échappe, mon frère s'agite. Il se lève brusquement et commence à charger le lave-vaisselle avec des gestes secs tout en bougonnant. Je suis encore trop sonné par mon semi-coma de la nuit pour essayer de comprendre ce qui lui prend. Ryan revient à l'assaut, les narines frémissantes, les yeux aussi froids que ceux de notre mère.

— Franchement, je croyais que tu le faisais exprès, mais en fait, tu es juste un imbécile !

La vivacité de sa réplique me prend de court, et je reste muet.

— Ne joue pas à ça avec moi, James, me met-il en garde en pointant sur moi un index menaçant. Combien de temps ça va continuer ?

— Mais de *quoi* tu parles ?

Ryan frissonne, comme s'il se retenait de m'attaquer physiquement. Il inspire profondément par le nez et se rassoit face à moi.

— De quoi je parle ? De toi et de ta crétinerie qui battez tous les records jamais enregistrés. Tu vas vraiment laisser un mec sorti de nulle part se faire Kate ?

— Pour l'instant, personne ne va se faire personne, dis-je, agacé, en roulant des yeux. Il lui a laissé son numéro, et comme ils ne se connaissent pas, ils vont sûrement prendre un café un de ces quatre et apprendre à se connaître.

— Tu crois vraiment à tes propres conneries ? m'interroge mon frère en levant un sourcil. Laisse-moi te rafraîchir la mémoire : Bailey hurlait à la mort, et Kate a failli s'arracher les cheveux d'impuissance. Voilà comment ils se sont rencontrés. Et lui ne trouve rien de mieux à faire que de lui filer son numéro de téléphone ? C'est quoi ? Un ado en manque ?

Le venin de ses paroles s'insinue en moi. Je sais tout ça. J'ai moi-même des mots plus colorés pour qualifier ce Benjamin.

— C'est peut-être un type bien. Elle ne pourra pas

le savoir tant qu'elle ne le connaîtra pas… La voir avec Bailey ne l'a pas refroidi.

— Ferme-la, m'ordonne Ryan à deux doigts de perdre patience. Sérieusement, boucle-la parce que je sens que je vais te buter.

Machinalement, je voûte le dos en me concentrant sur mon petit déjeuner. J'avais faim, mais maintenant, j'ai l'impression que je vais rendre tripes et boyaux si j'avale quoi que ce soit. Face à moi, mon frère bouillonne toujours. Je sais qu'il aime beaucoup Kate. Tout comme Anna. Et Ellie. Et Alden. Elle a commencé à faire partie de la famille d'une certaine manière. Ce sont toutes ces relations qui sont en jeu, pas seulement celle que j'ai avec elle.

— Aide-moi à comprendre, lâche alors Ryan. Tu es sorti avec Kate, et tu as même couché avec elle alors qu'elle était enceinte ! Tu te rends compte du lien que ça a créé entre vous deux, entre Bailey et toi ? J'ai deux gamins, je te signale : je sais de quoi je parle. C'était quoi pour toi ? Une manière de prendre ta revanche sur le passé ? Un fantasme à assouvir ?

Je souffle, sans le regarder :

— Tu sais que non… J'avais des doutes, mais je ne savais pas que Kate était enceinte. Au départ on voulait juste… C'était censé être l'affaire d'un soir.

— « L'affaire d'un soir » ? répète lentement mon aîné. Avec une fille que tu aimes à la folie ? Bien joué, James.

Je me sens impuissant, mais plaide tout de même ma cause :

— Je lui ai dit, Ryan ! Je lui ai dit qu'il ne fallait pas qu'elle s'attende à plus que du sexe, que c'était tout ce que je pouvais lui donner. On était *d'accord*. À chaque fois, on s'est juré que ce serait la dernière fois, et à chaque fois on n'arrivait pas à tenir parole. Je n'ai jamais eu l'intention de jouer avec ses sentiments, ou de lui faire du mal. Mais il se trouve que je ne suis pas fait pour la vie qu'elle veut. Et tant que Kate entretiendra l'espoir que je change d'avis, elle ne va pas sérieusement se remettre sur le marché.

Peut-être que Benjamin n'est pas l'homme qu'il lui faut, mais elle doit au moins lui donner une chance. Il n'y a que de cette façon qu'elle se rendra compte qu'elle peut trouver le bonheur ailleurs.

— Tu as pensé à toi dans cette histoire ? me questionne Ryan. Tu es en train de forcer Kate à t'oublier en la poussant dans les bras de quelqu'un d'autre, mais *toi* ? Quand est-ce que tu vas arrêter de jouer les martyrs ?

Je marmonne, en faisant tourner ma tasse :

— Trouver une femme qui ne veut que du sexe n'est pas bien compliqué.

— James, crois-moi, tu te mets le doigt dans l'œil. Tout le monde finit par vouloir une famille. Prends les couples homosexuels : ils se sont battus pour avoir le droit d'avoir des enfants eux aussi. Parce que c'est naturel, c'est *humain*. C'est pour la survie de l'espèce !

— Si ma lignée s'éteint, ça ne sera pas une grande perte…

— Tu fais une erreur, James. J'espère que tu vas te réveiller avant qu'il soit trop tard parce que si tu crois que Kate peut être heureuse sans toi, alors tu la connais très mal.

Il hésite, me scrute et ajoute :

— Tu ne sais pas ce que ça fait d'obtenir ton deuxième vœu. Je ne te fais pas de reproches, précise-t-il. C'est juste que tu n'as sincèrement aucune idée de l'effet que ça fait, et tu ne peux pas le comprendre parce que tu as toujours eu tout ce que tu voulais, James. Mais imagine-toi une seconde travailler dur pour obtenir un résultat en particulier. Imagine tous tes efforts, toute l'énergie que tu investis au passage. Tu sais que ton objectif est à portée de main, tu es sûr de toi, et au dernier moment tu arrives à la *deuxième* place. Ce que tu ne sais pas, c'est que tu ne pouvais pas faire plus ou mieux, c'est juste qu'il y a des choses qui n'étaient pas de ton ressort. Ça te fait quand même douter. Tu remets tout en question : toi, ton parcours, ta valeur. Tu finis par tourner la page évidemment, mais par moments tu repenses à cet échec en particulier, et alors la déception se fait sentir, aussi vive qu'au premier jour. Si tu laisses Kate finir avec ce Benjamin, ou avec qui que ce soit d'autre, elle ne sera pas heureuse. Tout ce qu'elle verra dans le visage de l'homme qui partage son lit, c'est toutes ces petites choses qui lui rappelleront qu'elle n'était pas à la hauteur pour être avec toi. Kate n'abordera jamais ce sujet de front avec toi parce qu'elle a déjà tant perdu qu'elle se contentera de son deuxième choix : c'est toujours mieux que d'être seule. Tu dis que tu veux son bonheur, mais tu vas finir par causer l'inverse. Et je te connais, James, je doute que tu puisses vivre avec ce genre de fardeau sur les épaules…

12. Fais-moi un bébé

9 octobre 2015

Chère Kate,

Je t'écris à la dernière adresse que nous avons, avec l'espoir que cette lettre te parviendra. Je regrette d'avoir à faire cela de cette façon, mais je dois t'annoncer une bien triste nouvelle : ta maman nous a quittés. Elle a été terrassée par un cancer du col de l'utérus, qui était déjà très avancé lorsqu'il a été découvert. Tu as mes sincères condoléances. Shannon n'a pas souffert très longtemps, le cancer a été fulgurant. Si tu reviens à Dublin, ou même juste en Irlande, sache qu'elle est enterrée comme elle le souhaitait à Galway, près de ton père. J'espère que tu te portes bien, où que tu sois en ce bas monde.

Bien affectueusement,

Angela

Allongée dans mon lit, dans mon nouvel appartement, je tends la main pour reposer sur la table de chevet la lettre d'Angela, l'amie d'enfance de ma mère. Tout cela date à présent, mais l'avoir retrouvée dans mes affaires après le déménagement a cruellement rouvert une blessure jamais cicatrisée. Je n'ai jamais fait mon deuil. Je n'ai jamais pleuré la mort de ma mère. J'ai la gorge nouée et des larmes plein les yeux rien que d'y penser.

J'étais à un moment charnière de ma vie lorsque j'ai reçu cette lettre, et j'ai refusé de me laisser distraire. D'être ramenée en arrière, vers un passé que j'avais fui. J'ai verrouillé mon cœur, je me suis retirée à l'intérieur de moi-même pour être hors d'atteinte.

Ma mère ne m'a jamais soutenue dans mon projet de devenir une avocate reconnue ; elle n'a jamais approuvé mon départ d'Irlande. Faire face au chagrin causé par sa mort, c'était donc affronter seule, désormais, nos désaccords.

Je me tourne sur le côté dans un soupir. Même si ma nouvelle chambre n'est pas tout à fait finie, j'en suis déjà folle. Je dois recevoir les derniers meubles dans la semaine, cela me permettra de finir de l'aménager. La pièce possède une salle de bains attenante, et une immense baie vitrée par laquelle j'ai une vue plutôt sympathique quand je suis couchée. À l'étage, une autre chambre, une buanderie et une autre salle de bains. Je frissonne d'excitation en me disant que c'est mon chez-moi, mon petit nid. Près de dix ans après mon départ précipité d'Irlande, ma vie est enfin en train de se stabiliser.

Je pense à ma mère, et je me demande ce qu'elle dirait si elle me voyait. Serait-elle toujours en colère après moi parce que je ne l'ai pas écoutée ? Serait-elle fière de mes réussites malgré toutes les difficultés que j'ai traversées ? Ou me balancerait-elle à la figure un « Je t'avais prévenue ! » acide ? J'ai fait des erreurs dans ma vie. Des tas d'erreurs et de faux pas même, mais avec du recul, chacun d'eux m'a conduite exactement où je suis. Je ne suis pas sûre de regretter cela ou d'en être désolée.

J'expire une nouvelle fois par la bouche en changeant de position. Trois nuits de suite que je dors mal. J'aimerais mettre ça sur le compte des exigences de James au bureau, mais c'est cette lettre qui me travaille. La journée, je suis trop occupée avec la pile de dossiers que j'ai à traiter pour avoir le temps de rêvasser, alors les pensées viennent me tourmenter la nuit. *Je veux un bébé.* Ce n'est pas nouveau, bien sûr. Depuis l'adoption de ma fille, que j'ai vécue comme un véritable déchirement, je me suis juré que j'aurais un autre bébé un jour. Qu'avant de l'avoir, je m'assurerais de pouvoir prendre soin de lui et l'élever dans les meilleures conditions. C'est le moment. Travailler chez Evans & Associés m'a permis de mettre de l'argent de côté, et même d'acheter cet appartement ! J'ai obtenu mon diplôme d'avocat, le seul élément qui aurait pu remettre en cause la sécurité de ma place au sein de la société ; et mon patron semble plutôt satisfait de mon travail même si James reste James : le champion en titre dans la catégorie « lunatiques ».

Sur ma table de nuit, mon portable se met à vibrer bruyamment tout en sonnant. Je tends la main pour le prendre et éteindre le réveil, puis file dans la salle de bains me préparer. J'ai le cerveau embrumé et un début de mal de tête. J'espère que James sera gentil avec moi aujourd'hui. Je sais d'ailleurs exactement comment faire pour l'amadouer. C'est totalement déloyal, je le reconnais, mais j'ai besoin d'un jour de répit.

Je choisis donc soigneusement mes vêtements : un chemisier en jean à la coupe droite qui moule ma poitrine, et un jean slim noir qui met en valeur mes cuisses fuselées et mes fesses. J'applique un peu de maquillage pour masquer le manque de sommeil et rendre ma mine moins sinistre. Je pivote sur moi-même devant le miroir et, satisfaite, je descends à la cuisine. Même si je n'ai pas spécialement faim, je grignote des fruits secs et des céréales pour pouvoir avaler un Ibuprofène. Je glisse le reste de la boîte dans mon sac, remplis mon mug isotherme de café, récupère clés et portable et sors.

Tout le long du trajet, mes pensées me ramènent vers cette envie de bébé, mon obsession du moment. J'ai depuis longtemps décidé de procéder à une insémination artificielle, considérant mon horloge biologique qui tourne, et ma vie sentimentale qui ressemble à un désastre car le seul qui m'intéresse, c'est James…

— Tu es là bien tôt, me dit-il justement lorsque nous nous croisons dans l'ascenseur.

— Je peux te faire la même remarque.

Ma réplique, prononcée avec le sourire en coin, le fait rire. Son rire… J'en ai des picotements dans le ventre, mais j'essaye de rester impassible.

— Ne prends pas la grosse tête, Evans. Tes associés te mâchent le travail, dis-je en sortant à reculons de l'ascenseur, volontairement provocatrice.

— Tu penses à toi ? demande-t-il en levant un sourcil tout en me suivant à la manière d'un prédateur.

Je lui adresse un sourire espiègle, puis fais volte-face sans lui répondre. Je sens son regard sur mon dos, qui descend lentement jusqu'à mes hanches et mes fesses. Cela fait longtemps que je n'ai pas été regardée de cette façon. Que je n'ai pas été *désirée*. James me rattrape. Il pose une main sur ma nuque avec ce parfait dosage de douceur et de fermeté, qui me fait comprendre sans ambiguïté que si je compte jouer sur ce registre, je vais devoir assumer jusqu'au bout. Malgré le froid mordant qui sévit dehors, ses doigts sont étonnamment tièdes contre ma peau.

Depuis cette soirée sur la terrasse, notre relation a changé. Il rôde souvent autour de moi, me frôle. Parfois, on se croise dans les couloirs, on se salue comme si on ne venait pas de discuter ensemble de certains dossiers, et, au passage, il en profite pour glisser sa main sur ma hanche. Hier, il s'est même mis dans mon dos pour me masser les épaules le temps de quelques longues secondes après une réunion particulièrement chargée. J'ai de plus en plus envie de me réfugier contre son torse. L'autre soir, son bras autour de mes épaules m'a fait à lui seul l'effet d'un puissant bouclier capable de repousser les ténèbres les plus épaisses.

— Tu m'as l'air d'humeur joueuse, susurre-t-il.

— Je carbure à l'Ibuprofène et au café depuis une heure, annoncé-je effrontément.

— Tu es malade ? demande-t-il en bondissant sur le côté pour s'éloigner de moi.

Je secoue la tête en riant et m'arrête devant la porte de mon bureau.

— Si tu considères les insomnies comme une maladie, alors oui. D'ailleurs, tu as bien fait de t'éloigner : il paraît que c'est *très* contagieux.

Il penche la tête sur le côté pour m'étudier. Un éclat étrange danse dans ses yeux gris-bleu. Il paraît presque triste. Déroutée, je me détourne et pénètre dans mon bureau en allumant les lumières. J'accroche ma veste, dépose mon mug sur mon bureau et lance mon ordinateur. Je risque un coup d'œil par-dessus mon épaule. James n'a pas bougé. Ses yeux suivent chacun de mes mouvements. *Qu'est-ce qui lui prend ?* Il va dans son bureau pour poser ses affaires. Les locaux sont déserts à cette heure-ci. Même Paula n'est pas encore arrivée. Les plus matinaux ne pointeront le bout de leur nez que dans une grosse demi-heure.

Je suis sur le point de m'installer pour commencer à travailler lorsqu'il réapparaît. Mon estomac fait des bonds en voyant l'expression de son visage. Il est déterminé, presque intimidant. Il marche droit sur moi, me forçant presque à reculer. C'est la première fois que le gris de ses yeux est autre chose que glacial, inexpressif. Il y a une flamme dedans. Un éclat féroce. Je sens mes yeux devenir immenses, et hoquette :

— Qu'est-ce que tu fais ?

— J'aimerais essayer quelque chose, murmure-t-il sans quitter ma bouche des yeux.

— James, je ne…

Il me fait encore reculer jusqu'à ce que je sois dos au mur, et je perds pied. Son bassin glisse vers le mien au ralenti et vient s'y emboîter à la perfection. Mon bas-ventre se contracte, et je sens les battements de mon cœur se localiser entre mes cuisses. Ses doigts survolent mon visage. Un halètement m'échappe sous la caresse. Son parfum boisé me submerge, et je n'ai que la force de chuchoter :

— James…

— Kate, répond-il.

Son souffle vient chatouiller mes lèvres. Je ferme les yeux. Il va m'embrasser, c'est certain. Et cette idée me fait paniquer comme la perspective de sauter en parachute. Il le devine, et prend le tremblement qui me saisit pour une invitation. Ses paumes chaudes encerclent mon visage, puis ses lèvres se referment tendrement sur les miennes.

Son exploration est d'abord lente, prudente : je suis prise de court et incapable de réagir, mais de toute évidence il ne veut pas me brusquer. Ma raison me dit de le repousser, d'arrêter avant qu'il ne soit trop tard, mais mon cœur m'ordonne de répondre à ce baiser. Sa langue trace le contour de ma bouche, et je gémis. J'avance les lèvres pour la capturer. James me laisse faire, ouvre la bouche. Je suçote sa langue et la mordille, ce qui fait monter dans sa gorge un râle âpre qui m'enflamme. Il se presse si fort contre mon corps que j'ai l'impression que nous allons traverser le mur. Son torse s'écrase délicieusement contre ma poitrine, envoyant des milliers d'étincelles le long de ma colonne vertébrale.

Mon propre désir prend le dessus. Mes mains s'animent pour glisser le long de ses omoplates, de son dos musclé. J'empoigne solidement ses fesses fermes, et tire son bassin vers moi. Je commence à onduler les hanches contre lui. Sentir son érection me donne toutes sortes d'idées. Ses baisers migrent de ma bouche à mon menton. Ils descendent le long de ma gorge, me faisant haleter de plus belle. Il enfouit son visage dans mon cou, où il mordille ma peau en me donnant un coup de reins. Il lâche mon visage pour me tenir par les flancs à pleines mains. Ses pouces effleurent mes seins. Son souffle dans mon cou est chaud, saccadé. Enivrant.

— James…, dis-je à nouveau la voix rauque.

Il se contente de frotter son nez contre ma peau. Je frissonne, gémis, rejette la tête en arrière contre le mur pour m'offrir un peu plus. J'ai envie de crier. C'est un râle de plaisir qui s'échappe de mes lèvres entrouvertes. Nos bassins continuent à se mouvoir en parfaite harmonie. On veut la même chose, mais on sait aussi que ça changera tout entre nous. Peut-être que l'on devrait établir un contrat juridiquement contraignant pour fixer les limites de cette nouvelle relation ? Dans un élan de lucidité je répète :

— Qu'est-ce que tu fais ?

— Chut, souffle-t-il dans ma nuque en se rapprochant encore.

Bon sang, James est vraiment bien doté ! J'ai envie de glisser la main dans son pantalon pour l'empoigner et lui faire perdre le contrôle. J'ai l'impression qu'il me laisserait faire sans hésiter. Il me respire encore. Ses mouvements ralentissent, et je sais qu'il s'apprête à me relâcher. Je me cramponne un peu plus à lui, tourne le visage et dépose des petits baisers sur sa tempe, le coin de sa paupière, sa joue légèrement rugueuse. J'ai les hormones en ébullition. Je suis dans cette période de mon cycle où j'ai juste besoin d'être baisée en continu parce que c'est le moment le plus propice pour concevoir. Il n'y a pas de hasard… J'ai presque envie de le supplier de me prendre ici et maintenant, mais j'en veux bien plus. Une même pensée tourne en boucle dans mon esprit comme un mantra, un message subliminal que j'essaye de lui communiquer par télépathie. Fais-moi un bébé.

13. Benjamin Cole

Tu passes ce soir ?

Je vérifie pour la énième fois mon portable, dans l'espoir que James m'ait répondu. C'est ridicule ! Je balade mon téléphone avec moi de pièce en pièce depuis tout à l'heure, le son *et* le vibreur sont activés. Impossible de louper un message ou un appel dans ces conditions. La petite ligne, sous la bulle bleue qui contient mon message, m'indique, narquoise, qu'il a lu mon message. J'ai essayé de lui trouver mille et une excuses, mais maintenant je rumine mentalement après lui parce qu'il m'ignore délibérément. Et je suis en colère après moi-même.

On était d'accord. On savait que ce moment finirait par arriver. On s'y était préparés. Mais jamais je n'aurais pensé que, du jour au lendemain, James se mettrait à me snober. Je m'en veux. Je m'en veux car je sais que je ne pourrai jamais me passer de lui. Je m'en veux car je suis incapable de lui montrer que c'est formidable quand on est ensemble. Que l'on fait sens. Je ne me suis jamais risquée à l'affronter par peur de le perdre purement et simplement, et voilà où j'en suis. C'est comme si je l'avais déjà perdu.

La boule de feu qui grignote mon estomac est insupportable. Je fais les cent pas dans le salon pour essayer de contenir la crise qui menace de me submerger. Ce n'est pas le moment. Leanne, la baby-sitter, doit arriver d'une minute à l'autre pour garder Bailey. Si je me mets à pleurer maintenant, je ne m'arrêterai pas avant ce soir.

Ou demain. Ou jamais. Je passe la main sur mon ventre et m'exhorte au calme, puis prends une profonde inspiration avant de souffler par la bouche tout l'air de mes poumons. Je recommence plusieurs fois. De discrets coups à la porte me forcent à me reprendre une bonne fois pour toutes.

— Bonjour, Leanne, dis-je en feignant d'être enjouée lorsque j'ouvre la porte.

— Bonjour, Kate. Waouh ! lâche-t-elle en me détaillant de la tête aux pieds. Vous êtes superbe !

Un sourire sincère étire mes lèvres. Je me surprends à espérer que Benjamin appréciera tout autant qu'elle ma tenue.

— Merci, Leanne. Je t'en prie, tu peux me tutoyer.

— Bailey dort ? demande-t-elle en me suivant dans le salon.

— Oui, je l'ai couché il y a une dizaine de minutes. Tu devrais être tranquille pendant au moins une heure. S'il a faim en se réveillant, tu peux lui donner le biberon de 150 ml : il n'a pas beaucoup tété tout à l'heure. Pour le reste, fais comme chez toi ! J'ai préparé de la mousse au chocolat, n'hésite pas à te servir.

— Merci.

— Parfait, dis-je avec un nouveau sourire. Eh bien, je vais y aller.

— Bon après-midi, Kate.

Je récupère mon portable, désespérément inerte, le fourre dans mon sac et sors avant que l'envie de me réfugier dans ma chambre me reprenne.

Je trouve vite le petit salon de thé où j'ai rendez-vous avec Benjamin. Je suis pile à l'heure, mais lui n'est pas là alors je m'installe sur une banquette moelleuse près des vitres.

— Vous attendez quelqu'un ou vous désirez commander ? me questionne une serveuse d'un ton poli.

— J'attends quelqu'un, merci.

C'est lui qui a choisi l'endroit, et je dois reconnaître qu'il est parfait. J'aime les couleurs chaudes des banquettes, le bois foncé du mobilier et les lumières tamisées qui créent une ambiance intime et douillette. Je ne sais pas vraiment à quoi m'attendre avec Benjamin. Après mon appel, nous sommes tombés d'accord pour nous rencontrer et faire connaissance. Il a ensuite pris l'initiative de discuter en échangeant des messages, et là encore, c'était bien vu de sa part. Notre rencontre d'aujourd'hui m'en paraît moins artificielle.

— Kate ? m'interroge une voix rocailleuse.

Je lève les yeux vers celui qui m'a tirée de ma rêverie et j'esquisse un large sourire.

— Bonjour, Benjamin.

— Désolé, je suis en retard. Tu n'attends pas depuis trop longtemps ?

— Non, je viens d'arriver.

Je me rends compte qu'il attend que je me lève. Je bondis sur mes pieds pour le prendre dans mes bras avec maladresse. Une maladresse qui est exclusivement de mon côté, car lui me serre de manière franche et amicale. Puis il se recule sans rien dire, ses yeux s'attardent longuement sur mon visage avant de descendre sur mon corps d'un air de connaisseur qui échauffe mon bas-ventre. Il m'invite à me rasseoir et je le dévisage à mon tour.

Je suis agréablement surprise de constater que l'homme qui me fait face n'a rien de commun avec celui dont je me souviens. Ses yeux, d'un bleu profond et riche, sont pétillants. Visiblement, il est ravi d'être en ma compagnie. Malgré sa barbe de quelques jours, des fossettes espiègles se creusent quand il sourit. J'en fais autant, et lui lance un regard interrogateur.

— J'avais oublié à quel point tu es belle, avoue-t-il.

Une bouffée de chaleur empourpre mon cou et mon visage. Je ne prends pas sa réplique comme une piètre tentative de séduction : il paraît sincère.

— Merci. J'imagine que ne plus avoir l'air d'une déterrée, ça aide.

— Bailey va mieux ?

— Il a encore quelques-unes de ces crises de pleurs le soir, mais c'est moins effrayant. Il pousse vite, dis-je émue.

— Et toi ? Bon, déjà tu es ici aujourd'hui, c'est le signe que tu sors un peu plus ?

— J'essaye, je le reconnais. J'aime bien ma petite vie, avec mon bébé Bailey. C'est dur de me séparer de lui surtout que je reprends bientôt le boulot.

La serveuse nous interrompt pour prendre nos commandes. Je choisis un chocolat chaud, Benjamin prend un cappuccino.

— Je crois que j'ignore ce que tu fais dans la vie…, note-t-il avec un sourire penaud une fois que la jeune femme est repartie.

— Je suis avocate d'affaires. Mmm, à ton air perdu je devine que quelques explications s'imposent. Je représente les intérêts de mes clients devant les tribunaux en cas de contentieux, mais mon activité principale est de les conseiller de manière stratégique sur les questions de droit financier et fiscal, de propriété intellectuelle et industrielle, justement pour éviter d'avoir à finir devant un tribunal.

— Waouh ! s'exclame-t-il impressionné. Et tu aimes ça ?

— J'adore ce que je fais, affirmé-je en souriant.

— Comment tu comptes t'organiser avec Bailey ?

— Je n'ai pas d'autre choix que de le mettre à la crèche. Et je vais essayer de ne pas trop déborder le soir.

— Beaucoup de boulot ?

— En permanence.

— Je peux te poser une question un peu délicate ? hésite Benjamin.

— Bien sûr.

Il fouille mes yeux du regard, et je sais d'avance qu'il va m'interroger sur Bailey. Sur mon choix.

— Il y avait un problème d'infertilité dans ton couple, c'est pour ça que tu as choisi l'insémination ?

Je détourne le regard avant de répondre :

— Non. Je n'étais pas en couple lorsque j'ai décidé d'avoir Bailey. C'est même parce que je n'avais pas de partenaire que j'ai choisi ce moyen.

Me voyant mal à l'aise, Benjamin laisse tomber le sujet. Il tend la main et glisse ses doigts dans la mienne. Je soutiens son regard avec interrogation.

— Je suis vraiment heureux d'être là, dit-il sans détour. Je… Je sais que ce que j'ai fait était risqué alors merci de m'avoir rappelé.

— J'ai failli ne pas le faire, dis-je sur le ton de l'aveu. À bien y réfléchir, je trouvais gonflé de ta part de m'avoir laissé ton numéro dans ces circonstances.

— Je sais. Et pour que ce soit clair, tu ne m'attires pas que physiquement : tu es… Quand tu m'as dit que tu étais seule et que tu avais eu Bailey par insémination, j'ai trouvé ça courageux. Ça en dit long sur toi.

Émue, je cligne des yeux pour chasser les larmes qui montent. Je sens mon cœur se ratatiner dans ma poitrine. Benjamin continue à tracer ces cercles sur le dos de ma main avec le pouce. Sa sincérité me bouleverse, et je me demande pourquoi il est encore célibataire. D'expérience, je sais que les femmes mettent rapidement le grappin sur les hommes comme lui.

— Vas-y, m'encourage-t-il lorsqu'il lit sur mon visage la question qui me brûle les lèvres.

— Je ne sais pas trop comment formuler ma question…

Et en effet je rougis, je bafouille…

— J'étais en couple pendant environ cinq ans, me révèle-t-il sans se laisser démonter. On s'est rencontrés à la fac de médecine, on parlait mariage et bébé. Ma spécialité – la chirurgie pédiatrique – me prend beaucoup de temps. J'étais de moins en moins disponible alors elle a préféré tout arrêter avant de s'engager.

— Je suis désolée, dis-je dans un souffle.

— C'est la vie, répond-il en relâchant ma main et en se reculant dans son siège avec désinvolture. Entre mes gardes à l'hôpital et mon cabinet, je travaille toujours autant, me prévient-il.

— Je comprends, répliqué-je avec fermeté. Avant

Bailey, j'avais des horaires invivables. Il va falloir que j'apprenne à lever le pied et à déléguer.

— Au moins, toi tu peux déléguer, plaisante-t-il.

— Du coup, on est d'accord sur le fait que nos carrières ne sont pas un obstacle ?

— Tu veux rire ? J'aime les femmes ambitieuses : tu peux être certaine que je te soutiendrai quoi qu'il arrive.

— C'est bon à savoir. Et Bailey ?

— Je suis pédiatre, Kate, souligne-t-il avec un clin d'œil.

— Ce n'est pas la même chose, lui fais-je remarquer.

— Écoute, si ça fonctionne entre nous, je me ferai un plaisir de m'occuper de lui avec toi. Enfin… Si tu me laisses faire, me taquine-t-il. J'ai vu tes airs de lionne l'autre soir.

Je rougis encore, et entame le chocolat chaud que la serveuse vient d'apporter. La présence de Benjamin est relaxante. Il est drôle et pragmatique. Nous continuons à discuter de tout et de rien. Il me fait rire, glisse habilement quelques compliments qui me font piquer autant de fards.

Nous décidons ensuite d'aller nous promener dans un parc, non loin de là, et nous asseyons sur un banc. Benjamin glisse un bras dans mon dos, et je sens ses doigts jouer avec le bout de mes cheveux. Si j'étais un chat, je me serais probablement déjà mise à ronronner de plaisir. Tout ce que je peux faire, c'est me rapprocher un peu de lui.

— Tu as grandi en Irlande ? me demande-t-il.

Sa question fait jaillir un flot de mots, et je raconte ma jeunesse désargentée, ma mère peu soucieuse de moi. Soudain je regrette de lui avoir imposé ce monologue insipide.

— Ne t'excuse pas, répond-il en massant brièvement ma nuque. J'aime en apprendre plus sur toi.

— Tu as de la famille ? demandé-je, pour tenter d'ignorer les délices que provoquent en moi ses caresses.

— Oui, mais je ne suis pas très proche d'eux. Mes parents sont divorcés. Ma mère vit en Floride depuis qu'elle a pris sa retraite, et mon père voyage de pays en pays en fonction de ses affectations. Il est diplomate, explique-t-il.

— Des frères et sœurs ?

— Une petite sœur, Mia. Actuellement, elle est quelque part dans le nord de la Norvège à militer avec une association de protection de l'environnement.

Sa voix s'est faite pleine de nostalgie.

— Je devine que la solitude te pèse…

Sa main s'enroule autour de mon épaule et la presse.

— Pas toi ?

« Si. Pourquoi crois-tu que je sois ici ? Tu es le premier homme qui s'intéresse à moi depuis James », ai-je envie de crier. Au lieu de cela je me fais philosophe, en haussant les épaules.

— J'ai l'habitude. Mais oui : ça me pèse.

Il pivote pour se tourner vers moi sans me lâcher. De sa main libre, il écarte quelques mèches de cheveux derrière mon oreille.

— C'est parce que nous ne sommes pas faits pour être seuls, murmure-t-il avec une intonation qui me donne la chair de poule.

Je frissonne de plus belle lorsque Benjamin penche lentement la tête sur le côté. Il s'approche de moi au ralenti, comme pour me laisser le temps de comprendre ses intentions. Mon regard passe de ses yeux à ses lèvres pleines. J'imagine les picotements de ses poils de barbe contre ma peau. Mon besoin de ressentir cette intimité physique et affective avec quelqu'un prend le dessus et inhibe tout le reste. Je ferme les yeux et le rejoins à mi-chemin.

14. Marta

19 octobre 2015

Putain, mais quel con ! Je traverse le couloir au pas de course en lançant une bordée d'injures, sous l'œil amusé de Paula qui s'en va, et déboule dans le bureau de Kate sans frapper. Lunettes sur le nez, elle lève les yeux vers moi. Un de ses sourcils fins à la forme parfaite se dresse, interrogateur. Une lueur meurtrière brille dans son regard.

— Kate, j'ai besoin que tu me rendes un immense service, lui dis-je en prenant mon ton le plus enjôleur et le plus désespéré.

— Bonsoir, James, répond-elle en ajustant théâtralement sa montre à son poignet, les yeux dessus. Tu as raison, il est tard : je ferais mieux de rentrer.

Je dois me concentrer pour ne pas sourire. Elle est tellement adorable ! Et elle recommence à faire sa magie d'Irlandaise sur moi. *Ne te laisse pas avoir, James.*

— J'ai un dîner très important que je ne peux louper sous aucun prétexte. S'il te plaît ? j'ajoute en lui souriant de toutes mes dents.

— Sur quoi as-tu besoin d'aide ? demande-t-elle avec prudence.

— J'aimerais que tu avances le dossier Even's Pharmaceutics.

Elle enlève ses lunettes avec un calme qui ne présage rien de bon, et replie les branches une à une avec des gestes mesurés. Sans ces verres qui font rempart entre nous, son regard n'en est que plus intimidant. Ses yeux sont comme deux rayons laser qui transpercent mon crâne et grillent mes neurones.

— James, dit-elle d'un ton si glacial que j'ai l'impression d'être emprisonné dans une chambre froide. Je te suis très reconnaissante de m'avoir embauchée et de me faire confiance sur des dossiers aussi importants, mais là tu dépasses les limites. Tu ne m'as pas dit un mot depuis dix jours, et tu viens me voir avec *ce* dossier ?

Je le sais, sur ce coup, j'exagère. Even's Pharmaceutics est l'un de nos plus gros clients, et accessoirement le plus exigeant aussi. Ils se préparent à *la* fusion-acquisition du siècle, et ils ont besoin de nos recommandations pour mercredi matin à la première heure. Cela nous laisse la journée de demain pour tout finaliser, mais comme le sait Kate, nous sommes loin d'être en avance. Si aucun de nous deux ne travaille dessus ce soir, on sera officiellement dans la merde.

— Je fais déjà mon maximum, poursuit-elle en se maîtrisant.

— Crois-moi, j'en ai conscience. J'ai une liste précise de trucs à boucler dans une urgence absolue ce soir.

— C'est bon, capitule-t-elle. Mais c'est bien parce que ta mère risque de se débarrasser de moi sans un regret si on perd ce client.

Bon sang, je pourrais l'embrasser ! En fait, non. Ce ne serait pas l'idée la plus judicieuse vu notre expérience de la dernière fois.

— Merci, Kate. Je te le revaudrai.

— Tu as bien intérêt.

Je retourne dans mon bureau pour taper deux paragraphes griffonnés sur une feuille blanche. Je n'arrive même pas à me relire, et culpabilise à l'idée de laisser ce charabia à Kate, mais il s'agit de Marta ! Je ne peux pas la laisser en plan ce soir. Je sauvegarde le tout et envoie par e-mail le document à Kate. Je rassemble dans une chemise en carton les derniers éléments qui ne sont pas en version électronique, et retourne dans son bureau.

— Encore merci, dis-je en déposant la pile de documents devant elle. Tu me sauves la vie.

— Tout ça pour une femme…, bougonne-t-elle.

Au début, je crois mal comprendre, mais en l'étudiant avec un peu plus d'attention, je remarque ses sourcils froncés et sa moue boudeuse. Elle est jalouse ! Pour la titiller je précise :

— Pas n'importe laquelle.

— Ça ne m'intéresse pas, déclare-t-elle en vissant son regard au mien.

J'éclate de rire. À son attitude de prédatrice qui défend son territoire, je devine que ça l'intéresse carrément.

— Je te la présenterai un jour, promis. Je suis sûr que Marta va t'adorer.

— Tu as besoin d'autre chose ? balance-t-elle caustique.

De toi. Dans mon lit lorsque je rentrerai ce soir.

— Non, mais n'hésite pas à m'appeler si *toi* tu as besoin de quoi que ce soit.

La main sur la poignée, je m'apprête à partir lorsque je me ravise sur un coup de tête. Je fais le tour du bureau de Kate, empoigne le dossier haut de son fauteuil pour le faire pivoter vers moi, l'enfermant entre mes bras par la même occasion. Ses yeux plongent dans les miens, ses pupilles se dilatent. Je la vois déglutir au ralenti.

— Ne m'embrasse pas, si tu comptes m'ignorer les trois prochains siècles, me met-elle en garde d'une voix rauque que je ne lui connais pas.

Je souris, amusé qu'elle sache exactement à quoi je pense. Je ramène une de ses mèches égarées derrière son oreille, laisse ma main continuer son mouvement pour s'attarder dans son cou. D'une légère pression sous son menton, je lui fais lever le visage vers moi tout en me penchant sur ses lèvres. Je lui donne un baiser tendre. Je frotte doucement la chair pulpeuse avec les dents. Attirée comme un aimant, Kate s'approche. Son nez vient s'écraser contre ma joue, ses lèvres appuyer plus fort contre les miennes. Content de moi, j'ajoute un dernier petit bisou sur sa bouche et m'écarte.

— À demain, Kate.

J'arrive chez Marta avec près de trente minutes de retard. Un passage à la maison et sous la douche était de rigueur après que j'ai embrassé Kate. Ce n'était pas grand-chose, mais pour quelqu'un qui pratique l'abstinence depuis bien trop longtemps maintenant, ce baiser était plus que ce que je pouvais supporter.

Je sonne à la porte en me préparant mentalement à me faire fustiger pour mon retard. Marta vient m'ouvrir après quelques minutes qui me paraissent interminables. Quand elle me voit sur le seuil, ses épaules se relâchent, elle secoue la tête avec une moue sévère.

— Bonsoir, James. J'ai bien cru que tu avais oublié notre dîner.

Je joue la carte de la sincérité, et grimace.

— Presque…

Elle s'efface pour me faire entrer. Ensuite, elle prend ma figure entre ses paumes douces et chaudes, étudie mon visage du regard, puis m'attire tendrement contre elle. Je suis immédiatement transporté en enfance. Son odeur familière de lavande vient chatouiller mes narines, et noie mon esprit dans les souvenirs. Je noue mes bras autour d'elle pour lui retourner son étreinte, et chuchote :

— Tu m'as manqué.

— À moi aussi, mon grand.

— Comment s'est passé ton voyage ?

Marta me relâche et m'invite à la suivre dans la cuisine. J'accroche ma veste dans le couloir, puis je vais m'installer à la grande table. La pièce embaume l'odeur d'une délicieuse sauce tomate maison bien assaisonnée. Sur le plan de travail, je repère une assiette pleine de biscuits à la cannelle – mes préférés – alors je me relève pour en grignoter un en forme de sapin. Marta pousse un soupir désespéré lorsqu'elle me voit faire.

— C'était un voyage très intense sur le plan émotionnel, m'explique-t-elle en choisissant soigneusement ses mots. La vieille ferme dans laquelle j'ai grandi a été remplacée par un immense complexe à la façade en verre et en acier.

— Je suis désolé, dis-je en notant la tristesse dans sa voix.

Marta attendait beaucoup de ce voyage en Suède, notamment de pouvoir retourner dans la maison de son enfance. Il lui a fallu énormément de courage pour s'autoriser à envisager seulement cette possibilité. Je suis triste pour elle que la ferme n'existe plus après tout le mal qu'elle s'est donné.

— Ainsi va la vie, mon enfant, réplique-t-elle. Je suis tout de même heureuse d'avoir pu retourner à Malmö, entendre ma langue natale dans les rues, être en plein cœur de la nature. C'est un très beau pays, très paisible. Je crois que tu l'aimerais, conclut-elle en éloignant de moi l'assiette de biscuits.

J'en vole un dernier au passage, le cinquième, et le fourre en entier dans ma bouche. Marta rit en secouant la tête au moment où je reçois un appel. Mes yeux s'écarquillent. Putain, c'est Kate ! Je décroche sans réfléchir et bafouille, la bouche pleine :

— Qu'est-ce que tu veux ?

— Bon sang, mais qu'est-ce que tu fais ? rétorque-t-elle méchamment. Oublie, je ne veux pas le savoir.

Si je n'étais pas déjà occupé à faire passer le biscuit sec collé dans le fond de ma bouche, j'aurais probablement surenchéri. Marta me jette un regard qui me fait comprendre sans ambiguïté que je suis officiellement un cas désespéré à ses yeux, puis je prends le grand verre d'eau qu'elle m'a servi, et en avale deux longues gorgées.

— Désolé. Qu'est-ce qui se passe ?

— J'ai besoin d'une clarification sur les statuts provisoires que tu veux qu'ils mettent en œuvre après la transaction. C'est permis ça ?

— Rien ne l'empêche légalement. Même si, dans les faits, c'est plus compliqué car on exploite un vide juridique.

Tandis que je développe mon explication, j'entends le cliquetis des touches de l'ordinateur. Marta met la table pour deux.

— Et comment comptes-tu justifier ce montage ?

— Je crois qu'il y a un ou deux cas de jurisprudence à peu près similaires. Même s'ils datent un peu maintenant, ça devrait faire l'affaire au cas où quelqu'un mettrait le nez dans cette histoire.

— Tu as les références ?

— Non. Va dans les archives, regarde l'affaire… Lebrun vs. SpaceTech, je crois. Elle est quelque part autour de mai 2005. On avait fait quelque chose comme ça. Tu devrais trouver les renvois aux cas de jurisprudence sans problème.

— OK, merci.

Je raccroche, et adresse à Marta un sourire d'excuse qu'elle balaye de la main. C'est souvent comme ça quand on passe du temps ensemble, mais elle ne s'en formalise jamais. Elle a préparé mon plat préféré, des lasagnes maison ; j'en ai l'eau à la bouche.

— Ça fait longtemps que tu n'as pas pris de vacances, me fait-elle observer. Tu penses à lever le pied ?

Amusé, je lève un sourcil.

— Lever le pied ? Ça veut dire quoi ça ? Katherine serait bien capable de me virer même si je suis son fils.

— On pourrait voyager un peu ensemble…, propose-t-elle en me servant. On s'est si peu vus ces derniers mois.

— J'aimerais beaucoup, mais tu sais que je ne peux rien te promettre, Marta. Je…

— Tu ne pourras pas te cacher éternellement derrière ton travail, James, me reproche-t-elle. Un jour, il va falloir que tu mettes fin à cette fuite en avant et que tu affrontes la réalité. Que tu prennes le temps de vivre.

— C'est plus facile d'oublier, dis-je piteusement en baissant les yeux sur mon assiette au contenu encore fumant. J'ai peur de… ne pas réussir à refaire surface : ça a été tellement dur la dernière fois.

— Je sais. Mais en attendant, tu repousses aussi éternellement le moment où tu commenceras à réellement vivre et non plus seulement à exister. Je détesterais que tu te lèves un matin en comprenant que tu as laissé passer les plus belles années de ta vie parce que tu étais trop occupé à te haïr en silence, et à revivre en boucle ces événements dans l'espoir de découvrir ce que tu aurais pu mieux faire.

Ma voix se fait dure quand je réponds :

— J'aurais dû me battre pour elle. À la place, je l'ai juste laissée faire ce qu'elle voulait.

— Parce qu'elle avait déjà trahi ta confiance. Tu étais aveuglé par la rage à ce moment-là, comment voulais-tu réfléchir rationnellement ? De plus, tu ne pouvais pas savoir comment ça allait se terminer.

Marta marque un point important. Elle le sait. Elle sait aussi qu'elle cuisine les meilleurs plats maison au monde. Ça me change des cochonneries que j'engloutis d'habitude à la hâte. Mais je veux lui prouver que j'ai l'intention de faire un effort, aussi je lui demande :

— Où est-ce que tu aimerais aller ?

— En Europe, bien sûr. Retourner en Suède m'a rappelé à quel point tout est plus petit, plus humain là-bas. Et comme je te le disais, je suis certaine que ce sont des endroits qui te plairaient.

— Au printemps ?

Cela devrait me laisser le temps de m'organiser.

— Pourquoi pas. On en reparlera, promet Marta.

Dans ses yeux fatigués je vois réapparaître le spectre du cancer, et la peur me saisit les tripes. Une fois de plus, je suis dérangé par mon portable.

— Allô ! lancé-je d'un ton agacé en m'éloignant vers la porte-fenêtre, qui donne sur le jardin plongé dans l'obscurité.

— Cache ta joie, rétorque Kate. Je te signale que je te fais une immense faveur.

— Faux : tu bosses pour moi.

— Laisse tomber, dit Kate dans un soupir. Je n'ai pas trouvé les références dont tu parlais. J'ai cherché partout.

— Pas grave. Je viendrai en avance demain pour les déterrer : je suis sûr qu'on a déjà traité une affaire de ce genre.

— James ?

— Oui ?

— Cette faveur que tu me dois…

— La transaction a lieu jeudi. Je jure que si on boucle ce stupide dossier à temps et qu'Even's Pharmaceutics remporte l'affaire, je t'emmène déjeuner vendredi. Je connais un restaurant italien vraiment sympa.

— Merci, mais ce n'est pas ce que j'allais demander.

— Tu m'en parleras vendredi alors. Tu es encore au bureau ?

— Non, je viens de rentrer pour être plus confortable. J'ai presque terminé de toute façon.

— Tu as bien fait. Ne reste pas trop tard sur ce dossier.

— Entendu. Bonne nuit, James.

— Bonne nuit, Kate.

Je reste à contempler bêtement mon écran jusqu'à ce qu'il s'éteigne dans ma main. Comme si cela pouvait m'aider à rester encore un peu avec Kate. Je sens le regard inquisiteur de Marta me transpercer de part en part.

— Depuis quand tu retiens le nom de tes associés ? me demande-t-elle avec un rire dans la voix.

Depuis elle. Elle a mis ma vie sens dessus dessous, et je ne suis même pas sûr que ça me déplaise tant que ça. Je repense à notre baiser de l'autre jour. Kate était incroyablement réceptive et libre. Mais je censure ces pensées en sentant un début d'érection naître. Et je marmonne, dépité :

— Difficile de ne pas tout mémoriser à son sujet.

— Oh ! James…, roucoule Marta en venant poser sa main sur mon épaule. Tu sais ce que ça veut dire…

— Oui, dis-je en râlant et en rejetant la tête en arrière, à l'agonie. Je suis amoureux d'elle.

Ces mots, je les lâche comme on lancerait une déclaration de guerre, car je sais qu'il est inutile de tourner autour du pot avec Marta.

— C'est bien, mon garçon, glisse-t-elle en prenant délicatement mon visage entre ses mains pour me caresser les joues avec les pouces.

— Non, ce n'est pas bien ! D'abord, je crois qu'elle m'a jeté un sort ou un truc comme ça. Elle est Irlandaise, ajouté-je comme si ça pouvait tout expliquer.

Les yeux caramel de Marta se remplissent de malice. Elle éclate d'un grand rire cristallin, qui m'arrache un sourire. Alors je me lamente :

— Je ne veux pas être amoureux de Kate.

Elle ignore volontairement ma remarque stupide.

— Tu me la présenteras ? demande-t-elle en pétillant littéralement.

— Si j'arrive à la convaincre de venir au gala de Noël, oui.

— Je l'aime déjà ! Mais plus sérieusement, James : elle est là, ta raison d'aller de l'avant. De vivre dans le présent. Promets-moi que tu ne laisseras pas passer ta chance de connaître le bonheur à nouveau, d'accord ?

— Je ferai de mon mieux, je te le promets, Marta.

15. Je t'aime

Assis dans ma voiture, je poireaute. Si ma mère me voyait, elle me dirait de me tenir droit, et sa voix crisse dans mon imagination comme une craie sur le tableau noir. Sa voix qui manquait tant de bienveillance… On peut dire qu'elle a largement contribué à me retirer toute confiance en moi quand il est question des femmes. Et puis il y a eu Marta, ma douce Marta. Je soupire en pensant à elle, puis mon esprit vagabonde. Kate a dû sortir se promener avec le lutin. Ils me manquent, tous les deux, et une image surgit dans mon esprit : le petit visage fripé de Bailey, que je serrais contre moi tandis que sa mère somnolait, la nuit de sa naissance. Mais les voilà, je reconnais la voiture qui se gare dans le petit parking privé. Une autre la suit de près et s'arrête à sa droite. J'esquisse un mouvement pour descendre, mais je reste cloué à mon siège lorsque je vois qu'elle sort et qu'un homme la rencontre à mi-chemin. Mes yeux s'agrandissent : Benjamin Cole ! Kate arbore un large sourire, passe ses bras autour de sa taille pour nouer ses mains dans le bas de son dos. Malgré moi, je remarque qu'elle porte sa robe préférée, une robe de patineuse bleu pastel, avec une veste en jean courte et un petit foulard blanc autour du cou. Elle lève son joli visage radieux vers lui, et il balaye vers l'arrière quelques-unes de ses mèches rousses. Je serre les dents. Je sais que je ne devrais pas la regarder, autant pour ma propre santé mentale que pour la laisser vivre ce moment d'intimité en paix, mais mes yeux sont comme englués à sa silhouette. Le Benjamin se penche sur ses lèvres, l'embrasse brièvement.

Je. Vais. Gerber.

Ils continuent à se parler les yeux dans les yeux. Cet enfoiré joue avec ses cheveux. Kate m'assène le coup de grâce lorsqu'elle se hisse sur la pointe des pieds pour échanger un long baiser avec lui. D'expérience, je sais qu'elle embrasse superbement bien. C'est difficile à expliquer. Elle me faisait ressentir des choses juste avec sa langue. J'avais l'impression d'être une étoile en combustion, prête à exploser. D'être en plein milieu d'une apocalypse nucléaire, et que sa bouche était la seule façon d'accéder au salut de mon âme. D'être sur une faille sismique au moment d'un tremblement de terre et que ma survie dépendait de ce baiser. Je déglutis avec difficulté, secoue la tête et baisse les yeux sur mes mains tremblantes. Qu'est-ce que j'ai fait, putain ?

Le vrombissement d'un moteur me fait lever la tête à temps pour voir Benjamin repartir, et Kate prendre la direction de l'entrée de son immeuble. Je sors à la hâte de ma voiture et appuie sur le bouton de la télécommande pour la verrouiller. Le clignotement des phares attire son attention plus que ma modeste personne. Génial.

— Hey, dis-je en allant à sa rencontre avec un sourire avenant.

Elle me jette un regard meurtrier et me dépasse sans répondre. Son visage, si lumineux un instant auparavant, est à présent fermé, hostile. Je la suis néanmoins, ne pouvant m'empêcher d'admirer le doux balancement de ses hanches lorsqu'elle marche.

— Kate… Qu'est-ce que j'ai fait cette fois ?

Au moins, elle ne me claque pas la porte de l'immeuble au nez. Peut-être parce qu'elle a la présence d'esprit de se souvenir que j'ai un double des clés ? Devant son appartement, elle se tourne enfin pour me faire face.

— Pas un mot, m'ordonne-t-elle en plissant les yeux d'une façon mauvaise. Leanne est avec Bailey.

— Leanne ?

Je suis confus et recule d'un pas sous son air menaçant.

— Ma baby-sitter, siffle-t-elle.

Kate prend une profonde inspiration qui soulève sa poitrine exquise, elle pivote puis annonce son retour en frappant à la porte d'entrée tout en l'ouvrant. Je m'invite à l'intérieur après elle. Mes yeux se posent sur Bailey, couché sur son tapis d'éveil. Il gazouille comme tous les bébés en essayant de faire bouger les jouets suspendus au-dessus de lui. Malgré l'hostilité de Kate et mon inquiétude, cette vision me détend.

Leanne se dirige vers lui pour le soulever du sol et le passer à sa mère. Je les observe à distance, fourre les mains dans les poches de mon jean pour m'empêcher de leur foncer dessus et de les envelopper tous les deux de mes bras.

— Tout s'est bien passé ? demande Kate d'un ton enjoué.

— À merveille, répond Leanne sur le même mode. Bailey a bu tout le biberon de 150 ml et, comme il était encore ronchon, je lui ai rajouté 50 ml.

— Bien. C'était quand ?

— Ça fait environ une heure, explique la jeune femme en jetant un œil à l'horloge. J'imagine qu'il va réclamer une nouvelle dose bientôt.

— Exactement, confirme Kate en riant… Et ensuite roupiller, n'est-ce pas, mon chat ? ajoute-t-elle en frottant son nez contre celui de Bailey.

Elle va vers son bureau récupérer une petite enveloppe blanche qu'elle tend à Leanne en la remerciant vivement.

— Avec plaisir, lui dit celle-ci en ramassant ses affaires. Bailey est un vrai petit ange.

Les deux femmes se dirigent vers la porte, où je suis toujours bêtement posté. Kate secoue la tête presque imperceptiblement. À cet instant, elle ressemble à une furie. Une vraie. Une de la mythologie grecque.

— Leanne, voici mon ami James. Il se peut que parfois ce soit lui qui rentre avant moi pour rester avec Bailey.

Même si elle doit avoir seulement vingt-trois ou vingt-quatre ans, ladite Leanne me détaille lentement de la tête aux pieds avec des yeux pétillants qui s'arrêtent à des endroits qui me mettent mal à l'aise. Bon sang, cette fille n'a pas froid aux yeux ! Puis mon cerveau rembobine la bande : que vient de dire Kate ?

— Enchantée, dit la jeune femme en me tendant la main. Leanne Forbes.

— James, dis-je du bout des lèvres en serrant sa main avec réticence.

— Vous n'êtes pas le père de Bailey, mais vous êtes ensemble ? demande-t-elle alors.

J'ouvre la bouche sans trop savoir ce que je suis censé répondre, mais Kate me devance et se contente de lui servir un « C'est compliqué », qui me fait hausser les sourcils. Elle la congédie ensuite d'un ton poli, mais ferme. Il ne me faut pas plus que la disparition de Leanne pour exploser et hurler :

— C'est compliqué ? C'est *compliqué* ? Bordel de merde, Kate ! Ça m'avait l'air tout sauf compliqué quand docteur Machin avait la langue au fond de ta gorge.

Elle plaque une main sur l'oreille de Bailey tout en attirant la tête de son fils contre sa poitrine pour boucher l'autre.

— Ne parle pas comme ça devant le bébé ! me fustige-t-elle avec un regard noir.

Mais je gronde :

— Laisse-le en dehors de ça. D'abord tu me snobes, maintenant tu sors que *c'est compliqué* ! Qu'est-ce que tu attends de moi à la fin ?

Les yeux de Kate s'écarquillent et deviennent orageux. Elle fronce les sourcils, la bouche entrouverte comme si elle rassemblait ses pensées. J'ai l'impression d'avoir titillé un animal sauvage, qui va à présent me bondir dessus pour me dépecer. Je pousse un soupir et me masse la mâchoire, dans l'attente du coup qui tarde à venir.

— Qu'est-ce que j'attends de toi ? répète-t-elle d'une voix dangereusement mesurée.

Elle s'avance dans ma direction, Bailey toujours calé sur la hanche, d'un air si menaçant et agressif que je recule instinctivement.

— Tu ne m'as pas adressé la parole depuis que l'on s'est croisés chez Ryan. Six jours, Evans. Ça fait *six putains de jours*. Je t'ai envoyé un message ce matin, tu ne m'as pas répondu et maintenant tu te pointes chez moi comme une fleur ? Qu'est-ce que *toi* tu veux ?

— Pour le message de ce matin, j'étais en pleine séance de sport quand tu m'as écrit, et après j'ai oublié de te répondre. Tu sais bien que je passe quand tu demandes, dis-je sur un ton plus doux de reproche.

— Tu m'as ignorée, accuse-t-elle à nouveau. Je venais de te promettre que rien ne changerait, et voilà comment tu m'as remerciée.

Je n'ai pas de réponse à ça. Je ne peux pas lui révéler que Ryan m'a fait la morale. Que tout est voué à changer. Si elle poursuit sa petite aventure avec docteur Bidule, Kate aura naturellement moins de temps à me consacrer en dehors du bureau. On sera moins proches aussi. Je ne pourrai plus la regarder de la même façon, elle aura un partenaire. Finies, les soirées passées emmêlés dans son canapé à discuter avec légèreté ou à regarder un film. Elle fera sans doute tout ça avec *lui*.

Kate lâche un petit rire amer, presque dément, et arrête sa lente avancée vers moi. Je me fige aussi.

— Je ne sais même pas pourquoi ça m'étonne encore. C'est ce que tu fais depuis que l'on se connaît. Et je suis bien trop conne pour te dire d'aller te faire voir, James Evans. Parce que je t'aime. Je t'aime et j'ai toujours cet espoir fou que tu vas te ressaisir et assumer tes sentiments !

Sur ces mots, elle fait volte-face et se réfugie à l'étage avec son fils. Au moins, elle ne m'a pas demandé de foutre le camp. Je ne sais pas si j'aurais pu. Je la suis des yeux jusqu'à ce qu'elle disparaisse. Putain, elle a mis sa robe préférée pour *lui* !

Lorsque ce qu'elle m'a avoué a été analysé par mon

cerveau, je me trouve dans une grande détresse. Kate ne m'a jamais dit qu'elle m'aimait, avant. Moi non plus, d'ailleurs. Mais on le savait. Ça a toujours été tellement évident pour nous deux que l'on n'a jamais mis de mots sur nos sentiments. J'aurais préféré qu'elle me le dise dans d'autres circonstances. Ce ne sont pas les occasions qui ont manqué.

Sauf que je sais qu'au fond Kate est comme moi. Dire « Je t'aime » à quelqu'un, c'est se mettre à nu. Se montrer vulnérable. C'est lui faire confiance et lui ouvrir le plus fragile de nous-mêmes, notre centre vital. Je ne suis peut-être pas médecin, mais je sais que le syndrome du cœur brisé est une réalité médicale. On *peut* avoir le cœur brisé par le chagrin ou la douleur. On peut aussi en mourir. Je le sais parce que j'en ai fait l'expérience. Et à la fin, je ne me suis même pas rendu compte que j'étais mort.

Je m'avance jusqu'aux grandes fenêtres et observe l'extérieur sans le voir. J'ai la désagréable impression d'être un volcan sur le point d'entrer en éruption. Tout bouillonne à l'intérieur de moi, et menace de remonter. D'exploser. Je m'agite dans tous les sens. Le cocktail empoisonné de regrets, de chagrin et d'impuissance qui coule dans mes veines semble bouillir dans mon torse. J'ai envie de rugir pour évacuer la douleur, mais je ne vois pas en quoi cela fera avancer la situation.

Vaincu, je me laisse glisser au sol. Je bascule la tête vers l'arrière en fermant les yeux. Je la revois se mettre sur la pointe des pieds pour embrasser Benjamin. Je repense à ce que m'a dit Ryan. Elle essaye. Elle essaye d'aller de l'avant. De tourner la page. Elle se force à avancer. Parce qu'elle sait que je n'ai rien à lui offrir. Je suis étonné qu'elle ait quand même l'espoir que j'assume mes sentiments un jour. Je ne l'ai pas moi-même.

Kate finit par revenir avec le babyphone à la main. Elle a revêtu un pull vert bouteille aux manches trop longues par-dessus un legging noir. Ses cheveux sont négligemment tirés en arrière. Il n'y a plus aucune trace du maquillage discret qui mettait en valeur son visage. Sa colère semble retombée, mais elle reste quand même plantée au milieu du salon, à jouer nerveusement avec l'appareil.

— Je te l'ai déjà dit, commence-t-elle de sa voix douce, mais je vais le répéter : je ne veux pas te perdre juste parce que je vois quelqu'un d'autre. Pas parce qu'on a couché ensemble. Avant d'être mon amant, tu étais mon meilleur ami. Parfois, je me dis qu'on n'aurait pas dû mettre en jeu notre amitié comme on l'a fait.

Je hoche la tête. J'ai depuis longtemps perdu la capacité à former des phrases cohérentes. Pourtant, j'ai des choses à lui dire. Je souhaiterais presque qu'elle me provoque et m'extorque ces mots.

Face à mon absence de réaction, elle soupire et vient s'asseoir par terre elle aussi. À distance de moi. Elle étend ses jambes devant elle, croise ses chevilles. Je souris en notant qu'elle n'a pas enfilé ses grosses chaussettes d'intérieur. Elle déteste marcher pieds nus.

— Si tu me disais que c'est au-dessus de tes forces, je comprendrais, James, m'assure-t-elle à mi-voix. Mais tu ne peux pas continuer à me faire subir tes sautes d'humeur. Parce que ça me fait du mal.

Je baisse les paupières. Dans ma gorge, ma pomme d'Adam a doublé de volume. Elle pousse contre mes cordes vocales, contre les muscles, elle empêche l'air de passer et menace de m'étouffer.

— On se verra au bureau, continue-t-elle imperturbable. Sûrement quelques fois chez tes frères. Si tu as envie de voir Bailey, on peut s'arranger. Mais… Quand tu m'ignores comme tu l'as fait ces derniers jours, ça… ça rouvre des blessures que tu m'avais aidée à soigner.

Elle a beau essayer de se montrer assurée en me déclarant ça, les trémolos tristes dans sa voix trahissent ce qu'elle ressent vraiment. Je tourne la tête vers elle, étudie son profil. Kate *est* triste. Le coin de ses lèvres tire vers le bas, son menton aussi, et elle tripote nerveusement la couture de son pull. Machinalement, je me décale sur le côté pour me rapprocher d'elle. Mon mouvement attire son attention. Elle lève les yeux pour soutenir mon regard. J'entends ma voix rauque murmurer, en guise d'explication :

— Je ne veux pas te perdre. Tu es ma meilleure amie, Kate. Ma *seule* amie. Mais il y a encore des choses avec lesquelles je ne suis pas en paix.

Je fais une pause, et prends une profonde inspiration pour calmer l'angoisse qui monte en moi et me rend fébrile. Puis j'ajoute :

— J'avance du mieux que je peux. J'essaye de me remettre du mieux que je peux. Et je suis désolé que ça ne soit pas suffisant pour être avec toi, mais crois-moi, je tente seulement de te protéger. Un jour, quand je serai prêt, tu sauras tout. Tu as ma promesse.

À son tour, elle se glisse vers la gauche pour réduire encore un peu la distance qui nous sépare.

— Merci d'avoir été honnête, James, dit-elle en tendant la main pour la poser sur ma cuisse, qu'elle presse brièvement.

Je baisse les yeux sur ses longs doigts fins, que je sais tièdes en permanence. Ses ongles sont vernis en bleu pétrole. Je ne sais pas pourquoi, je trouve ça joli. Malgré moi, je glisse ma paume sous la sienne et enlace nos doigts. Avec prudence je l'interroge :

— Tu veux me parler de ton rendez-vous avec Truc Bidule ?

— C'est James mon ex-amant jaloux qui pose la question, ou mon ami ?

Un petit rire m'échappe. Bon sang, j'adore cette femme !

— Les deux. Mais surtout ton meilleur ami.

Kate fait disparaître les quelques centimètres qui restaient encore entre nous. Je soulève le bras pour la laisser se blottir contre moi et l'enroule autour de ses épaules en gardant mon autre main emmêlée à la sienne. J'enfouis le nez dans ses cheveux et hume son parfum. Elle a cette odeur de miel des forêts, à la fois riche et onctueux. Je dépose un long baiser au sommet de son crâne, puis y appuie ma joue. Au moment où elle niche sa figure dans mon cou en frottant doucement son nez contre ma peau, les mots m'échappent et je chuchote, avant qu'elle ait pu dire quoi que ce soit :

— Je t'aime aussi, Kate.

16. Gala de Noël

17 décembre 2015

Lorsque j'arrive seule au gala de Noël organisé par Evans & Associés, je regrette immédiatement d'être complètement sobre. Figée sur place, je contemple l'imposant escalier en pierre qui conduit à l'entrée du manoir des Evans. Tout ce luxe me met mal à l'aise. Je résiste à l'envie urgente d'essuyer mes paumes moites sur le devant de ma robe. Katherine Evans ne semble déjà pas beaucoup m'apprécier, inutile de lui donner des raisons supplémentaires de me détester en me montrant débraillée à sa réception. De toute façon, elle trouvera forcément quelque chose à redire à ma robe quand elle me croisera : trop décolletée, trop moulante, trop ceci, pas assez cela. Elle s'est déjà permis de le faire avant certaines réunions avec des clients importants… *Qu'est-ce que je fais là ?*

Je lève les yeux vers la bâtisse d'un autre temps. Si c'est là que James a grandi, je comprends mieux pourquoi cet homme se comporte comme un enfoiré. Tout avoir, ça fausse forcément votre perception de la réalité. Mais je commence à avoir froid aux pieds dans mes escarpins. Je prends alors une profonde inspiration et monte lentement les marches, m'appuyant sur le peu d'assurance qu'il me reste pour la soirée. Dans le hall, une hôtesse me retire ma veste et me remet un numéro pour le vestiaire, une autre me propose une coupe de champagne, mais je décline. J'ai officiellement commencé la procédure pour une insémination artificielle. J'ai passé le cap des visites médicales, je suis maintenant en train de sélectionner un donneur. Il ne me restera plus qu'à renseigner les coordonnées d'une personne à contacter en cas d'urgence et je pourrai passer au premier essai.

Du regard, je cherche des visages familiers. En vain. Je me fraye un chemin dans la foule vers le bar. C'est l'endroit qui se rapproche le plus de ceux que je fréquente d'habitude même si celui-ci est nettement plus haut de gamme. Un cocktail sans alcool à la main, j'observe à nouveau les visages des convives. Sans doute par habitude, je repère James, qui arrive avec une vieille dame au bras. Il est beau. Ses cheveux brun foncé sont coupés court et tout ébouriffés. D'ici, ses grands yeux gris-bleu paraissent presque translucides dans la lumière. Il porte un costume noir avec une chemise blanche, et un nœud rouge foncé. J'apprécie la façon dont ses vêtements laissent deviner son physique athlétique.

Je range ces pensées dans un recoin de ma tête, et reporte mon attention sur la dame qui l'accompagne. Étonnant : ce n'est pas une de ces brunes aux gros seins qu'il affectionne tout spécialement. Mais je m'interdis formellement de croire que c'est à cause de moi ; si je comptais un tant soit peu il aurait au moins proposé que l'on se voie en dehors du bureau. Mais non…

La vieille dame est quasiment aussi grande que lui, et elle a la silhouette fine et élancée d'une danseuse étoile. Ses superbes cheveux blancs comme neige lui donnent un charme indéniable. Je remarque que James passe lui aussi la foule au peigne fin comme s'il cherchait quelqu'un. Je baisse les yeux lorsque son visage commence à pivoter dans ma direction. Je sens son regard qui caresse doucement mon corps avant même que je relève la tête pour le croiser. Il me sourit chaleureusement, provoquant au passage un spasme douloureux et désagréable dans mon estomac. Je réponds par un petit signe de tête qu'il prend pour un encouragement. Je le vois venir à moi en murmurant quelque chose à l'oreille de sa cavalière, qui approuve. Je reste donc sur place, à me balancer d'un pied sur l'autre, en attendant qu'ils me rejoignent alors que je n'ai qu'une envie : prendre mes jambes à mon cou. Au contraire je lui offre un sourire timide.

— Bonsoir, Kate.

— Bonsoir, James.

— Tu es ravissante.

Je rougis, baisse les yeux. Je n'ai jamais su recevoir les compliments, encore moins venant de quelqu'un d'aussi attirant que lui, alors j'opte pour un « Merci » sobre et ridicule.

— Marta, commence-t-il, à deux doigts de se tordre de rire. Je te présente Kate Callaghan, mon associée. Kate, voici Marta Welander, notre gouvernante. Elle est comme une mère pour moi.

Je relève si vite la tête, les sourcils tordus, que je manque me faire un torticolis. Je n'y comprends rien, et lui jubile. Je bouillonne. Depuis le temps qu'il se fait un plaisir de me laisser croire que Marta est une femme avec qui il s'envoie en l'air !

— Je suis ravie de faire votre connaissance, Kate, me dit-elle avec un sourire immense et aussi étincelant que celui de James.

— Enchantée, dis-je en serrant la main qu'elle me tend avec enthousiasme.

— J'ai énormément entendu parler de vous : James ne tarit pas d'éloges à votre sujet.

Ma colère retombe d'un coup. Surprise par la révélation, je le regarde en penchant la tête sur le côté. Des plaques rouges marbrent son cou. Il fait moins le fier maintenant…

— Merci, Marta, murmure-t-il en fuyant mon regard.

— Tes frères sont là, ajoute-t-elle sans cacher son amusement. Venez, Kate : James va vous présenter.

Je le consulte rapidement pour savoir si je dois accepter l'invitation. Dans un soupir, il capitule :

— Allez, viens, Kate. Eux aussi meurent d'envie de rencontrer la femme qui me fait tourner en rond depuis un an.

Pour me faire savoir qu'il est sérieux, il pose sa main dans le bas de mon dos et me guide. Comme à chaque fois qu'il me touche, je suis secouée d'un intense frisson. Je me retrouve donc face à deux hommes identiques en tout point, et avec qui James a des airs de ressemblance.

— Kate, voici Alden et Ryan, mes deux frères aînés. Ryan, Alden : Kate, mon associée.

— Enchantée.

— Tout le plaisir est pour moi, me répond l'un des deux hommes. Je suis Ryan.

— Moi, Alden, précise son frère.

— Ils sont jumeaux, m'informe James comme si je ne l'avais pas compris. Quelque chose s'est mal passé pendant la grossesse de Katherine : ils ont eu un cerveau pour deux et se le partagent.

— Qu'est-ce que tu es drôle ce soir ! ironise Alden. Tu cherches à impressionner Kate, c'est ça ?

— Les garçons, intervient Marta alors que Ryan s'apprête à contribuer en trublion à la conversation stérile que j'écoute horrifiée. Où sont passées vos bonnes manières ?

James rejette la tête en arrière comme s'il souffrait, puis dès qu'une hôtesse passe avec un plateau chargé de coupes de champagne, il s'en saisit et les distribue. Je décline d'un geste de la main ; il me questionne silencieusement, mais n'insiste pas. Sans porter de toast, il vide son verre d'une traite, puis boit celui qui m'était destiné à petites gorgées.

— Maman t'a demandé d'être notre chaperon ? questionne Alden avec une innocence toute feinte.

— Vu le désastre de l'an passé, elle aurait pu, lui fait remarquer Marta. Mais ce n'est pas le cas.

Je lève un sourcil, curieuse d'en savoir plus, et les écoute échanger des plaisanteries et évoquer quelques souvenirs. Je suis tentée de poser des questions, de pénétrer un peu plus loin dans l'univers qui s'offre à moi, mais je ne le fais pas.

Les trois frères et Marta se montrent attentionnés envers moi seulement parce qu'ils sont les hôtes de cette soirée, ça ne me donne pas pour autant le droit de les interroger sur leurs petites histoires de famille. Je me rembrunis à cette pensée. J'aimerais avoir des choses à raconter moi aussi. Des petites anecdotes amusantes sur moi ou sur mes frères et sœurs. Je n'ai rien de tout ça. Ni anecdotes, ni frères, ni sœurs.

— Viens, Marta, finit par trancher James pour échapper aux taquineries de ses aînés. Je vais te faire danser.

— Tu restes avec nous, Kate ? me demande Ryan.

— À moins que tu veuilles danser toi aussi ? propose Alden avec un sourire de tombeur, qui me rappelle celui de son frère.

James lève les yeux au plafond en secouant la tête d'un air désespéré. Il semble néanmoins attendre ma réponse.

— Non, merci, dis-je avec un sourire. J'ai deux pieds gauches.

— On va s'asseoir, indique Ryan à l'attention de James qui s'en va avec Marta.

Une fois installée avec les deux frères à une table d'où j'ai une vue imprenable sur la piste de danse, je me lance.

— Vous ne m'avez pas dit ce que vous faites dans la vie.

— Je suis ingénieur en génie civil, m'apprend Alden.

— Quant à moi, je suis actuellement consultant auprès d'une organisation privée de sauvegarde de l'environnement. Je collabore avec eux sur les questions de biologie marine, ma formation initiale. Je donne aussi des cours à la fac sur le sujet.

— Vous êtes bien loin de l'empire des Evans…

Les jumeaux échangent un regard, puis Alden explique en choisissant soigneusement ses mots :

— Disons que James a eu de la chance de grandir près de Marta ; il était plus proche d'elle que nous ne l'étions Ryan et moi. Ça lui a rendu un immense service. Mais du coup, il a aussi eu du mal à trouver sa voie en quelque sorte.

— Ouais, continue Ryan. Je dirais qu'il cherchait à

se faire accepter par nos parents, surtout par notre mère. Il adore ce qu'il fait, mais faire du droit et suivre les pas de maman, c'était surtout une manière d'obtenir son attention et de…

— La rendre fière ? dis-je pour proposer quelque chose.

— Oui.

— C'est toujours le cas ?

— Non. James n'espère plus rien d'elle. Elle l'a… Elle n'était pas là pour lui lorsqu'il a eu le plus besoin de son soutien.

J'observe James, sur la piste de danse. Il y a une sorte de halo qui l'enveloppe et le distingue des autres. À son bras Marta est ravie, radieuse. Je ne savais pas qu'il pouvait avoir cet effet sur les gens. Ils valsent tout en se parlant, avec une grâce digne d'un couple princier. Soudain il éclate d'un grand rire en rejetant la tête en arrière. Je ne l'ai jamais vu aussi détendu, aussi insouciant. La complicité et l'affection qu'il voue à Marta crèvent les yeux. Maintenant je comprends pourquoi, de temps en temps, je le devine capable de tendresse. Son égoïsme insupportable, c'est sans doute une façade, une manière de se protéger. Y compris après m'avoir embrassée de façon passionnée, comme l'autre jour. Mais il vient s'asseoir à notre table, laissant Marta au bras de Ryan.

— Combien pour que tu me laisses avoir un tête-à-tête avec Kate ? demande-t-il à son frère.

— Ce soir, c'est offert, répond Alden en se levant pour aller à la rencontre d'une jolie femme blonde. Ellie vient d'arriver.

Reportant mon attention sur James, dont le profil me fait chavirer, je l'interroge :

— Tu as vraiment grandi dans un manoir qui peut accueillir une réception de près de cinq cents personnes ?

— Oui et non. C'est bien la maison familiale, mais j'ai passé la plus grande partie de mon enfance chez Marta. J'étais surtout ici à Noël, en été, parfois les week-ends.

Ça dépendait du temps que mes parents avaient à nous accorder.

— Est-ce que ton père est…

— Décédé ? Non. Il a trompé ma mère avec une gamine de vingt-trois ans. Il vit d'ailleurs toujours avec elle.

— C'est pour ça que Katherine est aussi…

Je me tais, incapable de trouver les bons mots pour la décrire.

— Exécrable ? suggère James. Maléfique ? Non, mais ça n'a pas aidé. À mon tour de te poser des questions : tu es venue seule ?

— Comme tu peux le voir.

— Est-ce que ça veut dire que tu es célibataire ? demande-t-il.

J'éclate de rire avant d'expliquer :

— Tu es quand même sacrément gonflé, James ! Tu crois que je t'aurais laissé me peloter et m'embrasser à tout-va si j'étais en couple ?

Le marasme qu'est ma vie m'apparaît soudain : je n'ai pas même le temps de rencontrer un homme qui fera plus que me voler des baisers sauvages au bureau. Sans compter que j'ai déjà eu mon lot de pertes et de trahisons : je ne suis pas prête à me risquer à nouveau. Pas maintenant que je suis si proche d'avoir un bébé. Si je veux lui garantir stabilité et sécurité, je ne peux pas prendre de risques. Pour faire bonne figure, je réponds tout de même avec un petit haussement d'épaules :

— Peut-être qu'en dehors du cadre professionnel je suis moins intéressante que j'en ai l'air…

— Je n'y crois pas une seconde ! J'ai une collection de notes qui prouvent le contraire, révèle James.

Il se rend compte qu'il en a trop dit car, d'un coup, il se tait. Je suis si touchée que j'ai envie de pleurer. Encore un coup de mes hormones ! Pour me remonter, je finis mon Coca, qui n'est plus que de l'eau sucrée, bourrée de colorants.

— Il est trop tôt pour rentrer ?

— Tu veux rentrer ? s'étonne-t-il. Kate, si c'est à cause de quelque chose que j'ai dit, je jure de me taire toute la soirée. Mais s'il te plaît : reste.

— Ce n'est pas à cause de toi, rassure-toi. Tu sais d'où je viens, James : je ne suis pas à l'aise dans ce genre d'endroits.

— Ne te laisse pas impressionner par les costards impeccables et les robes haute couture, Callaghan. En ce moment même, il y a au moins six couples qui sont en train de baiser quelque part dans la maison ou dans le jardin. D'autres ne tarderont pas à le faire. Certains seront tellement ivres d'ici une heure qu'ils vont sûrement s'évanouir dans un coin. Et encore ! Je t'épargne les détails les plus sordides.

Pourtant j'insiste :

— J'aimerais rentrer, James.

— Alors laisse-moi te raccompagner, me supplie-t-il presque sans me quitter des yeux une seule seconde.

— D'accord.

Le trajet en taxi jusqu'à mon loft se fait dans un silence agréable. James est tout aussi absorbé par ses pensées que je le suis par les miennes. J'aime me dire que c'est parce qu'on est accoutumés à la présence l'un de l'autre, et qu'on n'a pas toujours besoin de combler le silence par des paroles. Et puis… ma main dans la sienne est le seul lien dont nous avons vraiment besoin.

Quand le chauffeur s'arrête en bas de chez moi je me tourne timidement vers James, qui sort son portefeuille pour régler la course :

— Tu veux monter ?

D'abord étonné, il hoche la tête sans hésiter et ajoute quelques généreux billets pour le chauffeur. La main dans le creux de mon dos, il me suit jusqu'à ma porte. Avec un grand soulagement, j'enlève mes escarpins, tandis qu'il étudie la pièce avec attention. À côté de l'opulence du manoir que l'on vient de quitter, mon appartement semble encore plus nu qu'il ne l'est. Je baisse les yeux en rougissant.

— Bienvenue chez moi, dis-je timidement. C'est encore un peu… vide. Je viens d'emménager.

— Dans ce cas je reviendrai quand tu seras installée.

Comme je désigne le futon et me dirige vers la cuisine il m'arrête :

— Non, merci. Si je me mets à boire maintenant avec toi, je ne vais jamais m'arrêter. J'aimerais me souvenir de cette soirée.

— Entendu. Je reviens dans une minute.

Je monte l'escalier deux à deux, me débats avec ma robe et passe un sweat de l'Université de Chicago ainsi qu'un pantalon de yoga, puis je défais le chignon élaboré qui m'a coûté une petite fortune pour lâcher mes cheveux…

— À moins que tu ne préfères du café ou de l'eau ? dis-je en posant finalement deux sodas devant nous.

— Ça fera l'affaire, merci.

James hésite avant de demander :

— Je peux te confier quelque chose ?

— Bien sûr, dis-je avec un sourire rassurant.

— Toute cette année qui vient de s'écouler, j'ai eu l'impression que je commençais à te connaître, mais jamais je n'aurais imaginé être si loin du compte.

— Qu'est-ce qui te fait dire ça ?

— Tout.

Les yeux de James fouillent mon visage avec intensité. L'espace qui nous sépare sur le canapé est minuscule et semble se résorber de seconde en seconde. Il tend la main pour ramener mes cheveux en arrière. Malgré moi, je retiens mon souffle à ce contact. Pourquoi l'ai-je invité chez moi en sachant qu'il y a de fortes chances pour que l'on finisse au lit ?

— Kate, je n'ai jamais pris le temps de te présenter mes excuses, murmure-t-il.

— Des excuses ? Pourquoi ?

— Notre rencontre. L'entretien. Je te demande pardon de t'avoir malmenée de cette façon.

— J'ai failli ne pas revenir, tu sais ? Je ne me voyais

pas me soumettre volontairement à l'autorité de quelqu'un que je trouvais aussi odieux que toi. Mais j'avais besoin de ce boulot.

J'hésite à lui confier plus. Et puis mon cœur semble choisir avant mon cerveau. Je prends une profonde inspiration et j'ajoute :

— C'était ma dernière chance. Soit je décrochais ce boulot, soit je retournais à l'existence pitoyable que je menais avant.

— Tu n'as vraiment pas eu une vie facile, hein ? déclare-t-il en continuant à jouer avec mes cheveux.

— Non, mais je ne veux pas de ta pitié, James.

— Tu veux m'en parler ?

Je secoue la tête pour refuser, et chuchote :

— Tu ne me regarderais plus jamais de la même façon. J'aime être sur un pied d'égalité avec toi. Et puis… Je ne veux pas perdre la seule personne qui se rapproche le plus d'un ami.

Surpris, ému, il se désigne de la main en ouvrant la bouche. Tout ce qui en sort est un « Moi ? » silencieux. Je hoche la tête pour confirmer. Puis l'avertis, pour me protéger :

— Si tu t'apprêtes à m'envoyer chier, fais-le vite.

— Je n'en ai pas l'intention, m'assure-t-il dans un souffle. J'étais en train de penser que deux amis qui passent une soirée ensemble devraient commander quelque chose à manger, discuter. Peut-être regarder un film. Ça te plairait ?

J'opine sans même réfléchir.

— Je n'aime pas la nourriture chinoise

— Tu me fais confiance ? demande-t-il.

Démunie face à sa question, je l'observe sans oser le dire : oui, je lui confierais ma vie.

Il redresse alors la tête, puis, lentement, se penche et dépose un baiser sur mes lèvres. Le geste est simple, presque innocent. Mais contrairement à tous les autres baisers que nous avons échangés jusqu'à présent, celui-ci marque le début de quelque chose que nous pressentons sans pouvoir le nommer encore ni même l'admettre.

Ensuite, James s'isole pour passer deux coups de fil, puis il revient en enlevant sa veste et en défaisant les premiers boutons de sa chemise. Je le regarde faire, hypnotisée. C'est à cet instant que je comprends que je suis en train de tomber amoureuse de lui. Qu'il n'y a pas moyen de me sauver. Qu'il est déjà trop tard.

17. Qui es-tu, Maya ?

J'ai les yeux fixés sur les petites étoiles fluorescentes collées au plafond de ma chambre. Des heures que je les regarde presque sans ciller. Des heures que j'attends qu'elles s'animent pour former un message secret. De toute ma vie de non-croyante, je n'ai jamais autant eu besoin d'un signe que ce soir. Et comme je n'en reçois pas, je le prends personnellement. C'est un peu comme si Dieu en personne me punissait de lui avoir tourné le dos, une fois adulte et capable de penser par moi-même.

Entre mon rendez-vous avec Benjamin et l'aveu de James, ma journée a été longue et je suis plus perdue que jamais. Pourquoi James a-t-il attendu que je commence à voir quelqu'un pour me dire qu'il m'aime ? En même temps, ça ne me surprend qu'à moitié venant de lui : son timing décalé est un peu sa marque de fabrique. Je repense aux baisers que j'ai échangés avec Benjamin. Il embrasse *bien*, mais l'effet est loin d'être le même que lorsque c'est James qui le fait. Un signe que je fais une grosse erreur…

Finalement, je repousse mes draps et me faufile hors de mon lit pour aller voir Bailey et m'assurer qu'il dort toujours à poings fermés. J'en profite pour vérifier la température dans sa chambre. Idéale. Bien. Je sens mon estomac se tordre d'appréhension à l'idée de ce que je suis sur le point de faire. En bas de l'escalier, je me dirige vers la pièce qui me faisait office de bureau avant la naissance de Bailey et qui est maintenant la chambre d'amis. Et sans prendre la peine de frapper je me glisse à l'intérieur.

J'appuie mon dos contre le panneau de bois. J'observe sa silhouette endormie dans l'obscurité. Ma poitrine se soulève et s'abaisse à un rythme de plus en plus rapide. J'ai l'impression qu'on n'entend plus que mon cœur qui bat la chamade dans le silence de la chambre. Je prends une profonde inspiration, aussi discrète que possible, m'avance et murmure, en forçant un peu sur ma voix :

— Tu dors, James ?

Pas de réponse. Je suis tentée de le secouer, mais ça serait mesquin.

— James ? Tu dors ?

Cette fois, il grogne, mécontent.

— Fais-moi de la place.

Il ne bouge pas. Je soulève la couverture et m'introduis dans le lit.

— Putain, Kate, grommelle-t-il d'une voix pâteuse. Qu'est-ce que tu fous ?

Sans répondre je me colle contre lui. Il peine à ouvrir les yeux, ce qui est hilarant même dans la pénombre et me fait l'adorer encore plus. Je dépose un baiser furtif contre la ligne de sa mâchoire. Le contact des petits poils de barbe piquants contre mes lèvres envoie de délicieuses étincelles le long de ma colonne vertébrale. J'ajuste ma tête contre son épaule, noue mes bras autour de son bassin et réduis l'espace entre nous. Par réflexe, je passe ma jambe du dessus en travers des siennes. Ma cuisse se heurte à quelque chose de dur et de chaud.

— C'est bon, tu es contente ? balance-t-il furieusement. Maintenant on fait quoi ?

Je me mords la lèvre pour m'empêcher d'éclater de rire. La vague de désir soudain qui me prend à la gorge n'a rien de comique. Elle est insupportable. J'ai presque envie de me mettre à califourchon sur sa cuisse pour soulager la tension qui brûle entre mes jambes.

Je niche ma figure dans son cou, dépose un nouveau baiser contre la veine qui palpite vigoureusement sous sa peau. Son bras s'enroule autour de moi, sa main se pose sur ma hanche, glisse sous mon T-shirt en coton et frôle la chair sensible de mon ventre.

— Est-ce qu'on est quittes ? demande-t-il.

Les palpitations entre mes cuisses se font plus intenses. Plusieurs spasmes agitent mon bas-ventre. De l'index je dessine les contours de ses abdominaux, et murmure :

— Façon de parler.

— Qu'est-ce que tu veux ?

— Je ne sais pas. Tu as dit que tu m'aimais…

— J'ai dit que je t'aimais, confirme-t-il dans un soupir.

Il tend la main pour allumer la lampe de chevet. La douce lumière agresse mes yeux habitués à l'obscurité. Je ferme étroitement les paupières.

— Et c'est tout ?

— C'est tout.

De la cuisse, j'exerce une légère pression sur l'érection de James. L'effet est immédiat. Il retient son souffle, se raidit contre moi, puis le gémissement qu'il essayait de contenir finit par lui échapper des lèvres. Je sens mes joues s'empourprer. Un homme qui gémit de plaisir est l'un des sons les plus érotiques que j'aie jamais entendus. Surtout quand j'en suis à l'origine. Je sais bien que James est si réactif car il mène en ce moment une vie de moine, mais c'est quand même satisfaisant.

— Putain, Kate ! Ne recommence pas avec ça.

Attristée, je roule sur le dos. Retour à la case départ. Sauf que le plafond de la chambre d'amis n'a pas d'étoiles fluorescentes pour me faire rêver. Et seule dans mon lit, je n'avais pas envie de faire l'amour à James. De toute façon, ça serait stupide : je n'ai toujours pas recommencé à prendre la pilule, je n'ai plus un seul préservatif en stock, et je doute que James en ait sur lui.

— J'ai juste besoin de temps, m'informe-t-il à mi-voix.

— De combien de temps on parle ?

— Je ne sais pas, d'accord ? s'agace-t-il.

Je m'apprête à répondre quelque chose – je ne sais pas exactement quoi – quand il ajoute :

— Je ne peux pas te demander de m'attendre, Kate. De retarder ton bonheur pour moi.

— Tu ne comprends donc pas ? Si tu me le demandais, ça ne serait même pas un sacrifice. Je suis prête à attendre le temps qu'il faut si ça veut dire qu'à la fin on sera ensemble.

Je me redresse pour m'asseoir. Il tressaille lorsque je prends sa main gauche dans les miennes. Je tourne sa paume vers le plafond tout en passant le pouce sur le prénom *Maya*, tatoué à l'intérieur de son poignet. Dans la lueur orangée projetée par la petite lampe, je vois son regard se charger d'une douleur insoutenable.

— Kate…, me met-il en garde lorsque j'ouvre la bouche.

— Est-ce que c'est *elle* que tu attends ? Tu as besoin de temps parce que tu espères encore que *Maya* revienne ?

Les yeux de James deviennent brillants. Mon cœur se serre lorsque je comprends qu'il est à deux doigts de pleurer, mais je ne regrette pas pour autant mes questions. Deux larmes finissent par déborder de ses yeux et s'égarent vers ses tempes. La première, la seule fois que j'ai vu James pleurer, c'est lorsqu'il a appris la mort de Marta. Je comprends alors, et mes yeux s'écarquillent au moment où il confirme ce que je viens de deviner :

— Maya ne reviendra pas, Kate : elle est morte.

— Je suis désolée, dis-je dans un souffle presque inaudible.

James s'accroche à ma main, et comme le soir de la mort de Marta, il se redresse soudainement pour prendre farouchement possession de mes lèvres. Sa bouche s'écrase contre la mienne, son nez et son front heurtent les miens. J'en ai le souffle coupé, je gémis. Mon premier réflexe est de soupirer de bien-être, et de lui entrouvrir mes lèvres. Il ne perd pas une seconde. Il maintient ma tête en place d'une main ferme posée sur ma nuque, et caresse mon palais du bout de la langue. Je tressaille, me rapproche encore de lui. Les doigts de sa main, que je tenais sagement dans les miennes, sont maintenant emmêlés aux miens.

Il met toute son ardeur dans ce baiser, tout son cœur. Et c'est aussi ce qui me ramène à notre triste réalité.

Je le repousse doucement mais fermement, une main contre son épaule nue et tatouée. Il comprend, mais attrape quand même ma lèvre inférieure entre ses dents pour tirer dessus une dernière fois. Je caresse sa joue et l'encourage :

— Parle-moi au lieu d'essayer de me distraire avec ton corps.

Il rejette la tête en arrière en roulant des yeux. Je l'empêche de se laisser retomber sur le dos. Cette proximité me plaît. Et je suis partante pour reprendre les baisers, mais à la condition qu'il se livre un peu à moi. Qu'il me dise que je ne suis pas la seule à penser qu'il y a de l'espoir pour nous deux.

— Tu crois que c'est facile pour moi ? Je sens ton désir, tu me dis « Je t'aime », tu m'embrasses… Tu veux les bons côtés, mais pas les contraintes, c'est ça ?

— C'est plus compliqué que ça, regrette-t-il tristement.

Je sens mes épaules se voûter. La fatigue qui m'envahit soudainement n'a rien à voir avec l'heure tardive, la journée intense que j'ai vécue, ou le manque de sommeil. Je suis fatiguée de me battre contre James. Je suis fatiguée d'essayer de lui montrer à quel point son comportement est ridicule. Je suis fatiguée d'être rejetée. Et je suis surtout en train de perdre mon envie de me battre pour lui, pour *nous*. Mais je me sais aussi incapable d'abandonner. Tout à l'heure, il m'a promis de tout me dire quand il serait prêt, mais ça ne me suffit pas. Aussi je le supplie :

— Alors aide-moi à comprendre… !

Il enveloppe mon visage de ses paumes tièdes, visse son regard au mien. Ses pupilles grignotent tout le gris-bleu de ses iris, rendant son regard sombre, profond. Dedans, je lis aussi toutes ses contradictions, sa douleur, ses démons. Ses regrets.

— Je n'en ai jamais parlé. Pas même avec Alden et Ryan. Ils savent ce qui s'est passé parce qu'ils étaient là, mais le sujet est clos. Kate… Crois-moi, ne t'engage pas sur ce terrain, à moins de vouloir ouvrir une boîte de Pandore. J'ignore moi-même ce qui risque d'en sortir, mais je sais deux choses : primo, ça ne sera rien de bon ; secundo, le James qui risque de refaire surface n'est pas celui que tu connais.

Ma gorge se noue, et je sens monter une nausée. Mon rythme cardiaque s'accélère, et cette fois ça n'a rien à voir avec l'excitation ou le désir. Ses yeux sont voilés d'une terreur si intense, si primitive, que je me demande comme je l'ai déjà fait si souvent ce qui a bien pu lui arriver. D'un ton plaintif, d'une voix brisée, il ajoute :

— Si tu m'aimes comme tu l'as dit, il faut que tu laisses tomber…

— Et c'est tout ? Tu laisses tes démons gagner ? Tu n'essayes même pas de te battre ?

Je suis au bord des larmes, et ne parviens plus à le regarder.

— Tu m'inspires, m'assure-t-il farouchement. Et *j'aimerais* puiser dans ce passé la force de transformer mon présent, mais je ne suis pas comme toi, Kate.

— Laisse-moi te montrer comment on fait.

Sur son visage, la détresse est immense, incommensurable, à l'idée d'ouvrir cette boîte de Pandore, et il s'y mêle de la peur. La peur de s'autoriser à espérer pouvoir un jour tourner la page. De nouvelles questions traversent mon esprit. Je m'interroge sur les horreurs qui peuplent son passé, qu'il ne peut se pardonner et qui menacent de le priver définitivement de la paix intérieure à laquelle il aspire tant.

— James, tu n'as pas à faire ça seul. On peut faire face à tout ça *ensemble*, comme un couple. C'est ça, l'amour, non ?

— Qu'est-ce que j'en saurais, moi ? réplique-t-il avec tant d'amertume que je me sens de plus en plus fébrile face à la terreur qui se met à m'envahir à présent.

Son désespoir est tout ce que j'ai toujours fui, ce que j'ai moi-même combattu si longtemps. À présent, j'ai peur que dans ma quête désespérée pour essayer de le sauver, je ne sois moi-même ramenée en arrière. Comme lui, j'ai longtemps regretté mes choix et le mal qu'ils ont pu causer autour de moi, en premier lieu à ma mère. Longtemps, je me suis raccrochée à ma souffrance, à ma culpabilité et à mon chagrin pour ne pas oublier, parce que cette déchirure à l'intérieur était la seule preuve que j'étais encore en vie.

— Katherine ne m'a jamais aimé, explique-t-il douloureusement. Mon père non plus, d'ailleurs. Pour eux, l'amour était une arme, un moyen de dominer et de soumettre l'autre. Ils se sont *détruits* par amour. Tu crois que c'est ce que j'ai envie de te faire ? De faire à Bailey ?

— Tu te sous-estimes, dis-je horrifiée.

— Au contraire, Kate : je me connais très bien. Toi, tu m'idéalises.

Délicatement, j'écarte ses mains de mon visage. Je ne quitte pas la pièce, mais me rallonge simplement sur le dos. Je me surprends à nouveau à espérer recevoir un signe. Peut-être est-il justement dans tout ce que me dit James ? Peut-être qu'il faut que je prenne au sérieux ses mises en garde et que je laisse une chance à Benjamin ?

James aussi reprend sa place. C'est lui qui vient se pelotonner contre moi cette fois. Je balance le bras de travers et glisse les doigts entre ses cheveux, gratte doucement son cuir chevelu du bout des ongles. Il frotte sa figure dans mon cou, le corps rendu rigide par le plaisir qui le traverse. Je finis par dire d'une petite voix :

— J'aimerais savoir quoi faire pour que tu me fasses confiance.

— Ce n'est pas une question de confiance, Kate. C'est juste moi. Tu ne m'as pas connu quand j'étais au plus bas : je commençais à aller bien mieux quand on s'est rencontrés. Il y a peu de choses qui me font peur, mais l'idée de redevenir comme *ça* me terrorise. Je n'étais plus que l'ombre de moi-même.

— Ça a un rapport avec cette Maya ?

— Oui, murmure-t-il au supplice.

— Tu as déjà essayé de voir quelqu'un ? Comme un… psy ?

— Oui.

— Et ?

Je me mets sur le flanc pour pouvoir le regarder dans les yeux. Son visage n'est qu'à quelques millimètres du mien. Il tend la main, ramène mes cheveux derrière mon oreille. Je cille, mais ne ferme pas les yeux. Mon Dieu qu'il est beau ! En particulier lorsqu'il me montre ce qu'il y a de plus vulnérable en lui.

— Ça m'a aidé, admet James. C'est ce qui m'a permis de… refaire surface.

— Mais tu as arrêté…

— Il n'y avait plus grand-chose à faire quand tout a été dit. J'ai acquis des automatismes pour réussir à fonctionner normalement à nouveau. Je progresse par étapes, mais j'ai conscience que j'ai encore un long chemin à parcourir avant d'être totalement guéri.

— C'était il y a combien de temps ?

— Il y a neuf ans, dit-il en fermant les yeux. C'est pour ça que tu devrais vivre ta vie, Kate. On restera toujours amis, mais je suis incapable de te donner un délai. Ça peut me prendre toute une vie.

Prise d'un élan de tendresse, je me penche pour déposer un petit baiser sur le bout de son nez. Un sourire triste apparaît sur ses lèvres. Il ne rouvre pas les yeux, ne dit rien non plus, alors je sais qu'on en a fini avec les semi-confidences. Je ne suis pas beaucoup plus avancée qu'avant, mais désormais je sais à quoi m'en tenir avec lui.

Il faut bel et bien que j'aille de l'avant comme je l'ai toujours fait, y compris quand c'était la dernière chose que j'avais envie de faire. Car souvent j'ai refusé de tourner la page, refusé le changement. Souvent, j'ai travaillé dur pour atteindre un objectif, mais le sort s'est acharné à contrecarrer mes plans. Je n'ai pas tout de suite compris que c'était simplement parce que la vie avait d'autres projets pour moi. À force de résister, j'ai fini par me perdre jusqu'à ne plus rien pouvoir faire d'autre qu'aller de l'avant. Et souvent, tout a fini par prendre sens alors. J'ai fait les rencontres dont j'avais besoin, vécu les expériences qui ont fait de moi la femme et la mère que je suis aujourd'hui. J'ai fait confiance à la vie, et c'est ce qui m'a rapprochée de mes rêves, même si pour cela j'ai dû emprunter des chemins de traverse.

Et ce soir, je sais qu'il est temps. Il faut que je fasse à nouveau confiance à la vie. Que je laisse James partir pour trouver l'homme qu'il me faut. Je ne dis pas que Benjamin est cet homme, mais tant que je ne lui aurai pas donné une vraie chance, je ne pourrai pas le savoir.

Je regarde James. À sa respiration lente et régulière je devine qu'il dort, et la même vague de tristesse que tout à l'heure me traverse. Je l'aime, ça ne changera sans doute jamais. Savoir que cet amour est réciproque est pire que s'il ne l'était pas, car il ne suffit pas. Et à cet instant, je me dis qu'après tout l'amour ne peut pas toujours tout vaincre…

18. Premières fois

8 janvier 2016

L'œil expert, j'examine la pièce et me déclare satisfait. La table est dressée avec goût, une douce musique diffuse ses notes langoureuses et j'ai disposé un peu partout des bougies de tailles variées qui répandent une lumière tamisée romantique. Quant à l'odeur appétissante de viande rôtie qui émane de la cuisine, elle devrait achever de charmer Kate. Pour parfaire le tableau, il pleut à verse dehors.

Marta me rejoint, pose une main sur mon épaule. Je me tourne vers elle avec un sourire reconnaissant.

— Merci pour tout, Marta : c'est fantastique.

— Avec plaisir, mon grand. J'ai bien compris que Kate est spéciale pour toi.

— Tu veux rester dîner avec nous ?

Je me sens honteux de l'avoir fait venir uniquement pour cuisiner… Mais elle éclate d'un grand rire aussi agréable qu'un bon chocolat chaud au coin du feu en hiver.

— Tu ne crois pas que tes chandelles peuvent tenir toutes seules ? me taquine-t-elle en haussant un sourcil.

Je lui adresse un sourire penaud, et me penche pour l'enlacer chaleureusement. Elle me rend mon étreinte en frictionnant mon dos. Je marmonne dans son cou :

— Tu as raison, elle est spéciale.

— Spéciale comme dans « Je peux m'imaginer passer ma vie à ses côtés » ?

— Oui.

— C'est bien, m'assure Marta, comme la fois où j'ai reconnu être amoureux de Kate.

— Ça me terrorise.

— Si tu n'étais pas terrorisé, ça voudrait dire qu'elle n'est pas si spéciale.

— Oui, mais je vais avoir besoin de temps, de *beaucoup* de temps pour arriver à construire quelque chose avec Kate.

— Et ? m'interroge Marta en se reculant pour prendre mon visage entre ses mains.

— Je ne sais pas… C'est juste un pressentiment, mais… j'ai l'impression qu'elle n'est pas du genre à attendre. Quand elle veut quelque chose, elle fonce.

— James, si Kate est elle aussi intéressée par du long terme, elle prendra son temps. Ne crois pas à ces bêtises sur le coup de foudre : se projeter dans le futur avec quelqu'un ne se fait pas du jour au lendemain.

Exact. Mais il y a tout de même quelque chose qui me chiffonne avec Kate. J'ai longtemps hésité à l'inviter à dîner pour la simple et bonne raison que je croyais qu'elle voyait quelqu'un. Après le gala, j'ai arrêté de l'embrasser au détour de chaque couloir du bureau pour bien lui faire comprendre que je m'intéresse sérieusement à elle. Et j'ai aussi remarqué qu'elle a changé. Souvent, elle arrive le matin déjà exténuée, mais aussi étrangement éclatante de beauté. Ses traits fatigués sont lumineux, elle est comblée. Au début, je me suis dit que c'était l'amour qui me la faisait voir ainsi. Ensuite j'ai compris qu'elle a la tête de celles qui sont *très* satisfaites sexuellement. Elle m'a juré qu'elle est toujours célibataire, et qu'elle n'a pas non plus de camarade de baise. Et je la crois ! Mais il y a quelque chose de bizarre. Quelque chose sur quoi je n'arrive pas à mettre le doigt.

Quant à la distance qu'elle cherche à maintenir entre nous, je pense la comprendre. De toute évidence Kate n'arrive pas à faire confiance, à s'ouvrir aux autres. Elle a dû être trahie tellement de fois que c'est sa manière de se protéger. J'aimerais juste trouver un moyen de lui faire comprendre qu'elle peut me faire confiance.

— James, dit Marta en tapotant mes joues avec douceur pour me tirer de mes pensées. Je vais y aller : il est déjà tard, et ton amie ne devrait plus tarder.

— Tu as besoin que je t'accompagne à tes rendez-vous à l'hôpital mardi ? demandé-je en soutenant son regard caramel.

— Non, répond-elle avec assurance. De toute façon, tu vas surtout passer ton temps dans une salle d'attente.

— Appelle-moi si tu changes d'avis.

— Sois sage avec Kate, réplique-t-elle sur un ton affectueux.

Je roule des yeux au sous-entendu. Inutile de lui dire que je n'ai pas l'intention de coucher avec Kate ce soir. Je dépose un long baiser sur son front, puis elle en colle un sur ma joue.

— Bonne soirée, mon grand.

— Bonne nuit, Marta.

À peine est-elle sortie que Kate sonne à la porte. Elles ont dû se croiser en bas. Un frisson d'excitation me secoue. J'ouvre en arborant déjà un immense sourire.

— Salut, dit-elle timidement.

— Salut, dis-je en la dévorant des yeux.

Elle porte un manteau crème à col rond qui lui descend jusqu'aux genoux. Ses cheveux sont détachés, et forment de jolies ondulations. Elle a le visage maquillé de manière sobre, ce qui met en valeur ses yeux incroyables et ses lèvres pulpeuses. Bon sang, elle est belle, radieuse !

— Tiens, dit-elle en me tendant une bouteille de vin italien. Je ne savais pas trop quoi apporter.

— C'est parfait.

Je pose la bouteille sur la console et débarrasse Kate de son manteau pour la découvrir dans une robe vert émeraude qui moule sa silhouette aux courbes généreuses. L'absence de manches dévoile le galbe de ses bras. Bien malgré moi, mes yeux descendent le long de sa gorge, de son sternum dénudé et s'arrêtent à la hauteur de ses seins. Je déglutis en faisant d'immenses efforts pour contrôler l'érection que je sens naître.

— Hey, chuchote Kate amusée en glissant l'index sous mon menton pour me faire relever les yeux vers les siens. Je suis là.

Sans prévenir, je penche la tête vers elle et capture férocement ses lèvres entre les miennes. Kate n'est pas longue à réagir. Ses mains se posent sur mes épaules lorsqu'elle entrouvre la bouche, puis elle les fait glisser sur ma nuque et dans mes cheveux. Je retiens un râle rauque tout en la poussant contre la porte d'entrée. Dire que je n'avais pas l'intention de coucher avec elle ce soir… Je laisse mon bassin s'écraser sur le sien pour lui faire comprendre à quel point je suis heureux qu'elle soit là, et combien je la trouve désirable. Elle gémit dans ma bouche en emmêlant paresseusement sa langue avec la mienne. Je balade mes paumes sur la courbe de ses hanches, et j'ai l'impression de revivre notre premier baiser dans son bureau. Comme cette fois-là, je m'écarte pour nicher ma tête dans le creux de son cou et déposer des baisers le long du puissant muscle qui descend sur le côté jusqu'à sa clavicule. Relevant la tête, j'accroche son regard et murmure :

— Tu es si belle.

Ses yeux sont brillants de tout un tas d'émotions mêlées. Elle m'offre un de ses sourires vulnérables qui me font immanquablement chavirer, puis je la libère, et mets ma main dans la sienne pour l'entraîner à ma suite.

— Attends ! s'exclame-t-elle.

Elle sautille sur un pied pour enlever son escarpin de sa main libre, puis renouvelle l'opération de l'autre côté. Elle perd quelques bons centimètres d'un coup, ce qui m'amuse.

— Tu pouvais garder tes chaussures.

— Tu rigoles ? réplique-t-elle avec un rire moqueur. Je rêve de pouvoir les enlever depuis que je les ai mises.

Je secoue la tête en levant les yeux au plafond, consterné par sa logique.

— Dans ce cas, il ne fallait pas les mettre…

— Et manquer ta tête de merlan frit quand tu m'as ouvert ? Merci, mais ça en valait largement la peine.

Amusé, je tire sur sa main pour la rapprocher de moi et glisser mon bras autour de sa taille. Je colle un baiser sur sa joue.

— Je te fais visiter ?

— Avec plaisir.

Je la conduis de pièce en pièce en évitant mon atelier. Inutile de la mettre nez à nez avec tous les portraits que j'ai faits d'elle. J'ai besoin qu'elle reste convaincue que je suis sain d'esprit, même si souvent j'ai moi-même des doutes à ce sujet.

— Qu'est-ce qu'il y a derrière cette porte ? me demande-t-elle lorsque nous passons devant.

— Une remise où j'entrepose un tas de bêtises.

Elle n'insiste pas et continue à me suivre. Son regard se voile de larmes lorsqu'elle découvre le salon transformé pour le dîner.

— Waouh, lâche-t-elle émue en couvrant sa bouche d'une main. James, c'est… Il ne fallait pas te donner tout ce mal.

— J'ai reçu l'aide de Marta.

Sans prévenir, elle se jette dans mes bras en nouant les siens autour de mon cou. Cette femme me surprendra sans doute jusqu'à la toute fin… Je ris en posant mes mains sur ses hanches, et enfouis mon visage dans la cascade de ses mèches rousses que je hume en fermant les yeux.

— Je peux te confier un truc ? demande-t-elle en s'écartant juste assez pour me regarder droit dans les yeux.

— Bien sûr, dis-je en l'embrassant brièvement sur la bouche.

— Je n'ai jamais eu de vrai premier rendez-vous. C'était toujours un peu…

— Porté sur le sexe ?

Elle opine en détournant les yeux, les pommettes rosies d'embarras. Je caresse sa joue brûlante et murmure :

— Kate, si tu me laisses faire, je suis prêt à t'offrir toutes les premières fois que tu n'as pas eues. Et même lorsqu'on passera à des choses très intimes, je peux te garantir que je ferai tout pour que ce soit comme ta toute première fois.

À mes promesses un petit sourire se forme sur ses lèvres. Je n'ai pas le temps de le voir se développer pleinement car elle se hisse sur la pointe des pieds et m'embrasse tendrement. Je laisse sa gaieté me contaminer à travers notre baiser, puis je l'invite à s'installer à table, et désigne la bouteille de vin.

— Je te sers ?

— Non, merci, répond-elle.

— Tu veux autre chose ?

— Juste de l'eau.

Je lève un sourcil en guise de question. Elle pique un fard, et se met à triturer les dents de sa fourchette.

— Ne me regarde pas comme ça ! Je tiens à me souvenir de cette soirée, c'est tout.

Comme si j'avais l'intention de l'enivrer ! Je sens alors qu'elle me cache quelque chose, mais je n'insiste pas. Je repense à ce que j'ai dit tout à l'heure à Marta, et je m'attriste. Mon instinct me trompe rarement, et chaque fois que j'ai décidé de ne pas me fier à lui j'ai commis une bêtise. J'évalue silencieusement Kate du regard, et je me demande si je ne suis pas en train de me tromper sur son compte.

Je force un sourire, et me retire dans la cuisine pour apporter le dîner pendant que tout est encore chaud. À mon retour, la conversation reprend d'abord de manière un peu ampoulée, puis s'articule autour du boulot, et enfin elle se détend un peu et me raconte quelques anecdotes de son enfance. Je reste suspendu à ses lèvres, fasciné par la jeune femme qui s'offre à moi. À un moment, elle s'interrompt au milieu d'une phrase et ferme les yeux avec un petit sourire nostalgique.

— À quel point étais-tu sérieux à propos des premières fois, James ?

— Très, pourquoi ?

— Personne ne m'a jamais fait danser, chuchote-t-elle. Et c'est une de mes chansons préférées qui passe.

Est-ce que je suis étonné que ce soit un morceau de U2 ? Pas vraiment. Elle n'est pas Irlandaise pour rien. Je me lève et contourne la table en lui tendant la main. Elle ouvre des yeux interrogateurs puis se lève. Je relance *With or Without You* depuis le début, et l'enlace pour la faire danser. Elle pose doucement sa tête sur mon épaule, et me prend totalement de court lorsqu'elle se met à fredonner les paroles dans mon cou. Son souffle chatouille ma peau, mon corps est parcouru de frissons. Elle promène ses doigts dans mon dos, ce qui ne m'aide pas à me détendre. J'ai juste envie de l'allonger quelque part et de lui faire l'amour, mais je fais un effort pour lui offrir cette première fois jusqu'au bout. Elle se laisse guider sans résistance. J'ai le sentiment de tenir dans mes bras ce que cette planète renferme de plus précieux.

À la fin de la chanson, elle lève les yeux vers moi avec un sourire si heureux qu'il illumine toute la pièce.

— Merci, James.

— Avec plaisir, Kate.

Elle hésite puis demande :

— Je peux te poser une question ?

— Bien sûr, dis-je d'un ton rassurant en frôlant sa figure des doigts.

— Est-ce que tu accepterais d'être ma « Personne à contacter en cas d'urgence » ? Je me suis rendu compte que je n'en ai pas.

— Je ne suis pas sûr de comprendre…

— Ce n'est pas grand-chose, m'assure-t-elle. Par exemple, si je me casse la jambe en allant courir, l'hôpital t'appellera pour venir me chercher.

Je me sens paniquer, mais j'essaye de rester impassible. Que me cache-t-elle ? Une maladie incurable, comme

Marta ? Ce n'est pas le moment de péter les plombs. Pas après cette soirée parfaite. Je la questionne quand même du regard, et, en retour, elle secoue la tête et me supplie silencieusement de ne pas insister. Et lorsque je dis « oui » à contrecœur, son visage s'illumine sous le coup d'un bonheur si intense qu'une fois encore je ne suis sûr de rien, sauf d'une chose : elle ne me dit pas tout.

19. Tourner la page

Je m'ennuie à cent sous de l'heure devant l'écran de mon ordinateur, naviguant de page en page sur un site de rencontres… Je m'y suis inscrit en bougonnant, pour faire taire Ryan, Alden et le psy, que j'ai recommencé à voir. Ces endroits sont hantés par des psychopathes de tout poil, et j'aimerais mieux être ailleurs. Avec Kate. Dans son bureau, genou en terre, à la supplier de pardonner ma stupidité. À lui promettre un amour éternel et une ribambelle de petits lutins. Mais elle sort avec le docteur Bidule.

Je reviens sur ma page pour vérifier une dernière fois que ce que j'ai écrit est à peu près attrayant. J'ai mis une photo, mais à contrecœur et seulement parce que j'ignore moi-même les profils qui n'en ont pas. Ma description est courte, relativement complète, et j'ai fait un effort pour parler de mes attentes de manière réaliste tout en insistant sur le fait que je ne suis pas le prince charmant, et qu'il y a peu de chances que je le devienne un jour. Enfin c'est fait, me dis-je en fermant le navigateur et en observant Kate dans son bureau. Je suis con quand même…

Qu'est-ce que tu veux ?

Quoi ?

Tu me fixes depuis cinq minutes comme si tu n'avais rien d'autre à foutre. Si tu n'as pas assez de travail il n'y a pas de raison que je ne puisse pas passer à mi-temps…

Elle a repris le boulot hier. Elle est arrivée à 9 heures tapantes, a quitté le bureau à 17 heures 30 pile, ce qu'elle ne faisait jamais, avant Bailey. Elle ne plaisantait pas quand elle disait qu'elle s'en tiendrait strictement aux horaires légaux. Je ne peux pas lui en vouloir : son fils est sa priorité.

J'admire tes seins…

Va te faire voir, Evans.

J'éclate de rire en lisant sa réponse. J'adore l'embêter jusqu'à lui faire trouver ses meilleures répliques. Elle m'envoie d'ailleurs si souvent ce message que je suis persuadé qu'elle a programmé un raccourci. Je fourre mon portable dans ma poche, ramasse le dossier que l'on révise actuellement et déboule dans son bureau exactement comme avant. J'arbore fièrement mes deux ans d'âge mental et aboie :

— Callaghan ! Salle de réunion. Maintenant.

J'ai le temps de la voir lever les yeux au plafond en secouant la tête avec un sourire amusé. Je ne l'attends pas, je pars simplement, content de moi. Très content de moi.

— Eh ben ! commente Paula avec un sifflement admiratif. Il y en a un qui est heureux d'avoir récupéré son associée…

— Paula, au lieu de faire des commentaires déplacés occupe-toi du dossier Linwood : j'en ai besoin pour hier.

Je continue vers la salle de réunion avec un large sourire d'imbécile heureux aux lèvres. Je m'installe en attendant les autres et ressors mon portable.

Tu m'as manqué.

Tu m'as manqué aussi. Je suis contente d'être de retour…

Même si tu es un enfoiré.

J'ai conscience d'avoir une relation privilégiée avec Kate, et beaucoup de chance qu'elle me tolère encore dans sa vie. Je ne la mérite pas, je le sais bien. Au cours des derniers jours, nous avons tous les deux fait beaucoup d'efforts pour que rien ne change entre nous après cette nuit chez elle. Pour être honnête, je m'attendais à ce qu'elle me dise de foutre le camp et de ne jamais revenir. Au lieu de ça, elle m'a laissé garder Bailey plusieurs fois et me promener avec lui pendant qu'elle s'occupait de la paperasse pour son retour au boulot.

Ça me fout un peu la trouille de devenir aussi proche de son fils, de m'attacher à lui. Et en même temps, j'aimerais être tout le temps fourré chez Kate pour ne pas perdre une seconde de la vie de Bailey. Il faut dire qu'il grandit tellement vite ! Il tient parfaitement sa tête à présent, il s'assoit plutôt bien même s'il a encore tendance à s'affaler sur le côté au bout d'un moment, et il me reconnaît ! Ce petit coquin sait que je le porte plus volontiers que sa mère, qui ne veut pas « lui donner de mauvaises habitudes ». Il me mène par le bout du nez, voilà tout.

La réunion commence, ma mère se lève pour prendre la parole. Je ne l'écoute que d'une oreille : elle m'a déjà briefé hier sur ce dossier dans son bureau. Ça arrive de plus en plus souvent. Pas seulement parce qu'elle m'a demandé de m'occuper de la filiale ; j'ai l'impression que Katherine cherche à passer du temps avec moi pour me dire quelque chose. J'ai une idée assez précise du sujet qu'elle voudrait que nous abordions. Mais elle n'a jamais été là quand j'avais besoin d'elle, et sans être rancunier, je suis désormais méfiant avec elle. Elle sait me manipuler pour parvenir à ses fins en jouant de mes besoins, j'ai été assez stupide pour tomber dans le panneau plusieurs fois, et c'est toujours moi qui en ai fait les frais.

La crèche vient de m'envoyer une photo de Bailey.

Montre.

Impossible de dissimuler l'immense sourire qui fend mon visage en deux lorsque la photo apparaît à l'écran. Les yeux de Bailey sont écarquillés, on dirait qu'il est à deux doigts de la crise d'angoisse. Il faut dire que, à côté de sa petite vie de prince avec sa mère, la crèche doit lui faire un choc.

Le pauvre ! On dirait le seul gamin sain d'esprit au milieu d'une bande de demeurés.

Tu es méchant !

« Méchant » ? Tu te ramollis, Callaghan…

— James, Kate ! nous interpelle Katherine, visiblement agacée. C'est fini, oui ?

Je lance un coup d'œil à Kate en face de moi. Elle tente de gommer son sourire, mais le rouge tomate qui s'éternise sur ses joues la trahit. Elle s'éclaircit la voix, se redresse et glisse ses lunettes sur son nez. Je reprends moi aussi mon sérieux, mais je ne peux m'empêcher de penser que j'aurais adoré rencontrer Kate plus tôt, et peut-être aller à la fac avec elle. Derrière ses airs studieux, je sais qu'elle est tout aussi immature que moi. Et puis tout aurait été différent. Elle m'aurait connu à un moment où je n'aurais pas encore été abîmé par la vie. On aurait pu être heureux. On aurait pu fonder une famille ensemble.

Au bout d'un bon quart d'heure, je remplace ma mère pour faire le point sur l'avancement de mon propre travail, puis d'autres collègues en font autant. Il est plus de midi quand nous sortons enfin de la salle à présent surchauffée. Je rattrape Kate, qui se dirigeait vers son bureau, et la retiens par le coude.

— Hey ! Ça te dit d'aller en vitesse au resto italien prendre des plats à emporter ?

— J'adorerais, mais je déjeune avec Benjamin et il faut que je tire mon lait pour Bailey.

La mention de docteur Machin-Chose me fait l'effet d'une douche froide.

— Oh… Pas de problème. Tu veux que je te ramène un tiramisu ?

— Ça ira, répond Kate avec un petit sourire triste. Merci, James.

Elle rejoint son bureau, récupère ses affaires et s'enfuit. Je suis sur le point d'aller me terrer dans mon trou quand elle revient, dépose un baiser sonore sur ma joue, puis file. Bon. Je sens que toutes nos bonnes résolutions ne vont pas tarder à voler en éclats ! Je meurs d'envie de la rattraper à mon tour pour la plaquer contre le mur et l'embrasser.

Dépité, je vais récupérer mon portefeuille et mon paquet de cigarettes de secours, pour descendre m'acheter quelque chose à manger. À peine dehors, j'allume une cigarette et tire avidement une première bouffée. Encore une sale habitude que je reprends sous le coup du stress. Ça me fait chier que Kate s'entende bien avec Benjamin. J'aurais presque envie que ce soit un connard fini, qui ne cherche qu'à se servir d'une mère célibataire en manque d'affection. Mais non ! Le jour de son premier rendez-vous avec lui – le jour où je lui ai confessé mon amour – Kate m'a avoué hésiter à le revoir. Et puis cette nuit-là, elle a fini par comprendre qu'il n'y a rien à attendre de moi. J'imagine que c'est ce qui l'a décidée.

Je consulte ma montre en poussant un soupir : je me rends à Seattle demain, et j'ai une tonne de travail à finir d'ici là. Je remonte donc au bureau, et alors que je m'apprête à sortir fumer une deuxième cigarette sur la terrasse, je reste figé, la main sur la poignée de la porte. Kate y est déjà. Avec Benjamin. Il la tient par la taille. Elle a ses bras autour de son cou. Mes épaules s'affaissent sous l'effet de la vague de tristesse qui s'abat sur moi.

— Elle a l'air heureuse, glisse Katherine, qui surgit à mes côtés.

Je relâche la poignée pour jouer avec mon briquet, et confirme dans un murmure :

— Elle est heureuse. Elle l'a rencontré aux urgences ; elle y était allée pour Bailey.

— Je sais, dit légèrement ma mère. Ryan me l'a dit, ajoute-t-elle lorsque je lui lance un regard en biais.

Je ferme les yeux, et reconnais :

— Jamais de ma vie je n'ai autant voulu être avec une femme qu'avec Kate, mais je… Je ne veux pas être un fardeau pour elle.

Katherine se tourne vers moi. Machinalement, j'en fais autant. Même avec ses talons, je dépasse ma mère d'une bonne tête. Je la regarde et je vois entre nous tous nos différends. Mais, pour une fois, je vois aussi une femme qui a donné naissance à trois enfants avec amour.

— James… Je sais que notre relation est ce qu'elle est en grande partie à cause de moi, mais j'aimerais te donner un conseil : ne la laisse pas te prendre plus d'années que celles que tu as déjà perdues à essayer de changer une tragédie qui appartient au passé. Si tu aimes Kate, et je sais que c'est le cas, il faut que tu te pardonnes.

— Malheureusement, je sais que je n'aurai qu'une seule chance avec elle et je ne peux pas la gâcher.

— Alors ne la gâche pas, suggère Katherine avec un sourire étrangement tendre.

— C'est déjà fait…

Je tourne à nouveau les yeux vers le couple qui profite, enlacé, du timide soleil hivernal. Katherine pose une main rassurante sur mon épaule, et la presse. Sans rien ajouter, elle s'en va. Je décide de reporter ma pause cigarette à plus tard pour aller m'enfermer dans mon bureau. Avant de me mettre au travail, j'envoie un message à mon frère.

Tu es libre ce soir ? Sans Anna et les gosses…

Oui, pourquoi ?

J'ai besoin de toi. Passe à la maison.

Pourquoi ?

Parce que ! Peux pas t'expliquer par message.

Tout va bien ?

Oui.

Je serai là à 20 h 30.

Merci.

Ce soir-là, Ryan arrive en avance avec un pack de bières. Je le lui enlève des mains pour le poser sur la console dans l'entrée et, sous le coup d'une impulsion, je prends mon frère dans mes bras.

— Mais qu'est-ce que…, proteste-t-il en me repoussant des deux bras comme si j'étais contagieux. Tu sais qu'il y a des gens qui sont payés pour faire des câlins ?

— Oh et puis va te faire voir à la fin ! dis-je en m'écartant vivement, vexé.

J'emporte le pack de bières dans le salon, et j'en décapsule une.

— Sérieusement, James… Tu m'as fait venir pour ça ? demande Ryan en me suivant.

— Non. Amène-toi.

Je sors mon Mac du mode veille. Mon aîné pousse un long soupir, jette sa veste sur le bras du canapé et vient me rejoindre. Je tourne l'appareil dans sa direction pour qu'il voie la bonne vingtaine de messages que j'ai reçus sur le site de rencontre.

— Aide-moi, s'il te plaît. Pour moi elles sont toutes folles.

Ryan me lance un regard noir, mais il approche quand même pour constater par lui-même que je me suis fourré dans une belle galère. Je lui suis reconnaissant de ne pas poser de questions sur Kate, et je profite de son extrême concentration pour siroter ma bière.

— Déjà, tu peux virer celle qui a l'âge de maman, explique-t-il en supprimant le message sans même l'ouvrir.

Ainsi que les trois gamines de vingt ans – à moins que tu veuilles finir comme papa… Celle-là habite à l'autre bout de la terre, poursuit-il avec l'air d'un expert en conneries.

Il hésite, me jauge et demande en levant un sourcil :

— Plan cul ?

— Moyen long terme, plutôt.

Comme je m'y attendais, mon frère est parcouru d'un rire silencieux face à la grimace dont j'accompagne ma réponse. Il sélectionne six messages d'un coup en secouant la tête et les supprime.

— Maintenant à toi de virer celles qui ne t'intéressent pas.

Je me rejette sur le canapé et gémis :

— Aucune d'elles ne m'intéresse.

— Alors explique-moi ce que tu fous sur un site comme ça…

— J'essaye, dis-je.

— Et Kate ?

— Elle sort avec le doc.

Ryan secoue la tête en serrant les dents. Il tend la main pour prendre une bière, et s'affale à côté de moi.

— Je pensais avoir été clair.

— Crois-moi, j'apprécie les conseils que tu m'as donnés, et je peux t'assurer que ça me coûte de faire ça, mais pour le moment, je ne suis pas prêt à me mettre avec Kate.

— James, si tu attends d'être prêt tu ne te mettras jamais avec elle. Tu porteras toujours en toi les stigmates de ton passé : c'est normal.

— Pour me mettre avec elle, il faudrait que je lui parle de… toute cette *merde*, mais c'est au-dessus de mes forces. Déjà je refais des cauchemars.

— Parfois, je me demande qui tu cherches à protéger, elle ou toi. Car je sais une chose : si Kate t'aime, rien de ce qui a pu se passer avant ne l'empêchera de t'aimer.

— Je ne sais pas non plus, Ryan. J'ai juste l'impression que si j'essaye de rencontrer d'autres femmes, ça m'aidera à m'éclaircir les idées. Je saurai quoi faire.

Mon frère se pince l'arête du nez du pouce et de l'index, soupire et se penche à nouveau sur mon ordinateur.

— Il y en a une à Seattle. Elle est divorcée, sans enfant. Elle travaille dans la finance.

Il clique sur la photo de profil pour qu'elle s'affiche en grand. C'est une jolie blonde aux cheveux bouclés. Ses yeux paraissent foncés, sans doute chocolat. Son grand sourire éclatant étire ses lèvres fines. Le coin de ses paupières est plissé, signe de sa nature de bonne vivante. Pas trop mal.

— Tu ne prends aucun risque, comme ça, argumente Ryan. Tu cales un rendez-vous avec elle un jour où tu y es, et tu y vas par étapes. Si ça ne fonctionne pas, elle est là-bas et toi ici.

Je ferme les yeux, et je pèse mentalement le pour et le contre. Le fait qu'elle soit à Seattle est en effet un immense avantage si je veux y aller progressivement. Elle n'a pas l'air d'une psychopathe, semble même douce. Et puis, de toute façon, lui envoyer un message ne me coûte rien.

— OK…

20. Jolie fée

24 mars 2016

Six fois que j'éternue en moins d'un quart d'heure. Je m'attire des regards noirs de la part de tous mes collègues. Sauf James, qui m'observe avec un éclat amusé dans les yeux. Je quitte rapidement la salle de réunion pour me moucher. J'ai l'impression que mon cerveau et le liquide dans lequel il nage sont en train de se carapater par mes narines. Je sors mon flacon de solution hydro alcoolique de la poche de ma veste polaire (Katherine a adoré mon style vestimentaire !) et m'en tartine généreusement les mains. À force de l'utiliser toutes les trois minutes, cette connerie m'a décapé l'épiderme !

Soudain mes collègues quittent la salle. Je m'écarte pour les laisser passer tout en interrogeant James du regard à travers les vitres. Il me fait signe de revenir. Lorsque la horde de bêtes sauvages a fini de se précipiter hors de la pièce comme si l'air y était contaminé – ce qui est tout à fait possible – je le rejoins.

— Assieds-toi, je vais te résumer la fin de la réunion.

Dans un soupir épuisé, je récupère mes feuilles toujours étalées sur la table, fais le tour et m'assois à côté de lui. Ma tête tombe d'elle-même sur son épaule comme si un puissant aimant l'avait attirée. Il m'embrasse sur le front en glissant un bras autour de ma taille.

— Tu es bouillante, Kate, note-t-il avec inquiétude en caressant mon ventre.

— Je crois que j'ai de la fièvre.

Et, comme pour me le confirmer, mon corps est secoué d'un frisson intense et désagréable, qui me fait claquer des dents.

— Tu es allée chez le médecin ?

— Pas eu le temps. Et puis, je pensais que ça passerait, dis-je en bâillant.

— Tu devrais rentrer chez toi, jolie fée.

Cette fois, les étincelles qui me parcourent n'ont rien à voir avec la fièvre. James a commencé à me donner ce surnom peu après notre dîner chez lui. Plus je lui fais de la place dans ma vie, plus il me fait découvrir des facettes de lui que je n'aurais jamais soupçonnées. Il n'a rien à voir avec le James que je côtoie tous les jours au bureau. Je dois avouer que le contraste n'est pas pour me déplaire.

— Je n'ai pas terminé le dossier Barclays : les autres peuvent attendre, mais pas celui-ci.

— Il te reste beaucoup à faire ?

— Oui, dis-je dépitée. Et j'ai la capacité de concentration d'une noisette.

James rit et appuie sa tête contre la mienne tout en continuant à gribouiller des annotations sur un document. J'en profite pour me rapprocher de lui et respirer l'odeur de son cou. Son parfum boisé a un étrange effet relaxant sur moi. Il recommence à caresser mon ventre et annonce :

— Je peux le boucler pour toi, je n'ai rien d'urgent à faire.

En temps normal, j'aurais protesté, ou cherché le piège, mais je n'ai aucun doute sur ses intentions. Je colle un baiser contre sa pomme d'Adam en guise de remerciement, puis coince un petit bout de peau entre mes dents pour tirer dessus jusqu'à ce qu'il gémisse.

— Merci.

— Ne me remercie pas trop vite, Callaghan : tu me le revaudras.

— Enfoiré !

— Allez, viens, je vais t'appeler un taxi. Je passerai te voir en sortant du bureau.

Je hoche la tête, mais ne bouge pas d'un centimètre. À la place, j'encercle sa taille de mes bras et me rapproche autant que me le permettent les accoudoirs de nos chaises. Sa présence a bel et bien quelque chose de magnétique qui me calme. Malgré tout la question que je m'entends lui poser me surprend :

— Tu passerais la nuit à la maison ?

— Je ne crois pas que tu sois en état pour ça, répond-il en riant.

— Oh ! pas pour coucher ! J'ai juste envie de savoir que tu es là.

Il me repousse avec douceur pour pouvoir prendre mon menton entre ses doigts et sonder mon regard. C'est une de ces fois où ses yeux glacials sont aussi chaleureux qu'un ciel dégagé en plein hiver. Je ne suis pas certaine qu'ils puissent se réchauffer davantage. Ça ne me dérange pas, je trouve que ça lui donne un certain charme. Une touche unique.

— J'adorerais, murmure-t-il.

Une joie indescriptible étire ma bouche en un immense sourire et me donne des papillons dans le ventre. Incapable de me contenir, je vise ses lèvres et colle un baiser sonore dessus.

— Eh, jolie fée, dit-il en riant. Je te rappelle que nous ne sommes pas seuls.

— Je te donnerai un double des clés : je suis tellement fatiguée que je vais sûrement m'endormir en rentrant.

— Si tu veux. Tu as envie de manger quelque chose en particulier ?

— Pas vraiment : je suis un peu barbouillée.

— Prends rendez-vous chez le médecin, Kate, me conseille-t-il d'un ton qui ne laisse pas de place à la discussion.

— Oui, papa.

James se met à grogner en laissant filtrer des mots

comme « fée irlandaise » et « ensorcelé ». Je ricane dans son cou et reprends mes baisers contre sa gorge.

— Viens, Callaghan : plus vite on t'aura mise dans un taxi, plus vite je pourrai retourner travailler, et plus vite je pourrai te rejoindre.

Je frissonne d'impatience à l'idée de passer la soirée avec lui, et me résous alors à desserrer ma prise de catch.

— Paula ? demande-t-il en passant devant sa secrétaire. Tu veux bien faire venir un taxi pour Kate ?

— Tout va bien ? s'enquiert-elle en notant mon visage très certainement pâle.

— Grippée, dis-je.

Une fois que nous sommes descendus dans le hall je tends mes clés et le badge pour l'entrée de mon immeuble à James, en précisant :

— Sois gentil, si je suis endormie quand tu arrives, ne me réveille pas : j'ai du mal à trouver le sommeil la nuit.

— Pour qui tu me prends ? réplique-t-il en levant un sourcil, un sourire amusé aux lèvres.

— Ah ! on ne sait jamais. Des fois que tu croies que je suis morte ou un truc comme ça… Ou que tu décides de te venger de quelque chose.

— Tu es *malade*, Kate, explique-t-il en se délectant de son jeu de mots.

Je me mets sur la pointe des pieds et l'embrasse. Ses bras s'enroulent autour de moi pour mieux me maintenir contre lui. Il soupire dans ma bouche et trace le contour de mes lèvres du bout de la langue. Elle porte le goût amer du café auquel il carbure toute la journée, elle est rugueuse contre la mienne et me fait trembler dans ses bras.

— J'ai hâte de te voir ce soir, me confie-t-il en appuyant son front contre le mien, les yeux fermés.

— Moi aussi.

Je l'embrasse sur la joue, puis reste blottie dans la chaleur de ses bras, à me faire câliner jusqu'à ce qu'un taxi se gare le long du trottoir. Je ne me suis jamais sentie aussi bien avec un homme. C'est presque impossible à expliquer.

Être avec James me donne la même satisfaction qu'avoir résolu un puzzle compliqué, et en même temps il y a une évidence entre nous qui me donne l'impression qu'il n'y a rien à résoudre pour commencer. Tout est simplement facile.

— Préviens-moi quand tu arrives, me demande-t-il d'un ton inquiet.

Une fois chez moi je vais à la cuisine me préparer une tisane avec du miel. Pendant que l'eau chauffe, je m'étire et bâille tout en me frottant le bas du ventre, lorsque je sens les petits tiraillements caractéristiques d'une veille de règles. Je grimace : il ne manquait plus que ça ! Mentalement, j'essaye de calculer à quand remonte la dernière fois que je les ai eues… Février ?

Il y a maintenant un moment que j'ai sélectionné un donneur. Le choix n'a pas été facile, tant les profils étaient variés. J'ai tenté de trouver un compromis entre le physique, l'historique médical et génétique, et l'intérêt que suscitaient ces hommes à travers leurs descriptions. Le verdict tombera quand le bébé sera là. Une première insémination, en janvier, n'a rien donné, mais le médecin m'avait prévenue que ça fonctionnait rarement du premier coup.

Je me rends dans le salon avec ma tasse de thé brûlante et m'installe à mon bureau. Un texto à James, puis je sors mon petit calendrier. J'ai marqué d'une croix le jour de mon insémination : 15 janvier 2016. Un peu plus tard, une deuxième croix signale l'arrivée de mes règles : 3 février 2016. Je compte les cases qui suivent et m'arrête à vingt-huit : 1er mars 2016. De plus en plus sceptique, je vérifie la date du jour sur mon téléphone : 24 mars 2016. Je me remets alors à compter les petits carrés, puis lance, dépitée, d'une voix aiguë :

— Cinquante et un ! Bordel, Kate, mais qu'est-ce que ça veut dire ?

Je passe ensuite cinq bonnes minutes à faire et refaire mes calculs et chaque nouveau décompte renforce un peu plus l'euphorie qui est en train de s'emparer de moi. Est-ce que ça aurait marché ? Je prends une profonde inspiration puis expire en comptant jusqu'à dix pour retenir le rire hystérique qui monte dans ma gorge. J'essaye aussi d'être une vraie adulte et trempe mes lèvres dans ma tisane tiède pour ne pas me précipiter dans ma salle de bains, où je n'entrepose pas moins de huit tests de grossesse de marques différentes. De toute façon, il faut que je boive avant d'en faire un.

D'après ce que j'ai lu, il n'est pas rare d'avoir des saignements les premiers mois, en particulier au moment de la nidation. Ça pourrait expliquer l'anomalie de février, et mon cycle anarchique. Si l'insémination a fonctionné, cela voudrait dire que je suis enceinte d'environ deux mois. Les tests que j'ai achetés devraient m'apporter une réponse sans problème. Je retourne me servir une tisane, profite qu'elle soit tiède pour la boire cul sec, puis je fais les cent pas dans le salon. Ne pouvant plus contenir mon impatience, je file dans la salle de bains récupérer deux tests dans l'armoire à pharmacie. L'attente me semble durer un siècle puis, éberluée, je fixe tour à tour deux petits signes positifs sur chacun des tests.

— Ce n'est pas vrai… Ça a marché !

Et d'un coup je me mets à pleurer à chaudes larmes. Puis à rire de bonheur, et à pleurer à nouveau. On dirait que mes hormones ont attendu que je prenne conscience de ma grossesse pour se manifester et rattraper le temps perdu. Je finis par me ressaisir, tout jeter et me laver les mains, avant de descendre me préparer un chocolat chaud. La tête dans les nuages, je me pelotonne sur le canapé devant une série, le temps de boire mon élixir de réconfort. Tout ça me semble si irréel. C'est décidé, demain matin, je referai un test.

Lorsque j'émerge, le salon est doucement éclairé par la lampe halogène. Et je ne suis pas seule : je suis allongée contre un corps masculin que je reconnaîtrais entre mille. Je me redresse et murmure :

— James ?

— Salut, toi, répond-il avec un sourire en caressant ma joue du bout des doigts.

Son T-shirt bleu marine dessine chacun de ses muscles quand il tend le bras pour poser son livre sur la table basse puis me ramène contre lui en déposant un baiser sur mes lèvres.

— Tu étais crevée, dit-il.

— Il est quelle heure ?

— 9 h 45. Tu te sens mieux ?

Je bâille en hochant la tête.

— J'ai encore sommeil.

— Tu veux manger quelque chose avant de monter te coucher ?

— Pas faim.

J'enroule mes jambes autour de ses hanches sur l'étroite assise du canapé pour mieux m'approcher de sa bouche et l'embrasser comme si ma vie en dépendait. Oh oui, mes hormones sont bel et bien déchaînées. James me fait savoir qu'il apprécie ma ferveur par un ronronnement. Contre mon bas-ventre, je sens son désir prendre forme. Il saisit mon visage entre ses mains pour me faire ralentir le rythme et recule.

— Pas de sexe ce soir, me rappelle-t-il.

— Ça ne te ressemble pas, dis-je sur un ton boudeur.

— Je veux qu'on prenne notre temps.

Le mal de tête qui martèle mon front approuve monsieur Raisonnable. Je repose ma tête contre son épaule et me tourne de façon à avoir le ventre contre le sien. J'entends les battements de son cœur s'accélérer lorsque son érection se retrouve emprisonnée sous moi et il retient son souffle. Je glousse dans son cou.

— C'est ça ton pouvoir secret, jolie fée ? me taquine-t-il. Me faire perdre la tête ?

— Peut-être bien…

Son menton effleure le sommet de mon crâne, quelques poils de barbe s'accrochent dans mes cheveux. Son baiser tendre sur mon front me fait frissonner.

— Repose-toi, Kate.

Il remonte la couverture sur nous puis il récupère son livre sur la table basse. Je ferme les yeux et me laisse ensorceler par le bruissement du sang qui passe dans ses veines. Je pense au petit bébé qui doit faire la taille d'un haricot dans mon ventre, et je me demande ce que James dira quand je lui parlerai de ma grossesse. Je sais que je vais devoir le faire, le plus tôt étant le mieux. Tout au fond de moi, je ne peux pas m'empêcher d'espérer qu'il nous acceptera, le bébé et moi. Mais une toute petite part de moi craint que ce soit ce qui le fera fuir. Je repense aux mises en garde de Paula, il y a longtemps maintenant. Elle m'a dit que James ne faisait pas dans le long terme. A-t-il changé ? *Peut-il* changer pour moi ?

Je culpabilise à l'idée de l'avoir trahi en lui cachant ce que je comptais faire. En même temps, quand j'ai pris ma décision, il se contentait de m'embrasser dans les couloirs. Est-ce que je pouvais prévoir qu'il prendrait tant d'importance à mes yeux ? Est-ce *qu'il a* cette importance à mes yeux ? Il y a bien évidemment quelque chose entre nous. Il ne serait pas là ce soir, sinon. Il ne me surnommerait pas « jolie fée » si je ne représentais rien pour lui. Est-ce que je rêve ? Sans doute un peu. Mais ce soir James est là, et c'est tout ce qui compte.

21. La croisée des chemins

Mon téléphone vibre : j'ai reçu un message de Benjamin.

Je suis dans le hall.

Tu peux monter : j'ai presque fini.

Je jette un œil boudeur sur les documents que j'avais prévu de relire : je rattraperai ça ce week-end. Comme tant d'autres notes à rédiger, paragraphes à reprendre, dossiers à étudier. Depuis quinze jours que j'ai repris le chemin du bureau, ce genre de réajustements est mon lot. Et la filiale de Seattle qui doit bientôt ouvrir me promet un surcroît de travail qui me fait soupirer d'avance. Heureusement, dès que je tiens Bailey dans les bras tous mes scrupules s'évaporent.

Trois coups secs à ma porte me tirent de ma torpeur. Je suis déçue de voir Ben, même s'il vient de s'annoncer. J'espérais trouver James. Il était à Seattle mercredi et n'est revenu au bureau ni hier ni aujourd'hui. À mon message inquiet, il a répondu qu'il ne se sentait pas bien et qu'il essayerait d'être là cet après-midi. Je l'attends toujours.

Benjamin entre avec un sourire chaleureux qui fait pétiller ses yeux. J'en force un en retour, éteins mon ordinateur, puis vais à sa rencontre.

— Salut, toi, me glisse-t-il à l'oreille en m'attirant à lui par les hanches.

— Sal…, tenté-je de répondre, mais ses lèvres se referment sur les miennes.

D'abord prise de court, je me détends à ce contact plein de tendresse. Je pousse un soupir en entrouvrant la bouche. La langue de Ben vient frôler la mienne, puis elle se retire. Il me taquine de cette façon à plusieurs reprises jusqu'à ce que j'enserre son visage entre mes paumes et lui rende son baiser. L'ardeur que je mets pour suçoter ses lèvres et sa langue le fait gémir. Il me fait pivoter de manière à ce que je sois dos au mur, s'installe entre mes jambes, et me donne un petit coup de reins explicite. Comme si je n'avais pas déjà senti qu'il bande ! Cette situation m'en rappelle une autre, alors je le repousse et fais un pas sur le côté. Les joues en feu, je détourne le regard en allant récupérer mes affaires.

— Ça va ? s'inquiète-t-il.

Je hoche la tête tout en enfilant ma veste. D'un rapide coup d'œil, je vérifie que je n'oublie rien, puis éteins les lumières. Ben glisse sa main sur ma nuque et me masse. Je roule des yeux en les fermant de bien-être.

— Tu es tendue…

J'appelle l'ascenseur et cherche à éluder sa question.

— J'ai beaucoup de travail. Mon associé est absent depuis mercredi : tout m'est retombé dessus.

— Ne t'en fais pas, j'ai plein d'idées pour t'aider à te détendre, susurre-t-il en mordillant le lobe de mon oreille.

Ben a été formidable. Il a accepté d'aller à mon rythme et de ne pas me brusquer. Mais ces derniers jours, il me montre de plus en plus son impatience : il voudrait que nous soyons absolument intimes. Comme il n'est pas de garde, il a voulu que je passe le week-end chez lui. Finalement, c'est lui qui vient à la maison, pour ne pas perturber Bailey. Au départ l'idée était plus que séduisante. Maintenant, j'ai juste envie de me pelotonner tout le week-end dans mon canapé avec mon fils et des tonnes de chocolat, et de faire un marathon séries. Ce doit être à cause de mes règles qui approchent.

Dans l'ascenseur, je me colle contre le flanc de Ben. Il m'enlace et m'embrasse dans les cheveux.

— C'était peut-être trop tôt pour reprendre le boulot…, suggère-t-il en choisissant ses mots avec soin.

— Je ne crois pas : ils ont besoin de moi.

— Mais est-ce que *toi* tu as besoin d'eux ? Je dirais plutôt qu'il te faut Bailey.

« James a besoin de moi et j'ai besoin de lui », me dis-je. Et je sais que c'est ça, mais je me tais.

Nous passons prendre Bailey à la crèche. Il pleure et grogne d'impatience dès qu'il me voit, et je me sens moi aussi soulagée. À peine à la maison, je file passer des vêtements plus confortables, puis je m'isole dans la chambre d'amis avec mon fils pour sa tétée-câlin.

Je n'ai pas eu le temps de changer les draps depuis la dernière visite de James. Son odeur imprègne encore le coton. J'allonge Bailey à la place que j'occupais cette nuit-là pour mieux me saisir de l'oreiller de James, et enfoncer ma tête dedans. Je rapproche ensuite mon fils de moi et lui présente un sein sur lequel il pose une de ses petites paumes tièdes. Il me fixe avec ses grands yeux à mi-chemin entre le bleu et le vert, bordés de cils épais et plus foncés que ses cheveux blonds. Je caresse sa joue et chuchote :

— Tu es beau, mon cœur. N'oublie jamais que je t'aime même si parfois je travaille beaucoup.

Je frotte ma figure contre le tissu à la recherche d'un endroit où l'odeur de James serait plus forte. J'inhale de longues secondes jusqu'à ce que mes poumons soient gonflés à bloc. Bon sang, on dirait une droguée en manque !

— Il va falloir arrêter de grandir, petit lutin. Maman n'est pas prête à ce que tu sois un grand garçon.

Pour toute réponse, Bailey continue à téter en soupirant de plaisir à chaque gorgée. Je souris et reprends mes caresses jusqu'à ce qu'il ralentisse. Mon cœur se serre de tendresse lorsque je le vois lutter contre le sommeil pour continuer son festin, mais ne plus avoir la force que pour quelques gorgées supplémentaires. Une fois certaine qu'il est endormi, je l'emmène à l'étage.

— Désolée, dis-je en rejoignant Benjamin dans la cuisine où il a commencé à préparer le dîner.

Je me hisse sur un tabouret pendant qu'il se lave les mains.

— Pas de problème, m'assure-t-il avec un sourire joyeux. Tiens, ajoute-t-il en déposant une tasse de thé fumant devant moi.

— Merci, c'est adorable.

Il m'enferme entre ses bras en posant les mains sur le plan de travail. Je l'embrasse sur la joue au passage, et il trace une ligne de baisers dans mon cou. Je frémis lorsqu'il arrive sur ma clavicule et mordille la chair, sensible à cet endroit. Je glisse une main dans ses cheveux en poussant un soupir de plaisir les yeux fermés.

— Tu fais les bruits les plus adorables, chuchote-t-il à mon oreille.

Il se redresse, empoigne mes seins et colle son torse contre mon dos. Ma tête roule en arrière. Entre deux halètements je le mets en garde.

— Doucement : Bailey a moins tété que d'habitude.

Ses mains descendent alors le long de mes côtes et contre mon ventre. Il ajoute des baisers aussi légers que la caresse d'une plume le long de ma mâchoire puis, aussi soudainement qu'il a commencé à me peloter, il retourne s'occuper du repas. Il éclate de rire quand je le fusille du regard.

— Qu'est-ce que tu prépares de bon ?

— Pommes de terre au four, haricots verts et steak. Ça te va ?

— Parfait.

Je bois une gorgée de thé.

— Quelqu'un a cherché à te joindre, m'informe-t-il. Ton téléphone a sonné plusieurs fois. Si tu veux t'en occuper c'est maintenant parce que le reste de la soirée, tu seras exclusivement à moi.

Je secoue la tête avec un petit sourire et suis son conseil. Mon portable est resté dans le salon. Lorsque je le récupère, je constate que j'ai manqué un appel de James, et qu'il m'a laissé plusieurs messages.

Hey, désolé de ne pas être venu : j'ai roupillé toute la journée.

Tu t'en es sortie ?

Je voulais passer ce WE, mais j'ai peur de contaminer Bailey.

Rappelle-moi quand tu as du temps.

— Hey, dis-je d'un ton enjoué quand il décroche. Comment va le grand malade ?

— Je suis content de t'entendre, répond-il d'une voix cassée. J'ai chopé la crève à Seattle.

— Qu'est-ce que tu as fait cette fois ?

— J'ai pris une saucée. Avec le vent glacial et mes vêtements trempés, j'étais sûr de tomber malade. Ça va, toi ?

Il est pris d'une quinte de toux. Mon cœur se serre de le savoir malade et seul. D'autant qu'il est incapable de se faire à manger.

— Un peu crevée. Je suis en train d'accumuler du retard au travail. Tu t'es nourri correctement ?

— Anna a pensé à moi : elle m'a envoyé de la soupe et Ryan. J'ai dû attendre qu'il soit parti pour commander une pizza.

— Je ferai garder Bailey demain et je passerai te voir.

— Tu es un amour, Kate. Et si tu me prépares ta tarte aux pommes magique, tu auras ma reconnaissance éternelle.

J'éclate de rire en me plaçant devant les vitres.

— Je vais voir ce que je peux faire.

— Je peux te confier un truc ? De meilleur ami à meilleure amie…

— Tu sais bien que oui, James.

Il pousse un long soupir et toussote à nouveau. Je ferme les yeux. Je l'imagine à l'autre bout du fil, sûrement niché sous plusieurs couvertures, dans son lit ou sur le canapé, le visage blême et les yeux fatigués. Je donnerais cher pour être avec lui en ce moment.

— Je me suis inscrit sur un site de rencontres, m'avoue-t-il de but en blanc. J'avais un rendez-vous avec une femme à Seattle… Je me suis barré du restaurant, voilà comment je me suis retrouvé sous la putain de pluie glaciale de cette putain de ville.

Ses mots coulent le long de mon dos comme des glaçons. Mon estomac est pris d'une violente crampe. J'ai l'impression qu'il m'a dit ça seulement pour observer ma réaction. Ma voix est rauque lorsque je demande avec prudence :

— Ça veut dire que tu vas essayer d'en voir une autre ou que tu laisses tomber ?

— Je laisse tomber ces conneries. Je… Avec toi qui vois Trucmuche, et mes frères qui m'ont pris la tête, je voulais au moins essayer de tourner la page, mais je n'y arrive pas.

— Qu'est-ce que tu essayes de me dire, James ?

J'ai chuchoté. Machinalement, je masse le haut de mon sein gauche pour tenter de calmer la sensation qu'un étau vient de se refermer sur mon cœur. Dans la cuisine, j'entends Benjamin chanter par-dessus le bruit des ustensiles qu'il utilise.

— J'aimerais qu'on…, commence-t-il d'une petite voix.

— Kate ? m'interpelle au même moment Ben, qui fait irruption dans le salon. Tu ranges où ton…

— Oh ! lâche James dans le combiné. Il est là ?

Je fais signe à Ben de me donner une minute, puis je réponds à James :

— Oui. Il ne travaille pas ce week-end. Tu allais me dire quelque…

— Aucune importance. Je te laisse, Callaghan. Ne t'en fais pas. Et ne viens pas demain, je survivrai jusqu'à lundi.

— James, attends… James ?

Bon sang, il m'a raccroché au nez ! Furieuse, je lance mon téléphone sur mon bureau et fais face à Benjamin Cole.

— Ça va ?

— Contrariée par mon meilleur ami.

— Le type qui est en photo là et là ? s'enquiert-il, un sourcil haussé, en désignant les cadres sur mon bureau.

— Oui. Tu cherchais quoi au juste ?

— L'épluche-légumes.

— Ah, le mien est cassé : j'utilise un couteau. Tu veux un coup de main ?

— Non, je veux que tu te détendes. Sérieusement, Kate, dit-il en venant me prendre par les épaules, tu ressembles à une bombe à retardement.

Je lève le visage vers lui en me mâchonnant la lèvre. Ses yeux ont la couleur scintillante de l'océan sous un beau soleil d'été. De mes deux pouces, je marque sur ses joues l'endroit où ses fossettes se creusent lorsqu'il sourit. Ce qu'il fait, justement. Il me masse les épaules, puis fait ensuite glisser ses mains sur ma clavicule et dans mon cou. Le bruit de nos épidermes qui se frottent l'un contre l'autre et la sensation de ses paumes rugueuses me font frissonner. Lorsque ma bouche s'entrouvre pour laisser passer un halètement, Ben colle la sienne dessus.

Je fais un pas dans sa direction et, pour m'encourager et m'attirer à lui, il pose une main dans le creux de mes reins. Sa langue s'introduit dans ma bouche, frôle la mienne comme pour l'inviter à une danse sensuelle. J'en saisis le bout entre mes dents, ce qui fait monter un grognement rauque dans sa poitrine. Sans trop savoir comment, mes pieds décollent du sol. Un de ses bras s'enroule autour de mes hanches comme le tentacule d'une pieuvre, son autre main installe mes jambes autour de son bassin.

— Tu as faim ? me demande-t-il en s'écartant pour me regarder dans les yeux.

— Quoi ?

Je secoue la tête, les joues rouges de honte, et Ben rit en frottant son nez contre le mien et en m'embrassant.

— Ça t'ennuie si on décale le dîner ? reformule-t-il. Là, je suis bien tenté par autre chose…

Il doit lire dans mes yeux la panique qui me noue car il effleure ma joue de ses doigts en penchant la tête sur le côté :

— Je promets d'y aller en douceur. Et j'ai prévu tout ce qu'il faut.

— Entendu.

— Viens, on sera mieux dans ton lit, pour ta reprise.

Il me repose au sol, ajoute un dernier baiser sur mes lèvres puis me tire à sa suite par la main. Je me surprends à me laisser faire sans protester. Nous faisons un détour par la cuisine pour éteindre la cuisinière, et montons dans ma chambre. Le petit sac de sport posé près de ma commode me confirme les intentions de Ben pour ce week-end. Je ne sais pas si je dois me réjouir qu'il prenne les devants ou être vexée qu'il ne s'assure pas d'abord que je sois sur la même longueur d'onde.

Je pivote vers lui en me tortillant les mains. Il vient me prendre par la taille en plongeant son regard dans le mien. Dans la pénombre de ma chambre, ses yeux se sont transformés en un nuage sombre et menaçant.

— À quand remonte ta dernière fois ? demande-t-il dans un murmure.

Me voyant hésiter à lui révéler une information aussi intime, il dit :

— J'ai eu quelques aventures sans lendemain, mais pas depuis… fin août. J'ai été testé depuis : je suis clean.

— Mon septième mois de grossesse.

Je souffle si bas que je ne sais pas s'il m'a entendue.

— C'était sérieux ?

J'opine, le cœur au bord des lèvres. *Qu'est-ce que je suis en train de faire ?* Ben prend mon visage et approche ses lèvres de mon front. Il m'embrasse avec d'infinies précautions, puis ajoute d'autres baisers sur ma tempe, le long de ma joue, de la courbe de ma mâchoire et termine sur mes lèvres. Et comme je sais que, si je passe mon temps à m'écouter, je ne serai jamais prête, je croise les poignets derrière sa nuque, penche la tête sur le côté et lui rends son baiser.

Il laisse échapper un petit bruit de satisfaction. Ses doigts s'enfoncent dans la chair de mes hanches en même temps qu'il me fait reculer vers le lit. Lorsque mes mollets rencontrent le cadre en bois, je fléchis les genoux pour amorcer ma descente. Je ne tarde pas à être sur le dos, Ben penché au-dessus de moi à me faire gémir de plaisir. Je pose les pieds à plat et écarte les cuisses pour lui permettre de s'installer là où je commence à avoir besoin de lui. Mes doigts tremblants trouvent les boutons de sa chemise pour les défaire un à un. Par réflexe, il me donne un coup de reins tout en tressaillant sous l'effet de la caresse de mes paumes sur ses épaules. Il s'attaque à mon cou, je rejette la tête en arrière en gémissant pour lui laisser libre accès. Puis il se recule sur ses talons et m'invite à me redresser.

— Je peux ? demande-t-il, les mains sur les extrémités de mon pull.

— Oui, dis-je, la voix rauque.

Je l'aide à retirer le vêtement en levant les bras. Au passage, mon pull emporte l'élastique qui retenait mes cheveux.

— Ils sont magnifiques.

Il passe les doigts au travers puis enfouit sa figure dedans. « Ton parfum est enivrant », me chuchote la voix de James à l'oreille. Perturbée par cette intrusion et par les lèvres de Ben sur la peau sensible de mon cou, je me raidis, mais il ne relève pas mon malaise.

Je me laisse retomber sur le dos. Les yeux de Benjamin glissent au ralenti de mon visage à ma gorge. Ils parcourent ma poitrine avec la même avidité qu'un jeûneur placé devant son repas de rupture et s'arrêtent sur la cicatrice de ma césarienne. Je plaque mes mains dessus.

— Hey… Ne fais pas ça, Kate. Tu es sublime.

Avec une grande douceur, il écarte mes mains et couvre mon ventre de baisers. Sa langue vient chatouiller ma peau.

Je m'agite, écarte les jambes et agrippe ses cheveux en étouffant un cri de plaisir.

— C'est bien, ma belle, m'encourage-t-il.

Il remonte vers mes seins, mais je l'en empêche. Je suis réticente à l'idée de laisser Benjamin jouer avec pour ensuite les donner à mon fils. Ma voix se fait presque dure lorsque j'exige :

— Pas la poitrine.

— Promis.

À la place, il s'attaque à l'élastique de mon pantalon de yoga qu'il me retire en même temps que ma culotte.

— Ne bouge pas, ordonne-t-il en allant vers son sac.

Il en sort une boîte de préservatifs et du lubrifiant, profite de ce qu'il est à l'écart pour finir de se déshabiller. Mon regard tombe sur sa verge imposante aux veines saillantes. J'ai l'impression que tout mon volume sanguin a été remplacé par du magma. Malgré moi, je pousse un petit cri à mi-chemin entre le plaisir et la surprise, et je sens enfin mon corps s'éveiller et s'ouvrir aux plaisirs qui l'attendent.

Ben se tient debout devant moi. Je tends la main pour encercler son érection et fais glisser mes doigts pour apprécier la douceur de sa peau. Son souffle se coince dans sa gorge, il gémit et se penche en avant pour se cramponner au montant du lit derrière moi. Je continue en ajoutant mon autre main, et je ne tarde pas à prendre son gland entre mes lèvres. Son goût salé sur ma langue déclenche une explosion dans mon bas-ventre. Les sensations m'encouragent à accélérer le rythme autant pour lui procurer du plaisir que pour trouver le mien.

— Oh ! Kate…, soupire-t-il.

Sous mes doigts, son membre est bouillant, sa peau soyeuse. Je laisse une de mes mains s'aventurer sur son bas-ventre frémissant, l'arrondi de sa hanche puis sa fesse. J'atteins ses bourses par-derrière et les pousse vers le haut.

— Arrête, me demande-t-il à bout de souffle.

Il se recule et enfonce sa langue dans ma bouche. Je

tremble sous l'effet de son baiser sauvage et me laisse tomber sur le dos. Il suit le mouvement, s'interrompt quelques instants pour enfiler un préservatif tout en glissant ses doigts entre mes cuisses pour tâter le terrain. Sous l'effet de sa caresse mes hanches décollent comme si j'avais reçu une décharge électrique. Content de lui, il continue et regarde d'un œil amusé ma tête rouler de droite à gauche.

Je sursaute, me cambre et cherche à refermer les cuisses lorsqu'une substance froide entre en contact avec ma peau surchauffée.

— Je rajoute juste un peu de lubrifiant pour que tu sois à l'aise, m'explique-t-il à l'oreille. C'est l'allaitement qui fait ça.

Ses mots me ramènent à la réalité. Bailey. James. *James.* Bailey. Tout me semble alors étrange. Il me manque cette connexion que j'avais avec James. Il est du genre joueur et taquin pendant l'amour. Il me donnait toujours juste ce dont j'avais besoin, mais veillait aussi à ce que ce soit loin d'être assez, pour me pousser à me déchaîner. Il aimait me laisser prendre les commandes. Là, j'ai l'impression que mon corps réagit parce que Ben sait exactement où me toucher pour me faire du bien, mais l'envie de lui rendre la pareille ne vient pas. Et lorsque je sens sa verge s'introduire en moi, tout se mélange dans ma tête. Derrière mes paupières fermées, c'est le sourire espiègle de James que je vois. Ben adopte un rythme lent, qui part sans doute d'une bonne intention, mais ce n'est pas ce que je veux. James savait toujours ce dont j'avais envie.

En moi, Kate se réfugie dans un coin et se recroqueville près du souvenir de James. Seul mon corps est avec Ben. Je pose les mains sur ses épaules pour me stabiliser sous ses assauts. À ses gémissements de plaisir, je devine qu'il apprécie mon étroitesse, même s'il ignore qu'elle n'est pas due au plaisir, mais au désir qui se retire un peu plus à chacun de ses coups de reins, comme la mer quand la marée baisse. Il ne cherche pas à m'embrasser, à me regarder. Son visage est dans mon cou. Même lorsqu'il aurait été plus naturel de fermer les yeux et de se perdre dans l'instant, James, lui, mettait un point d'honneur à soutenir mon regard. Nous avions des expériences similaires en matière d'intimité, et un désir profond de vivre pleinement cette connexion émotionnelle et physique. De ne plus faire qu'un. Dans ses yeux, je me sentais exister.

Mon regard se pose sur les étoiles qui brillent faiblement au plafond, et je repense à cette autre nuit où j'ai rejoint James. Au désir qui avait failli m'étouffer. Ma stupidité me frappe alors comme un mauvais coup derrière la tête, et je ne sais plus après qui je suis le plus en colère : James ou moi. Mon affection pour lui, mon profond respect m'ont toujours empêchée de lui tirer les vers du nez. Quelque part, je sais aussi que j'ai espéré qu'il se battrait pour moi. Personne ne l'a jamais fait. Souvent, *je* me suis battue pour les autres, pour me retrouver malgré tout seule et trahie. J'ai tellement d'amour pour James, tellement d'espoir pour nous deux que je ne supporterais pas de me tromper à son sujet.

Je repense à notre appel de tout à l'heure. Il était sur le point de m'avouer quelque chose d'important. J'ai beau ne pas savoir quoi, j'ai le sentiment que l'on arrive enfin à la croisée des chemins. Qu'après ça, tout changera. Mais je suis incapable de dire si ça sera pour le meilleur ou pour le pire. Alors en attendant, je fais semblant, avec un homme qui me laisse indifférente et j'ai la désagréable impression que je suis en train de décevoir la Kate que je suis devenue depuis que j'ai Bailey.

Car ce soir, comme à chaque fois qu'un homme m'a fait du mal, j'ai l'impression de récolter le fruit de la malédiction que m'a lancée ma mère. Les mots humiliants qu'elle a eus à mon égard me reviennent en mémoire. Elle se surpassait en créativité à chaque nouveau petit ami que je lui présentais. Elle oubliait souvent qu'elle ne m'avait jamais parlé de l'amour, que quelque part elle avait sa part de responsabilité. J'ai tâtonné, j'ai fait des erreurs. Je me suis offerte à des gens qui ne me méritaient pas, et maintenant je suis terrorisée à l'idée de faire fausse route à nouveau, et de ne pas être aimée pour moi-même. Ce soir j'en fais à nouveau la preuve.

Au bout d'un temps interminable, je suis enfin libérée du poids de Benjamin. Il s'absente le temps de retirer le préservatif, et j'en profite pour sortir un T-shirt de ma commode et l'enfiler à la hâte. Je me glisse dans la salle de bains dès qu'il en sort et verrouille la porte. Terrassée par un chagrin immense, mes épaules se soulèvent à chaque sanglot que je retiens derrière mes lèvres serrées. Ce n'est qu'une fois sous le jet d'eau brûlant que je laisse libre cours à ma peine. Les larmes se mêlent à l'eau qui ruisselle sur mon visage, les hoquets qui me secouent m'empêchent de respirer. Une fois de plus, mes pensées retournent vers James et je me demande s'il a ressenti la même détresse, à Seattle, à son rendez-vous amoureux. Je me rappelle sa grande douceur quand nous faisions l'amour. Ce que j'ai connu avec James n'a rien à voir avec tout ce que j'ai pu connaître avant lui. Et dire qu'il m'a un jour avoué ne pas savoir aimer, alors qu'il est justement celui qui, dans mon cœur, a donné un sens à ce mot…

22. Adieux

7 avril 2016

Kate fait son entrée dans mon champ de vision. Voilà une bonne heure que je me débats avec un client que je meurs d'envie d'envoyer sur les roses, mais la simple vue de ma fée irlandaise éteint toutes les tensions. Ses cheveux sont tirés en arrière et relevés, ce qui dégage son cou, ses épaules et son décolleté. Elle porte une robe bordeaux serrée sous la poitrine par une bande de satin, et qui s'évase jusque sous les genoux. Depuis peu, elle a abandonné les tenues près du corps dans lesquelles j'ai pris l'habitude de la voir pour porter des vêtements un peu plus amples, mais bien coupés. J'adore cette façon de cacher et de laisser imaginer. Je devine ses courbes généreuses lorsque le tissu vient les effleurer à chacun de ses mouvements. Maintenant par exemple, je n'ai qu'une envie : la tenir contre moi et promener les mains sur son joli corps. J'ai tout autant hâte d'être à ce soir pour passer la soirée avec elle, et m'endormir dans ses bras.

Elle me fixe de ses grands yeux en se tortillant les mains. Elle ne bouge pas. Je me demande même si elle respire encore. J'essaye de la questionner du regard, mais une fois encore, elle ne réagit pas.

— Walter, dis-je d'une voix dure pour couper le monologue que je n'écoute de toute façon plus, au téléphone.

Je vous reprends dans une minute, une collègue a une question urgente.

Sans même attendre sa réponse, j'enfonce le bouton pour mettre l'appel en attente et pousse les portes de la salle de réunion.

— Hey, tout va bien ?

Kate se penche sur le côté pour regarder derrière moi, dans la pièce que je viens de quitter.

— Tu as terminé ton appel ? demande-t-elle d'une voix aiguë.

— J'ai mis Walter en attente. Tu n'as pas l'air d'aller bien, Kate. Tu veux t'asseoir ?

Elle refuse et mon cœur se serre lorsque je la vois lutter contre les larmes.

— Vous parliez de quoi ? m'interroge-t-elle après avoir dégluti.

— Franchement, je n'en sais rien. Tu m'inquiètes…

— Viens, dit-elle alors.

Elle met sa main dans la mienne, et me tire dans la salle de réunion.

— Assieds-toi, James.

— Kate ? Tu me fais peur…

Elle appuie sur mes épaules pour me forcer à m'asseoir, prend une profonde inspiration et dit :

— C'est Marta, James. Ryan a appelé… Je suis désolée, Marta est… morte.

Kate souffle ce dernier mot, et j'ai l'impression que c'est un gravier qui envoie voler en éclats une vitre déjà fissurée. Les larmes qu'elle essayait de retenir depuis tout à l'heure coulent à grands flots sur ses joues. Je la dévisage, hébété. J'ai l'impression d'avoir la tête sous l'eau. Le brouhaha qui me parvenait depuis la porte restée ouverte s'éteint. Un froid mordant me pénètre et s'insinue jusque dans ma moelle. Je ne tarde pas à être étourdi comme si je manquais réellement d'oxygène. Je ferme les yeux et le noir m'accueille à bras ouverts. L'ancre qui me maintenait à flot n'est plus. Je coule.

Les jours suivants, j'ai l'impression d'être dans un monde parallèle. Les heures se fondent les unes dans les autres et ne forment plus qu'une longue et interminable journée. Kate est là. Elle ne m'a pas quitté une seule seconde depuis qu'elle m'a appris la mort de Marta. Alors que je ne tolère personne d'autre, je me surprends à avoir besoin de sa présence comme de ma prochaine bouffée d'oxygène. C'est *elle* mon ancre à présent. Depuis ma torpeur, je la regarde, et c'est comme si on apposait un cataplasme apaisant sur une brûlure particulièrement sévère. Souvent, je la pousse dans un coin et l'embrasse. Jamais avec tout l'amour que je lui porte et qui devient plus intense chaque jour. Toujours avec ce chagrin, cette rage au ventre qui menace de me consumer. Elle prend tout ce que j'ai à lui donner sans se plaindre, même lorsque j'écorche ses lèvres jusqu'au sang. Elle est le réceptacle d'une douleur qui m'apparaît comme la seule preuve que je suis encore en vie. Mais je ne sais pas ce que je fais. Je ne sais plus qui je suis.

Aujourd'hui, je me rends à la cérémonie de crémation de Marta Welander. La femme qui a fait de moi quelqu'un. Elle m'a élevé lorsque j'étais petit. Elle m'a sauvé et m'a reconstruit lorsque la tentation de me noyer dans l'alcool était plus forte que la volonté d'affronter la réalité et la perte de Maya. Kate m'accompagne. C'est la première fois que nous nous affichons en tant que couple devant ma famille, d'autres proches et certains de nos collègues. Elle est tout aussi bouleversée que si elle avait connu Marta toute sa vie. Kate m'a souvent accompagné la voir à l'hôpital ces derniers temps. Elles s'entendaient à merveille toutes deux, ce qui ne manquait jamais de me rendre fou de joie. Quel homme ne le serait pas en voyant les deux femmes de sa vie partager la complicité de deux meilleures amies ? Comme je l'avais soupçonné après mon premier entretien avec Kate, leurs expériences comparables les ont considérablement rapprochées. Et puis, comme elles aimaient me le rappeler en riant, elles ont toutes les deux rencontré un certain James Evans qui a mis leur monde sens dessus dessous.

— Tu sais ce que tu vas en faire ? demande Kate en se glissant dans mon dos.

J'ai l'urne de Marta dans les mains. Je la fixe comme je l'ai fixée ces dix derniers jours. Je ne sais pas ce que j'attends… Peut-être que je pourrais la frotter pour en voir émerger Marta transformée en génie ? J'entends ma voix répondre sur un ton que deux semaines de mutisme ont rendu rauque :

— Je ne sais pas.

— Elle ne t'a pas dit où elle aimerait que tu disperses ses cendres ? interroge-t-elle en embrassant ma clavicule.

— Non.

Kate s'écarte de moi et m'enlève l'urne des mains avec toute la délicatesse qui s'impose au regard de son contenu. Elle sort de ma chambre pour l'entreposer loin de mon regard, je le sais. J'ouvre les draps et m'allonge sur le dos. Je me sens vide de l'intérieur. Alors que d'habitude un milliard de pensées le traversent, mon esprit est vide lui aussi. Kate revient s'étendre à mes côtés. Elle a l'air exténuée. On est en plein après-midi, mais je sais que l'on pourrait l'un et l'autre dormir jusqu'au petit matin.

Je me tourne sur le côté et m'appuie sur un coude pour la contempler. Sa poitrine qui se soulève puis s'abaisse au rythme de sa respiration. Ses seins et ses hanches se sont arrondis, ces temps derniers. Avant que j'aie conscience de mon geste, ma paume se referme sur son sein, que je malaxe ; puis je passe le pouce sur le bout durci qui me nargue à travers la chemise en coton. La bouche de Kate s'ouvre en un O parfait, qui laisse passer un soupir. Je soutiens son regard et fais courir ma main sur son flanc, et sur son ventre. Sa peau frémit au contact de la mienne. Je murmure :

— J'ai envie de toi.

— Tu es sûr que c'est ce que tu veux ?

Elle me caresse la joue avec tant de douceur que mon cœur menace de s'arrêter. Pour toute réponse, je me penche pour atteindre ses lèvres et lui donner un baiser beaucoup plus tendre que les précédents. Ses mains trouvent mes épaules et s'y accrochent lorsque je bascule au-dessus d'elle. Elles glissent le long de mes côtes pour me tenir par les hanches. Ma langue se mêle à la sienne et l'invite à jouer. Sous moi, elle écarte les jambes pour mieux me laisser me loger contre elle.

— James, gémit-elle en me repoussant.

— Qu'est-ce qu'il y a ?

— Il y a quelque chose que je dois te dire…

— Plus tard.

Je couvre sa gorge de baisers qui la font trembler et se cambrer, mais elle couine :

— James… S'il te plaît.

Et comme je ne l'écoute pas, elle prend le dessus et me renverse sur le dos. Son audace et son assurance me font bander. Je n'ai qu'une envie c'est de la déshabiller et de prendre possession de son corps. Elle se saisit alors de mes mains et les appose sur son bas-ventre en plongeant son regard dans le mien.

— Il faut que tu m'écoutes jusqu'au bout, James : promets.

— Kate ! Tu vas me faire débander avec toutes ces conneries !

— C'est important pour moi, insiste-t-elle sur un ton suppliant.

— Je promets de t'écouter jusqu'au bout.

Elle serre les dents, ferme les yeux et prend une profonde inspiration.

— Je suis enceinte, murmure-t-elle si bas que je me demande si j'ai bien entendu.

— Tu quoi ? je crie en me redressant.

Elle tremble face à mon accès de rage.

— Je suis enceinte, répète-t-elle. Je… Je voulais un bébé – un autre bébé, corrige-t-elle en faisant allusion à la petite fille qu'elle a fait adopter. Un qui serait à moi, continue-t-elle, la voix de plus en plus aiguë. Toi et moi… on ne faisait que s'embrasser. Je jure que je n'avais aucune idée que l'on s'engagerait dans une relation sérieuse.

— Tu as couché avec quelqu'un d'autre ?

Je commence à la pousser pour qu'elle s'écarte de moi.

— Non ! soutient-elle avec tant de force dans la voix que j'en frémis.

Elle resserre les genoux contre mes hanches pour m'empêcher de bouger.

— J'ai eu recours à une insémination artificielle en janvier.

Mon cerveau hors service fait le calcul par lui-même.

— Tu es enceinte de quoi ? Trois mois ?

— Environ, oui, confirme-t-elle les larmes aux yeux. Je suis désolée, James. Je jure que si j'avais su…

— Non ! Si *moi* j'avais su, je serais resté loin, très loin de toi, Callaghan ! j'éructe. Je ne veux pas d'enfants, je ne veux pas être père. Si tu croyais qu'en couchant avec moi tu aurais pu me faire gober que le gamin est de moi, tu te mets le doigt dans l'œil. Maintenant, pars !

— James…

Je la repousse sans aucun état d'âme pour qu'elle se lève et libère mes jambes. Putain ! Dire que je lui faisais *confiance*. Je rugis :

— Fous le camp, Kate !

Ce n'est plus une urne pleine des cendres de Marta que je contemple, c'est une bouteille de bourbon encore scellée. À chaque seconde qui passe, je sens que je suis en train de perdre mon combat, et que je vais me soûler comme avant.

Je me lève et fais les cent pas dans le salon. Je croise les doigts au sommet de mon crâne et je rythme mes inspirations et mes expirations. Je lutte contre mes démons. Je lutte contre le ressac qui essaye de m'entraîner vers le passé. J'ai détesté le James alcoolique. J'ai détesté le type paumé et déboussolé que j'étais devenu. Je peux me voir retrouver ce fantôme avec un réalisme effrayant, et cette fois, il n'y aura personne pour me sauver.

Marta est morte. Elle est morte. Et Maya aussi. Tous ceux que j'ai sincèrement aimés sont morts. Et je viens de mettre à la porte la femme la plus délicate, la plus douce que je connaisse. La femme que j'aime.

Un puissant sanglot déchire ma poitrine, et c'est comme si toute la douleur que j'avais essayé de contenir jusqu'à présent venait d'ouvrir une blessure bien réelle. Un trou béant, creusé par un chagrin resté trop longtemps enfermé en moi. J'empoigne le rebord de la fenêtre en me penchant en avant alors qu'un deuxième râle de douleur franchit mes lèvres. Cette fois c'est sûr, je suis en train de perdre pied, de me noyer.

Et il n'y aura personne pour me sauver, car Marta est morte.

Je sonne comme un forcené. Une fois. Deux fois. Trois fois. Bordel, Kate ! J'entends du bruit derrière la porte. Des clés qui tombent, puis une qui cherche la serrure. Enfin, le battant s'ouvre sur Kate.

— James ? Qu'est-ce que…

Ses yeux sont rouges et bouffis. La peau fragile qui borde son nez est à vif. Elle porte un T-shirt rose pâle près du corps qui moule l'arrondi de ses hanches, et son petit ventre. Son ventre de femme enceinte. Je ferme les yeux en me détestant d'avance.

— N'attends rien d'autre de moi : tu m'as mené en bateau pendant des mois sans même daigner ouvrir les cuisses. Ça ne sera que du sexe.

— Tu as bu ? s'inquiète-t-elle.

Un petit rire m'échappe. Si seulement…

— Non.

— James, il est tard : tu devrais rentrer. On parlera demain.

— Que du sexe, je te le répète. Tu me dois bien ça.

Quand elle s'efface pour me laisser entrer en soupirant, je ne suis pas sûr que ce soit parce qu'elle accepte. Mais je m'en fiche car ce soir… Ce soir, je me dis que je peux oublier ma douleur autrement qu'en buvant.

Je m'avance et l'embrasse avec la hargne qui m'habite depuis que Marta est morte. Elle me rend mon baiser, noue ses bras derrière ma nuque. Je la soulève en glissant les mains sous ses fesses. Ses longues jambes s'enroulent autour de mon bassin comme dans nombre de mes fantasmes. Et alors qu'elle s'offre à moi avec ferveur, qu'elle nous déshabille comme si nos vêtements étaient souillés d'un produit toxique et corrosif, je me rends compte que j'ai menti : ce n'est, et ça ne sera jamais que du sexe avec Kate, car elle est mon ancre. Elle est le morceau manquant de mon cœur brisé.

23. Seattle

Entre ma crève et l'idée que Kate s'est envoyée en l'air avec l'autre abruti, j'ai passé un week-end affreux. Savoir qu'elle est devenue ou va devenir intime avec Truc-Bidule m'affecte plus que ce que je pensais. Je m'y attendais, bien sûr. Ils sont adultes, et je n'aurais pas compris qu'il ne cherche pas à coucher avec elle. Venant d'elle, c'est le signe qu'elle prend cette relation au sérieux. Dire que j'ai enfin pris conscience que je me suis comporté comme un idiot fini avec elle ! Or si elle a couché avec Bidule, si elle pense qu'il a une place dans sa vie et dans celle de son fils, je n'ai aucun droit de lui demander une deuxième chance. Elle est en train de tourner la page, et je ne peux pas la retenir alors que je n'ai toujours aucune idée du genre d'histoire que je pourrais écrire avec elle.

Je me sens stupide. Il a fallu que ce fichu site de rencontres me fasse boire un verre avec une femme qui porte le prénom de mon arrière-grand-mère et qui a le rire d'un âne pour prendre conscience que Kate est une perle rare. Que j'aurais beau essayer de chercher à la remplacer, je ne trouverai que de piètres contrefaçons.

Kate est sublime physiquement, mais pas seulement. Elle a un cœur en or et une personnalité hors du commun. Depuis qu'elle a Bailey, elle est encore plus épanouie. C'est un peu comme si je l'avais connue à l'état de bourgeon : elle était fermée, un peu méfiante et m'observait avec animosité la plupart du temps. Puis elle a trouvé sa place et un peu de lumière, elle a grandi, elle s'est ouverte. À présent, j'ai l'impression de contempler une de ces roses aux pétales de velours rouge intense. Mais j'ai jeté son amour par la fenêtre. Et tout ça pour quoi ? Des fantômes du passé qui ne m'ont jamais rien apporté de bon de leur vivant. Et même si mes raisons d'avoir cherché à protéger Kate de moi-même sont encore très valables à mes yeux, le goût qui me reste au fond de la gorge n'en est pas moins amer.

Depuis que j'ai entendu l'Autre chez elle au téléphone, on dirait que j'ai un poison brûlant dans les veines qui se propage lentement vers mon cœur et mon cerveau pour m'achever de la plus douloureuse des façons qui soit.

Et pourtant, lorsque Kate arrive dans mon bureau et qu'elle s'assoit dans le fauteuil en face de moi, je suis heureux de la voir. Poser les yeux sur elle ralentit la progression du venin qui évolue librement dans mon organisme. Sa voix est l'antidote à mon empoisonnement, mais il m'en faudra une bonne dose pour guérir.

— Tu n'as pas répondu à mes messages, James, m'accuse-t-elle avec un regard noir. On avait dit qu'on ne s'ignorerait plus même si on est fâchés.

— Je n'étais pas bien, je te le rappelle.

— Ne sois pas de mauvaise foi. Tu étais surtout vexé que Ben soit à la maison pour le week-end, siffle-t-elle.

Ben. À mon mal de tête lancinant s'ajoute une nausée presque paralysante. Je m'avachis un peu plus dans mon fauteuil et l'étudie. Elle n'a pas l'air bien non plus. Son fond de teint dissimule mal les cernes sombres qui soulignent son regard, et l'éclat de ses yeux est terni. Je jette un coup d'œil à ma montre.

— Allez, viens, Callaghan, dis-je en me levant.

Ses yeux s'agitent. Pour un peu, on pourrait croire qu'elle va convulser. Je lui offre un sourire rassurant et glisse mon paquet de cigarettes dans ma poche. Je fais le tour de mon bureau, pose la main sur son épaule.

— Fais-moi confiance.

Les larmes montent jusqu'au bord de ses paupières, elle les ravale et finit par me suivre. Je garde ma main libre dans sa nuque et dépose un baiser sur sa joue. Sa peau est fraîche sous mes lèvres, douce aussi. Elle porte l'odeur délicate de sa crème de jour. Je la conduis aux ascenseurs sans un mot, puis j'appuie sur le bouton qui nous emmène sur le toit du bâtiment.

Lorsqu'elle soutient mon regard, je souris de voir que, cette fois, ce sont des pépites dorées d'excitation qui font briller ses yeux, et non pas des larmes. Nous sommes accueillis par une bourrasque glaciale. Ses bras nus se couvrent de chair de poule. Je la guide vers notre coin habituel, sors la petite couverture en laine que nous avons cachée dans un gros conduit comme des gamins cachent leur journal intime. Je l'étends sur le sol pour que nous puissions nous asseoir dessus, et pose ma veste de costume sur les épaules de Kate. Avec le même automatisme que l'aiguille d'une boussole qui pointe vers le nord, elle se blottit contre moi et je l'accueille volontiers. Je l'embrasse dans les cheveux et murmure :

— Tu n'as pas l'air bien.

— Les règles n'ont pas changé, Evans ! réplique-t-elle avec moins de force dans la voix que d'habitude, quand elle m'interpelle ainsi par mon patronyme. Je la boucle, tu la boucles.

— OK, petite furie, dis-je en riant. J'essayais juste d'être sympa.

Kate se rapproche encore plus de moi en frottant son nez dans mon cou. Je sens le désir monter et j'essaie vainement de l'arrêter. Je lui ai déjà fait l'amour sur ce toit. Une des meilleures expériences de ma vie. Kate avait vraiment les hormones en vrac quand elle était enceinte, et j'étais toujours heureux de pouvoir l'aider à les canaliser.

Le silence entre nous n'est pas désagréable. Nous avons inauguré ce petit rituel il y a un moment maintenant. Lorsque nous ne sommes pas d'accord sur la manière de procéder avec un dossier, nous venons sur le toit et avons interdiction de parler de l'affaire en question. Ce toit, c'est un peu comme notre no man's land, notre zone démilitarisée, notre État tampon. Après le tumulte de ce week-end, c'est exactement ce dont nous avons besoin : une zone de paix.

— Tu as moins froid ?

— Ne bouge pas, rétorque-t-elle en s'accrochant plus fort à moi alors que je commençais à me dégager.

Bon. Je voulais l'emmener sur la terrasse pour qu'elle me parle ; au lieu de ça elle se cramponne à moi comme une étoile de mer à un rocher. Je l'entends pousser un soupir et marmonner. Je ne comprends pas un seul des mots qui sortent de sa jolie bouche, mais je m'en fiche : j'aime entendre sa voix. Soudain elle éclate de rire. Son rire… Souvent, je me dis qu'il est ce qui se rapproche le plus de l'idée que je me fais d'une pluie d'étoiles : mélodieuse, magique et unique.

Son regard accroche le mien, son hilarité retombe en même temps que ses pupilles grossissent et engloutissent tout le vert autour. Je meurs d'envie de l'embrasser, mais je ne devrais pas : elle est en couple. Au moment où je commence à approcher de ses lèvres, mon portable se met à sonner. Tiré de ma transe, je me redresse en prenant une profonde inspiration. Bon sang, je ne veux pas qu'elle soit infidèle à cause de moi ! Je bondis sur mes pieds, et réponds à ma mère.

— Où es-tu ? me demande-t-elle d'un ton aussi tranchant qu'une lame de rasoir neuve.

— Je suis sorti fumer. Tu as besoin de quelque chose ?

— Il faut qu'on parle : quand tu auras fini de t'encrasser les poumons, viens dans mon bureau.

Je raccroche et me retiens d'envoyer mon portable faire un vol plané en direction du bitume. Je déteste que ma mère me traite de cette façon condescendante. Comme si j'étais encore un gamin ! Je croise les mains sur le sommet de mon crâne, les yeux sur l'horizon.

— Ça va ? demande Kate en posant la main sur ma hanche.

— Oui, dis-je. Katherine veut me voir.

— À quel sujet ?

— Aucune idée.

— Tu ferais mieux d'y aller alors. Pas la peine de faire attendre Cruella plus qu'il ne faut.

J'acquiesce à regret, puis je replie la couverture pour la remettre à sa place. Stressé à l'idée de devoir affronter ma mère, j'allume une cigarette que je fume comme un possédé. Kate redescend avant moi sans dire un mot. À mon tour, je regagne les locaux pour me rendre directement dans le bureau de Katherine comme elle me l'a demandé. Je pénètre dans la pièce avec mille précautions, comme si le sol était tapissé de pièges mortels.

— Tu voulais me voir ?

— Oui. Installe-toi, répond-elle sans lever les yeux de son dossier.

Toujours aussi prudent, je m'assois face à ma mère. J'ai à peine le temps de me faire la remarque qu'elle prend de l'âge qu'elle m'accorde son attention.

— J'ai ton dernier rapport sur Seattle, commence-t-elle avec un sourire qui traduit sa satisfaction. Tu as bien progressé.

— En effet. La filiale sera prête à être officiellement ouverte d'ici la fin du mois. Pour le moment, j'ai constitué une équipe de six associés, qui devraient eux-mêmes recruter au moins un ou deux assistants. Depuis que Kate est revenue, on a aussi commencé à faire le tri entre les dossiers qui resteront ici et ceux qui seront traités à Seattle.

— Quels sont vos critères ? s'enquiert Katherine.

— On s'est dit que l'on pourrait envoyer là-bas les clients pour qui la législation en vigueur dans l'État de Washington pourrait être un avantage. Ensuite, ceux qui ont leur siège là-bas, et puis on compte proposer à des clients mineurs une prise en charge par la filiale pour désengorger la maison mère. C'était le but, non ?

— Tout à fait.

— Pour le reste nous aviserons au cas par cas. C'est un peu fastidieux, mais il n'y a pas d'autre moyen.

— Tu as fait du très bon travail, m'assure ma mère, ce qui me met sur la défensive.

Katherine n'est pas du genre à distribuer les compliments. Encore moins à moi. Je sens mes paumes devenir moites, et je m'agite sur mon siège pour trouver une position plus confortable, ce qui n'est pas aisé compte tenu de la rigidité soudaine de mon corps.

— J'ai juste une inquiétude, poursuit-elle. La renommée d'Evans & Associés, c'est à toi que nous la devons. Et à moi, mais dans une moindre mesure depuis quelque temps.

— Je ne comprends pas où tu veux en venir…, dis-je en choisissant mes mots lorsqu'elle laisse le silence s'installer entre nous.

— James, j'aimerais que tu prennes la tête de la filiale, m'annonce Katherine avec un sourire de chat de Chester. Tu as travaillé dur pendant des années pour asseoir la réputation du cabinet. Tu t'es beaucoup investi ces derniers temps pour l'ouverture de ce bureau à Seattle… Je ne me vois pas proposer le poste de directeur à quelqu'un d'autre.

Sans une once d'hésitation je lance :

— C'est non.

— James…

— Je n'irai pas à Seattle, c'est tout.

— Pourquoi ? me défie Katherine avec un regard à glacer le sang.

Je me lève et commence à faire les cent pas, rugissant :

— Parce que ! Je me suis investi à ce point dans la création de la filiale parce que *tu* m'as envoyé là-bas. J'ai détesté me rendre à Seattle. J'ai détesté la paperasse et les dossiers que j'avais à rédiger.

Je ne lui dis pas que je suis mort de trouille à l'idée de devenir comme elle, et que je déteste ça aussi, mais je le pense. Alors j'ajoute :

— Cette vie, tu l'as choisie. Ce cabinet, c'est ton œuvre, et je sais que tu en es fière. Moi, ce que j'aime, c'est le travail d'avocat. Je ne me vois pas consacrer la plus grande partie de mon temps à des tâches administratives.

— C'est à cause de Kate ? demande alors Katherine en haussant les sourcils si haut qu'ils fusionnent presque avec ses cheveux.

— Tu m'as écouté ? Je suis heureux à ma place.

— À croire que tu n'as aucune ambition ! s'agace-t-elle. Tu me déçois, James Grayson.

— Tu dis ça comme si c'était nouveau. J'ai l'habitude, ça ne m'affecte plus. À présent, si tu as terminé, j'aimerais retourner travailler.

— Prends quelques jours pour y réfléchir, me conseille-t-elle. Mets de côté toute la colère que tu as après moi et rends-toi à l'évidence : c'est une occasion en or de bâtir *ton* œuvre, loin de Portland, de mon ombre et des drames du passé.

Je lâche un petit rire amer et secoue la tête. Le dégoût que je ressens me donne la nausée.

— C'est non, Katherine. Je veux bien superviser le recrutement, mais il va falloir faire sans moi parce que je n'irai pas à Seattle.

La seule chose qui me fait tenir le reste de cette journée merdique, c'est la perspective d'aller chez Kate pour voir Bailey. Docteur Tête-à-claques a insisté pour qu'ils aillent dîner en ville. Il ne peut déjà plus se passer d'elle. Je suis jaloux, et en même temps je peux comprendre. Kate a cette façon de suspendre le temps lorsque vous êtes avec elle. Vous pouvez très bien passer des heures, et même des jours entiers en sa compagnie, à la fin, c'est comme si elle vous avait accordé seulement une seconde.

Je me suis arrangé avec elle pour relever sa baby-sitter en attendant qu'elle rentre. Avec un peu de chance, Bailey ne sera pas encore couché. J'utilise mon badge pour pénétrer dans l'immeuble, et je frappe chez elle.

— Bonsoir, dis-je à Leanne lorsqu'elle m'ouvre.

— Ah bonsoir. Kate m'a prévenue que vous viendriez. Entrez.

Du regard, je cherche Bailey, et le repère dans son transat.

— Putain, mais qu'est-ce que…

— Kate a absolument tenu à ce que je le laisse habillé. Je crois qu'elle veut votre avis sur ce petit costume, explique-t-elle en riant de ma mine interloquée.

Je vais vers Bailey en quelques grandes enjambées, et je le détache. Il porte des bas à grosses rayures vertes et blanches, un short bouffant, et un T-shirt de la même couleur émeraude sur lequel un imprimé imite les rabats et les boutons dorés d'une veste. Je le soulève et murmure :

— Regarde-toi. Ta mère est en train de péter les plombs.

Pour toute réponse le lutin babille. Je l'embrasse et me tourne vers Leanne.

— Il y a aussi un chapeau et des petits escarpins noirs cirés, m'informe-t-elle en désignant du menton les accessoires sur le bureau de Kate.

— Tout s'est bien passé, sinon ?

— Oui. Je ne lui ai pas encore donné son biberon : je ne vous attendais pas si tôt.

— Pas de problème, je peux m'en charger.

Elle ramasse ses affaires pendant que je sors mon portefeuille pour lui donner son argent.

— Merci d'avoir surveillé le petit gars.

— Avec plaisir. Au revoir, Bailey.

— Tu dis au revoir, mon grand ?

Je prends sa main et la lui fais agiter, puis je raccompagne Leanne à la porte.

Je suis avec ton petit lutin. Je valide le costume. C'est pour Halloween ?

Ah ! Contente qu'il te plaise. Oui, Anna m'a invitée à accompagner les enfants.

Je souris en lisant son message, puis j'active la caméra frontale sur mon portable, colle ma joue contre celle de Bailey en souriant de toutes mes dents et prends une photo que j'envoie à Kate.

Vous êtes beaux <3

— Allez, viens, mon pote, on va aller te chauffer un biberon.

J'installe Bailey dans sa chaise haute pour avoir les mains libres. Tout en babillant il suit des yeux chacun de mes gestes avec un grand intérêt. Je lui raconte ma journée, lui parle de la proposition de ma mère ; et interprète comme des commentaires les gazouillis dont il ponctue mon monologue.

— Tu imagines ? Avoue que tu serais triste sans moi… Et puis, je ne fais pas confiance à ce Benjamin Cole : je ne peux pas vous confier à lui. Tu vois… Même toi tu le trouves louche. Non… En revanche, je suis sûr que c'est un très bon médecin : ne t'en fais pas.

Une fois le biberon bu je monte dans sa chambre où je le change et lui enfile une grenouillère pour la nuit. Je m'assois ensuite dans le fauteuil à bascule après avoir choisi deux livres. Bailey se tait et m'écoute lui raconter les histoires. Quand nous avons fini, il bâille avec le gémissement le plus adorable du monde. Je sens mon cœur se transformer en guimauve alors je lâche les livres pour le câliner. Lorsqu'il se frotte les yeux avec les poings, je fredonne en suédois la berceuse que Marta me chantait quand j'étais petit, puis le dépose dans son lit.

— À bientôt, mon lutin. Je promets de revenir te voir très vite.

Bailey jacasse toujours dans le babyphone lorsque j'entends la clé tourner dans la serrure. Comme un gamin qui entend ses parents rentrer, je me lève à la hâte, et suis tout dépité de voir Tête-de-con avec Kate. Elle arbore un large sourire.

— Hey. C'est Bailey qui chante comme ça ?

— Oui. On dirait qu'il sait que tu es là et qu'il en est fou de joie. Il était K-O, mais il ne veut pas s'endormir. Je crois qu'il a besoin d'une dose de toi.

— Ben, commence alors Kate en se tournant vers son compagnon mal à l'aise. Je n'ai jamais eu l'occasion de te présenter mon meilleur ami, James Evans.

— Enchanté, dis-je en forçant un sourire que je veux amical tout en lui tendant la main.

— De même. Benjamin Cole.

À ses yeux sombres et hostiles, je devine qu'il n'est pas spécialement heureux de me savoir là, et que Kate n'a pas dû le prévenir. Mes soupçons sont confirmés lorsqu'elle nous laisse tous les deux dans le salon pour aller embrasser son fils.

— Je pensais que Kate ferait garder Bailey par une baby-sitter.

— C'est le cas. Mais je voulais passer un peu de temps avec mon *filleul* alors j'ai pris la relève, dis-je pour expliquer la situation et parer aux scénarios qu'il doit élaborer dans son esprit.

— James Evans, c'est ça ? répète-t-il alors, sourcils froncés.

— Oui.

— Evans comme dans Evans & Associés, le cabinet d'avocats pour lequel travaille Kate ? Tu es son patron ?

— Ma mère est la patronne de Kate, je corrige en riant. Kate est mon associée. Même si j'ai plus d'ancienneté, on collabore sur un pied d'égalité. Je t'offre à boire ? Je suis certain de pouvoir dénicher les dernières gouttes d'alcool que renferme cet appartement.

— Non, merci. Je travaille tôt demain : je n'aime pas boire la veille.

J'hésite à aller chercher une bière, et m'abstiens en fin de compte. Je ne l'ai proposée que pour changer de sujet. Je me balance d'un pied à l'autre en fourrant les mains dans les poches de mon pantalon.

— Tu connais bien Kate ?

— C'est ma meilleure amie !

J'ai répondu sur le ton de l'évidence, pourtant la présence de Benjamin me met mal à l'aise. J'ai conscience que Kate ne lui a pas tout dit à mon sujet. Je ne peux pas tout à fait lui en vouloir car elle connaît à peine cet homme, mais je ne peux pas non plus nier que ça me place dans une situation délicate.

— Elle a l'air préoccupée en ce moment, ajoute-t-il alors d'une voix lointaine, comme s'il était plongé au fond de ses pensées. J'ai du mal à l'atteindre, à gagner sa confiance.

Je masse ma nuque pour cacher ma gêne.

— Ce n'est pas contre toi. Kate… Elle n'a pas eu une vie facile, et elle a vécu beaucoup d'expériences difficiles avec les hommes. J'imagine qu'elle va rester sur ses gardes encore un moment avant de t'autoriser à faire pleinement partie de sa vie. De plus, maintenant qu'il y a Bailey dans l'équation, elle va se montrer encore plus prudente. Si tu veux un conseil, il faut la laisser venir à son rythme.

— Qu'est-ce que tu veux dire par là ? demande Benjamin en se plaçant face à moi, le regard plein d'interrogations.

Bon sang, magne-toi, Kate ! Je pousse un soupir et soutiens le regard du pédiatre.

— C'est juste que Kate a besoin d'être en confiance pour s'ouvrir à quelqu'un. C'est… Ça ne s'explique pas. Si tu arrives à aller à son rythme, tu n'auras pas à t'imposer dans sa vie, et tu auras la chance de partager le quotidien de la femme la plus drôle, la plus déjantée et la plus délicate qui existe, dis-je d'un ton bourru. Elle sera capable de te traîner dehors à 5 heures du matin pour être la première à laisser ses empreintes dans la neige. Au passage, elle te bombardera de boules de neige et te racontera que, si tu ne fais pas l'ange, tu seras maudit par les divinités irlandaises pendant l'année à venir. Et même si tu sais que c'est absurde, tu finiras par le faire juste pour l'entendre rire. Elle peut aussi te réveiller au milieu de la nuit parce qu'il faut *absolument* qu'elle te raconte son rêve avant de l'oublier. Oh ! et quand elle cuisine ! ajouté-je avec un petit rire. Il faut vraiment la voir en action : par gourmandise elle est capable de se couvrir de farine ou de chocolat jusque dans les endroits les plus…

Soudain je me tais. J'en ai trop dit. J'adresse un sourire contrit à Benjamin, qui me dévisage l'air fermé.

— Bref, laisse-la venir à toi, je conclus. Je vais lui dire bonsoir.

Je m'éclipse à l'étage en me disant que j'aurais dû la boucler. Je trouve Kate à la place que j'occupais tout à l'heure, Bailey accroché à son sein. Toute ma nervosité s'évanouit lorsque je pose les yeux sur eux. Mes épaules se relâchent, je souris et m'approche de la mère et du fils. Je glisse une main dans les cheveux de Kate et l'embrasse sur le front.

— Je file. On se voit demain au bureau.

En entendant ma voix, Bailey lâche le sein de sa mère pour tourner le visage vers moi et babiller. Je lui réponds avec un large sourire :

— Bien sûr que je t'emmènerai au parc après le boulot. Mais à une condition : finis ton festin et après au lit. Ta mère a besoin de repos.

Je me penche en souriant et lui donne un baiser. Elle glousse sans bruit en secouant la tête, et retient son souffle en me sentant soudain si proche. Elle réinstalle Bailey et lève les yeux vers moi :

— Qu'est-ce que voulait Katherine tout à l'heure ? chuchote-t-elle.

— Qu'on parle de Seattle.

— OK. À demain, James.

— Bonne nuit, Kate.

Je l'embrasse à nouveau et descends. Dans le salon, Benjamin n'a pas bougé. Il a toujours les bras croisés et les dents serrées. Je me demande ce qui lui prend. Ce type est vraiment bizarre…

24. Comme dans un rêve

27 mai 2016

James pousse un dernier gémissement, puis roule sur le dos, le souffle court. Je reste moi-même étendue en étoile, le corps en débandade. Seuls les muscles de mon bas-ventre trouvent encore l'énergie de palpiter sous l'effet de l'orgasme qui vient de me terrasser. Je ferme les yeux. Pas de doute, cet homme connaît le corps des femmes. Et, je l'ai découvert avec attendrissement, il adore que je lui gratte doucement le cuir chevelu. Je le fais, et il ronronne presque de plaisir.

Au bout d'une éternité, je le sens bouger dans le lit.

— À quoi tu penses ? demande-t-il en repoussant les mèches qui me tombent sur les yeux.

— Je n'ai plus un seul neurone qui fonctionne. Et toi ?

— J'ai encore toutes mes facultés mentales, merci, ironise-t-il avec un jeu de sourcils qui m'arrache un rire du nez.

— Tu es con, James Evans.

— Je sais. Tu as faim ?

— Pour une pizza, oui.

— Kate, ça fait trois jours de suite que tu manges de la pizza au dîner.

— Ce n'est pas ma faute ! C'est le bébé.

Il se lève, et pendant une longue seconde je ne sais plus de quoi on parle. Mes yeux suivent la ligne de sa colonne vertébrale, sur laquelle viennent s'achopper des muscles puissants et dessinés à la perfection. Ils descendent jusqu'à son fessier ferme, qui porte la marque de mes ongles. Une nuée d'oiseaux noirs est tatouée sur son omoplate gauche.

— Primo, commence-t-il en se dirigeant vers la salle de bains, je doute qu'il sache ce qu'est une pizza ; secundo… tu es à peine à la moitié de ta grossesse, laisse-toi de la marge.

— Enfoiré !

Je lui jette l'oreiller à la figure. Il l'évite en renfermant la porte de la salle de bains après s'y être faufilé d'un air goguenard. Cet homme causera ma perte ! Je me penche pour ramasser sa chemise bleu pâle sur le sol, et je l'enfile en la respirant avidement. Je descends ensuite à la cuisine me préparer une infusion. Pendant que l'eau chauffe, j'observe le contenu de mon frigo, et y pioche un bol de framboises avec lequel je vais m'installer à la table. J'en mets une dans ma bouche. La fraîcheur sur ma langue est agréable et j'engloutis les autres les unes après les autres en roulant des yeux et en grognant.

— Tu recommences…, observe James quelque part tout proche.

— Quoi ?

Je n'ai pas même ouvert les yeux ; grâce à mes sens exacerbés, je le sens approcher. À moins que je sois juste branchée sur la fréquence « James Evans ». Il se place dans mon dos, ses lèvres et le bout de son nez effleurent ma joue, puis plongent dans mon cou. Il aspire un petit bout de peau qu'il suçote et mordille.

— Manger parce que tu es fâchée, dit-il en relâchant ma peau.

— Ce sont des fruits. Aucune chance qu'ils fassent exploser mon cul.

— J'aime ton cul…, susurre-t-il en grignotant mon oreille.

— Ce n'est pas ce que tu disais tout à l'heure !

Il m'enveloppe dans ses bras et colle sa joue douce contre la mienne :

— Je te taquinais ! S'il faut une pizza pour te redonner le sourire, je peux en faire venir une dans les dix minutes.

— Non, tu m'as fait passer l'envie.

L'enfoiré se redresse en éclatant de rire. Il ouvre le frigo à son tour, en sort une barquette de deux pavés de saumon et des poireaux qu'il dispose sur le plan de travail. Il ajoute un oignon et une boîte de riz semi-complet. Je hausse un sourcil.

— Qu'est-ce que tu comptes faire avec ça ?

— Moi ? Rien. Mais toi tu peux nous préparer un repas équilibré.

Comme par réflexe, je lui balance la framboise que j'allais avaler à la figure. Il fléchit les genoux et écarte les lèvres pour la gober.

— Tu es chiant, dis-je d'un ton boudeur. Je te déteste.

Je jette un autre fruit, qui atterrit encore une fois sur sa langue.

— Faux, me défie-t-il. Tu *m'adores.*

— Tu prends la grosse tête. Je te rappelle que je suis enceinte : mes hormones te facilitent la tâche.

James arrête de faire l'imbécile aussi soudainement que si on l'avait débranché. La dernière framboise que je jette tombe lamentablement par terre. Ses pupilles se dilatent, avalent tout le gris-bleu autour.

— Kate, me prévient-il en s'avançant vers moi avec un tel calme et une telle lenteur que je sens mes yeux s'ouvrir pour devenir grands comme des soucoupes. Je te donne dix secondes d'avance.

Je suis prise de court…

— Dix secondes pour quoi ?

— Un… Deux… Tu perds du temps. Quatre…

Même si je ne sais pas exactement où il veut en venir, je préfère ne pas jouer avec le feu. Il continue à compter. Je passe devant lui et plante un baiser sonore sur sa bouche, puis je trottine en direction du salon. Je me poste à une extrémité du canapé de façon à ce qu'il fasse rempart entre lui et moi. Il arrive en se pavanant. Je suis prise d'un fou rire en constatant l'absurdité de la situation.

— Ne te moque pas, Callaghan, râle-t-il. Tu viens de m'émasculer.

— Tu dis n'importe quoi !

Je suis hilare. Il commence à faire le tour du canapé et je me déplace de quelques pas sur le côté sans le quitter des yeux. Nous continuons cette petite danse encore quelques secondes, puis il me fonce dessus et je détale en poussant un cri. Heureusement que je suis pieds nus sinon j'aurais glissé sur le parquet ciré. Il me prend en chasse. Je cours vers la pièce qui me sert de bureau, mais je bifurque au dernier moment en me rendant compte qu'il me rattrapera avant. Nous recommençons à nous défier, la table basse entre nous.

— Tu as le choix entre me présenter tes excuses, et te rendre, m'informe-t-il avec un sourire en coin.

— Pour l'amour du ciel, James : passe à autre chose. Tu m'as cherchée.

— Je n'ai pas insulté ta féminité ! s'indigne-t-il.

— Tu as dit que j'étais grosse !

James fait une tentative de plongeon sur le côté pour m'atteindre. Je l'évite et détale. Cette fois, il tend son bras droit, et l'enroule autour de ma taille pour me bloquer. Il me soulève pendant que je me débats en hurlant de rire, me jette sur le canapé et s'installe au-dessus de moi. Ses yeux brillent comme deux grosses étoiles dans le ciel couleur d'encre. Je le provoque en souriant de toutes mes dents.

— C'est bon, tu es content ?

— Excuse-toi, exige-t-il sans pouvoir cacher son propre sourire.

— Jamais !

Il s'attaque alors à mes flancs et mon ventre en me chatouillant. Je glousse, crie, me cambre ; je cherche à replier les jambes pour me protéger, mais elles sont solidement coincées sous le bassin de James.

— Excuse-toi, demande-t-il à nouveau en me laissant reprendre mon souffle.

Avec un sourire mutin, je secoue la tête pour dire non. Cette fois, il ajoute des papouilles dans le cou à la torture qu'il m'inflige. Je suis prise d'un nouveau hurlement de rire, mon corps est traversé d'un soubresaut. Il partage mon hilarité sans s'arrêter. C'est alors que je sens des tiraillements dans le ventre. Je me fige et mon souffle se coince dans ma gorge.

— Je t'ai fait mal ? s'inquiète-t-il en se soulevant un peu pour me soulager de son poids.

Je secoue la tête négativement, sentant les larmes me monter aux yeux. Il se recule sur les talons et me prend par les mains pour m'aider à me redresser.

— Kate, qu'est-ce qu'il y a ? C'est le bébé ?

Je hoche la tête en déboutonnant le bas de la chemise de James pour découvrir mon ventre. Je frotte le côté gauche de mon abdomen, et presse les paupières en retenant mes larmes. Puis je chuchote, émue :

— Il bouge…

Les yeux de James s'écarquillent. Et comme il est le seul avec qui je pourrai jamais partager ce genre de moments, je saisis sa main pour la poser sur mon ventre. Je lui fais faire de petits mouvements circulaires. Je sens le bébé bouger, et quand il vient se nicher contre la paume de James, celui-ci plonge les yeux dans les miens. Soudain, c'est toute la Voie lactée qui est logée dans ses iris. Je sens mon cœur chavirer. Un petit rire mêlé à un sanglot s'échappe de mes lèvres. J'ai l'impression d'avoir déposé tous les trésors de la terre à ses pieds. Il se glisse alors à genoux et me fait écarter les jambes pour pouvoir se tenir entre. Il approche la bouche de mon bas-ventre et souffle :

— Salut toi. Moi c'est James.

Dans mon ventre, le bébé s'agite au son de sa voix. Je souris en lui caressant la joue.

— Je crois qu'il est heureux de faire ta connaissance.

L'instant d'après, sa bouche s'écrase contre la mienne.

Il se met sur ses pieds en me soulevant dans ses bras. Je verrouille les chevilles dans le bas de son dos, et le laisse me déposer au sol. Je frissonne en comprenant qu'il est trop impatient pour que nous allions dans ma chambre, ce qui m'arrache aussi un petit cri. Je tire sur son T-shirt pour qu'il l'enlève. Il se redresse brièvement, fait passer le vêtement par-dessus sa tête. Mes yeux se posent sur ses tatouages : son corps est une véritable fresque.

Sur son épaule droite un superbe mandala noir et gris enveloppe son biceps sur toute la longueur et s'arrête juste un peu après le coude. Les motifs compliqués se poursuivent sur son torse, englobent son pectoral droit et une partie de son ventre et de ses côtes. Une jolie boussole à l'ancienne est dessinée sur son flanc.

James appuie ses mains de part et d'autre de ma tête. Son regard glisse lentement de mon visage à mon bas-ventre. Sa bouche emprunte le même chemin, sa langue vient me titiller. J'écarte les cuisses et pousse les hanches vers lui. Il descend toujours plus bas. Avec la même délicatesse que s'il manipulait du cristal, il empoigne mes fesses et soulève mon bassin pour l'approcher de ses lèvres expertes. Au premier coup de langue, je décolle du sol. Dans ses yeux son regard est pétillant de malice.

— Ce sont tes hormones, hein…, ironise-t-il.

— Oui, dis-je dans un souffle.

James secoue la tête et m'adresse un sourire diabolique. J'aime son tempérament joueur. Il embrasse l'intérieur de mon genou gauche et remonte le long de ma cuisse en alternant petites morsures et baisers. Mes muscles se contractent et je gémis, émettant les sons les plus étranges.

Je glisse les mains dans ses cheveux pour maintenir sa tête entre mes cuisses ; s'il la relevait, ce serait insupportable. Une de ses mains se referme sur mon sein, il pince la pointe tendue. Je me cambre en arrière en suivant le rythme de sa langue avec les hanches. James glisse un doigt en moi, puis un autre. Je suis au bord du précipice. Soudain il recule sa main. Je proteste en tirant sur ses cheveux. Il ricane entre mes cuisses, et c'est ce qui déclenche tout. Une longue plainte s'échappe de mes lèvres pendant que mon corps est submergé d'une vague de plaisir qui raidit mes muscles et les fait tressaillir. J'imagine que si un médecin inexpérimenté bidouillait votre système nerveux, ça ferait exactement cet effet. Incapable de supporter plus longtemps ce que me fait la bouche de James, je le repousse. Il se redresse, content de lui.

Les yeux dans les miens, il suce d'un air provocateur les deux doigts qu'il a introduits en moi. Cette vision me fait tomber de mon nuage de bien-être. Je m'assois, finis d'enlever sa chemise et pointe son boxer de l'index pour ordonner :

— Enlève-le.

Il s'exécute avec une rapidité fulgurante. Toujours par terre, il se recule jusqu'à avoir le dos appuyé contre l'arrière du canapé. Son sourire en coin me défie. Aveuglée par mon désir, je le rejoins, empoigne son membre et le laisse s'insinuer en moi centimètre par centimètre. Il lutte pour garder les yeux ouverts et soutenir mon regard. Ses doigts plongent dans la chair de mes hanches, me faisant gémir. Je me sers de mes genoux en appui sur le sol pour commencer mes va-et-vient. Ma poitrine est à la hauteur de son visage, il couvre mes seins de baisers. Par réflexe je les pousse un peu plus dans son visage, ce qui le fait gronder de satisfaction.

Je me perds alors en lui. *Avec lui.* Plus rien n'a d'importance, pas même le fait que l'on soit nus sur le plancher de mon salon. Nos gestes s'accordent dans une harmonie parfaite. Il me rend chacun de mes mouvements, grogne ou me mord lorsque je joue avec sa verge en resserrant mes muscles dessus. Tout comme le mien, son corps semble ne pas savoir s'il doit assurer ses fonctions vitales ou s'abandonner au plaisir. J'ai rarement ressenti cette impression de totale liberté pendant mes ébats. Mes yeux trouvent les siens, et même lorsque je me penche pour l'embrasser, il ne les ferme pas. C'est de cette façon que nous atteignons tous les deux l'orgasme à quelques secondes d'intervalle. Au bout d'un petit moment, toujours emmêlée à son corps, je trouve la force de souffler :

— Tu as raison… Ce ne sont pas les hormones, c'est juste toi, James.

Il n'enchérit pas, se contente de sourire et dépose un petit baiser sur l'arête de mon nez, entre les yeux. Il n'a pas besoin de le dire : je sais qu'il est aussi bouleversé que moi. C'est comme ça depuis notre toute première fois. On a beau se jurer que demain on arrêtera, on en est incapables. La seule chose que l'on ne fait plus, c'est professer des engagements absurdes : on préfère largement consacrer notre énergie à nous faire perdre la tête.

— Tu connais le sexe du bébé ? murmure-t-il longtemps après que l'on a regagné mon lit.

Il a la joue collée contre mon estomac, et caresse la petite bosse formée par le bébé. De temps en temps, il lui parle, lui demande s'il est réveillé ou s'il est sage dans le ventre de maman.

— Non. Je devrais pouvoir le savoir à la prochaine échographie.

— Tu en as envie ?

Je passe la main dans ses cheveux.

— Oui et non. D'un côté, j'aimerais pouvoir lui aménager la plus chouette des chambres d'enfant, et de l'autre, j'adorerais avoir la surprise à sa naissance.

— Tu avais demandé, la première fois ?

— Oui : le couple qui voulait adopter le bébé avait envie de le savoir.

— Tu me laisserais t'accompagner à ton écho ?

Ma main dans ses cheveux ralentit. James est plein de contradictions, qui me déroutent chaque fois qu'il les exprime à son insu. Je ferme les yeux. Tout ça… C'est comme vivre un rêve éveillé. J'ai envie de me laisser porter sans me poser de questions, et en même temps, il faut que je nous protège, le bébé et moi. Qu'arrivera-t-il lorsque j'ouvrirai les yeux pour constater que tout ça n'était qu'une illusion ? Est-ce que je supporterai le brusque retour à la réalité ? Est-ce que je survivrai ?

Je fais de mon mieux pour contenir les larmes qui viennent picoter mes yeux. J'ai toujours cet espoir fou que James restera après mon accouchement. Qu'en l'incluant autant qu'il le souhaite, il dépassera ses appréhensions, et changera d'avis. J'aimerais qu'il tombe amoureux de mon bébé. Alors, même s'il se peut que dans quelques mois je me retrouve seule à devoir recoller les morceaux de mon cœur brisé, je choisis de me laisser vivre ces moments de bonheur. Car au fond, je n'ai aucune certitude sur rien, sauf sur l'instant présent. Aujourd'hui, le beau James Evans veut rencontrer mon bébé pour de vrai. Je serais stupide de lui dire non alors que j'adorerais qu'il m'accompagne. Et puis je suis persuadée que même si on m'avait donné un aperçu de la suite, ma réponse aurait été la même.

— Si tu veux, oui.

25. À cœur ouvert

J'ai encore un sourire béat sur les lèvres lorsque je descends rejoindre Ben dans le salon. Après ma crise de panique du week-end, il s'est montré compréhensif, et a reconnu que l'on était peut-être allés trop vite. Pour se faire pardonner, il a tenu à ce qu'on dîne ensemble. J'ai accepté. Ce que je ne lui ai pas dit, c'est que même s'il avait attendu la veille de la fin du monde, je n'aurais quand même pas été prête. Mais je nous laisse cette chance. Peut-être qu'avec le temps je penserai un peu moins à James, que ça sera moins dur ?

Ben est devant les grandes vitres, dos à moi. Je le rejoins et observe l'extérieur avec lui sans rien dire pendant de longues minutes. Il brise le silence le premier.

— Tu aurais dû me dire que c'est avec *lui* que tu as couché pendant ta grossesse, articule-t-il entre ses dents serrées.

— Quoi ?

— Ton meilleur ami James Evans, reprend-il. L'homme avec qui tu passes tes journées au boulot… Tu aurais pu me dire que c'est lui qui t'a baisée avant moi.

— Ça ne te regarde pas.

Je suis sur la défensive. Ben lâche un petit rire amer et se tourne vers moi en secouant la tête. Je soutiens son regard blessé, et j'ai l'impression que de l'eau glaciale s'insinue sous ma peau.

— Ça ne me regarde pas ? répète-t-il. Tu as raison au fond : tu m'as dit que tu avais eu quelqu'un quand tu étais enceinte, et ça aurait dû suffire. Mais tu as oublié de mentionner qu'il t'aime toujours.

De plus en plus perdue, je fronce les sourcils.

— Qu'est-ce qu'il t'a dit au juste ?

— Pourquoi vous vous êtes séparés ? demande-t-il en changeant d'approche.

— James ne veut pas d'enfants, dis-je du bout des lèvres.

Cette fois, Benjamin éclate d'un rire jaune qui me fait froid dans le dos. Son ironie me montre trop bien l'absurdité de cette excuse. Il me regarde droit dans les yeux pour me dire :

— Je ne sais pas qui de vous deux délire le plus, mais je te signale qu'il vient de passer la soirée avec Bailey.

— C'est son filleul.

— À l'entendre, c'est *beaucoup plus* que son filleul.

Je fronce les sourcils de plus belle, et Ben me désigne le babyphone dont le petit voyant rouge signale qu'il est allumé. Je ferme les yeux en prenant une profonde inspiration. Il a donc entendu James quand il nous disait au revoir.

— Et tu vois, Kate, tout le week-end tu t'es cachée de moi pour allaiter Bailey, mais cet homme est monté sans même te demander ton avis, et tu n'as pas bronché non plus.

— OK, je capitule. Où tu veux en venir ?

— Où je veux en venir ? s'étonne-t-il en écarquillant les yeux comme si j'étais une imbécile finie. Je suis quoi pour toi, Kate ? Qu'est-ce qu'on fait ensemble ? Je croyais qu'on était deux adultes responsables qui cherchent une relation durable…

— James et moi avons partagé certaines choses, c'est vrai, suis-je forcée d'admettre. Mais il a été très clair sur le genre de relation qu'il voulait avoir avec Bailey et moi. Je ne suis pas en train de jouer avec tes sentiments, Ben.

— Je suis désolé mais j'ai du mal à te croire.

Je croise les bras comme pour former un bouclier physique entre ses mots et moi. Je n'aime pas la tournure que prend notre conversation. Je peux presque voir le train dérailler au bout du chemin, et je sais que je serai celle qui en ressortira la plus amochée.

Ben se détourne, fait quelques pas en direction de mon bureau. Je n'ai pas besoin de voir son visage pour savoir que ses yeux sont posés sur les photos de James et moi. Son bras gauche s'anime pour atteindre l'un des cadres. Je ferme les yeux. Le cliché qu'il étudie a été pris par Ryan. On avait été invités chez lui pour un barbecue un soir d'été. Ce jour-là, je portais une robe blanche fleurie serrée sous la poitrine et évasée en dessous, qui laissait deviner mon ventre de femme enceinte. James se tient à mes côtés, la main glissée sous mon ventre comme s'il tenait un œuf dans sa paume. Son visage reflète à la fois un grand bonheur, et une excitation digne de son neveu Tommy.

— Tu as vu comment tu le regardes ? souffle Ben d'un ton blessé.

Comme si James était un miracle, je sais que c'est comme ça que je le regarde.

— Ce genre d'amour que vous partagez…, poursuit-il sans attendre de réponse, ça ne disparaît pas du jour au lendemain. Toi aussi tu l'aimes toujours, n'est-ce pas ?

Je souffle en pressant mes paupières.

— Oui. Mais il ne veut pas…

— Ce sont des conneries, Kate, m'interrompt Benjamin avec une froideur effrayante. Cet homme ne pourra jamais n'être *que* ton ami. Ouvre les yeux, il ne se comporte pas un seul instant comme tel ! Tu crois qu'un meilleur ami se permettrait de passer te voir pendant que tu allaites en sachant que l'homme avec qui tu sors est au rez-de-chaussée ? Il a *couché* avec toi pendant que tu étais enceinte. J'ai beau savoir que tu as eu Bailey par insémination, c'est plus que du sexe à ce stade.

— Ben, c'est du passé… Maintenant, j'essaye de tourner la page et de construire une relation avec *toi*.

J'ouvre les yeux pour soutenir son regard, mais mon plaidoyer semble inefficace.

— Faux. Tu essayes d'oublier quelqu'un que tu ne pourras jamais oublier tant qu'il partagera ton quotidien. Je ne veux pas être la cinquième roue du carrosse. Et crois-moi, aucun homme sain d'esprit n'acceptera cette situation. James est beaucoup plus que ton ami. Vous êtes fous amoureux l'un de l'autre : ça crève les yeux. Vous êtes les seuls à ne pas encore le reconnaître.

Je reste les bras ballants, les larmes aux yeux. Je ne sais pas quoi répondre. Après tout, il n'y a rien à répondre à cela. Il vient juste d'énoncer à voix haute ce que James et moi avons refusé d'assumer depuis la naissance de Bailey. À tort, nous avons tous les deux cru qu'en laissant un peu de temps passer nous pourrions nous aimer un peu moins fort. Au lieu de ça, cette distance forcée n'a fait que raviver notre frustration, et rallumer une flamme qui est vouée à ne jamais s'éteindre. Car James est l'amour de ma vie. Et je suis son âme sœur.

Lorsque Ben s'en va, j'ignore s'il a ajouté quoi que ce soit. J'ignore si je vais le revoir. S'il a besoin que la nuit lui porte conseil. Ou qu'elle me porte conseil à *moi*. Je ne sais même pas s'il continuera à suivre Bailey si on se sépare. Je ne sais plus rien, en somme. Sauf peut-être que notre histoire semble s'être terminée de la même façon qu'elle a commencé : sur un immense malentendu.

Et ce soir, j'ai le sentiment d'avoir tout perdu. L'homme que j'aime ne veut pas être avec moi. Et aucun homme n'envisagera jamais une relation sérieuse avec moi à cause de James, de nos sentiments. Soudain prise d'une colère immense, j'essuie les larmes brûlantes qui coulent sur mes joues d'un geste furieux. Je pêche mon portable dans mon sac à main, et téléphone à James en faisant peu de cas de l'heure.

— Je te manque déjà ? m'interroge-t-il en décrochant, un rire dans la voix. À moins que le doc ne fasse mal son travail… Tu as besoin de moi pour te faire du bien ?

— Ferme-la, James : je ne suis pas d'humeur !

— C'est cet enfoiré ? ! Kate, est-ce qu'il faut que j'aille

refaire le portrait à Machin ? Dieu sait à quel point j'en ai envie !

Je crie presque dans le combiné :

— C'est toi, James ! Qu'est-ce que tu es allé lui raconter sur nous deux ?

— Sur nous deux ? répète-t-il au ralenti comme s'il ne comprenait pas.

— Oui, sur nous deux ! Je te signale que c'est toi qui ne veux pas te mettre en couple avec moi, pas l'inverse.

— Je sais, souffle-t-il. Et je suis désolé que ça soit encore si dur pour toi.

— Ce n'est pas dur. Mais je n'apprécie pas que tu sabotes mes relations derrière mon dos. Tu es mon meilleur ami !

— OK, je ne sais pas ce que ce connard t'a raconté, mais de toute évidence il y a un énorme malentendu, dit-il en soupirant. Benjamin s'inquiétait : il a dit qu'il n'arrivait pas à te mettre en confiance. Je lui ai simplement conseillé de te laisser venir à lui. J'ai aussi dû dire que s'il ne te brusquait pas, il aurait la chance de sortir avec l'une des femmes les plus extraordinaires qui existe.

— Et c'est tout ? Rien sur notre relation pendant ma grossesse ?

— Non ! s'insurge-t-il. Pourquoi j'irais lui parler de notre vie sexuelle ?

— Parce qu'il sait ! Il sait que l'on a couché ensemble. Il sait que tu m'aimes, il sait que je t'aime. Et maintenant, il ne veut plus de moi !

J'ai le ton d'une folle furieuse.

— Il t'a quittée ? s'étonne James.

— Oui. Et d'après lui, aucun homme sain d'esprit ne sortira jamais avec moi à cause de *toi*. Et c'est vrai !

Je crie tout en essayant de retenir les sanglots qui montent dans mon torse, puis je poursuis :

— Tu sortirais, toi, avec une femme qui a couché avec son meilleur ami pendant qu'elle était enceinte ? Meilleur ami dont elle s'est séparée non pas parce qu'il n'y avait plus de sentiments, mais parce qu'il ne veut pas d'enfants. Tu le ferais, toi ?

— Non, reconnaît-il. Je ne supporterais pas d'être avec une femme qui pense à un autre homme pendant que je lui fais l'amour.

Cette fois, les larmes débordent. Je fais de mon mieux pour étouffer mes hoquets, mais je ne suis pas sûre d'y parvenir. Les aveux de James m'affectent plus que je ne m'y attendais. L'entendre confirmer ce que Benjamin a prédit me fait l'effet d'une condamnation à mort.

— Kate… Je suis désolé.

— Arrête de dire ça à la fin ! Arrête de dire que tu es désolé parce que j'ai de plus en plus l'impression que tu *n'es pas* désolé.

— Écoute, Kate, il est tard… On prendra un moment pour en discuter face à face, d'accord ? Repose-toi.

Nous n'avons pas abordé le sujet le lendemain, ni le jour suivant, d'ailleurs. James et moi avons été particulièrement occupés, nous avons à peine eu quelques minutes ensemble et n'avons parlé que boulot. Ensuite, il est parti à Seattle comme chaque mercredi. Je l'ai aperçu dans le bureau de Katherine jeudi dans l'après-midi, fraîchement débarqué de l'aéroport, mais il n'est pas resté. J'étais de toute façon encore bien trop en colère après lui pour me soucier de ce qu'il faisait.

Nous sommes à présent vendredi, il est près de 14 heures, et il n'est toujours pas là. Je lui ai envoyé plusieurs messages pour lui dire que ma colère est tombée, que j'aimerais qu'on parle, mais il n'a répondu à aucun. Je sais que quelque chose ne va pas. Mon instinct perçoit les signes. Je peux presque sentir les secousses du tremblement de terre, voir la mer se retirer brusquement pour annoncer le tsunami. Je devrais me mettre à l'abri. Au lieu de ça, je fonce droit sur le danger.

Incapable de me concentrer plus longtemps, je m'arme

de courage et décide d'aller interroger Katherine sur l'absence de James. J'ai la certitude qu'elle pourra m'éclairer puisqu'elle est la dernière à lui avoir parlé au bureau. Peut-être a-t-il encore attrapé un rhume à Seattle ? Un petit peu de ma détermination s'envole lorsque j'approche de l'antre de Katherine Evans. Je me souviens de notre première rencontre comme si elle datait d'hier. Elle n'était que sourires mielleux et paroles en sucre. Je suis du genre gourmande, mais il ne m'avait pas fallu bien longtemps pour comprendre que tout cela était empoisonné. Depuis, j'ai fait mes preuves, et j'ai remonté dans son estime. Et puis Katherine n'aime pas grand monde de toute façon.

Comme si elle avait senti mon regard, elle relève la tête. Je serre les poings une seconde, puis laisse mes bras retomber le long de mon corps. La profonde inspiration que je prends m'aide à faire les trois enjambées qui me séparent de la porte de son bureau. Avant même que je frappe, elle me fait signe d'entrer tout en se reculant dans son siège.

— Bonjour, Kate, je voulais justement m'entretenir avec toi.

Qu'est-ce que j'ai bien pu encore faire ? Ou mal faire, en l'occurrence. Ma voix est tendue lorsque je réponds :

— Bonjour, Katherine.

Elle ne me dit pas de m'asseoir, alors je ne m'assois pas. Je ramène mes bras contre moi et saisis mes coudes dans chacune de mes mains.

— Je t'en prie, m'encourage-t-elle avec un sourire qui, pour une fois, semble sincère. De quoi voulais-tu me parler ?

La raison de ma présence ici me paraît alors triviale. Mais il est trop tard pour faire machine arrière. Je m'éclaircis la voix, avance d'un pas en relâchant mes coudes et commence, avec l'assurance d'une étudiante à sa première présentation orale :

— Je m'inquiète pour James… Je l'ai aperçu hier, mais il n'est pas revenu travailler depuis son retour de Seattle. Il n'est pas retombé malade quand même ?

Katherine hausse les sourcils. Ses yeux se mettent à pétiller. Une main d'acier se referme sur mon estomac et me donne la nausée. C'est presque comme si j'avais perdu tout contact avec la réalité.

— James ne t'a pas annoncé la bonne nouvelle ? s'étonne-t-elle d'une voix douce.

— Quelle bonne nouvelle ?

Je suis de plus en plus étourdie.

— Comme il prend la direction de la filiale à Seattle, il t'a recommandée pour prendre son poste. Tu commences lundi en tant qu'associée principale.

Ses paroles peinent à s'imprimer dans mon cerveau. Mes yeux inanimés restent fixés sur Katherine. Je vois ses lèvres bouger, mais j'ignore ce qu'elle dit. Dans mes oreilles le bruissement du sang siffle comme si j'avais la tête sous l'eau. La pièce se met à tanguer et j'ai l'impression d'être sur un navire en pleine tempête. Je n'ai plus aucune sensation dans le corps. Je ne sais même pas si je respire encore.

James est parti.

Le tsunami que je devinais tout à l'heure me heurte alors de plein fouet, m'engloutit, me tire vers le fond. Il est parti. Il ne m'a même pas dit au revoir. Il n'a rien dit du tout. Je repense à sa façon désinvolte de répondre à ma question, le soir de ma rupture avec Ben, quand je l'ai interrogé sur ce que voulait lui dire Katherine.

Et lorsque je comprends enfin, je m'effondre.

26. Bailey James Callaghan

19 septembre 2016

Encore sonné par le décalage horaire, je monte les quelques marches qui conduisent à la terrasse en trois pas légers. Je rentre tout juste d'un voyage en Suède qui n'aurait pas pu mieux tomber. D'abord parce que j'avais besoin de dire adieu à Marta de façon symbolique, en dispersant ses cendres. Ensuite parce qu'il fallait que je passe un peu de temps loin de Portland pour mieux digérer ma « rupture » avec Kate.

Nous avons fini par mettre un terme à notre relation après une longue et désagréable mise au point. Elle était déçue, mais n'en a rien dit. Nous savions tous deux que ce moment finirait par arriver. Je crois que je suis blessé qu'elle se soit si facilement résignée à tourner la page sur ce que nous avons vécu. Mais je n'ai pas le droit de me plaindre ou de le montrer : c'était ma décision. Avec un peu de chance, quand elle reviendra de son congé maternité, on aura retrouvé nos repères. Je détesterais que notre amitié soit bouleversée parce que je n'ai pas su me contenir. Pour autant, je ne regrette rien. Ni le sexe hallucinant avec elle ni les moments avec son bébé. C'est un garçon, et j'ai hâte de le rencontrer ! Elle aussi je crois…

Je vais m'asseoir sur un banc, cale une cigarette entre mes lèvres et ferme les yeux. Le papier crépite lorsque je l'allume, je rejette la tête en arrière en tirant une longue bouffée. Machinalement, je vérifie mon portable pour voir si elle m'a écrit… Toujours rien. Nous sommes légèrement en froid, je le sais. Ça m'attriste, mais je me suis fait à l'idée que rien ne sera plus jamais comme avant entre nous.

— Toujours en train de fumer, toi…

Je verrouille mon portable et lève les yeux sur Katherine, qui s'assoit à côté de moi. Ma réponse fuse dans un rire amer :

— C'est toujours mieux que l'alcool.

— Ton voyage s'est bien passé ?

— Ça aurait pu être pire…

— Quelqu'un a pissé dans ton café ou quoi ? plaisante ma mère en riant de me voir rester volontairement vague.

Je lui jette un regard noir du coin de l'œil, ce qui ne fait que redoubler son hilarité. Au moins elle est de bonne humeur, chose rare.

— Alors, insiste-t-elle. Tu t'es trouvé une jolie Suédoise pour calmer tes ardeurs ?

— Pour l'amour du ciel, Katherine ! Pourquoi ma vie sexuelle t'intéresse tant ?

— J'essaye juste de te faire la conversation ! s'agace-t-elle à son tour. Tu préfères que je t'interroge sur Kate et son mystérieux bébé ?

— Je préfère que tu ne m'interroges pas *tout court*.

— Je suis ta mère, James, je m'inquiète pour toi : c'est normal.

— Merci, dis-je alors en m'efforçant d'être sincère. Mais je vais bien, je t'assure.

— Si seulement tu savais à quel point c'est loin d'être le cas. Par moments, je me demande si tu dis ça pour t'en convaincre aussi ou si tu le crois vraiment.

Je referme les yeux en continuant à fumer tranquillement. Je fais partie de ces gens qui ont vu leur vie bouleversée par une tragédie, et qui lutteront le restant de leurs jours pour reprendre pied et rétablir un semblant de normalité dans leur quotidien. J'admets alors, dans un souffle rauque :

— J'essaye de m'en convaincre. Il paraît que c'est la première étape.

— Tu as changé depuis que tu travailles avec Kate, remarque Katherine. Tu sembles plus apaisé. À mon avis, tu ne vas pas avoir à essayer de t'en convaincre très longtemps.

Un petit rire sans joie m'échappe. Je me retiens de lui dire qu'elle a utilisé sur moi sa magie d'Irlandaise. Katherine ne comprendrait pas la référence. J'en viens à regretter Marta. Elle m'aurait aidé à savoir quoi faire, à prendre la bonne décision. Elle a d'ailleurs été très claire sur le sujet à chaque fois qu'elle en a eu l'occasion. Je commençais à peine à me faire à l'idée que je pouvais *peut-être* espérer un futur avec Kate qu'elle est morte, faisant s'effondrer au passage les fragiles fondations que j'avais commencé à construire. Un appel vient perturber le fil de mes pensées, et m'évite d'avoir à élaborer une réponse à l'observation de Katherine.

— James Evans.

— Monsieur Evans, bonjour, Centre médical Providence Portland à l'appareil. Je vous appelle au sujet de Caitlin Callaghan.

Mon cœur s'arrête un instant de battre et je me force à parler :

— Je vous écoute.

— Il faudrait que vous vous rendiez sur place, m'annonce la femme à l'autre bout du fil.

— Elle va bien ? C'est le bébé ?

— Je regrette, je ne peux rien vous dire au téléphone. Il faut que vous veniez.

Et c'est ce que je fais. Je me rue à l'hôpital où j'arrive dans un état second, me laisse guider vers l'aile de la maternité et me présente d'une voix chevrotante.

— Monsieur Evans ? répète la secrétaire d'un air absent, les yeux sur son écran.

— Oui ! Je suis là pour Caitlin Callaghan.

— Ah…, lâche-t-elle en tapotant sur son clavier.

Mlle Callaghan… Elle a été emmenée au bloc, finit-elle par m'informer d'un ton si détaché que j'aimerais pouvoir la trucider sans risquer la prison.

— Pourquoi ? Et son bébé ?

— Vous êtes le père ? m'interroge-t-elle en levant les yeux vers moi, un sourcil haussé.

Je rugis en tapant du plat de la main sur le comptoir.

— Non… C'est compliqué ! Écoutez. Je veux juste savoir si elle va bien.

— Lorsque Mlle Callaghan est arrivée à l'hôpital après avoir perdu les eaux, nous avons constaté que son bébé était en siège, et que le cordon ombilical était enroulé autour de sa nuque. Elle a subi une césarienne d'urgence. Le bébé va bien, mais les médecins ont eu du mal à contrôler l'hémorragie qui s'est déclenchée pendant l'opération. Nous sommes toujours en attente d'informations de la part du bloc.

Une soudaine chute de tension m'étourdit. Je me cramponne au comptoir pour ne pas m'effondrer. *Bon sang, Kate… Tu n'as pas le droit de mourir. Ton petit gars compte sur toi. Je compte sur toi.* Puis je pense à son petit lutin, tout seul dans cet univers bien trop vaste pour lui.

— Je peux voir le bébé ?

— Suivez-moi.

Je lui emboîte le pas. Le sol semble vouloir se dérober sous mes pieds. Et si je ne revoyais plus Kate ? Nous arrivons devant les grandes vitres de la pouponnière.

— Le petit Callaghan est juste là, m'indique une infirmière. C'est un garçon.

Je suis la direction qu'elle m'indique. Le bébé est bien trop loin pour que je puisse voir quoi que ce soit de lui. Et il faut dire que les larmes qui commencent à remplir mes yeux n'aident pas. Ma voix se brise quand je demande :

— Est-ce qu'il va bien ?

— C'est un petit prématuré, mais il est en excellente santé. Vous voulez le porter ?

Étonné par sa proposition, je tourne vers elle deux yeux

grands comme des soucoupes et, incapable de prononcer un mot, je hoche la tête sans pouvoir masquer mon enthousiasme. La jeune femme m'adresse un sourire amical.

— Venez.

Elle me demande d'abord de me laver les mains avec une solution désinfectante, puis d'enfiler une blouse stérile. L'infirmière se rend ensuite dans la pièce que j'observais de l'extérieur pour aller chercher le bébé de Kate.

— Vous avez déjà porté un nourrisson ?

— Jamais.

— Asseyez-vous, me dit-elle en désignant le fauteuil dans un coin. Je vais l'installer dans vos bras.

Dès qu'elle soulève le bébé, il s'agite et se met à gémir en guise de protestation. Ses vagissements me tordent le cœur de tendresse. La jeune femme le berce par des mouvements lents tout en murmurant des mots doux, mais il continue à brailler. Malgré moi, je souris, ému. Il vient à peine de naître qu'il a déjà le caractère bien trempé de Kate. Une fois que je le tiens, serré contre moi, je chasse mes larmes et murmure :

— Hey. Salut, toi. Tu te souviens de moi, mon bonhomme ? C'est James.

Au son de ma voix, le bébé commence à se calmer. Je l'ajuste dans mes bras, les yeux sur son minuscule visage encore rouge et fripé. Les siens sont clos. Il est si petit que je n'ose même pas lui donner un baiser ou câliner ses joues fragiles. Puis j'interroge l'infirmière :

— Est-ce que Kate l'a vu ?

— Non. Malheureusement, l'hémorragie lui a fait perdre connaissance. Elle n'a même pas eu le temps de le nommer. On lui a donné un biberon tout à l'heure, et si vous voulez, vous pourrez lui donner le prochain.

— J'adorerais.

— Parfait. Je vous laisse un peu d'intimité.

Avec un dernier sourire chaleureux, elle retourne dans son bureau. Je reporte mon attention sur le petit bébé dans mes bras. Il est toujours mécontent, et sûrement déboussolé par le brusque changement d'environnement qu'on lui impose. Il faut dire qu'après tout ce temps à l'abri dans le ventre de Kate…

— Tu n'as pas à t'en faire, petit gars. Ta maman est la femme la plus courageuse, la plus forte que je connaisse. Elle va s'en tirer.

Le nourrisson me répond par un cri si adorable que je souris.

— Comment ça, et si j'avais tort ? Je n'ai aucun doute sur la force de ta mère, et tu devrais avoir honte de douter d'elle, dis-je en tapotant le bout de son nez de lutin. Et puis je suis là, d'accord ? Tu ne seras jamais seul, mon bonhomme. Bien sûr que tu as ma promesse ! Quoi qu'il arrive, je serai là.

Je risque un petit baiser sur son front, et je continue à lui parler. Je lui raconte des choses sur sa mère tout en le berçant. Puis il cesse de geindre et finit par s'endormir, mais je ne le repose pas dans son berceau. Je le tiens précieusement contre mon cœur. J'ai conscience de profiter d'instants uniques. Les yeux fermés, j'ai l'impression que les neuf dernières années n'ont jamais existé.

Ce n'est que bien plus tard, lorsque l'infirmière m'informe que Kate est tirée d'affaire et qu'elle a été placée dans une chambre, que je remets son fils dans le lit pour suivre la jeune femme.

— Elle est encore sous l'effet de l'anesthésie, mais elle va bien. On va sûrement la garder sous observation les prochains jours pour surveiller la cicatrisation, ensuite elle pourra rentrer sans problème.

— Merci.

Elle approche le bébé endormi du lit de Kate, puis quitte la pièce. Je m'avance vers mon amie, les yeux sur son visage à l'inquiétante teinte grisâtre. On dirait qu'elle a été ramenée d'entre les morts. Les appareils de surveillance auxquels elle est reliée sont intimidants, et lorsque je caresse sa joue avec toute la délicatesse dont je suis capable, je crains de la voir se briser à mon contact. Je chuchote tout de même :

— J'ai rencontré ton petit gars. Il est magnifique. Et je crois qu'il est impatient de faire ta connaissance. Je peux déjà te dire qu'il va être un sacré numéro.

Je repousse vers l'arrière les mèches emmêlées sur son front, et l'embrasse sur les lèvres. C'est maintenant que ses paupières sont closes que je me rends compte que je tuerais pour la voir poser ses grands yeux verts et ombrageux sur moi. Des yeux qui renferment toute la magie de ses ancêtres.

Poussé par mon instinct, je grimpe sur l'étroit lit d'hôpital pour m'étendre tout contre elle. Je pose la tête sur son épaule, passe le bras en travers de son ventre, frotte le nez contre la peau délicate de son cou. Et je lui parle tout bas :

— Tu m'as fait une peur bleue. Si tu voulais attirer mon attention, tu pouvais simplement me passer un coup de fil… Ne me refais jamais un coup pareil, Callaghan, je t'en supplie. Je ne suis pas sûr que je supporterais de te perdre.

Je ferme les yeux, et me rapproche encore d'elle en poussant un soupir.

— Je t'aime. Tu es l'amour de ma vie, d'accord ? Ne me quitte pas.

27. Boîte de Pandore

Des coups de feu me réveillent. Enfin… Ce que je crois être des coups de feu manque me faire tomber du canapé où j'ai sombré dans un semi-coma pendant une éternité. Je me lève en titubant, l'esprit encore embrumé, ramasse mon portable sur la moquette, appuie sur le bouton d'accueil pour avoir une idée de l'heure. L'écran ne s'allume pas. Je balaye la pièce du regard à la recherche de mon chargeur, mais les coups insistants à la porte me rappellent l'ordre des priorités. Je frotte ma mâchoire hirsute et lance :

— Hey, j'arrive à la fin !

Puis, une fois vêtu plus ou moins décemment, j'ouvre la porte d'un geste sec pour aboyer :

— Quoi ?

Je blêmis. Kate et Bailey sont sur le pas de ma porte. Kate a les yeux injectés de sang, gonflés comme si elle avait fait une réaction allergique. Sa peau d'ordinaire bien pâle est grisâtre. Son regard est dur et froid, ses sourcils froncés en une expression austère. On dirait un cadavre.

— Kate, qu'est-ce que tu fais là ?

Oh ! si elle avait pu cracher du feu elle m'aurait carbonisé sur place. Ses yeux sont des dagues qui se fichent dans les miens. Elle prend une profonde inspiration pour se contenir.

— Bouge, dit-elle en me poussant de sa main libre, dont la paume est à vif à force d'avoir tambouriné contre ma porte en bois massif.

Je m'écarte en poussant un soupir, et referme la porte.

Sans m'accorder un regard, elle se dirige vers le couloir qui mène aux chambres. Je ne la suis pas. Quelque chose me dit que je n'échapperai de toute façon pas à une discussion. Je déniche un jean que je passe à la hâte avant de chercher mon chargeur. Je branche mon portable, et lorsqu'il peut enfin s'allumer je me fais la remarque que j'aurais mieux fait de le laisser éteint : j'ai pas moins d'une petite centaine d'appels manqués, et des dizaines de messages de plus en plus hargneux ainsi que quelques menaces de mort de la part de Kate. En d'autres circonstances, ça aurait pu me paraître comique, mais ça ne l'est pas. C'est exactement ce que je cherchais à éviter.

Je vais faire un brin de toilette. Qu'est-ce que je peux faire d'autre ? Je sais pourquoi Kate est là. Elle doit être en train d'endormir Bailey pour mieux revenir me régler mon compte. Je ne lutte même pas parce que je sais que je le mérite. C'est parce que notre amour est si fort que je l'ai tant blessée, et malgré mes sentiments j'ai laissé mes peurs saboter mon présent, et mon avenir avec elle. J'ai vu la douleur sur son visage que j'aime tant. J'ai vu toute sa déception, toute sa colère. Elle ne comprendra sans doute jamais que je fais tout ça pour *elle*, pour eux. Pour qu'ils puissent avoir une chance d'être heureux. Elle me haïra très longtemps, peut-être à jamais, mais c'est un prix que je suis prêt à payer si ça peut garantir leur bonheur à tous les deux.

M'inquiétant de ne pas la voir revenir, je m'aventure en direction de ma chambre sur la pointe des pieds. La porte n'est pas fermée. Mon cœur se tord de douleur quand je l'aperçois : elle est cramponnée à son fils et sanglote tout en se balançant d'avant en arrière. Le cœur prêt à éclater je me réfugie dans le salon, sur le canapé. Ce sont ses reniflements qui trahissent sa présence. Je lève les yeux vers elle, et la douleur m'envahit les entrailles. Ses épaules et sa poitrine se soulèvent encore de petits hoquets.

— Qu'est-ce que tu croyais faire ? m'interroge-t-elle

d'une voix ferme et froide qui contraste avec la fragilité qu'elle dégage.

— Je peux t'expliquer…

— M'expliquer quoi ? me coupe-t-elle. Que tu m'as donné ton poste pour mieux faire passer la pilule ? Tu aurais pu m'en parler le soir où tu as gardé Bailey : je t'ai même demandé ce que voulait ta mère…

Je suis crevé, je n'ai pas spécialement envie de parler, mais je lui dois des explications.

— Assieds-toi, Kate.

Son corps est secoué d'un frisson. Elle serre les dents et les poings, se tend comme la corde d'un arc que l'on arme.

— James ! Je suis à deux doigts de me défouler sur toi, alors je te conseille d'arrêter avec ce ton condescendant !

Je pousse un soupir, exténué d'avance, et explique :

— Lundi, quand nous étions sur le toit, Katherine m'a fait venir dans son bureau pour me proposer de prendre la tête de la filiale. J'ai dit non.

— Ne me mens pas ! crie Kate alors qu'un nouveau flot de larmes coule sur son visage.

— Je n'ai aucune raison de te mentir. Je ne voulais pas du poste. Pour un tas de raisons ! Je n'ai franchement pas envie de me coltiner la paperasse à longueur de journée, et je ne veux pas vivre à Seattle.

— Alors pourquoi as-tu accepté en fin de compte ?

Cette fois, je me lève pour la prendre par les épaules. Avant de la rejoindre, j'attrape un mouchoir sur la table du salon et sèche son visage. Mes paumes enveloppent l'arrondi de ses épaules. J'attends qu'elle soutienne mon regard pour poursuivre :

— Pour te laisser une chance d'être heureuse.

La gifle qu'elle me décoche manque me briser la mâchoire et les cervicales. Le claquement de sa paume contre ma joue se répercute contre toutes les surfaces solides de la pièce. Mes yeux s'agrandissent sous le choc, ceux de Kate aussi. Elle n'est pas violente. Elle hausse même rarement la voix. Elle s'agace parfois, comme n'importe qui, sinon elle n'est que douceur. L'espace d'une seconde, je la vois lutter contre son envie de se précipiter sur moi pour me réconforter et se confondre en excuses. Au lieu de ça, elle fait un pas en arrière. Je l'imite en me massant le visage : c'est qu'elle a de la force !

— Ça me tue de l'admettre, mais Benjamin Cole a raison, Kate : tu ne trouveras jamais l'amour tant que je serai dans ta vie.

Elle secoue la tête en éclatant d'un rire dément qui me fait l'effet d'une douche glacée.

— « *Trouver l'amour* » ? répète-t-elle incrédule. Tu te fous de ma gueule, James Evans ? Qu'est-ce que tu ne comprends pas dans ces mots : « Je t'aime » ? *Toi.* Pas un autre… Je n'aurais jamais dû sortir avec Benjamin. Tout ce que je voulais, c'est être avec toi, mais je me suis laissé convaincre d'aller voir ailleurs !

— Je suis désolé, Kate…

Je ne sais pas quoi lui dire d'autre. Mon cerveau fonctionne au ralenti. Je n'ai ni mangé ni bu depuis que je suis rentré de Seattle. J'ignore par quel miracle je tiens encore debout. En revanche la gifle de Kate a ravivé mon mal de crâne.

— De quoi es-tu désolé, au juste ? me défie-t-elle en faisant un pas dans ma direction.

— Désolé… Pour tout, d'accord ? Bon sang…

Je ferme les yeux, et contre mes paupières closes s'abattent les souvenirs. Une plainte d'animal blessé s'échappe de ma poitrine. La douleur, aussi vive que le premier jour, se réveille dans mon corps. Je dois lutter pour repousser les images, les sons. Je lutte aussi pour ne pas aller endormir la souffrance avec de l'alcool. La barrière entre le passé et le présent explose.

— James ! me hèle Kate dans mon dos, étrangère à l'enfer que je vis. Tu crois m'avoir répondu ?

Je me retourne et écarte les bras en signe de reddition. Puis je tonne :

— Je n'ai rien à te répondre, Kate ! Depuis que je t'ai

rencontrée, je me berce d'illusions. C'est ça que tu veux entendre ? Que je n'aurais jamais dû t'embrasser, jamais dû gagner ta confiance, ton amitié ? Que je n'aurais pas dû non plus te faire l'amour comme si ma vie en dépendait et aimer ça ? Je ne suis pas fait pour toi, et j'ai eu la bêtise de croire que ça pourrait changer !

— Alors ce n'est pas à cause de Bailey, comme tu l'as toujours dit ? me questionne-t-elle d'une petite voix, la bouche tordue de chagrin et les larmes prêtes à s'abattre sur la forêt émeraude dans ses yeux. C'est juste moi…

Kate hoche la tête comme pour s'aider à accepter cette conclusion. Un sanglot déchire sa poitrine. Ses jambes tremblent, se dérobent sous elle. Lorsqu'elle tombe à genoux, elle cache sa figure dans ses paumes et ne cherche même plus à retenir ses larmes. La tension accumulée dans mes épaules se relâche quand je la vois ainsi. Une longue minute s'écoule avant que je puisse réagir. Je vais vers elle, m'agenouille à ses côtés et l'enveloppe de mes bras. Elle se débat.

— Lâche-moi, crie-t-elle en bourrant mon torse de coups.

— Non.

— Lâche-moi ! rugit-elle en me frappant plus fort. James, bon sang… ! Laisse-moi tranquille !

Elle se débat, hurle, continue à me taper dessus, je crois qu'elle me griffe aussi, mais je m'en fiche. Je tiens bon. Je ne desserre pas ma prise une seule seconde. Je la berce, la bouche dans ses cheveux jusqu'à ce qu'elle n'ait plus d'énergie que pour pleurer. Alors je chuchote, tout en essayant de retenir mes larmes :

— Ce n'est ni toi ni Bailey, Kate. C'est moi. Je…

Mes paupières se ferment d'elles-mêmes. Je sais que nous venons de mettre la main sur ma boîte de Pandore. Je peux presque voir le couvercle basculer, et s'en échapper le tourbillon coloré de souvenirs, de regrets, d'images, de cris, de larmes, de douleurs. Il nous engloutit tous les deux, et je suis incapable de dire si on en sortira indemnes. Mais là n'est pas la question car je dois la vérité à Kate.

Non pas, comme mon côté égoïste le voudrait, pour qu'elle me pardonne un jour, quand sa colère sera retombée, et qu'elle aura véritablement compris d'où je viens ; mais pour qu'elle puisse trouver la paix. Tourner la page sur notre histoire. Et se reconstruire. Je n'aurais jamais dû laisser les choses aller aussi loin entre nous. Je la redresse et murmure :

— Viens. S'il te plaît… J'ai des choses à te dire, mais ne restons pas par terre.

Elle acquiesce tout en se cramponnant à mon T-shirt à présent trempé de ses larmes. Puis elle se pelotonne dans un coin du canapé, enveloppée d'une couverture, et je vais préparer deux tisanes au miel.

Je lui mets une tasse dans les mains tout en me disant, quand je la vois frissonner comme une feuille sur le point de se détacher d'un arbre, en automne, que je suis le pire des imbéciles. Elle évite mon regard, mutique. Je m'assois en face d'elle, sur la table basse. Je me penche, les avant-bras sur les cuisses, sans savoir par où commencer. C'est finalement le besoin de me justifier, d'expliquer le James qu'elle croit connaître, qui me vient à l'esprit. Je pousse un soupir, et parle d'une voix sourde :

— Je n'ai pas toujours été adepte des coups d'un soir, comme quand tu m'as connu. Marta a vraiment fait de moi quelqu'un de bien. Tu vas sûrement me trouver naïf, mais en dépit des parents que j'ai je croyais à l'amour. Je voulais… briser la malédiction ? En tout cas échapper à cet engrenage de coups bas et de manipulation dans lequel j'ai grandi. Marta m'a assuré que c'était possible, puis en voyant Ryan et Anna, j'ai très tôt su que je marcherais dans les pas de mon frère.

Kate ne me regarde pas. J'aurais pourtant besoin de ses yeux sur moi, sur ma sincérité. La gorge nouée par mes souvenirs et la distance entre elle et moi, je lui révèle ce que je voulais cacher :

— J'ai eu tout ça. Une femme, une vie de couple… un bébé.

À ces mots, elle réagit enfin. Un léger sursaut la traverse. Ses yeux plongent dans les miens, ne les quittent plus, mais elle ne pose pas de question : elle attend que je poursuive. C'est lorsque je veux montrer à Kate le tatouage qu'elle connaît déjà que je prends conscience que j'étais en train de passer le pouce sur le prénom de Maya.

— Maya n'était encore qu'un nourrisson quand je l'ai perdue.

Je me lève pour arpenter le salon. Rester assis m'est impossible. Je vais beaucoup trop vite, je le sais. Mais étrangement, apprendre à Kate que ma fille est morte alors qu'elle n'avait que quelques semaines est presque plus facile que de lui parler du reste. De tout ce qu'il y a avant. Du *comment*.

Ma rencontre avec sa mère me revient avec une netteté effrayante, alors que j'ai passé les neuf dernières années à tenter d'oublier. À gommer chaque petit morceau d'elle. Je me suis toujours demandé comment une femme d'apparence si frêle, si innocente pouvait être si maléfique. Avec du recul, Katherine est une enfant de chœur à côté d'elle. Quand j'évoque cette partie de mon passé, je le fais sur un ton si détaché que j'en ai froid dans le dos.

— J'avais vingt-deux ans quand j'ai rencontré Julia, la mère de Maya. Rien de bien extraordinaire… On avait des amis en commun, on a fait connaissance à une soirée. À côté de l'exubérance de ses amies, elle était simple, drôle. On a commencé à sortir ensemble de façon assez naturelle, mais pour moi ce n'était rien de plus qu'une amourette. J'avais envie de sérieux, mais je savais que ça ne serait pas avec elle.

— Pourquoi ? m'interroge Kate, la voix éraillée.

Je me tourne vers elle. Ses yeux sont pointés sur moi. Elle a l'air plus calme. Je reviens m'asseoir sur la table basse. Même si mes mains brûlent de la toucher je n'en fais rien. Je sais qu'elle ne me laissera pas faire, et je n'ai pas la force mentale d'encaisser son mouvement de recul. J'explique, en soupirant :

— Une intuition. Je sentais que quelque chose ne tournait pas rond, sans pouvoir dire précisément quoi. Et je l'ai su bien plus tard. J'avais raison. Ni ma rencontre ni ma relation avec Julia n'étaient des hasards.

— C'est-à-dire ? me presse Kate.

— Julia en avait après l'empire de ma mère, et elle a décidé de l'atteindre à travers moi. À ce jour, je ne connais toujours pas tous les détails. Tout ce que je sais, c'est que sa famille possédait une entreprise prometteuse, qui a été coulée par un de nos clients. Peu après, son père s'est suicidé, de désespoir, et sa mère n'a pas tardé à suivre le même chemin. Elle m'a… *manipulé* avec l'objectif de se venger.

— Comment ?

Les questions laconiques de Kate me font grimacer. Pour un peu, on se croirait à une audience dont l'issue sera de déterminer si j'ai droit à l'amnistie, si je mérite une deuxième chance. J'ignore les élancements dans mon crâne, et j'avale une gorgée de tisane que j'ai dosée en miel pour faire repartir mon organisme. Je finis par répondre d'un petit rire amer :

— Toujours avec beaucoup de subtilité. Julia s'intéressait à moi, me faisait parler de mon enfance, de mes espoirs. Elle n'a pas tardé à découvrir mon envie de fonder une famille. Et puis elle trouvait toujours les mots. Elle me disait des choses comme « Oh ! James, on est tellement semblables » ou « Tu me comprends mieux que ma propre famille. » À force, j'ai commencé à y croire moi aussi. À me dire que j'avais trouvé « la perle rare », que l'on avait les mêmes aspirations. Je voulais tellement de cette vie que j'ai baissé la garde. Au fond, je n'avais pas de raison de me méfier… Quelle était la probabilité pour que je tombe sur une psychopathe ? Bref. On a emménagé ensemble. Au bout d'un certain temps elle a tenu à ce que l'on arrête d'utiliser des préservatifs en me racontant qu'elle prenait la pilule depuis des années. En partageant son quotidien, j'ai commencé à prendre conscience que quelque chose ne tournait pas rond chez elle, mais là encore, j'étais incapable de préciser mon intuition. Quand Julia m'a annoncé qu'elle était enceinte, cette impression s'est renforcée : j'ai senti le piège se refermer sur moi. Un soir, elle m'a fait toute une scène : pleurant à chaudes larmes elle m'a dit que ses parents auraient adoré la voir heureuse, mais mariée avant d'avoir un bébé. Elle m'a supplié d'exaucer leur vœu…

Kate frissonne à ces mots. Elle m'écoute toujours, le regard orageux, et je poursuis :

— Julia s'est servie du bébé pour me faire culpabiliser. Elle a tout obtenu de moi à force de caprices : l'appartement que nous avons pris ensemble, les préservatifs auxquels nous avons renoncé, le bébé que nous avons gardé, et finalement ce mariage. Mais je voyais bien que je perdais le contrôle. Je ne me reconnaissais pas dans cette vie. Je voulais tout ça, mais pas aussi vite. Je suis tombé malade peu de temps après avoir annoncé à ma famille mon intention d'épouser Julia : j'ai fait une pneumonie. Je suis resté hospitalisé presque quinze jours, puis j'ai fait ma convalescence chez Marta pendant plus d'un mois. Pour moi, ça a été le signe ultime que quelque chose n'allait pas. Comme disait Marta, notre subconscient a ses façons de nous mettre en garde : je ne pouvais plus ignorer les signes qui s'accumulaient.

Je pousse un long soupir, usé à la fois par les souvenirs et par mon long monologue.

— J'ai dit à Julia que le mariage aurait lieu après la naissance du bébé, et que c'était non négociable. C'est là qu'elle a montré son vrai visage : elle a cherché à semer la discorde dans ma famille, avec mes amis. Elle est allée raconter que je l'avais quasiment violée pour lui faire un bébé, et que j'avais l'intention de l'abandonner. J'ai compris que, depuis le début, elle cherchait à la fois à ternir la réputation des Evans, la mienne, et à accéder à la richesse de la famille. Katherine n'a pas du tout aimé ce grabuge. Elle a engagé un détective privé pour en savoir plus sur Julia, que je ne connaissais pas au fond, et c'est comme ça que l'on a en partie découvert les liens qu'elle avait avec notre société. Qu'elle avait des problèmes psychologiques depuis le suicide de ses parents, qu'elle avait baigné dans l'alcool et la drogue, qu'elle avait contracté des dettes. Ma mère a peut-être un tas de défauts, c'est vrai qu'elle est elle-même la reine des manipulatrices, mais il s'agissait de moi et de sa petite-fille : elle a fait de son mieux pour ne pas braquer Julia le temps qu'elle mène sa grossesse à terme. L'idée était d'attendre la naissance du bébé puis de tout faire pour que je récupère la garde de ma fille et que Julia sorte définitivement de nos vies. Maman était prête à débourser la somme qu'il faudrait pour ça. De son côté, Julia n'était pas en reste : j'ignore comment elle s'y est prise, mais elle est parvenue à obtenir une ordonnance du juge pour m'empêcher de l'approcher. J'étais plein de colère. Et de méfiance : je la sentais sur le point de faire un autre de ses coups.

Je baisse les paupières en pensant à ce que je m'apprête à dire. Je me concentre sur l'instant présent pour repousser la douleur insoutenable. L'appartement est silencieux, Bailey ne s'est pas réveillé. Finalement, je rouvre les yeux pour soutenir le regard de Kate.

— Je n'ai pas été impliqué dans la grossesse de Julia, je n'ai pas assisté à l'accouchement, je n'ai pas eu mon mot à dire pour le prénom. Je n'ai même jamais tenu ma fille dans mes bras, dis-je la gorge nouée. Les procédures prenaient trop de temps à mon goût. Je voulais juste voir mon bébé... Alors un soir je me suis rendu à l'appartement, que Julia avait gardé. Il était dans un état lamentable. Elle avait recommencé à boire, et comme je l'ai appris plus tard, à se droguer. Maya hurlait, et Julia lui hurlait dessus pour qu'elle se taise. J'étais tellement furieux et impuissant que je lui ai dit qu'elle n'allait de toute façon pas garder notre fille très longtemps. Quand je suis parti, je crois qu'elle a paniqué. Elle a voulu s'enfuir avec le bébé, elle a pris le volant ivre et elles ont eu un accident de la route. Maya est morte sur le coup. Julia est restée dans le coma quelques semaines, puis elle a succombé à ses blessures. J'aurais presque voulu qu'elle vive pour supporter les conséquences de ses actes. Elle a été lâche, comme toujours, et c'est moi qui ai dû vivre avec le poids de la mort de Maya sur la conscience.

Je marque une pause, serre les lèvres pour m'empêcher de me mettre à chialer comme une madeleine, et dis à Kate :

— Je me suis souvent dit que si j'avais fait confiance à ma mère, à la justice, Maya serait encore en vie. C'est en grande partie de ma faute si Julia a pris la voiture dans cet état ce soir-là. J'aurais dû… Je ne sais pas… Faire quelque chose pour protéger ma fille. Je n'ai pas réfléchi sur le coup, mais avec du recul, je me dis que j'aurais dû emmener Maya avec moi, tant pis pour les ordonnances du juge. La culpabilité m'a presque tué. J'ai vécu une lente descente aux enfers. Plus le temps passait, plus j'allais mal. Par une sorte d'ironie du sort, je me suis moi aussi tourné vers l'alcool pour oublier. Un jour, un mec s'est pointé au cabinet en disant qu'il représentait les intérêts de la famille de Julia, que je leur devais de l'argent ou quelque chose comme ça… Même depuis la mort elle me hantait. J'ai pété le nez de l'avocat parce que j'étais bourré. C'est ce qui a poussé Katherine et Marta à m'envoyer en cure de désintox. Mais j'ai fini par faire un infarctus à cause du chagrin : j'ai littéralement failli mourir parce que perdre mon bébé m'avait brisé le cœur. J'ai remonté la pente après ça. Difficilement, mais j'ai survécu. Je suis devenu un professionnel des coups d'un soir. Je n'étais plus intéressé par l'amour, par l'idée d'avoir une famille : tout ce que je voulais c'était assouvir mes besoins charnels.

J'hésite, mais maintenant que nous sommes allés si loin, il n'y a plus de raison de ménager Kate :

— Je n'ai jamais eu l'intention de tomber amoureux de toi. Si tu n'avais pas été mon associée, je t'aurais baisée un soir et on ne se serait jamais revus. La suite tu la connais. La seule chose que tu ignores peut-être, c'est que le jour où tu m'as appris ta grossesse, j'ai eu l'impression cruelle de faire un bond dans le passé. J'avais senti que tu me cachais quelque chose d'important, mais comme avec Julia, je n'arrivais pas à savoir quoi. En même temps, j'étais incapable de prendre mes distances. Et toi, tu m'as accueilli à bras ouverts. Tu m'as laissé prendre tout ce que je voulais de toi. Tu as tout partagé avec moi, tout ce que je n'avais pas eu. J'étais tout le temps écartelé entre le besoin de foutre le camp, et l'envie de rester. Maintenant, je meurs de peur à l'idée qu'un jour, toi aussi, tu prennes Bailey et que tu t'en ailles. Je ne sais pas si j'y survivrais… Voilà pourquoi je préférais te savoir avec un autre homme plutôt que prendre le risque de revivre la même chose ou presque. Tant que l'on sera aussi proches, on sera toujours tentés d'être ensemble, d'essayer.

C'est alors que, toujours sans rien dire, Kate se lève. La couverture dans laquelle elle était emmitouflée tombe au sol. Comme tout à l'heure, elle se dirige vers ma chambre. Cloué sur place, je la regarde disparaître dans le couloir pour revenir quelques minutes après avec Bailey. Elle se penche, ramasse le sac à langer de son fils resté dans l'entrée, se tourne vers moi et articule :

— Je suis désolée pour Maya, James.

Puis elle s'en va.

28. Dévoile ton cœur

Le pare-brise est couvert de buée. Il pleut à verse, et le vent balaye tout sans merci. Mon moteur tourne depuis une bonne dizaine de minutes pour maintenir la température de l'habitacle à un niveau confortable pour Bailey. Moi, je claque des dents ; mais je pourrais être sous les tropiques que j'aurais quand même froid. Depuis tout à l'heure, je m'efforce de ne penser à rien pour ne pas me remettre à pleurer. J'écoute la mélodie envoûtante de la pluie sur la tôle. D'habitude, ça suffit, mais aujourd'hui, j'entends la voix de James raconter sans fin son histoire. Tout fait sens à présent. Chacune de ses craintes et de ses réticences. Chaque instant que l'on a vécu. L'homme que je me suis mis à aimer à la folie m'était au fond un inconnu. James a failli épouser une autre femme, bon sang ! Il était père. Est-ce qu'il y a d'autres choses que j'ignore à son sujet ?

Lorsque je repère la berline sombre de Ryan qui s'avance, je lui fais un appel de phares pour qu'il sache que je l'attends dans ma voiture. Il se gare puis s'engouffre côté passager et s'ébroue en me jetant un regard noir qui me rappelle son frère.

— J'espère que tu as une bonne raison…

— Merci d'être venu, dis-je avec un sourire penaud.

— Qu'est-ce que vous nous faites encore, James et toi ? s'agace-t-il.

Je m'attriste, voûte les épaules en pensant à tout ce qu'il m'a dit. Bon sang, je sais que James ne voudrait pas de ma pitié, mais j'éprouve un chagrin immense en pensant à ce qu'il a enduré en silence depuis toutes ces années. Ne sachant pas comment aborder le sujet, je lâche sans aucun tact :

— James m'a parlé de Julia et de Maya.

Les yeux de Ryan s'agrandissent démesurément. Il ouvre la bouche pour répondre, mais rien n'en sort.

— Juste comme ça ? s'étonne-t-il finalement en plissant les yeux. Vous vous tournez autour depuis une éternité, il n'a jamais rien dit, et du jour au lendemain il te parle de *ça*.

Même si Ryan se montre hostile, j'admire sa loyauté envers son frère, sa volonté de le protéger coûte que coûte. Je masse mes paupières douloureuses et lui explique :

— Non, pas juste comme ça. En début de semaine, il a fait la connaissance de Benjamin, le médecin de Bailey.

— Le type avec qui tu sors…

— Avec qui je *sortais*, plutôt. En discutant avec lui, Ben a compris que c'était mon ex, et qu'il y a toujours des sentiments forts entre nous. Il m'a dit que je ne trouverais personne tant que ma relation avec James resterait ambiguë.

Du coin de l'œil, je vois Ryan serrer et desserrer la mâchoire. Je sens qu'il brûle de faire une remarque caustique, et je lui suis reconnaissante de se contenir.

— Quand Ben est parti, j'ai téléphoné à James pour qu'on ait une discussion sérieuse, mais il a tout fait pour ne pas aborder le cœur du sujet. On n'a pas eu le temps de se parler au bureau, ensuite il s'est rendu à Seattle et ta mère m'a appris tout à l'heure qu'il allait prendre la direction de la filiale.

— Il *quoi* ? s'exclame Ryan. Bon sang, James va finir par me rendre dingue ! Qu'est-ce qu'il croit faire ?

— C'est à cause de ce qu'a dit Benjamin. James prétend qu'il veut me donner une chance d'être heureuse en prenant ses distances. Cet imbécile allait partir sans rien me dire !

— Est-ce qu'il va bien ? s'inquiète alors son frère. Kate, il peut… faire une connerie.

— Je sais. C'est pour ça que j'ai besoin que tu te charges de Bailey. S'il te plaît, je t'en supplie.

Je lui tends les clés de chez moi et lui donne une série d'instructions :

— Les biberons sont au frigo : regarde les dates et prends les plus anciens. Dans son lit, il y a un lutin en peluche qu'il adore. Il va sûrement se réveiller dès que tu l'auras ramené chez toi pour manger, mais une fois que tu lui auras donné son biberon et qu'il sera changé, il ne fera pas d'histoires. Il se réveille parfois la nuit : s'il a bien tété, c'est qu'il a juste besoin d'un câlin et d'une présence le temps de se rendormir.

— Je n'ai pas dit oui, Kate, me fait remarquer Ryan. C'est moi qui devrais monter voir James.

— Ryan, s'il te plaît, j'ai des choses à lui dire.

— Quel genre de choses ? chuchote-t-il d'un ton agressif alors que Bailey commence à gémir. Tu sais combien de temps il a fallu pour le relever après la mort de Maya ? Presque quatre ans, Kate ! James t'aime bien plus qu'il n'a jamais aimé Julia, tu comprends ? Si tu le brises, il ne s'en remettra pas. Je veux bien garder ton fils, mais tu dois me promettre que quoi que tu lui dises, ça sera pour l'aider à avancer.

À ces mots je fonds en larmes.

— Ryan, je l'aime moi aussi. Depuis qu'il m'a parlé de sa fille, je me triture le cerveau à essayer de savoir comment je pourrais l'aider. Je n'ai pas l'intention d'aller lui faire des reproches. Je… J'aimerais prendre sa douleur, prendre ses regrets et sa culpabilité, et j'ai peur qu'il ne me laisse pas faire. Je suis en train de le perdre.

Je cache alors mon visage dans mes mains pour sangloter comme je l'ai fait une grande partie de la journée. Du mieux qu'il peut dans l'habitacle étroit, Ryan me prend dans ses bras pour me réconforter.

— Qu'est-ce que je peux lui dire ?

— Kate, vous êtes fous amoureux l'un de l'autre. Tu peux lui dire ce que tu veux, il t'écoutera. Assure-toi juste qu'il comprenne que tu ne vas pas lui tourner le dos ou le trahir, comme Julia.

Le long soupir de Ryan fait voltiger mes mèches dans tous les sens. Il laisse quelques secondes s'écouler avant de poursuivre d'une voix chargée de tristesse :

— C'est un type bien, Kate. Je ne dis pas ça parce que c'est mon petit frère, et que je l'adore. Il ne ferait de mal à personne. Il aimait Maya, il avait préparé une chambre pour elle chez Marta. Il fallait le voir… Il n'arrivait pas à croire qu'il allait apporter quelque chose de bien dans ce monde. Il voulait bien faire…

Je pense à tout ce qu'il a fait pour mon fils et moi. Je reste muette, et Ryan finit par prendre Bailey et mes clés, non sans me lancer un dernier coup d'œil inquiet. J'attends qu'il soit parti pour descendre de voiture et courir jusqu'à l'entrée de l'immeuble. Ce n'est qu'une fois devant la porte de chez James que je me sens flancher. Mes vêtements trempés me font grelotter. Je contemple la porte qui me sépare de l'amour de ma vie, et je me surprends à me demander ce qu'il fait, s'il va bien.

Et si je ne trouvais pas les mots pour lui parler ? Que dit-on à quelqu'un que l'on a forcé à vivre après qu'il a tout perdu ? Quelqu'un qui survit parce qu'il s'efforce d'oublier les pires moments de sa vie ? Peut-on réellement comprendre ce qu'il traverse ?

Je pense à ma fille, quelque part sur cette terre. Les rares fois où elle s'invite dans mon esprit, je trouve du réconfort dans la conviction qu'elle est aimée, que l'on prend soin d'elle. Qu'elle vit une existence que je n'aurais jamais pu lui donner. Maya, elle, reste dans les mémoires comme un dommage collatéral, et c'est injuste pour elle. Je peux comprendre que James s'accroche à son souvenir pour la faire survivre autrement. S'il ne le fait pas, elle disparaîtra vraiment.

Mue par mon instinct, par mon besoin de le voir et d'être avec lui, je m'invite chez lui sans frapper. Il est assis sur le canapé. Penché en avant, les jambes écartées, il tient entre ses mains une bouteille de whisky. Le bruit de la porte qui se referme dans mon dos lui fait lever les yeux vers moi. Il me regarde sans me voir, l'air hagard, puis reporte son attention sur le liquide ambré. Lorsque son cerveau enregistre ma présence, il relève ses grands yeux vers moi comme s'il peinait à réaliser que je suis bel et bien revenue. J'entends ma voix rauque l'interroger :

— Et maintenant ?

Il ferme les yeux et serre les paupières. Je fais un pas dans sa direction avec la même prudence que si le plancher était prêt à s'ouvrir sous mes pieds pour m'engloutir. J'ai envie de lui enlever cette bouteille des mains, mais je sais aussi que c'est à lui de vaincre ses démons.

— James ! Regarde-moi.

Le temps ralentit, et les battements de mon cœur accélèrent. Je panique. C'est alors que James rouvre les yeux et tourne la tête dans ma direction. Lorsque mon regard accroche le sien, je sais ce qu'il s'apprête à faire, et je n'ai aucune envie de lui résister. Je m'avance même vers lui pour le rencontrer à mi-chemin. Il se lève en posant avec fracas la bouteille de whisky sur la table basse.

Mes bras s'enroulent autour de sa nuque, ses mains enserrent mes hanches. Ma bouche heurte la sienne, son nez s'écrase contre ma figure. Je lâche un petit hoquet mêlant surprise et plaisir. Il glisse les paumes sous mes fesses pour faire passer mes jambes autour de son bassin. Puis il plonge la langue dans ma bouche. Je parviens juste à articuler :

— Dans ta chambre.

Il ne se fait pas prier. Je croise les doigts dans sa nuque, les yeux dans les siens, et j'en profite pour l'étudier. Même chargé de désir, son regard conserve un éclat froid, presque hostile. J'ai toujours aimé le contraste entre la couleur claire de ses yeux et les cils épais et noirs qui les bordent. C'est presque comme si son physique reflétait cette part de lumière et cette part d'ombre qui le constituent. Et en fouillant ses yeux, je me rends aussi compte que c'est toujours James. *Mon* James. Ma gorge se serre, mes yeux se remplissent de larmes.

— Je t'aime.

Surpris par mon aveu, il s'arrête et plaque mon dos contre le mur du couloir pour me soutenir. Sa main gauche se détache, ses doigts viennent frôler ma joue, faisant déborder les larmes qui s'étaient accumulées au bord de mes paupières.

— Je t'aime, Kate, répond-il d'une voix tout aussi nouée que la mienne.

Son pouce efface la larme qui roule sur ma joue. Il la fait passer sur mes lèvres sans me quitter du regard. Je goûte du bout de la langue le goût salé de mes larmes sur son doigt.

— Je t'en veux quand même.

— Je sais, chuchote-t-il en grimaçant de douleur.

— J'ai des choses à te dire.

— Je sais. Plus tard, promet-il.

Une fois dans sa chambre, il nous emmène dans la salle de bains attenante. Ce n'est pas une mauvaise idée : je suis morte de froid dans mes vêtements trempés. Il me pose, se saisit de mes hanches pour me faire pivoter dos à lui et descendre la fermeture de ma robe. Je rejette la tête en arrière, contre son épaule, et il dépose des baisers sur ma figure. Je ferme les yeux et frémis lorsque ses paumes chaudes et douces glissent le long de mes bras en partant de l'arrondi de mes épaules, emportant au passage les manches de ma robe. Il écarte mes cheveux sur une épaule, dégrafe mon soutien-gorge qui se retrouve par terre, puis il dépose un baiser sur chacune de mes vertèbres. Chaque fois que ses lèvres touchent ma peau, j'ai l'impression qu'un nœud se défait, me rendant aussi plus légère. Lorsqu'il atteint le bas de mon dos, il tire sur ma robe pour la faire tomber à mes pieds. Sans me donner de répit, il emporte mon collant et ma culotte, tapote chacun de mes mollets pour me faire soulever le pied. Je pousse un cri de surprise quand ses dents s'enfoncent dans ma fesse gauche.

— Hé ! Tu as perdu la tête ?

— Tu portes des sous-vêtements dépareillés, dit-il en guise d'explication tout en s'esclaffant.

— Et alors ?

James se relève, et me tourne vers lui avec un sourire espiègle aux lèvres.

— Tu te relâches, Kate. Je te rappelle que tu m'as fait une crise de larmes parce que tu avais plus de petites culottes solitaires que d'ensembles assortis.

Exact. Un soir, en pliant le linge tiède tout droit sorti du sèche-linge, je me suis mise à pleurer à chaudes larmes en constatant que j'avais essentiellement des sous-vêtements dépareillés. James s'était tordu de rire pendant un bon quart d'heure ! Pour se faire pardonner de s'être foutu de moi, il m'avait acheté trois ensembles, qui étaient d'ailleurs plus destinés au plaisir de ses yeux qu'à mon réconfort.

— J'étais enceinte, dis-je en roulant des yeux. Je n'étais pas dans mon état normal. Maintenant déshabille-toi.

Je le devance dans la cabine de douche pour échapper à son regard scrutateur. James ne m'a jamais connue qu'enceinte dans nos moments d'intimité, j'ai peur qu'il ne me trouve plus attirante. Mon corps a changé. J'ai des vergetures supplémentaires, des kilos confortablement logés dans les hanches et le ventre, ainsi qu'une longue cicatrice, rappel de la césarienne que j'ai subie. Pour moi, ces marques recèlent une certaine beauté car elles font partie de mon histoire, mais je sais qu'elles n'ont rien de très esthétique.

Je règle l'eau de façon à ce qu'elle soit bien chaude. Je souris en voyant que tous les cosmétiques que j'ai laissés sont encore à leur place. Comme s'il avait toujours entretenu l'espoir que je revienne. Que l'on reprenne notre vie de couple. Je me tourne juste à temps pour voir James me rejoindre. Mes yeux se posent sur ses tatouages. Je meurs d'envie de les toucher, mais je préfère le laisser venir à moi en collant le dos contre la paroi carrelée encore froide.

Je dévore son corps du regard. Ses jambes solides et musclées, et cette zone, son bas-ventre, qui me fait serrer les cuisses au souvenir de nos ébats. Voir qu'il bande balaye quelques-unes de mes inquiétudes et me fait frissonner par anticipation. Je suis ensuite la ligne de poils qui remonte vers son ventre plat, son torse parsemé de quelques grains de beauté, et enfin j'arrive à son visage. Ce visage, je braverais les dangers les plus terribles pour le revoir, ne fût-ce qu'une fois. James me sourit, conscient de l'effet qu'il me fait.

— Est-ce que l'on a besoin de se protéger ? demande-t-il en me regardant dans les yeux.

Je secoue la tête pour refuser. Il approche et appuie les mains de chaque côté de ma tête. Il niche sa figure dans mon cou pour commencer à m'embrasser. Ses lèvres se sont à peine posées sur ma peau que mon corps est pris de frissons anarchiques. On dirait que quelqu'un a déconnecté mon système nerveux pour le rebrancher à la hâte n'importe comment.

— Je t'aime, Kate, répète-t-il encore et encore.

J'enroule mes bras autour de son cou pour m'accrocher à lui en gémissant. Je trouve sa bouche et l'embrasse avec douceur tout en caressant son dos des mains. Il pose les siennes sur mes épaules avant d'aller fouiller mes cheveux. Je souffle :

— Ne les emmêle pas, s'il te plaît.

James rit en me faisant pivoter dos à lui.

— Ah non, tu sais que je n'aime pas cette position.

— Tu arrêtes de râler, Callaghan ?

Ses doigts frôlent le réseau de taches de rousseur sur mes épaules, mon cou et mon dos pour les relier. Mes muscles se raidissent de plaisir à la caresse légère, un soupir glisse de ma bouche entrouverte. James embrasse ma nuque, et, à la seconde suivante, je gémis de plus belle lorsqu'il commence à me masser le crâne avec du shampooing. Je cherche à me tenir quelque part pour ne pas m'effondrer, alors j'attrape ses hanches en tendant les bras vers l'arrière.

— Tu aimes ? susurre-t-il en collant son érection contre mes fesses pour s'y frotter.

Je me fais suppliante.

— Dépêche-toi. J'ai besoin de toi.

— Je suis juste là, répond-il en embrassant ma clavicule.

Pour changer, il joue avec mes nerfs, et m'interdit toute riposte. Une fois qu'il nous a savonnés de la tête aux pieds, il se tient face à moi avec une expression tendre sur le visage. Il se colle contre moi, et nous place sous le jet d'eau dont la chaleur fait glisser la mousse. Je fais un effort pour me montrer patiente et savourer cet instant qu'il m'offre.

Finalement, il m'enroule dans une serviette de bain et m'emmène dans son lit. Il m'y dépose comme si le moindre geste brusque pouvait me blesser mortellement, couvre ma bouche de la sienne et commence ces petits mouvements des hanches que j'ai toujours trouvés délicieusement insupportables. J'écarte les jambes, mais il semble avoir décidé de prendre son temps. Je le laisse donc couvrir ma figure de baisers, puis mon cou et mon ventre.

Là, il prend mes hanches entre ses mains, ralentissant davantage pour observer la cicatrice. Je me fige en retenant mon souffle. James passe l'index dessus, puis trace la ligne rosâtre avec les lèvres et la langue. Je gigote, cherche à échapper à la lente torture qu'il me fait subir, mais il appuie son menton sur mon ventre en me regardant dans les yeux. Je me cambre en sentant ses poils de barbe piquants s'enfoncer dans la chair tendre de mon abdomen.

— Je n'ai jamais autant eu peur de perdre quelqu'un que toi, chuchote-t-il.

Les larmes me montent aux yeux, et il explique :

— L'hôpital m'a appelé quand ils t'ont emmenée au bloc. J'ai eu la peur de ma vie : ils ne m'ont pas dit ce qui n'allait pas au téléphone. Une fois sur place, ils m'ont laissé voir ton petit lutin. Je m'attendais à ce qu'il soit roux, comme toi, se remémore-t-il avec un sourire ému. On est restés ensemble toute la nuit, à te veiller.

— Mon fils s'appelle Bailey James Callaghan. Je lui ai donné ton prénom pour qu'il se souvienne de tout ce que tu as fait pour nous.

C'est au tour de James d'avoir les larmes aux yeux. Il cache sa figure contre mon ventre, laisse échapper deux sanglots qui me serrent le cœur. Quand il relève la tête, je peux voir dans son regard toute l'intensité des sentiments qu'il éprouve pour moi. Sa bouche s'écrase contre la mienne, sa langue plonge entre mes lèvres et m'emporte dans une danse sensuelle et effrénée. Des replis cachés de mon corps se réveillent sous son toucher et ses baisers, des coins secrets que Ben n'a pas su comprendre et trouver. Et au fond, ce n'est pas bien étonnant. Seul James sait comment accorder mon corps pour en tirer les notes justes, et nous faire jouer ensemble la plus belle des mélodies. Avec lui, j'ai l'impression d'avoir une seconde chance pour tout ce que j'ai raté dans ma vie. C'est comme renaître, chaque fois meilleure.

J'enroule les jambes autour de ses hanches, trace des formes sur ses cuisses du bout des pieds avant d'inverser nos positions. James me laisse faire, un sourire en coin. Avec précaution, le temps de me réhabituer à lui, j'empoigne sa verge et la fais glisser à l'intérieur de moi. Son érection pousse contre mes parois, me remplit. Je rejette la tête en arrière, les yeux fermés et je crie mon plaisir sans retenue. James se cramponne à mes hanches, répond à ma plainte par un râle grave qui fait vibrer son corps sous moi. Les yeux dans les siens, je le chevauche d'abord lentement, puis j'accélère au fur et à mesure qu'il me montre son impatience. Ensemble, nous trouvons un rythme, puis il me remet sur le dos pour m'imposer une autre cadence, plus puissante et rapide.

Proche de basculer, je prends ses fesses à pleines mains pour le guider comme j'en ai besoin. James enfouit sa figure dans mon cou. Son souffle est saccadé, chaud contre ma peau. Ses petits baisers me mettent au supplice. Par réflexe, je resserre mes muscles sur lui pour retarder mon orgasme. James s'effondre contre moi dans un gémissement. Il trouve mon oreille pour chuchoter d'une voix plus rocailleuse qu'à l'ordinaire :

— Tu peux y aller, Kate : je serai là pour t'attraper.

L'intensité avec laquelle il vient de glisser ces simples mots, ses yeux rivés aux miens avec amour et douceur, sa présence, ont l'effet escompté. Il me donne un dernier coup de reins expert, et je m'abandonne à lui. Dans ce tourbillon de bien-être et d'extase, je le vois se retenir pour apprécier ce que je lui offre, puis il me suit, déclenchant chez moi une nouvelle vague de plaisir intense. Avec une immense tendresse, il pose la tête contre ma poitrine et je l'enlace amoureusement.

Alors je comprends que je ne trouverai sans doute jamais les mots qui soulageraient son cœur. Tout ce que je peux lui offrir, c'est mon amour, mon amitié, une épaule sur laquelle se reposer. Car bien souvent, face à ce genre de tragédies, les mots perdent de leur sens et ne sont plus que des lettres mises bout à bout. Des sons que l'on entend, mais que l'on ne comprend plus. Le langage du cœur, lui, demeure car il est universel et intemporel.

Nous sommes allongés dans les bras l'un de l'autre après avoir fait l'amour à deux reprises. Maintenant que nous sommes réunis, nous sommes insatiables. Je me sens comblée, apaisée et sereine. Pour un peu, je pourrais croire que le reste de ma journée désastreuse n'a pas existé : je suis dans les bras de l'homme que j'aime, et il n'y a pas de meilleur endroit au monde pour moi. Rien n'a plus d'importance lorsque nous sommes ensemble.

— Ça va ? me demande-t-il comme à son habitude.

Je passe l'index dans le sillon qui sépare ses pectoraux.

— Ça va. Toi ?

— Je vais bien quand tu es là. Et je suis désolé pour Seattle, ajoute-t-il comme s'il avait lu dans mes pensées.

Je ferme les yeux pour garder mon calme et l'interroge :

— Tu es désolé pour quoi, au juste ?

— Pour n'avoir rien dit. Et aussi… Je prends l'avion dimanche : il est trop tard pour que quelqu'un d'autre dirige la filiale.

— Alors tu pars quand même ?

— Oui.

Un étau de chagrin se referme sur ma poitrine, et me coupe le souffle. Je roule sur le dos, puis me redresse et quitte le lit. Dans mon dos, James pousse un long soupir. Je ramasse un de ses T-shirts par terre, l'enfile et me dirige vers la cuisine.

— Kate…, dit-il en me suivant. On a tous travaillé dur pour l'ouverture de cette branche : Katherine me tuera si je lui fais faux bond maintenant.

— Je n'arrive toujours pas à comprendre ce qui t'est passé par la tête, Evans !

— J'ai paniqué, d'accord ? plaide-t-il en écartant les bras d'impuissance quand je lui fais face. Je ne sais toujours pas comment te rendre heureuse…

Je serre les dents, ouvre son frigo d'un geste rageur qui fait trembler et s'entrechoquer des bouteilles en verre. J'en sors la seule chose qui me paraît comestible : deux barquettes de lasagnes, dont je place l'une au micro-ondes. Puis je plonge mes yeux dans ceux de James, qui est en boxer face à moi.

— Je ne suis pas Julia. Bailey n'est pas Maya.

— Tu crois que je ne le sais pas ? Mes peurs ne s'expliquent pas, Kate ! Si elles avaient quelque chose de rationnel, elles ne me feraient pas perdre la raison.

D'une grimace je reconnais que mon argument était stupide. Je rejoins James, dépose un petit baiser sur ses lèvres et me niche contre lui. Si ce week-end est le dernier qu'il m'est donné de passer avec lui, je ne veux pas que nous le gâchions à nous disputer. Dans un murmure je le lui dis :

— Je sais. Je suis désolée.

Il m'embrasse dans les cheveux en me retournant mon étreinte. Je ferme les yeux et me laisse bercer par les battements de son cœur jusqu'à ce que la sonnerie du micro-ondes signale que les lasagnes sont prêtes. Je nous sers et invite James à s'asseoir. Une fois qu'il a avalé quelques bouchées, je relance l'offensive. Calmement d'abord.

— James. J'ai un boulot stable, un toit, et assez d'argent en banque pour élever mon fils *et* nous offrir une vie confortable. J'ai même un bébé ! De plus, nous avons déjà vécu en couple, je te le rappelle. Je ne pense pas avoir des attentes extravagantes : cesse de te mettre la pression.

— Tu veux un père pour ton fils, réplique-t-il en me jetant un regard noir.

Je me masse les paupières.

— C'est vrai. J'aurais aimé que mon partenaire devienne un père pour Bailey, mais j'ai fini par comprendre à quel point ça serait injuste. Pas juste pour toi, ou pour n'importe quel autre homme. C'est injuste pour Bailey : c'était mon choix, je savais à quoi ça m'engageait. Ça sera à toi de définir à quel point tu veux être impliqué dans la vie de mon fils. Que tu restes avec moi ou non, un jour, quand il sera en âge de comprendre, il saura comment je l'ai eu. Je ne compte pas lui mentir ou te demander de remplir un rôle qui n'est pas le tien. Sache juste que si tu désires être aussi proche de lui qu'un père le serait, tu peux.

— Je ne sais plus où j'en suis, s'excuse-t-il. Je vais avoir besoin de temps. Peut-être que mettre un peu de distance entre nous n'est pas plus mal, en fin de compte.

Mon cœur se tord de douleur à l'idée que mon temps avec lui est compté, mais je ne dis rien. Assise face à lui, je l'observe et m'efforce de mémoriser son visage, sa silhouette. Puis, les larmes aux yeux, je le supplie :

— Ne pars pas.

— Kate…

— Katherine peut toujours embaucher quelqu'un d'autre.

— C'est trop tard, regrette-t-il. Avec le lancement de la branche, on aura très peu de temps pour organiser un recrutement. Ça viendra, m'assure-t-il. Mais pas tout de suite.

— De combien de temps on parle ?

— Deux à trois mois minimum. Peut-être plus.

Tout tangue autour de moi. Ce qui était au départ une

décision hâtive est en train de devenir quelque chose d'important pour James. Je décide alors de savourer chaque instant avec lui, chaque petit bout de lui qu'il me donne car je ne sais pas s'il y en aura d'autres. Nous passons plusieurs jours ensemble, chez moi. Cet avant-goût de vie de couple est si agréable… Je le vois vivre des moments de complicité avec mon fils. Mais sur la suite je n'ai aucune certitude, me dis-je plusieurs fois. James pourrait bien aimer Seattle…

Le jour de son départ, James m'embrasse longuement, se penche sur Bailey pour lui dire au revoir. J'ai le cœur gros, prêt à exploser de chagrin. J'ai envie de le supplier de rester, mais je ne peux pas. Après le week-end que l'on vient de passer, je reste pleine d'interrogations sur notre couple.

— Kate, dit-il en me massant les épaules. Ne pleure pas : on va continuer à travailler en étroite collaboration. Tu verras, ça sera comme si j'étais là.

Sauf que tu ne seras pas là… Je noue mes bras autour de son cou, prends une grande inspiration au moment où une voix féminine mécanique rappelle à l'ordre les passagers du vol à destination de Seattle.

— Je t'aime.

— Moi aussi, m'assure-t-il en se reculant.

Il ramasse son sac de voyage et s'éloigne à reculons, les yeux sur moi, un sourire aux lèvres. Il n'a jamais été aussi beau. C'est comme si les confidences du week-end l'avaient transformé. Il s'est enfin délesté de son fardeau.

— Hé, Callaghan ? lance-t-il en s'arrêtant.

— Quoi encore ?

— Reste loin des hôpitaux et des médecins qui n'existent pas sur Internet. Ne tombe pas amoureuse de ton associé. Ne va pas payer pour qu'un inconnu te fasse un bébé…

Il fait une pause, et ajoute avec un clin d'œil :

— J'aimerais avoir l'honneur de donner un petit frère ou une petite sœur à Bailey un jour.

Et avec un dernier sourire en coin, il franchit les contrôles de sécurité.

29. Distance

9 h 14

Dépité d'avance par la journée qui s'annonce, je laisse tomber mon front sur mon bureau. Je me retiens de râler comme un gamin à son premier jour d'école. Pourtant je suis juste crevé ! Je savais qu'accepter ce poste à Seattle n'était pas une bonne idée. Je suis connu pour ne pas toujours prendre les décisions les plus judicieuses, mais en l'occurrence, cette fois-ci, je me suis surpassé. Il faut que je parle à Kate.

Tu fais quoi ?

Réunion

9 h 22

— Qu'est-ce que je dois faire avec tout ça ?

— Ce sont les devis que vous devez comparer pour le gala à la fin du mois, répond placidement ma nouvelle secrétaire.

Je la fusille du regard, soupesant la tonne de paperasse qu'elle vient de me remettre, et fais un effort pour la boucler. Si *je* dois comparer les différents prestataires, elle est payée pour faire quoi, au juste ? Mes narines frémissent d'agacement, je rassemble les documents devant moi et les parcours. Du charabia.

— Quand doit-on transmettre notre réponse ?

— D'ici la fin de la semaine, couine-t-elle en se tortillant les mains, mal à l'aise.

Aujourd'hui donc. Malgré moi, j'éclate d'un rire amer. Je me demande si c'est sa façon de faire de l'humour ou si j'ai juste une imbécile sur les bras, et d'un coup je regrette Paula. Puis je me pince l'arête du nez et annonce :

— OK. Je les traite en priorité.

10 h 07

Les devis sont fas-ci-nants ! Jamais je n'aurais pensé qu'il y ait tant de sortes de petits-fours, de feuilletés salés et autres biscuits apéritifs. Il en va de même pour les pâtisseries, les boissons, et à peu près tout, en fait. Même pour la déco on sollicite mon avis. Ces incompétents ne sont pas foutus de faire leur boulot. Comme si je les appelais, moi, pour m'aider à bâtir un dossier et le défendre devant un juge !

— Monsieur Evans ? demande ma secrétaire, m'interrompant dans mes ruminations et mon étude des menus.

— Oui ?

— La salle de réunion est prête pour la dégustation.

— La *dégustation* ? Une importante note de service m'aurait donc échappé, mademoiselle ?

— Non… C'est que chacun des traiteurs nous a envoyé des échantillons pour vous aider à faire votre choix.

Mon nouveau quotidien au boulot… À contrecœur, j'emporte les documents avec le détail de chaque menu, et emboîte le pas à ma secrétaire. Je suis incapable de me souvenir de son prénom. Emerson ? Emily ?

10 h 33

Qu'est-ce que tu fais ?

Pareil que tout à l'heure !

Je ricane en sentant l'agacement de Kate dans sa réponse. Les réunions du vendredi matin sont les pires. Le thème principal ? Le bilan financier hebdomadaire. Et Kate adore les chiffres… Je tourne mon portable en mode paysage pour prendre une photo du festin qui recouvre toute la surface de la table de réunion.

Je dois goûter tout ça d'ici la fin de la matinée.

Il est à peine 10 h 35 !

Si tu deviens obèse, ne prends même pas la peine de revenir à Portland.

Qui a dit que j'allais revenir ?

Va te faire voir, Evans !

10 h 46

Je ne sais toujours pas par où commencer ma dégustation. J'inviterais bien mes collègues pour qu'ils donnent leur avis, mais je ne peux pas les déranger pour ce genre de conneries : je perdrais toute crédibilité. Et puis, Kate a raison. Je ne me vois pas goûter tout ceci sans finir malade ou obèse. Je n'ai même pas spécialement faim.

Et si j'annulais le gala ?

11 h 11

— Monsieur Evans ?

Je lève la tête vers ma secrétaire avec de grands yeux, terrifié rien qu'à l'idée de ce qu'elle va maintenant me proposer.

— Madame Evans est arrivée. Dois-je la faire venir ici ou la faire patienter dans votre bureau ?

— Faites-la venir. Merci…

— Amélia, complète-t-elle avec un sourire amical.

— Merci, Amélia.

Dès qu'elle disparaît, je m'active à faire semblant de prendre ma tâche au sérieux. J'enlève ma veste, la pose sur le dossier d'un fauteuil, et retrousse les manches de ma chemise jusqu'aux coudes. Bon sang, j'avais complètement oublié que Katherine devait venir ! Elle ne va pas me louper en voyant ce que je fais.

11 h 16

— Qu'est-ce que…, interroge ma mère en se figeant sur le seuil de la porte.

Ses yeux pâles glissent sur les victuailles, d'assiette en assiette. Ça pourrait presque être comique si son regard orageux n'annonçait pas la tempête à venir.

— Tu veux bien m'expliquer ? s'agace-t-elle en me toisant avec hostilité.

— C'est pour le gala d'investissement. Les différents traiteurs ont envoyé des échantillons pour que l'on choisisse le menu.

— Et tu ne t'es pas dit que tu avais mieux à faire que de te goinfrer ?

Je me sens encore plus ridicule que d'habitude, et tente de plaider ma cause.

— Si ! Mais que voulais-tu que je fasse de toute cette bouffe après qu'ils l'ont déballée ?

Katherine pousse un long soupir excédé. Elle accroche son manteau à la patère, pose son sac sur une chaise et un dossier sur le seul coin de table encore libre.

— Assieds-toi, James.

Ma mère s'installe et je me mets à sa droite. Sans un mot, elle tend une main dans laquelle je place une liasse de devis.

— Pas la peine de te casser la tête très longtemps avec

ces bêtises, explique-t-elle en feuilletant les documents. Au début, j'avais pour habitude de consulter les avis que l'on peut trouver sur Internet sur tel ou tel traiteur. Je regardais surtout la rubrique « mariage/baptême » car c'est à ce genre d'occasions que les gens sont les plus exigeants. Tu en choisis un en fonction. Inutile de faire venir des échantillons : non seulement c'est une perte de temps, mais en plus tu te retrouves avec des kilos de nourriture immangeable sur les bras… Ce qui compte pour nos investisseurs, c'est qu'il y ait de l'alcool de qualité. Le reste…

Elle fait un geste de la main qui en dit long.

— Ils proposent tous la même chose, lui fais-je remarquer.

— Raison de plus pour ne pas perdre de temps avec ça.

— Si j'avais su que c'était aussi simple à expédier…

Katherine rit en secouant la tête devant ma mine lamentable :

— Tu m'as déjà vue goûter des petits-fours avant une réception ? Allons, prends ça comme un bizutage. Je ne peux tout de même pas te livrer toutes mes petites astuces… C'est bien plus drôle comme ça. Mais j'étais venue pour tout autre chose : faisons le point sur ton premier mois en tant que directeur. Je peux déjà te dire que j'ai eu d'excellents échos.

13 h 02

— Comment va Kate ?

J'ai attendu la fin du bilan pour poser ma question, la seule qui m'importe.

— Bien, répond Katherine en me jetant un coup d'œil. Elle s'en sort remarquablement bien. Mieux que toi, en tout cas, ajoute-t-elle avec un sourire taquin. Tu l'as bien formée.

Un sentiment de fierté gonfle ma poitrine, vite remplacé par une sensation de manque. À part quelques messages ou de brefs appels téléphoniques, nous n'avons pas eu beaucoup de contacts depuis mon départ. Ce n'est pas l'envie qui manquait, c'est juste que nous avons été tous les deux très occupés à nous ajuster à nos nouveaux rôles au sein de la firme. Pour chasser mes regrets je change de sujet.

— Tu as vu les jumeaux ?

— Oui, confirme Katherine. Alden et Eleanor se sont *encore* disputés. Il y en a au moins un que ton absence rend heureux : ton frère dort chez toi. Ryan et les enfants vont bien. Il ne veut rien dire, mais je crois qu'Anna est enceinte.

Une profonde nostalgie se loge au fond de ma gorge. Je donnerais n'importe quoi pour être à Portland auprès de ma famille. Je me serais fait une joie de sermonner Alden comme il aime le faire quand il estime que j'exagère. J'aurais rendu Ryan dingue jusqu'à ce qu'il crache le morceau à propos d'Anna. On aurait dîné tous ensemble un week-end. Convié Kate et Bailey aussi.

— Ryan était furieux après moi quand il a appris que je t'ai proposé ce poste, révèle Katherine d'un ton plus neutre. Il dit que tu n'attendais que ça : une occasion de foutre le camp au lieu d'assumer tes sentiments envers Kate… C'est vrai que tu lui as parlé de Maya ?

— Oui.

Je ferme les yeux. Pourtant ma génitrice insiste :

— Et ?

— On n'en a pas spécialement reparlé, dis-je en rouvrant les yeux pour observer son profil. J'ai tout déversé sur elle un soir, et après elle est partie.

Je repense à ces moments ; au regard froid de Kate après mes révélations, et au fait qu'elle est revenue, ensuite, et m'a tendu la main. À ce jour, j'ignore si je la mérite, cette chance qu'elle me propose de saisir. Je lui ai déjà fait tant de mal ! Mais la distance me fait aussi prendre conscience que j'ai envie de devenir meilleur *pour elle*. Je me suis trop longtemps réfugié derrière mon passé pour justifier mon goût prononcé pour les coups d'un soir, et ma peur de m'engager. Maintenant, je n'ai plus peur car je sais que j'ai trouvé celle qui en vaut la peine. Qu'elle n'est pas Julia, comme elle l'a si bien dit. Sans entrer dans les détails j'explique à ma mère :

— Elle sortait avec un type pas trop mal qui l'a larguée à cause de la relation qu'elle a avec moi.

— Tu trouves ça étonnant ? interroge Katherine. J'ai vu comment tu te comportes avec elle : tous les hommes qui vous voient ensemble savent qu'elle est chasse gardée.

Je grimace au vocabulaire qu'elle emploie, mais je sais qu'elle a raison. Ça a toujours été plus fort que moi. Je suis possessif avec Kate. La voix hésitante je demande :

— Elle n'a rien dit…

— Que voulais-tu qu'elle dise, James ? Tu sais bien que les mots n'ont pas le pouvoir de changer le passé. La culpabilité non plus, d'ailleurs. Nous avons fait tout ce que nous devions, m'assure Katherine.

— Je n'aurais jamais dû y aller.

— James, dit ma mère en posant une main réconfortante sur mon épaule. Je suis désolée de te le dire, mais Maya serait morte autrement si tu n'y avais pas été ce soir-là. Julia ne savait pas s'occuper d'elle. La plupart du temps, elle planait ou elle était ivre. Tu as fait au mieux, d'accord ? Il y a des choses que l'on ne maîtrise pas dans la vie, et ce malgré tous nos efforts.

Sur ces mots, Katherine se lève. Elle n'a jamais été une grande adepte des longues conversations personnelles. Elle va enfiler son manteau, récupère sac et dossier, puis elle se tourne vers moi avec un sourire un peu triste.

— Tu as trente-deux ans, James : il est temps que tu commences à vivre ta vie.

14 h 24

Qu'est-ce que tu fais, Callaghan ?

Je viens de briefer ma remplaçante.

Est-ce que j'étais à ce point une cause perdue au début ?

Tu étais la meilleure.

15 h 55

Qu'est-ce que tu fais, Evans ?

En train de définir nos priorités du mois avec Cruella.

18 h 25

Lorsque je vois l'heure sur mon portable, je bondis et plie bagage en un temps record. J'ai attendu ce moment toute la journée, rien ne me fera rester une seconde de plus au bureau si je veux être au rendez-vous. Je me fais toutefois discret car je sais que Katherine rôde toujours. Je fais un détour par la salle de réunion pour remplir une assiette avec ce qui me paraît le plus comestible des victuailles abandonnées par les traiteurs. Une fois prêt, je laisse à Amélia la consigne d'inviter les associés à se servir à leur tour.

Même si je me suis déniché un petit appartement douillet à environ quinze minutes à pied du bureau, je hèle un taxi. Une fois chez moi je cours à la douche pour me rafraîchir puis au frigo pour prendre une bière et, mon assiette pleine de cochonneries à la main, je file au salon. J'ai l'impression d'être un gamin à la veille de Noël.

18 h 56

Prêts quand tu l'es.

J'exhorte mon Mac à accélérer l'allumage, et quand il a enfin démarré, je me connecte à mon compte Skype, puis du bout des doigts, fébrile, je clique sur le pseudo de Kate, qui est déjà en ligne. Je ressens une décharge d'adrénaline lorsque l'écran d'appel est remplacé par l'image capturée par sa webcam. Mes yeux s'écarquillent en les découvrant. Bon sang, ils m'ont tellement manqué !

— Salut, toi, me dit-elle avec un large sourire.

— Salut, jolie fée. Bonsoir, mon lutin.

Bailey est sur les genoux de sa maman. Kate éclate de rire, et elle baisse la tête en appuyant le front contre la tempe de son fils pour masquer les larmes que j'ai vues briller dans ses yeux.

— Tu dis bonsoir à James, mon chat ?

Bailey babille comme à son habitude, et je me surprends à me demander si c'est parce qu'il m'a reconnu ou si c'est juste l'écran qui le fascine. Je les dévore tous les deux des yeux, la gorge serrée. Bailey porte une grenouillère bleu nuit, qui met en valeur sa peau pâle et ses cheveux blonds. Il semble avoir pris quelques bons centimètres, ses joues sont joliment rebondies. Il n'a plus ses traits de nourrisson. Je me sens à deux doigts de fondre en larmes, mais préfère m'exclamer :

— Il a tellement grandi !

— Tu as vu ça ? réplique Kate en me regardant à nouveau, les joues humides. Il s'est mis à pousser d'un coup. Oh ! et regarde, ajoute-t-elle en approchant son fils de la caméra.

Elle met l'index dans sa bouche pour découvrir ses gencives. Bailey proteste, mais elle tient bon.

— Il a sorti deux dents en bas ! Tu les… Aïe !

Je m'esclaffe. J'ai bien cru apercevoir de petits bouts blancs sur ses gencives roses, mais impossible de savoir si ce sont bien ses dents.

— Il vient de te mordre ?

— Oui ! Et…, hésite-t-elle. Disons qu'il adore mâchonner le bout de mes seins.

Sa confidence renforce mon hilarité. Une fois en mesure d'articuler trois mots, je m'adresse à Bailey :

— Tu n'as pas intérêt à abîmer le matériel, le lutin. Je te signale que tu as juste un contrat de location de quelques mois. Sinon, ils m'appartiennent.

Kate rit en couvrant les oreilles de son fils avec les paumes. Elle s'apprête à dire quelque chose, mais ne peut que glousser un peu plus.

— Je sais. Je suis un abruti.

— Ça n'a pas l'air de te déranger, plaisante-t-elle.

— Tu peux toujours me concocter une potion magique contre la connerie, jolie fée.

— Je vais voir ce que je peux faire, mais je crains que ton cas soit sans espoir.

Un silence s'installe entre nous, seulement interrompu par Bailey qui roucoule. Je suis frappé par la beauté de Kate. J'ai presque l'impression de la découvrir. Ses pommettes sont rosées, ce qui lui donne bonne mine et fait ressortir le vert de ses yeux. Ses lèvres pulpeuses sont tout aussi appétissantes que dans mes souvenirs. J'observe les mèches rousses qui encadrent son visage.

— Tu as changé de coupe ?

— Oui, dit-elle en ébouriffant ses cheveux de sa main libre. J'avais besoin de nouveauté. La coiffeuse les a un peu raccourcis pour donner de l'allure, et elle a ajouté des mèches blondes. Tu aimes ?

Je tends machinalement la main vers l'écran, comme pour caresser sa joue, et fais sourire sa bouche et scintiller ses yeux.

— Tu es belle.

— Laisse-moi coucher Bailey, et je suis toute à toi.

— Au revoir, petit lutin, dis-je en agitant la main. Sois sage avec ta mère.

— Bye-bye, James, chantonne Kate en lui faisant imiter mon geste.

Je les suis du regard jusqu'à ce qu'ils disparaissent du champ de la webcam, et je profite de l'intermède pour décapsuler ma bière. Je prends un véritable coup au cœur en réalisant qu'en un petit mois à peine j'ai déjà tant manqué de leur vie. Il faut dire qu'à son âge Bailey se transforme rapidement. Je panique à l'idée de rater ses premiers pas.

— Je voulais venir te voir le week-end prochain, m'informe Kate en revenant. Mais Bailey aura un vaccin jeudi : il risque d'être grognon et de réclamer toute mon attention. J'aimerais que l'on puisse profiter de notre temps ensemble.

— Tu l'emmènes chez Benjamin Cole ?

J'ai posé ma question avec prudence. Kate se montre franche.

— Oui. On s'est parlé au téléphone, et il a insisté pour continuer à suivre Bailey. Il dit que ça ne lui pose pas de problème.

— Et toi ?

— Je pense qu'on va sûrement avoir des choses à se dire pour clore définitivement ce chapitre, mais il a l'air de vouloir se comporter comme un adulte.

Mais je n'ai aucune envie de parler du docteur Bidule.

— Tu me manques.

— Tu me manques aussi, affirme-t-elle.

— Est-ce que…

Je m'interromps pour chercher mes mots, et Kate m'adresse un sourire encourageant. Je prends une profonde inspiration en essuyant mes paumes moites sur mon jogging.

— Tout à l'heure, j'ai dit à Katherine que je ne resterai pas éternellement à Seattle. Je ne sais pas exactement quand je vais pouvoir recommencer à travailler avec toi, mais je me demandais… Est-ce que tu serais d'accord pour me donner une chance à mon retour ?

— Une chance pour quoi, James ? demande-t-elle d'une voix enrouée.

— Une chance de fonctionner comme une famille. Toi et moi… et Bailey.

30. Fais un vœu

La salle d'attente est pleine à craquer et bruyante. Après ma longue journée au bureau, et ces dernières semaines chargées, je n'ai plus l'énergie de patienter. Les Lego, les voitures, les animaux de la ferme, tous les jouets volent, au milieu des cris et des miasmes que se partagent des gamins dont les parents, le regard absent, ont renoncé. Je pousse un long soupir, pressée d'être à la maison et de prendre une bonne douche.

Assurer le poste de James n'est pas de tout repos. À le regarder faire, on aurait pu croire qu'être associé principal est une promenade de santé, mais c'est loin d'être le cas. Comme j'étais tout le temps en coulisses, à faire les recherches nécessaires pour conseiller nos clients et à constituer les dossiers, je ne mesurais pas son travail sur le devant de la scène. À présent, c'est à moi de conduire les réunions, de déterminer nos priorités à renfort de concertations avec Katherine, et de rencontrer les clients. Je vais même très souvent au tribunal pour régler les litiges. Ce rythme de travail est épuisant, mais je suis fière de moi car je sais que je suis à la hauteur de la tâche.

Il m'arrive quand même d'envier la vie paisible de mon fils. Maintenant par exemple. Bailey vient à peine de se réveiller d'une sieste à la durée indécente. Je peux voir sur son petit visage angélique qu'il plane encore dans sa zone de bien-être. Il s'étire en bâillant, et je sens mon cœur fondre de tendresse et d'amour. Avec des gestes doux, je le détache de sa poussette pour le prendre dans les bras. Il pose sa tête dans le creux de mon cou.

— Salut, petit lutin, je chuchote en l'embrassant. Tu as manqué à maman. Qu'est-ce que tu veux ? Allez, oui… Tu pourras dormir avec moi ce soir.

— Bailey Callaghan ? demande Benjamin en parcourant la pièce du regard jusqu'à me trouver.

Je lui adresse un sourire auquel il répond par un petit signe de tête sans me lâcher des yeux. Je repose mon fils dans sa poussette et j'emboîte le pas à Ben sous les protestations du lutin.

— Bah alors, petit gars, dit-il en lui jetant un coup d'œil. On ne peut plus se passer de maman ?

— Il vient de se réveiller. On a un petit rituel câlin après ses siestes.

— C'est bien, m'assure Ben en me tenant la porte. C'est important pour lui.

Lorsque nous prenons place autour de son bureau, il bascule en mode pédiatre. Il consulte sur son ordinateur le dossier de mon fils. Je sors le vaccin de la petite glacière qui contient aussi les biberons de Bailey, puis, mal à l'aise à cause d'un silence qui serait normal en d'autres circonstances, je me mets à parler à tort et à travers : la gastro et la grippe, la crèche et les défenses immunitaires des enfants allaités au sein maternel… Tout y passe !

Finalement Ben emporte Bailey pour faire un bilan. Il prend le temps de lui expliquer chacun de ses gestes, et de lui montrer les instruments qu'il va utiliser. Et alors que depuis notre rupture je m'interroge sur les raisons pour lesquelles je lui ai laissé une chance tout court, je comprends que c'est parce que c'est quelqu'un de bien, qui est sincère et bienveillant. Peut-être qu'il s'est effectivement montré audacieux et arrogant sur les bords en me laissant son numéro de téléphone alors que j'étais aux urgences, mais je dois me rendre à l'évidence : c'est le genre d'hommes qui m'attirent. S'il n'y avait pas eu James dans ma vie, je suis persuadée que Ben et moi aurions pu construire quelque chose sur le long terme comme il le souhaitait. Je ne suis d'ailleurs pas sûre de regretter cette expérience. Elle m'a permis d'ouvrir les yeux, et de me rendre compte que j'étais sur le point de brader mon bonheur pour ne pas froisser James.

Soudain Benjamin me tire de mes pensées.

— Kate, tu peux venir ?

Je les rejoins et penche la tête vers mon fils pour frotter mon nez contre le sien et le distraire de la piqûre imminente. J'entends Ben décoller le patch, ouvrir l'emballage de la seringue. Les gants en latex qu'il enfile claquent sur sa peau, l'odeur du désinfectant à l'alcool se fraye un chemin jusqu'à mes narines. Lorsqu'il enfonce l'aiguille dans la cuisse potelée de Bailey, mon fils tressaille et grimace.

— C'est fini, mon grand, le rassure Ben alors qu'il se met à pleurer. Tu peux le rhabiller.

Je le cajole d'abord pour calmer ses pleurs, puis je lui remets sa salopette et son pull. Je le rallonge dans sa poussette en lui donnant son lutin et sa tétine, et en écoutant les recommandations du pédiatre. Mais au bout de quelques mots il me surprend à nouveau.

— Ça va, toi ? ose-t-il demander.

Je réponds avec un sourire timide, et en détournant le regard :

— Ça va. Je te dois des excuses, Ben.

— Des excuses pour quoi ? s'étonne le médecin.

Je me suis coincée moi-même et soupire, tout en tentant d'apporter une réponse à sa question :

— Je ne peux pas t'expliquer en détail comment James et moi en sommes arrivés là, ni pourquoi tu t'es retrouvé mêlé à tout ça, mais tu avais raison. Quand on s'est rencontrés, j'ai essayé de me convaincre que j'étais prête à oublier James… C'était loin d'être le cas.

— Je te dois aussi des excuses, affirme Ben d'un air sérieux. Si je veux être tout à fait honnête avec toi, j'ai su dès le début que tu n'étais pas prête à entamer une relation amoureuse. Au début, je pensais que c'était à cause de Bailey, de la façon dont tu l'as eu, puis quand tu as paniqué et que tu t'es réfugiée dans la salle de bains, j'ai compris qu'il y avait un autre homme.

Il marque une pause, m'adresse un sourire tendre, un peu nostalgique et ajoute :

— Je ne t'en veux pas, Kate. Je sais que tu es une femme et une mère formidable, aimante et ambitieuse. Je souhaite le meilleur pour Bailey et pour toi. Et ton ami James, complète-t-il avec un clin d'œil. Tu mérites d'être heureuse.

— Merci, Ben.

Il se redresse dans son siège, désigne sur son bureau le petit sapin chargé d'animaux en couples.

— D'habitude, je fais choisir les enfants, mais je veux bien faire une entorse au règlement pour toi. Tu fermes les yeux, tu fais pivoter le portant en faisant un vœu, et quand c'est fait, tu prends le couple qui sera face à toi. Prête ?

Je sens une nuée de papillons heurter les parois de mon estomac. J'acquiesce en gigotant sur mon siège comme une gamine. Je pose la main sur le portant avant de fermer les yeux, puis je formule un vœu en l'accompagnant d'une torsion du poignet pour faire tourner le sapin.

— C'est bon, m'informe Ben.

Je rouvre les yeux, et mon regard tombe sur un couple de colombes. Je les détache de l'arbre avec la même délicatesse que si j'avais voulu apprivoiser les oiseaux, puis je les observe, émue.

— Les colombes, dis-je en les lui montrant.

— Elles sont le symbole de l'amitié et de l'amour, explique-t-il les yeux pétillants.

— Qu'est-ce que je fais avec ?

— Ce que tu veux, répond-il en s'esclaffant. Mais si tu veux mon avis, tu devrais en garder une, et donner l'autre à quelqu'un qui compte pour toi.

Bailey pète la forme. J'aurais dû venir te voir.

Je repose mon téléphone sur la table basse. J'ai envoyé

un message à James tout à l'heure, mais il n'a toujours pas répondu. Je fais de mon mieux pour repousser la vague de tristesse qui me prend à la gorge, et tends la main pour récupérer un des livres de Bailey. C'est le troisième que l'on commence car *monsieur* est bien trop surexcité pour dormir. Nous n'avons pourtant rien fait d'exceptionnel en rentrant. Peut-être qu'il va neiger ? Les bébés le sentent et s'énervent, non ?

Je change de position sur le canapé, et embrasse mon fils dans les cheveux. Je suis tentée d'allumer la télé pour mettre un dessin animé, mais vu son âge, je culpabilise rien que d'envisager cette solution facile. Je m'allonge alors sur le dos et le positionne sur moi. Il met bien sûr le nez dans mes seins de manière presque automatique.

— Tu as déjà tété, mon cœur, dis-je en caressant sa tête. Laisse-moi le temps de fabriquer ta prochaine dose.

J'entonne une chanson à mi-voix, et il cesse enfin de gigoter pour m'écouter. Soulagée d'avoir trouvé une façon de calmer son agitation, je continue à fredonner des berceuses et des comptines. Lorsque je risque un coup d'œil vers lui, je constate qu'il commence à s'endormir. Enfin. J'esquisse un mouvement pour me lever, il ne bronche pas. J'ai presque atteint l'escalier quand quelqu'un sonne…, déclenchant un cri et des pleurs…

Furieuse, je me dirige vers la porte à grandes enjambées. Mes talons cognent le plancher à chacun de mes pas, j'ouvre d'un geste vif, prête à passer un savon à l'idiot qui pense que sonner à l'appartement d'une femme avec un bébé est une bonne idée à cette heure. D'un coup je me fige.

— James ? Qu'est-ce que…

— Surprise ! répond celui-ci avec un sourire jusqu'aux oreilles.

Ma colère s'évanouit d'un coup face à son visage radieux. Le manque me frappe comme un mauvais coup à l'estomac. Je sens mes épaules s'affaisser, mes yeux se charger de larmes. Bailey toujours calé sur ma hanche, je fais un pas pour réduire la distance qui me sépare de James, glisse mon bras libre dans sa nuque, et l'embrasse.

Son sac de voyage tombe à nos pieds avec un bruit sourd, ses paumes encerclent mon visage et il répond à mon baiser sans vraiment l'approfondir. Puis il recule, plonge son regard brillant dans le mien, ajoute un baiser sur mon front et se détache.

— Salut, Callaghan. Tu ne me fais pas entrer ?

Je lui jette un regard noir, qui le fait éclater de rire. Il me suit dans l'appartement en refermant la porte derrière lui. Maintenant qu'il a vu James, Bailey n'a plus du tout envie de dormir. Ce qui ravit mon invité. Je vais me venger.

— Tiens, dis-je en lui passant mon fils. Bon courage pour le faire dormir.

— Salut, mon lutin ! On était d'accord pour que tu sois sage avec ta mère, le gronde-t-il avec un sourire qui lui fait perdre toute crédibilité.

— Tu as mangé ?

— En attendant l'avion, répond James en reportant son attention sur moi.

Je lui rends son regard, les bras ramenés contre la poitrine. J'ai l'impression d'être en plein désert : est-ce que l'oasis que je vois est réelle ou n'est-ce qu'un mirage ? Est-ce que l'homme qui me fait face disparaîtra si je m'approche ? J'ai eu envie de le voir et de le serrer contre mon cœur chaque jour depuis son départ. Maintenant qu'il est là, je ne suis plus sûre de rien.

Il s'approche. Je tressaille lorsqu'il pose la main sur mon épaule et la presse. Mon regard trouve le sien, interrogateur. Des millions de pensées passent dans mon esprit. Des reproches, des mots doux, mes espoirs, de l'amour. Après ses aveux j'ai accepté de lui donner une chance. Je referais ce choix sans hésiter : je suis prête à risquer mon cœur pour lui. Sauf qu'il y a un « mais » qui me trotte dans la tête.

— On devrait coucher Bailey, suggère-t-il. Tu veux que je m'en occupe ?

— Si tu veux, dis-je en lui offrant un petit sourire.

Après qu'il a récupéré son sac, James me devance dans l'escalier tout en expliquant qu'il est l'heure d'aller se coucher. En passant dans le couloir, il abandonne ses affaires devant ma chambre, et continue jusqu'à celle de mon fils. Je m'appuie contre le chambranle pour l'observer quand il le place dans sa gigoteuse.

— Sois sage, lutin farceur. Tu as eu droit à un sursis généreux, maintenant il faut dormir, d'accord ? murmure-t-il en caressant son visage. Oui, tu pourras passer du temps avec moi demain. Non, ta mère ne va pas me mettre à la porte, ajoute-t-il avec un petit rire forcé. N'est-ce pas, Kate ? m'interroge-t-il en me jetant un coup d'œil.

Je décroise les bras, et le rejoins. J'enlace sa taille, appuie le menton contre son omoplate, puis cache mon visage dans son dos.

— Je ne vais pas te mettre dehors, idiot ! Mais il faut que l'on parle.

— Petit lutin, si tu es en contact avec tes amis, dis-leur d'être sympa avec moi : je vais avoir besoin de leur aide.

Désespérée, je secoue la tête en me détachant de James. Je colle un long baiser sur le front de Bailey, en ajoute un sur le bout de son nez. Puis j'active le mobile au-dessus de sa tête et chantonne sur le même air :

— Bonne nuit, bébé.

— Bonne nuit, mon pote, enchérit James en lui donnant un baiser.

Nous nous écartons du lit et je frissonne lorsqu'il glisse sa main chaude dans la mienne. Il croise mon regard avec un sourire tendre, m'entraîne à sa suite en éteignant la lumière dans la pièce.

Sans même attendre d'avoir regagné ma chambre, il me pousse contre le mur du couloir avec une douceur qui est presque paradoxale chez lui. Ses mains viennent entourer mon visage, son regard s'enfonce dans le mien.

— Ne fais pas ça, me supplie-t-il d'une voix rauque.

Déroutée, je le saisis par les hanches et l'interroge :

— Ça quoi ?

— N'abandonne pas maintenant.

Je le dévisage, les larmes aux yeux, étonnée qu'il puisse me lire avec une telle facilité.

— Il n'y a pas un jour où je ne regrette pas de m'être comporté comme un enfoiré avec toi. Et je le sais, Kate, dit-il en ramenant des mèches derrière mon oreille, il faudra plus que quelques mots pour le prouver, mais crois-moi, je suis prêt à tout pour te montrer que je suis en train de changer *pour toi*. Pour Bailey.

Il tourne la tête sur le côté au moment où des larmes franchissent le bord de ses paupières. Il se redresse, colle tout son corps contre le mien et appuie le menton au sommet de mon crâne. Je retiens mon souffle, les bras ballants, démunie face à son chagrin.

— Je sais qui je suis, Kate, murmure-t-il. Ce qui m'a souvent freiné avec toi, c'est ma peur de ne pas être à la hauteur. Je suis encore marqué par ce qui s'est passé. Il m'arrive de faire des cauchemars assez… violents. Il y a des jours où je me ferme, où je n'ai envie de parler à personne. Il y en a d'autres où je souhaite disparaître. Je ne dis pas ça pour me trouver des excuses… J'aimerais juste que tu saches que toutes ces cicatrices que je porte en moi ont encore une influence sur la façon dont je me comporte. Mais je veux aussi que tu comprennes que je ferai tout ce qui est en mon pouvoir pour te mériter.

— Comment puis-je être sûre que tu ne vas pas me laisser en plan comme tu l'as déjà fait ? Ou que tu ne vas pas t'en aller parce que tu ne supporteras plus les pleurs de Bailey en plein milieu de la nuit ? Ou peut-être que tu vas te lasser de moi maintenant que tu m'as conquise…

— Parce que tu as ma promesse ! s'exclame-t-il en penchant la tête sur le côté pour soutenir mon regard. Je ne m'enfuirai plus, Kate. Je n'ai plus de raison de m'enfuir. Si tu m'acceptes avec mon passé, ça me suffit. Je veux cette vie avec toi et Bailey. Avec nos enfants un jour. Je ne peux pas te donner plus que cette promesse : tu dois me faire confiance.

Puis il s'écarte et recule de plusieurs pas, les yeux immenses.

— À moins que tu n'aies plus confiance en moi ? me questionne-t-il.

Je secoue la tête, les larmes plein les yeux, et lutte pour aspirer une goulée d'air, bloquée par le nœud dans ma gorge. Je gémis :

— J'ai confiance en toi. Et c'est justement ça le problème. Le soir où tu m'as parlé de Maya, Ryan m'a avertie : tu m'aimes tellement que j'aurais le pouvoir de t'anéantir. Je me demande si tu réalises que tu as ce pouvoir sur moi ! Contrairement aux apparences, James, je ne suis pas indestructible.

— Je sais, jolie fée. Crois-moi, je le sais, insiste-t-il en revenant me prendre par les épaules. C'est ce que j'aime chez toi : tu es forte, tout en étant vulnérable.

J'essuie mes larmes d'un geste impatient, puis chuchote :

— Ne brise pas mon cœur.

— Jamais volontairement, promet James.

— Je t'aime, dis-je en m'accrochant à son cou. Je t'aime tellement que ça me fait peur.

— Je sais. Je t'aime aussi, Kate. Il faudra aussi que tu sois patiente et indulgente avec moi, d'accord ? C'est nouveau pour moi, tout ça, mais je ferai tout pour vous rendre heureux, le lutin et toi. Tu as ma promesse.

31. Écoute mon cœur

Cher James,

Je n'ai jamais su t'exprimer à quel point j'ai été bouleversée par ce que tu m'as raconté sur toi, sur Maya. Je me suis tue à la fin de tes confidences, ce n'était pas par indifférence, je ne savais pas quoi te dire… J'avais peur de raviver ton chagrin alors qu'il s'est peut-être un peu apaisé depuis toutes ces années. Et je sais que mes mots n'auraient jamais suffi. Chaque fois que j'y pense, je peine encore à réaliser à quel point tu as dû être dévasté. À quel point cela t'a coûté de continuer à vivre dans un monde où ta petite puce n'existe plus. J'ai parfois la prétention de comprendre ce que cela a pu être, mais je sais que je suis loin du compte.

Grâce à ce que tu m'as dit, j'ai pu comprendre tes doutes et tes craintes, même si une part de moi me pousse à me rebeller et à clamer que ce n'était pas une raison. Parce que ça l'est. Et je ne t'en veux pas. Mon énergie, je veux désormais la consacrer à consolider notre relation. Sache juste que je suis là pour toi, d'accord ? Je ne veux pas que tu aies à cacher tes sentiments, ou à te battre seul contre les stigmates de ton passé. Je t'ai donné une chance, il faudra que tu me fasses confiance jusqu'au bout. Si tu veux que l'on soit un couple qui fonctionne, tu vas devoir me montrer toutes les facettes qui te composent, même celles dont tu as honte ou qui sont les plus douloureuses. Ça ne changera jamais ce que je ressens pour toi. Je crois qu'il est trop tard pour moi de toute façon.

Une dernière chose, tu as dit un jour que je t'avais mené en bateau en te cachant ma grossesse. Même si tes mots étaient mal choisis, je reconnais que j'aurais dû t'en parler. J'aimerais pouvoir te dire qu'il y a une raison pour laquelle je ne l'ai pas fait, mais je ne peux que te dire que j'avais peur. Tu vois ? Je suis loin d'être parfaite moi aussi, mais ça ne m'arrêtera pas. Je n'abandonnerai pas, et toi non plus tu n'as pas intérêt à laisser tomber à la première difficulté ! Ce truc qu'il y a entre nous ne marchera que si l'on y travaille tous les deux.

Tu verras, on sera formidables ensemble.

Je t'aimerai toujours,

Kate

Chère Kate,

Je ne sais pas vraiment par où commencer… Je ne crois pas être aussi doué que toi pour manier les mots. Mais j'aimerais déjà t'assurer que tu n'as pas à t'en faire, au sujet de mes confidences. Il n'y avait en effet rien à dire : parfois, les mots ne suffisent pas. Je resterai marqué par cette tragédie à jamais, mais maintenant, grâce à toi, j'ai compris qu'elle ne doit pas nécessairement déterminer mes choix ou me cacher l'horizon. Je croyais que tourner la page sur laquelle était inscrit le prénom de Maya revenait à l'oublier, elle. Ryan et toi m'avez fait comprendre que c'est faux.

Longtemps, j'ai aussi eu du mal à croire que quelqu'un comme toi pouvait aimer quelqu'un comme moi. Plus d'une fois, je me suis creusé les méninges à essayer de trouver un moyen de gagner ton amour en dépit de tout ce que je suis, de mes erreurs, de mes défauts. Puis j'ai arrêté d'essayer et tu étais encore là. Ne te méprends pas : j'ai toujours des défauts. Des tas de défauts. Mais maintenant je les accepte. Ils font de moi celui que je suis. Je suis persuadé qu'il y aura encore des parts de moi qui t'agaceront ou qui te rendront dingue. J'espère seulement que chaque jour que nous vivrons ensemble, quand arrivera le soir et qu'on sera allongés côte à côte, tu me regarderas dans les yeux et tu songeras que mes bons côtés l'emportent sur les mauvais. J'espère que tu verras dans mes yeux toutes les raisons pour lesquelles tu m'as choisi, pour lesquelles tu m'aimes, et non pas celles qui font de moi le champion toutes catégories de la bêtise.

Je peux te promettre ceci : je ferai toujours, toujours de mon mieux pour te rendre heureuse, être le partenaire idéal pour toi et ton meilleur ami. Et je souhaite aussi te retourner tes mots : je serai toujours là pour toi. Si je te contrarie, si tu es en colère après moi à cause de quelque chose que j'ai fait, dis-le-moi. Parle-moi, et je promets d'écouter. Ne laissons pas une seule journée se terminer sur des frustrations ou de la colère, on en a déjà tant à notre actif. Je veux que tu te sentes libre avec moi. Libre d'être toi. Libre d'être cette jolie fée au caractère explosif que j'ai adorée dès la première minute. Libre d'être cette femme attentionnée et aimante, mais aussi vulnérable. J'aime tout de toi, Kate. Parfois, je me demande même si tu n'as pas usé de ta magie sur moi pour me faire tomber sous ton charme…

Au fond, magie ou pas, je sais que je veux m'assoupir dans tes bras chaque soir et me réveiller au son de ta voix, à la couleur de tes yeux, à la douceur de tes lèvres. C'est le choix que je fais. Je prendrai soin de toi et te chérirai jour après jour, dans la joie comme dans la peine, dans la santé comme dans la maladie. Je suis tien et tu es mienne pour toujours, jolie fée : ça restera comme ça jusqu'à la toute fin.

En attendant... J'aimerais que tu gardes cette lettre et que tu la lises si tu commences à avoir des doutes sur mes sentiments, si je me comporte comme l'imbécile que je suis ou que tu es en colère après moi. J'aimerais que tu lises cette lettre et que tu constates semaine après semaine, mois après mois, année après année que je suis toujours bien là, que notre couple est bien réel. Je t'aime tant, Kate, et j'aurais aimé pouvoir t'épargner toute cette souffrance, je le jure ! J'espère seulement qu'à tes yeux les bons moments que l'on a partagés l'emportent sur les mauvais souvenirs.

Une dernière chose : je pense qu'il est temps que l'on commence à s'entraîner pour avoir un autre lutin. Comme tu l'as dit, je me fais vieux alors autant mettre toutes les chances de notre côté. Bailey m'a d'ailleurs assuré qu'il adorerait être grand frère...

Je vous aimerai toujours, toi et le lutin (et nos autres lutins).

James

32. Toi et moi (et le bébé)

Je grogne et jure en écrasant l'oreiller contre mon visage. Kate insiste en me poussant du mieux qu'elle peut hors du lit. Vaincu, je lui jette le coussin et me lève, la démarche approximative et en peinant à ouvrir les yeux. Heureusement je connais sa chambre comme le dos de ma main, ce qui m'évite de me cogner partout.

— James ? me retient-elle.

— Quoi encore ?

Pour toute réponse, elle me balance mon boxer à la figure. Je l'attrape au vol, l'enfile et quitte sa chambre pour aller chercher le lutin brailleur dans la pièce d'à côté.

J'ai réintégré le bureau de Portland depuis un mois maintenant, et emménagé avec Kate dans la foulée. Je ne suis pas mécontent de ne plus être directeur. À ce poste j'aurai vécu les trois mois les plus longs de toute mon existence. Je n'ai pas récupéré mon boulot pour autant : Kate est toujours associée principale, et elle *adore* cette inversion des rôles. Par moments, j'ai l'impression qu'elle me fait payer pour toutes les fois où je lui ai mené la vie dure au bureau. Elle ne se gêne d'ailleurs pas pour étendre son autorité à notre vie de couple.

Quand j'ouvre la porte de la chambre de Bailey, je le trouve debout dans son lit, accroché aux barreaux comme un prisonnier que l'on aurait enfermé par erreur. Il râle d'impatience en me voyant.

— Salut, toi. On avait un marché, le lutin : pas de

réveil avant 10 heures le samedi… Tu rigoles ? Il est à peine 7 h 20.

Je le soulève dans mes bras, dépose un baiser sur son front au moment où il appuie sa tête contre mon épaule. Je pousse un soupir en fermant les yeux quelques secondes pour apprécier ce câlin. Le fils de Kate est peut-être le bébé le plus adorable du monde. Après un mois de vie à temps plein avec lui, j'ai arrêté de compter les fois où il m'a ému aux larmes ou donné des fous rires à m'en faire mal aux côtes.

Bailey est un petit garçon heureux, dont le caractère, qui commence à s'affirmer, reflète tout l'amour et la tendresse qu'il reçoit de Kate. Ces derniers temps, je me suis de plus en plus souvent surpris à vouloir lui transmettre un peu de moi aussi. Pour cela, je m'occupe volontiers de lui donner son bain en rentrant le soir pendant que Kate prépare le repas, je lui lis des livres et le distrais. Elle s'amuse à dire que j'ai une mauvaise influence sur lui car il commence à imiter certains de mes gestes ; elle n'imagine pas à quel point ça me remplit de fierté. Mais entre nous elle n'a pas tort. J'ai appris à Bailey à tirer la langue. Il faut bien que quelqu'un lui apprenne à s'en servir…

Bien sûr, il m'a fallu un peu de temps pour m'ajuster à cette nouvelle vie, et pour déterminer à quel point je veux être impliqué dans l'éducation de Bailey. C'est finalement lorsque j'ai arrêté de me poser des questions que tout est venu de manière spontanée et naturelle. Les instincts que j'ai longtemps cru perdus à jamais ont fini par se manifester. Je crois que le fait que Bailey n'ait pas de « vrai » père m'a aidé à m'impliquer sans culpabiliser à l'idée de remplir un rôle qui n'est pas censé être le mien.

Je retourne dans la chambre de Kate, qui a enfilé le T-shirt que je portais hier soir. Elle nous attend avec sa bouille ensommeillée, ses cheveux en bataille et son sourire à faire arrêter la Terre de tourner. Soudain plus alerte, Bailey bavarde. C'est presque comique de le voir autant papoter de bon matin alors que sa mère est plutôt du genre silencieuse au réveil. Elle chantonne quand elle le voit, mais lui n'en fait qu'à sa tête et pousse un cri strident qui manque me percer les tympans. Je m'approche de Kate, l'embrasse sur la bouche et lui donne son fils. Celui-ci se met en position pour téter en posant ses petites mains possessives sur la poitrine de sa mère. Je secoue la tête avec un sourire amusé puis demande :

— Tu veux déjeuner maintenant ? Café, jus d'orange frais et pancakes ?

— Parfait, confirme-t-elle les yeux dans les miens. Oh ! pense à ne pas brûler la poêle cette fois : à ce rythme on n'en aura plus aucune d'ici la fin du mois.

Vexé, je lui donne une tape sur le bout du nez et me penche pour échanger un baiser plus long avec elle. Une douche plus tard je suis en cuisine, les yeux rivés sur la recette de la préparation de la pâte à pancakes. Je souris de satisfaction lorsque la mixture prend l'aspect onctueux décrit sur le papier. Le temps de la laisser reposer, je presse deux oranges et me sens suffisamment audacieux pour ajouter un pamplemousse et un peu de citron. Je lance ensuite la machine à café, et commence à faire chauffer la poêle.

— Waouh, lance Kate avec un sifflement admiratif lorsqu'elle pénètre dans sa cuisine intacte.

Je marmonne en surveillant les derniers pancakes, mais j'ai le temps de voir ses yeux s'arrêter sur la table dressée, le plat déjà bien rempli et le grand verre de jus de fruits qui l'attend. Elle installe Bailey dans sa chaise haute, et vient m'enlacer par-derrière en déposant un baiser entre mes omoplates.

— Tu fais des progrès, monsieur Evans, chuchote-t-elle en laissant ses mains s'aventurer sous mon T-shirt.

— Ça va, Kate. N'en rajoute pas.

Elle éclate de rire et va s'asseoir à sa place. Je ne tarde pas à la rejoindre après avoir donné des framboises et des myrtilles au lutin. Quand nous sommes assis je l'interroge :

— Qu'est-ce qu'on emmène chez Ryan ?

— J'ai fait une mousse au chocolat hier soir. Ellie a dit qu'elle se chargeait des boissons et Anna du repas.

J'ouvre la bouche pour répondre, mais elle roule des yeux et dit :

— Oui, James : je t'en ai laissé une portion au frais.

— Tu sais que je t'aime, jolie fée ? dis-je dans un sourire, en approchant sa chaise de la mienne pour nicher ma figure dans son cou.

— Oui, reconnaît-elle avec un soupir en grattant ma joue couverte d'une barbe que j'ai eu la flemme de raser cette semaine. Mais je vais avoir besoin que tu mettes tes démonstrations en pause.

— Tu déclares forfait ?

— Oui, admet-elle à regret.

Elle a eu la mauvaise idée de se foutre de ma gueule car j'approche de mon trente-troisième anniversaire. Elle est même allée jusqu'à dire qu'elle aurait dû se trouver un partenaire plus jeune pour satisfaire ses besoins sexuels. Vexé comme jamais, j'ai mis un point d'honneur à lui démontrer que je suis loin d'être vieillissant dans ce domaine. Je me sens plus léger à présent.

— Un autre jour tu y réfléchiras à deux fois avant de faire la maline.

— C'est juste que tu as l'ego fragile.

Bailey interrompt notre conversation stérile par un rire particulièrement enjoué. D'un même mouvement, Kate et moi tournons la tête dans sa direction pour le découvrir en train de peindre sa tablette avec un mélange de fruits écrasés. Son visage aussi est tartiné de framboises et de myrtilles. Il en a jusque dans les sourcils. Je me mords les lèvres pour ne pas éclater de rire. Mes efforts s'envolent en fumée lorsque sa mère pousse un long soupir blasé.

Et comme Bailey comprend qu'il amuse la galerie, il tape sur sa tablette du plat de la main, envoyant gicler du jus partout autour. Toujours hilare, je m'absente quelques minutes pour récupérer mon portable resté à l'étage et prends deux photos de notre clown adoré.

— C'est toi qui lui donneras son bain, déclare Kate, croyant me punir.

— Pas de problème, dis-je avec un immense sourire.

Quand nous sonnons à la porte de chez mon frère c'est Anna qui ouvre. Elle est enceinte de cinq mois, et ce n'est pas étranger au fait que Ryan nous invite presque tous les week-ends depuis quelque temps. Anna a un ventre immense, qui n'abrite pas un, mais deux bébés. Elle arbore une salopette en jean avec un T-shirt beige. Ses mèches blondes virevoltent autour de son visage.

— Mon beau-frère préféré ! s'exclame-t-elle en me prenant dans ses bras. Bonjour, Kate, bonjour, Bailey, ajoute-t-elle tout de suite après sans me lâcher.

Je lui retourne son étreinte autant que son ventre me le permet, et tapote maladroitement son dos. Je sens que je vais encore me retrouver au cœur d'une prise de bec entre Alden et Anna parce que Ryan a dû déclarer forfait.

— Salut, Anna. Tu vas bien ?

Kate connaît assez les Evans pour comprendre ce qui se trame. Elle m'adresse donc un sourire encourageant, m'envoie un baiser et s'éclipse si vite dans le salon qu'elle n'a pas le temps de voir le regard de détresse que je lui lance.

— J'ai besoin de ton aide, déclare Anna avec un sourire penaud.

— Ça dépend pour quoi, dis-je en lui emboîtant le pas.

Elle ne me laisse même pas dire bonjour à ses enfants : elle m'entraîne d'un pas déterminé et conquérant dans la cuisine, où Ryan et Alden débattent. Elle m'installe sans me demander mon avis.

— Dis-moi que Kate est saine d'esprit, me supplie Ryan en croisant mon regard.

— Elle l'est, pourquoi ?

— Parce que les femmes Evans sont folles ! se lamente Alden. Ellie et Anna veulent organiser une fête prénatale en commun.

Ah oui, Ellie aussi est enceinte. C'était d'ailleurs l'objet de ses disputes avec Alden, lorsque j'étais à Seattle. À ce jour, je n'ai toujours pas compris où ils situaient leur problème, mais j'ai depuis longtemps accepté l'idée que certains mystères sont voués à ne jamais être élucidés. Un sourcil en l'air, tenant la bière qu'Anna vient de me tendre et dans laquelle j'aspire une première gorgée réconfortante, je poursuis :

— Et ?

— Et ça veut dire : inviter deux cents personnes, louer une salle, préparer des invitations, faire des devis auprès des traiteurs et goûter la bouffe dégueu qu'ils nous envoient !

L'évocation de ces souvenirs bien trop familiers me donne des sueurs froides. Je n'ai pas besoin de tergiverser trois ans pour trancher, et déclare avec le plus grand sérieux :

— Mauvaise idée. J'ai moi-même passé trois mois à organiser des galas en tout genre : ne fais pas ça.

— Pour une fois que l'on est sur la même longueur d'onde, se félicite Ryan. Je vois que Kate a une bonne influence sur toi.

— Très drôle.

— Je ne plaisante pas, m'assure Ryan en s'esclaffant.

— C'était pour ça que vous aviez besoin de moi ?

— Oui, répond Alden. Ellie et Anna étaient d'accord entre elles. Ryan et moi aussi. Du coup, on était ex aequo.

— On devrait demander à Kate.

Je joue des sourcils en voyant leurs mines déconfites.

— Non !

— Surtout pas !

— Excellente idée, approuve Anna en me lançant un regard fier.

— Putain, James ! s'agace Alden. Tu l'as fait exprès…

J'éclate de rire, content de moi. Mes frères ont toujours pris un malin plaisir à m'en faire voir de toutes les couleurs, et j'ai très tôt appris à sauter sur la moindre occasion de leur rendre la pareille.

Anna revient donc accompagnée de Kate et de Bailey,

Ellie sur leurs talons. Le lutin me réclame dès qu'il me voit alors sa mère le met dans mes bras. J'écarte ma bouteille de bière lorsqu'il cherche à l'attraper.

— Tu veux que ta mère me tue ? Merci bien… Je ne sais pas ce que je t'ai fait, mais tu n'es pas sympa avec moi aujourd'hui. Hé ! Ce n'est pas ma faute si tu t'es foutu des framboises jusque dans les cheveux. Je te rappelle que c'est toi qui en réclamais…

Je tourne la tête : cinq paires d'yeux sont braquées sur moi. Ceux de Kate sont pétillants et elle est sur le point d'éclater de rire, les mines des autres sont sans équivoque : ils me prennent pour un fou.

— Quoi ? dis-je en jetant un regard noir à mes frères. Comme si vous n'aviez jamais parlé à un bébé…

— Si, mais je n'ai jamais inventé leurs répliques, note Ryan d'un air goguenard. Tu devrais te faire examiner, entendre des voix peut cacher de graves problèmes.

À ces mots je me tourne vers ma belle-sœur, que je regarde droit dans les yeux.

— Anna, j'ai changé d'avis : cette fête prénatale est une *excellente* idée. Kate, je crois que l'on n'a jamais vraiment célébré la naissance de Bailey : tu ne veux pas en profiter toi aussi ?

— Vous organisez une fête prénatale ? s'étonne-t-elle.

— Comme c'est mon premier, j'y tiens beaucoup, confirme Ellie en encerclant des mains la petite bosse sur son ventre. Mais ces deux rabat-joie ont mis leur veto.

— J'ai toujours rêvé d'en faire une, révèle alors Kate d'un ton surexcité. J'adorerais vous aider à tout organiser.

— Super ! se réjouit Ellie. En plus, ce sera l'occasion de faire venir mes sœurs. Je crois que tu ne les as jamais rencontrées.

Vaincu, Alden rejette la tête en arrière et imite le râle d'un animal à l'agonie. Il n'a jamais voulu épouser Ellie en partie à cause de ses sœurs foldingues, qui pondent dix mille idées à la minute, comme celle d'organiser une fête prénatale. Oui, nous, les Evans, nous avons une logique bien à nous…

— Eh bien, je crois que la question est réglée, s'enthousiasme Anna.

Mes frères me lancent un regard noir. Je lève ma bière en riant, et bois une gorgée à leur santé. Gorgée avec laquelle je manque m'étrangler lorsque Ellie regrette :

— Dommage que Bailey soit encore si petit : vous auriez pu mettre un bébé en route, James et toi, et on aurait organisé la fête du siècle…

L'après-midi file sur le même mode, entre gentilles taquineries et déclarations de guerre féroces. À l'heure de la sieste, je m'enfonce dans un coin du canapé avec un Bailey somnolant dans les bras. Ryan vient s'asseoir à côté de moi et nous observons avec le même sourire comblé nos compagnes rire à gorge déployée.

— Merci, dis-je.

— Pour quoi ?

— Pour tout ce que tu as fait pour Kate et moi. Je ne suis pas sûr que j'en serais là sans toi.

— Même si c'est flatteur, James, ce n'est pas grâce à moi que tu en es là aujourd'hui : toi seul pouvais vous conduire jusque-là.

Je serais bien incapable d'expliquer ce qu'il a changé en moi, pourtant j'insiste :

— Tu as dit des choses…

— Mes mots n'auraient servi à rien si tu ne leur avais pas donné un sens à travers tes actions, James. Je suis fier de toi, tu le sais ?

— Maintenant, oui. J'étais lâche tout ce temps.

— Non. Tu as affronté tes peurs quand il le fallait, nuance mon frère. On a tous nos moments de faiblesse ou de lâcheté. Ce qui compte c'est de prendre le temps de corriger nos erreurs ; alors elles ne comptent pas vraiment.

Tout en l'écoutant je caresse Bailey pour le bercer.

— Et le mal que je lui ai fait ?

— Il est fait, déclare mon aîné. Tu peux t'en vouloir

éternellement et raviver cette douleur chez Kate en lui répétant tes regrets. Mais tu peux aussi panser cette blessure avec de l'amour, des fous rires, des moments intimes, des petites attentions. James… Une blessure guérit naturellement si tu arrêtes de la tripoter. La cicatrice qui se forme est certes une marque sur le corps ; elle est surtout la preuve que tu as guéri, que tu es plus fort à cet endroit. Je suis persuadé que ce sera le cas pour Kate et toi.

Je hoche la tête comme pour mieux enregistrer ses paroles et les méditer. Ryan me laisse pour aller à la rescousse de sa fille, tyrannisée par Tommy qui ne veut pas lui prêter sa voiture de police. Je souris et risque un coup d'œil vers Bailey. Il a beau avoir sommeil, il lutte pour continuer à observer la petite foule rassemblée dans le salon.

Mes yeux trouvent sa mère, je me délecte de sa présence magnétique. Comme ce soir où j'ai fini par manifester mon envie de fonctionner comme une famille, je suis frappé par sa beauté. Kate a bien sûr des atouts physiques – ses yeux, sa bouche pulpeuse ou même sa crinière flamboyante – mais c'est de sa capacité à la résilience qu'elle tire sa plus grande splendeur. Et de cette foi qu'elle a en moi, en *nous.* À l'étudier, je me rends aussi compte que je suis plus amoureux d'elle que jamais. Que ce sentiment prend de l'ampleur de jour en jour. Grâce à elle, je m'autorise à attendre plus de la vie. À rêver de l'épouser un jour. De lui faire un autre bébé. Et d'avoir une vie heureuse. Elle et moi et nos bébés.

33. Meilleurs ensemble

Peu de grands principes guident mon existence. J'ai mené ma vie comme je l'entendais, j'ai laissé mon cœur me guider. J'ai bien sûr fait des erreurs et des faux pas, mais qui n'en fait pas ? De plus, peut-on réellement parler d'erreurs quand ces événements vous conduisent exactement là où vous êtes censés être ? Car si j'ai appris une chose, c'est que la vie a une intelligence propre. J'aime d'ailleurs me la représenter comme un de ces jeux pour enfants où il faut relier des points dans un certain ordre pour faire apparaître une figure. À première vue, ce n'est qu'un ensemble de points. Puis on commence à les relier entre eux, et une forme ne tarde pas à apparaître. Et même lorsqu'on croit avoir deviné le dessin final, on peut encore être surpris : il peut changer tant que tous les points ne sont pas connectés. C'est justement là tout l'intérêt du jeu : accepter que l'on ne connaisse pas l'avenir, même à très court terme.

Alors que j'avance à petits pas, un immense sourire éclairant mon visage, j'ai l'impression d'avoir connecté un point de plus aux autres. Je m'avance dans la petite chapelle et mon regard est fixé sur une seule personne. Ou plutôt deux : James et Bailey. Ils portent des costumes gris clair identiques, faits sur mesure pour l'occasion. Ellie et Anna, mes demoiselles d'honneur, sont toutes deux vêtues d'une robe rose pâle. Alden est près de James et je resserre ma prise sur le bras de Ryan au fur et à mesure que nous approchons de l'autel.

Mon fiancé porte mon fils dans ses bras. La bouche près de son oreille, il lui murmure des confidences que j'aimerais moi aussi entendre. Bailey parle étonnamment bien pour son âge ! Je crois que c'est grâce à James : il n'a jamais perdu l'habitude de mener des monologues à l'attention de Bailey. Sans doute excédé de l'entendre fournir des répliques approximatives à sa place, mon garçon s'est empressé d'apprendre à lui répondre. Leurs joutes verbales sont à se tordre de rire. Ce qui me plaît chez James, c'est sa façon de ne pas se prendre au sérieux et de ne pas craindre le ridicule. Il a sa manière de nous aimer, Bailey et moi, et il se fait toujours un plaisir de nous le montrer avec extravagance.

J'arrive enfin à leur hauteur. Comme je ne peux pas arborer un sourire plus large que celui que j'ai, je lâche un petit gloussement à mi-chemin entre la nervosité et la joie. Ryan m'embrasse sur la joue, prend Bailey et l'emmène s'asseoir avec Katherine aux côtés des nièces de James : Savannah, ses sœurs Lena et Mary, et leur cousine Lucy. Tommy est celui qui nous apportera nos alliances. Je lève le visage vers James, croise son regard.

— Hey, chuchote-t-il inquiet en tendant la main pour effacer des larmes dont je n'avais pas conscience. Pourquoi tu pleures ?

Face à son visage illuminé de bonheur, de tendresse et d'amour, je tends les mains d'un geste pressé. Il place les siennes dedans et je dis avec un sourire espiègle :

— Parce que je vais devoir te supporter le reste de ma vie…

Mon esprit s'envole vers les trois fabuleuses années et demie que nous avons partagées en tant que couple. Elles ont été à l'image de notre relation : brouillonnes et frustrantes par moments, mais pleines d'amour et de complicité. Je suis sûre d'une chose : nous sommes meilleurs ensemble. James, lui, a fini par baisser la garde et déposer son cœur au creux de mes paumes. Parfois, la responsabilité me semble encore plus gigantesque que les craintes que j'avais à l'idée d'élever Bailey seule, puis je me souviens que, quoi que je fasse, il me fait confiance. Il lui arrive encore de me parler de son passé quand il en ressent le besoin. Je ne le bouscule jamais à ce sujet, préférant le laisser venir à moi plutôt que de prendre le risque de le braquer.

Je n'irais pas jusqu'à dire que notre vie est exceptionnelle ou palpitante. Mais c'est celle qui nous ressemble. Et j'ai tout pour être comblée : notre famille est sur le point de s'agrandir ! J'ai découvert que je suis enceinte il y a exactement quatre jours, et j'ai décidé de ne rien dire à James avant le mariage. Avec lui, on ne sait jamais… Autant éviter de lui donner des raisons de vouloir prendre ses jambes à son cou.

Les yeux dans les siens j'ai l'impression d'être dans une bulle hors du temps. Je le vois parler, j'en fais sans doute autant, puis nous échangeons nos anneaux, et nos lèvres s'unissent. Les quelques secondes que dure notre baiser sont comme un avant-goût de ce qui nous attend. Et lorsque nous nous écartons, la bulle qui nous coupait des autres semble exploser sous leurs applaudissements.

— Tu es la plus belle, Kate Evans, me dit-il en caressant ma joue du pouce. Je t'aime.

J'ai fait des bêtises avant de parvenir à relier tous les points qui dessinent mon bonheur, mais je ne reviendrais en arrière pour rien au monde.

34. L'éternité commence aujourd'hui

Je tiens Kate contre moi comme si j'avais dans les bras quelque chose de rare, de précieux et fragile. Nous sommes étendus l'un contre l'autre dans le lit de la chambre d'hôtel que j'ai réservée pour notre nuit de noces. Elle dépose la tête contre mon épaule, les bras solidement noués autour de mes hanches. Du bout des doigts, je m'amuse à relier les taches de rousseur sur son épaule.

— Je peux te poser une question ? chuchote-t-elle.

— Bien sûr, madame Evans.

Un gloussement secoue son corps, elle lève le visage vers moi et me demande :

— Qu'est-ce que tu as dit à Bailey tout à l'heure ?

Un sourire étire mes lèvres à ce souvenir. Je la revois s'avancer vers moi dans sa robe blanc cassé au bras de Ryan. Elle était sublime.

— Secret-défense.

Je lui tapote le nez, et avec une innocence feinte, elle laisse une de ses mains s'aventurer vers mon entrejambe, puis ses doigts se refermer sur ma verge. Une décharge électrique me traverse. Je rejette la tête en arrière et grogne. Elle est toujours aussi maléfique quand elle s'y met.

— C'est entre Bailey et moi…

— Parle, mari ! m'ordonne-t-elle en recommençant à exercer de la pression sur mon membre.

Je lâche un son qui n'est ni tout à fait un rire ni tout à

fait un gémissement en l'entendant m'appeler ainsi tout en me torturant. Au risque de décevoir, je n'ai pas trouvé de manière ultra romantique de la demander en mariage. J'avais la grippe et elle m'a soigné avec une patience d'ange, si bien qu'un jour ça m'a frappé : je voulais l'épouser *sur-le-champ*. Je le lui ai dit et, dans un grand rire hystérique elle a lâché : « La fièvre te fait délirer, mon pote. » J'ai bien sûr protesté, lui ai assuré que j'étais tout à fait lucide, mais elle a insisté pour que je lui repose la question une fois guéri. C'est ce que j'ai fait. Je lui ai répété ma demande chaque soir d'une manière différente, y compris après que, par dépit et croyant me réduire au silence, elle a dit « Oui. »

Cette femme est adorable. C'est sans doute la plus belle, la plus forte et la pire chieuse de l'univers, mais je l'aime. Je penche la tête sur le côté pour pouvoir frotter mon nez contre le sien et dépose un baiser sur ses lèvres.

— Je lui ai dit que je ne pouvais pas l'épouser lui aussi parce que ça ne se fait pas, et qu'il n'a pas l'âge, de toute façon…

Je croise le regard de Kate pour évaluer l'effet de ma plaisanterie sur elle. Elle se contente de secouer la tête en roulant des yeux. Je souris, puis je poursuis d'un ton sérieux :

— J'ai promis à Bailey de le protéger, de prendre soin de lui, et de l'aimer pour toujours. D'être là pour lui, de le soutenir dans tous ses projets, et de ne jamais le juger pour ses choix, même ceux que je ne comprends pas. Je lui ai promis d'être son plus fidèle ami, son plus grand soutien, d'être comme un père pour lui.

Kate resserre si fort sa prise sur moi que je suis persuadé que le sang ne circule plus en dessous de ma taille. Je pose la joue contre sa tête en me demandant à quoi elle pense à présent.

— James ?

— Oui, jolie fée ?

— Je suis enceinte, annonce-t-elle.

Mon cœur cesse de battre une seconde, puis il se met

à tambouriner à toute allure dans ma poitrine. Je prends Kate par les épaules pour l'écarter de moi et la regarder dans les yeux. Un petit sourire timide étire ses lèvres. Elle est si vulnérable que je sais immédiatement qu'elle pense à la dernière fois qu'elle m'a déclaré la même chose. Des larmes obscurcissent mon champ de vision quand j'entends ma voix enrouée qui demande :

— Tu es…

— Oui, répond-elle avec un sourire plus franc. Je l'ai su il y a quelques jours. J'ai pris rendez-vous chez le gynécologue. Tu viendras ? me questionne-t-elle en penchant la tête sur le côté d'un air hésitant.

— Bien sûr ! Bon sang, Kate… Tu es enceinte !

L'euphorie qui me saisit est tout bonnement grisante. Tant de pensées et d'émotions se bousculent et se mélangent dans mon esprit, mais elles me ramènent toutes à elle. Kate. Elle me laisse faire lorsque je la fais basculer sur le dos et que je trace une ligne de baisers du creux de son cou à son bas-ventre. Chaque fois que mes lèvres se posent sur sa peau, elle frémit ou ondule le corps vers moi en gémissant. Je caresse son ventre, qui abrite notre minuscule bébé. Je n'arrive pas à y croire. Je n'arrive pas à croire que *j'ai* créé quelque chose d'aussi merveilleux avec elle.

Les quasi quatre ans que nous avons passés ensemble en tant que couple n'ont pas toujours été une promenade de santé. Ce n'est pas que l'amour nous ait manqué ; c'est juste la vie. Pour moi, vivre avec Kate et Bailey a été un apprentissage au quotidien. Et la première des leçons que j'ai apprises est que l'amour ne suffit pas toujours. Ça serait trop facile sinon. C'est seulement la base à partir de laquelle on construit le reste. Kate a parfois failli perdre patience ; parfois c'était moi. Nous avons toujours franchi ces caps délicats.

Je suis convaincu que Bailey a des superpouvoirs. Il est capable de déceler les émotions chez sa mère, et chez moi aussi. Plus d'une fois, il a posé sa petite paume sur ma joue en me regardant droit dans les yeux comme s'il comprenait vraiment la guerre qui faisait rage à l'intérieur de moi. Et aussitôt qu'il appuie sa tête contre mon épaule pour me câliner, toutes mes inquiétudes s'envolent. Mais il y a encore des fois où j'ai l'impression de ne pas être à la hauteur…

Six mois après avoir emménagé avec eux, j'ai plongé dans une dépression dont je n'arrivais pas à déterminer l'origine. Kate a vraiment flippé quand elle m'a vu dans cet état. J'allais au boulot, faisais le strict minimum, mais j'étais incapable d'animer une réunion ou de discuter avec des clients. J'étais éteint. J'avais besoin de solitude. À ce moment, elle était débordée par ses responsabilités au sein de la société, mais elle a trouvé du temps pour moi. Nous sommes donc partis en Irlande deux semaines. Voir tout ce qu'elle était prête à faire pour moi a renforcé mes sentiments pour elle. Elle ne m'a jamais brusqué. La plupart du temps, elle se contentait de me serrer contre son cœur sans rien dire. Elle attendait que je trouve en moi la force de refaire surface. À notre retour, j'ai repris mes séances de psy et c'est ce qui m'a aidé à émerger. Et à comprendre aussi que je l'aimais et que je voulais que la terre entière le sache. Je voulais que nos proches soient rassemblés pour célébrer notre amour. Les prendre à témoin au moment de lui jurer solennellement de l'aimer jusqu'à ce que la mort nous sépare.

Je suis d'ailleurs persuadé que je l'aimerai encore longtemps après ça. Que notre éternité débute seulement aujourd'hui.

Épilogue
L'éternité a trop duré

Tu dors sœurette ?

Comme si c'était possible

Je ne peux pas retenir le petit rire moqueur qui s'échappe de mes lèvres en lisant sa réponse. Je secoue la tête, puis je me faufile hors de ma chambre, me rends à l'étage et me glisse dans celle de ma sœur. Sa lampe de chevet est allumée et diffuse une douce lumière orangée. Surprise de me voir là, elle me décoche un regard mauvais, qui me rappelle notre mère, mais elle se décale quand même pour que je puisse m'allonger à côté d'elle dans son lit double.

— Qu'est-ce que tu crois faire, Bailey ? siffle Faye à mi-voix.

— Je n'arrivais pas à me rendormir…

Nos parents fêtent leurs vingt ans de mariage. Ils ont commencé tôt ce matin, amputant au passage notre nuit de trois bonnes heures. J'ai bien essayé de prendre les devants en leur suggérant de réserver un week-end à deux, mais ils ont refusé : d'après eux, Faye et moi faisons partie intégrante de leur histoire. L'idée peut se défendre, et, pour leur rendre justice, ils nous ont promis que l'on passerait la journée en famille, mais là je n'en peux déjà plus d'entendre ma mère glousser ou pousser des cris d'extase. Je chuchote en me retenant de rire :

— Je suis sûr que James prend des petites pilules bleues.

— Tais-toi ! Déjà que je vais être traumatisée à vie, inutile de me fournir des détails.

Je ricane et m'installe sur le dos pour contempler la chambre. Comme dans celle de mes parents, il y a des étoiles fluorescentes collées au plafond. Je sais que c'était ma chambre avant la naissance de Faye. Les parents n'ont jamais voulu déménager à cause de tous les souvenirs qu'il y a dans cet appartement.

J'avais dix-sept ans quand maman m'a parlé de la façon dont elle m'a eu. Depuis que je suis en âge de comprendre, j'ai toujours su que James n'est pas mon père biologique. En grandissant, j'ai élaboré des théories selon lesquelles ma mère se serait séparée en mauvais termes de mon père, ou qu'il serait mort. Pendant un temps, j'ai pensé avoir été adopté, mais je ressemble trop à maman. J'ai commencé à poser de plus en plus de questions à ce sujet, et elle a fini par me raconter qu'elle a eu recours à une insémination artificielle, et que les lois qui protègent les donneurs ne me permettent pas de retrouver mon père, à moins que lui le veuille.

Au fond, ça m'est égal car même si je n'ai pas hérité du patrimoine génétique de James, c'est lui mon père. D'ailleurs, d'après ce qu'ils m'ont dit, il est là depuis le début. Ça explique sans doute que je tienne tant de lui. Bref, tout ça pour dire que j'ai aussi appris que maman avait tout fait pour être indépendante avant de m'avoir, et qu'acquérir cet appartement était une des étapes qui lui ont permis de réaliser son rêve.

— Maman a de la chance, quand même, remarque Faye.

Je hausse un sourcil et demande :

— Qu'est-ce qui te fait dire ça ?

— Elle est mariée depuis vingt ans à son meilleur ami.

— Et ?

— Elle a de la chance, c'est tout. Mais tu ne peux pas comprendre…

Faye fait référence à mes innombrables petites amies.

Je n'ai pas couché avec toutes, mais j'ai un palmarès plutôt conséquent à mon actif. Je suis du genre à penser qu'il ne faut pas se contenter d'une seule femme quand il y a tant de choix. Et franchement, avec ma gueule, je peux me le permettre.

— Je vais aller préparer le petit déjeuner, tu viens ?

— Je te rejoins après : je vais essayer de me rendormir.

Les rires dans la pièce d'à côté ont cessé. En me faisant aussi discret qu'à l'aller, je repasse devant la chambre conjugale et descends à la cuisine. Même si je ne l'admettrai jamais devant elle, je sais que Faye a raison quelque part. Qui n'aimerait pas se réveiller aux côtés de son meilleur ami chaque matin, jour après jour, pendant toute une vie ? C'est une belle définition de l'éternité. Même si aujourd'hui je suis d'avis qu'elle a trop duré ! J'ai presque fini de tout préparer quand James me rejoint. Il est fraîchement douché et habillé.

— Salut, le lutin, dit-il en venant ébouriffer mes cheveux.

Je lui donne un coup de coude et rétorque :

— Salut, papy.

— Tu as l'air de mauvais poil, note-t-il en piquant un pancake tout chaud dans le plat. À ma décharge, poursuit-il lorsqu'il comprend enfin mon air bougon, c'était l'idée de ta mère.

Horrifié à l'idée qu'il pourrait me déballer leur vie sexuelle je m'écrie :

— Les détails ne m'intéressent pas !

— Quels détails ? s'enquiert maman en se joignant à nous.

James éclate de rire, maman vient m'embrasser sur la joue, puis ils échangent un long baiser. Je me renfrogne et grogne. Ils ont toujours été très démonstratifs en matière d'affection, entre eux comme avec nous.

— Faye dort encore ? demande maman lorsque je lui sers du café.

— Je crois plutôt qu'elle va *essayer* de se rendormir, maintenant que vous avez fini.

Maman pique un fard et détourne les yeux vers James. Celui-ci semble plutôt content de lui. Je ne suis pas sûr que je puisse lui en vouloir : n'importe quel homme serait flatté de savoir que l'effet qu'il a sur une femme est connu de tous.

Pour ma part, je suis plutôt un gars qui a de l'assurance. Je le dois en grande partie à mes parents. Maman nous a élevés dans la certitude que tout fait toujours sens dans la vie, y compris les expériences négatives, et qu'il ne faut donc pas avoir peur de se lancer. Elle nous a transmis son optimisme, sa grande ouverture d'esprit, sa foi en les autres. James, lui, nous a plutôt montré qu'il faut s'assumer pleinement. Ce qu'il y a de bon comme ce qu'il y a de mauvais. Quoi qu'on ait pu faire, ils ne nous ont jamais jugés, mais nous ont toujours soutenus. Que demander de plus ?

D'ailleurs, même si Faye et moi avons chacun notre appart depuis plusieurs années maintenant, nous venons passer presque chaque week-end à la maison. Maman prépare toujours un grand repas, Faye et moi amenons des amis, les cousins se joignent à nous et les frères de James et leurs femmes aussi. C'est comme Noël, mais tous les dimanches.

— Qu'est-ce que tu veux faire aujourd'hui ?

— Je ne sais pas, dis-je en haussant les épaules, les yeux dans ceux de ma mère. Je croyais que vous aviez tout prévu…

— J'ai peut-être un peu exagéré, confesse James avec un sourire penaud.

Je lui jette un regard noir, qui le fait ricaner.

— On peut aller au cinéma, propose maman.

— Non ! proteste-t-il. L'idée est que nous passions du temps tous ensemble, pas deux heures dans une salle obscure à regarder le même écran que plein d'autres gens.

— Tu as une meilleure idée ? le provoque maman.

— Oui, soutient-il le menton fièrement levé. C'est la journée idéale pour passer du temps à la maison. On doit avoir des centaines de photos et de vidéos de famille à regarder.

Ma mère et moi échangeons un regard plus que sceptique.

— Allez, Kate… C'est un jour de fête.

— C'est tous les jours la fête avec toi, Evans, lance-t-elle.

— C'est un jour *spécial*, insiste-t-il en changeant d'approche.

Il repousse vers l'arrière quelques-unes de ses mèches folles, et caresse sa joue du pouce.

— Pas besoin de faire quelque chose d'exceptionnel, vieille fée. On a célébré notre amour le jour de notre mariage, et aujourd'hui c'est juste une piqûre de rappel. Autant faire quelque chose qui nous ressemble.

Maman finit par capituler. Un large sourire étire le visage de James, qui l'enlace de toutes ses forces. Nous terminons notre petit déjeuner, et comme Faye n'est toujours pas descendue, j'échange un regard avec James. Ses yeux se mettent à pétiller comme des feux d'artifice dans un ciel d'encre. Nous faisons la course jusqu'à l'étage. Je dérape sur le parquet avant d'atteindre l'escalier et il en profite pour prendre la tête. J'essaye de le doubler, mais il arrive en premier dans la chambre de Faye et se jette sur elle sans prendre la peine d'amortir sa chute.

Elle hurle lorsqu'il atterrit dans son lit de tout son poids. Je plonge alors sur eux, ce qui arrache un rire mêlé à un gémissement à notre père. Faye pousse un nouveau cri :

— Maman ! Tes deux idiots préférés essayent de me tuer !

Au même moment, notre mère s'ajoute à la montagne humaine que nous formons en hurlant de rire. Faye se débat, parvient à attraper un oreiller et se met à distribuer des coups du mieux qu'elle peut. James est le premier à s'extirper pour riposter. Maman se met debout sur le lit et l'assomme à coups de coussin. Je prends joyeusement la défense de mon père contre elle, la frappe dans les côtes, ce qui la déstabilise suffisamment pour qu'elle tombe à la renverse.

— Bien joué, le lutin ! me félicite James avant de prendre un coup dans la figure, de la part de Faye.

Le combat d'oreillers se transforme alors en bataille de chatouilles, puis en concours du rire le plus fort et le plus ridicule. Lorsque nous sommes tous les quatre épuisés, nous nous effondrons sur le dos. James et maman se placent chacun à une extrémité du lit. Ils passent un bras par-dessus nous pour se tenir par la main.

— Nous vous aimons, Bailey et Faye, déclare maman.

Elle se redresse un peu pour distribuer des baisers : un sur le front de Faye à côté d'elle, puis un sur le mien, et elle termine sur les lèvres de James. À son tour, il m'embrasse sur le front, place un second baiser sur le front de ma sœur et en donne un à maman sur la bouche.

— Nous vous aimons, le lutin et la mini-fée.

Composé et édité par HarperCollins France.

Achevé d'imprimer en décembre 2019.

CPi
BLACK PRINT

Barcelone

Dépôt légal : janvier 2020.

MIXTE
Papier issu de
sources responsables
FSC® C108412
FSC
www.fsc.org

Pour limiter l'empreinte environnementale de ses livres, HarperCollins France s'engage à n'utiliser que du papier fabriqué à partir de bois provenant de forêts gérées durablement et de manière responsable.

Imprimé en Espagne.